"十一五"国家重点图书出版规划项目

国家自然科学基金应急项目系列丛书

社会主义新农村的基础设施建设与管理问题研究

温铁军　张林秀 / 主　编

科学出版社

北　京

内 容 简 介

　　本书是国家自然基金委管理学部应急项目研究成果。主要对新农村建设的基础设施进行了多角度的研究。国家自然科学基金委管理学部主任基金应急项目是根据国家财政支持力度及社会需求,从中选择重大和迫切需要解决的问题,快速反应,进行研究。本书是在应急项目7位子课题的基础上,通过整合而成,重点从四个方面进行分析,包括基础设施的财政资金、项目管理等多角度。

　　本书对如何建立有效的创新机制(如农村/农民合作组织)来管理政府用于农村基础设施建设的财政资金、如何通过政府资金有效地调动/引导社会资源(包括资金和非资金的形式)的投入、如何协调不同来源的资金以保证其使用效率和长效投资机制的形成、如何建立有效的项目选择决策机制、如何创造新的基础设施使用/维护/经营模式、如何评价基础设施对于农村经济发展和农民生活水平改善的实际作用等进行了多方位的研究,在与实践界充分合作的基础上,针对上述重要问题给出了论证详实、科学合理、创新突出、切实可行的解决方案和政策建议。

　　本书可供农业经济管理专业研究生、农业经济研究人员和实际工作者阅读与参考。

图书在版编目(CIP)数据

社会主义新农村的基础设施建设与管理问题研究/温铁军,张林秀主编.
—北京:科学出版社,2011
　　(国家自然科学基金应急项目系列丛书)
　　ISBN 978-7-03-031373-7

　　Ⅰ.①社…　Ⅱ.①温…②张…　Ⅲ.①农村-基础设施建设-研究-中国
Ⅳ.①F323

中国版本图书馆 CIP 数据核字(2011)第 104866 号

责任编辑:马　跃 / 责任校对:包志虹
责任印制:张克忠 / 封面设计:耕者设计工作室

科 学 出 版 社 出版
北京东黄城根北街 16 号
邮政编码:100717
http://www.sciencep.com

双青印刷厂印刷
科学出版社发行　各地新华书店经销

*

2011 年 7 月第　一　版　开本:720×1000　1/16
2011 年 7 月第一次印刷　印张:17 1/4
印数:1—2 000　　　字数:340 000

定价:52.00 元
(如有印装质量问题,我社负责调换)

《社会主义新农村的基础设施建设与管理问题研究》

课题组成员名单

子课题一：我国农田水利基础设施的建设与管理问题研究。
承担单位：中国人民大学农业与农村发展学院
主持人：温铁军 郑风田
课题组成员：温铁军、郑风田、傅晋华、郎晓娟、范堉暐、吴彬彬、邱澄、李庞毅、李旭然、马九杰、陈卫平、穆建红、杨肖丽、李红爽、牛明婵、姬庆雪、石北燕、韩丽华

子课题二：农村基础设施建设中的财政资金创新管理研究
承担单位：华南农业大学广东农村经济研究中心
主持人：温思美
课题组成员：温思美、孙良媛、张乐柱、许能锐、郑晶

子课题三：农业基础设施多元多层次投融资体系构建及优化研究
承担单位：湖北省农业厅，湖北大学经济管理学院
主持人：王红玲
课题组成员：韩艳旗

子课题四：农村基础设施建设中的项目选择决策
承担单位：中国科学院地理科学与资源研究所
主持人：张林秀
课题组成员：罗仁福、易红梅、刘承芳

子课题五：农村基础设施项目的有效运行管理研究
承担单位：中国农业大学经济管理学院
主持人：林万龙
课题组成员：刘治钦、甘立平、李捷、谭小平、王峰、沈玲珺、李春（中国农业大学经济管理学院）、张立承（财政部财政科学研究所）、梁迪（中央财经大学金融学院）

子课题六：基于产权制度与管理体制改革视角的小型农田水利建设管理问题研究
承担单位：农业部农村经济研究中心
主持人：宋洪远
课题组成员：吴仲斌、陈艳丽

子课题七：农村基础设施需求测算
承担单位：财政部财政科学研究所
主持人：贾康
课题组成员：潘泽清、王志刚、孙洁、刘云辉

子课题八：农村基础设施建设与管理中需要注意的几个重要问题
承担单位：南京农业大学经济管理学院
主持人：陈东平
课题组成员：潘军昌、李建平、王昭、韩俊英、高名姿

总　序

为了对当前人们所关注的经济、科技和社会发展中出现的一些重大管理问题快速作出反应，为党和政府高层科学决策及时提供政策建议，国家自然科学基金委员会于 1997 年特别设立了管理科学部主任基金应急研究专款，主要资助开展关于国家宏观管理及发展战略中特别急需解决的重要的综合性问题的研究，以及与之相关的经济、科技与社会发展中的"热点"与"难点"问题的研究。

应急研究项目设立的目的是为党和政府高层科学决策及时提供政策建议，但并不是代替政府进行决策。根据学部对于应急项目的一贯指导思想，应急研究应该从"探讨理论基础、评介国外经验、完善总体框架、分析实施难点"四个主要方面对政府进行决策支持研究。每项研究的成果都要有针对性、及时性和可行性，所提出的政策建议应当技术上可能、经济上合理、法律上允许、操作上可执行、进度上可实现和政治上能为有关各方所接受，以尽量减少实施过程中的阻力。在研究方法上要求尽量采用定性与定量相结合、案例研究与理论探讨相结合、系统科学与行为科学相结合的综合集成研究方法。应急项目的承担者应当是在相应的领域中已经具有深厚的学术成果积累、能够在短时间（通常是 9~12 个月）内取得具有实际应用价值的成果的专家。

作为国家自然科学基金的一个特殊的专项，管理科学部的"应急项目"已经逐步成为一个为党和政府宏观决策提供科学、及时政策建议的项目类型。与国家自然科学基金资助的绝大部分（占预算经费的 97% 以上）专注于对管理活动中的基础科学问题进行自由探索式研究不同，应急项目和它们相比则有些像"命题作文"，题目直接来源于实际需求并具有限定性，要求成果尽可能贴近实践运用。

应急研究项目要求承担课题的专家尽量采用定性与定量相结合的综合集成方法，为达到上述基本要求，保证能够在短时间内作出高水平的研究成果，项目的承担者在立项的研究领域应当有较长期的学术积累。

自 1997 年以来，管理科学部对经济、科技和社会发展中出现的一些重大管理问题作出了快速反应，至今已启动 45 个项目共 323 个课题，出版相关专著 16部。其他 2005 年前立项、全部完成研究的课题，相关专著亦已于近期出版发行。

从 2005 年起，国家自然科学基金委员会管理科学部采取了新的选题模式和管理方式。应急项目的选题由管理科学部根据国家社会经济发展的战略指导思想和方针，在广泛征询国家宏观管理部门实际需求和专家学者建议及讨论的基础上，形成课题指南，公开发布，面向全国管理科学家受理申请；通过评审会议的形式对项目申请进行遴选；组织中标研究者举行开题研讨会议，进一步明确项目的研究目的、内容、成果形式、进程、时间结点控制和管理要求，协调项目内各课题的研究内容；对每一个应急项目建立基于定期沟通、学术网站、中期检查、结题报告会等措施的协调机制以及总体学术协调人制度，强化对于各部分研究成果的整合凝练；逐步完善和建立多元的成果信息报送常规渠道，进一步提高决策支持的时效性；继续加强应急研究成果的管理工作，扩大公众对管理科学研究及其成果的社会认知，提高公众的管理科学素养。这种立项和研究的程序是与应急项目针对性和时效性强、理论积累要求高、立足发展改革应用的特点相称的。

　　为保证项目研究目标的实现，应急项目申报指南具有明显的针对性，从研究内容，到研究方法，再到研究的成果形式，都具有明确的规定。管理科学部对应急研究项目的成果分为四种形式，即一本专著、一份政策建议、一部研究报告和一篇科普文章，此丛书即应急研究项目的成果之一。

　　为了及时宣传和交流应急研究项目的研究成果，管理科学部决定将 2005 年以来资助的应急研究项目研究成果结集出版，由每一项目的协调人担任书稿的主编，负责项目的统筹工作和书稿的编撰。

　　希望此套丛书的出版能够对我国管理科学政策研究起到促进作用，发挥丛书对政府有关决策部门的借鉴咨询作用，同时也对广大民众有所启迪。

国家自然科学基金委员会管理科学部

前　言

本书出版之际，适逢辛亥革命一百周年纪念。若认真竖看百年近现代史，则无论人们信仰革命化还是现代化，也无论政府推进工业化还是城市化，国人百年鹦鹉学舌般地呼喊的各种主义、邯郸学步般地推行的各种变迁，竟然都不得不纠结于我们这个世界最大的农民人口大国面对基本生存资源高度紧缺而势所必然地内生出的"三农问题"。于是，为了在资源紧约束条件下让十几亿人吃上饭，便有不问何方制度、不管何种政府、不论何人领袖都要打紧做的一个大事情成为本书讨论的内容——农村基础设施建设。亦即，本书内容是"国家自然科学基金委员会"管理科学部主任基金应急专项"社会主义新农村的基础设施建设与管理问题研究"的成果。

农村基础设施包括了提高生产经营能力（如农田水利设施、高质量耕地、农电设施建设、科技开发与推广基地、通信信息网络、道路桥梁设施、禽畜疫病防灾体系等）、改善人居环境（如村庄规划、饮水安全设施、洁净能源设施、环境保护设施、荒漠化治理工程等）、增强社会保障（如乡村公共卫生和医疗设施、普及教育和转岗就业培训设施等）的基本硬件设施。这些，大都属于和国人安全高度相关并且要维持长期投入的项目。

历史上看，若从大禹治水建立夏朝算起，中国人把农村基本建设直接作为国家政治建设之基础的经验已经有四千年历史了。即使从有史料和实物为证的春秋战国时期关中平原的郑国渠和川西盆地的都江堰算起，中国至少也有三千年的农业基础设施建设的成功经验了。君不见，郑国渠虽然已经湮没，都江堰却至今仍然灌溉着几十万亩良田！

这个历史经验的核心，乃在于国家统筹兼顾、村社广泛动员。

历史改朝换代到了新中国，从 20 世纪 60 年代中期开始到 20 世纪 70 年代末期大致结束的、国家和农民联合起来集中投入于农田水利基本建设的 15 年历程，形成了 3 万多座大中型水库和 8 万多套水利系统，农业灌溉面积大幅度增长到接近全部耕地的 1/2，有灌溉能力的土地单位面积粮食增产 70%，极大缓解了中国人的吃饭问题。这在世界上任何愿意正常了解情况的人看来，都是不得不称颂的史无前例的历史性成就。正是这些古今事实，呼应着史学界的以水立国之说。

然后到了改革开放新时期，尽管有些人愿意更多从西方主流经济学理论看国内问题，但也仍然认同建设并经营这些基础设施为农民的生产和生活提供服务是一种提供公共产品或准公共产品的活动。一方面，国家财政和各级政府部门资金应该是其主要的投入来源；而作为一个发展中国家，我们也需要广泛地动员社会的其他资源（包括乡村和农民的资源）参与到新农村的基础设施建设中来。另一方面，在公共资金投入上，则也需要通过市场经济的机制来优化配置这些资源，以提高财政资金的使用效率。这样做，也许还能进而通过基础设施的硬件建设带动和推进农村的全面体制改革。

然而，实际情况却不尽如人意。20 世纪 80 年代初期在严重财政赤字危机促进下完成了家庭承包制改革之后，一方面国家在实行"财政分级承包制"的体制变化中大规模减少了农村基础设施投入，此后平均每年国家财政资金中仅留有维持基层涉农部门生存的 3‰左右。另一方面，土地承包到户之后小农经济高度分散，客观上也不再有条件开展成龙配套的大中型水利建设。于是，耕地的有效灌溉面积迅速回落到 20 世纪 60 年代中期的水平。

进而，到 20 世纪 90 年代中期，迫于财政、金融、外汇三大赤字于 1993 年同步爆发的危机压力，政府全面推进了产权改革为前提的市场化。这个时期，有关主管部门也驱动了水利体制改革，实质上是把当年国家有限出资、劳动者大量投工形成的、无偿划拨部门管理的坑塘库坝等中小型水利设施，通过拍卖租赁，实现了部门占有收益的市场化经营。客观地看，这与国际上大多数发展中国家都贯彻了"世界银行共识"、推行了农业基础设施私有化政策的做法大体一致……

进入新时期，中国出现从 1999 年产业资本过剩到 2007 年金融资本过剩的规律性趋势，中央政府相继推出"以人为本"和"民生新政"。其中，特别是在农业积弱不振、三农问题愈益严峻的情况下，中央在 2003 年确立"三农问题重中之重"的国家战略，开始重新加大了农业基础设施投入。直到这个时期，农田水利基本建设每况愈下的趋势才有所扭转。

为了在中国这样一个农业人口占主导地位的发展中大国实现科学发展观与和谐社会的构想，2006 年召开的执政党的十六届五中全会提出了建设社会主义新农村的重大历史任务。为了实现生产发展、生活宽裕、乡风文明、村容整洁、管理民主的建设远景目标，又在 2006 年的一号文件中提出了需要完成统筹城乡经济社会发展、推进现代农业建设、促进农民持续增收、加强农村基础设施建设、加快发展农村社会事业、全面深化农村改革、加强农村民主政治建设等八个方面的长期艰巨任务。其中，加强农村基础设施建设以提升生产能力、生活条件和社会保障水平，是当前最为迫切的任务之一，是落实党中央的工业反哺农业、城市支持农村和多予少取放活方针的重要手段，同时也是发挥各级财政投入的引导作用、提升农民的新农村建设主体意识、吸纳社会资源广泛参与的重要途径。

不过，在实践中我们却看到了种种不和谐的现象：财政资金管理不善，截流、漏损严重；依照长官意志大搞形象工程、政绩工程，项目选择缺少适用性和长远性，选择机制缺少科学性和民主性；上级政府大权在握，主宰而不是主导，一些基层在一定程度上依然有等、靠、要思想，缺少主体意识和积极作为；投资渠道单一、形式单调，缺少对于潜在社会资源的积极动员和制度保证；注重建设过程而忽视建成项目设施的维护保养、经营管理等。这些问题如果不得到根本的解决，建设社会主义新农村将成为一个空洞的政治口号。

　　新中国 60 多年的农村基础设施建设，辉煌几许，问题几何？那是水利史家的研究领域。而从管理科学的角度看，农村基本建设的这些问题的解决涉及如何建立有效的创新机制（如农村/农民合作组织）来管理政府用于农村基础设施建设的财政资金、如何通过政府资金有效地调动/引导社会资源（包括资金和非资金的形式）的投入、如何协调不同来源的资金以保证其使用效率和长效投资机制的形成、如何建立有效的项目选择决策机制、如何创造新的基础设施使用/维护/经营模式、如何评价基础设施对于农村经济发展和农民生活水平改善的实际作用等重要科学问题。

　　在国家全面推进新农村建设的大背景下，国家自然科学基金委员会适时地启动了管理科学部主任基金应急专项"社会主义新农村的基础设施建设与管理问题研究"，在全国范围内遴选具备长期研究积累的科研团队，针对以上问题开展专项研究，集中攻关，以期在短期内形成一批具有应用价值的研究成果，为各级政府决策提供科学及时的政策建议和实施方案。经过申报和评审，来自中国人民大学、中国科学院、财政部、农业部、南京农业大学、中国农业大学、华南农业大学、湖北大学等八个团队获得了资助，并形成了一个攻关项目组。

　　这八个项目组在研究过程中开展了大量的调研和交流活动。项目组分别在北京、武汉与南京召开了开题交流会、中期报告交流会和结题报告交流会。项目组在合作过程中形成的高效共享的交流合作机制，保证了整个项目的顺利完成。

　　在与实践界充分合作的基础上，针对我国农村基础设施建设与管理的许多重要问题，项目组多角度给出论证详实、科学合理、创新突出、切实可行的解决方案和政策建议。项目组各团队成员也在研究中建立了密切关系，为今后的长期合作研究打下了坚实的基础。

　　项目组期望大家的研究成果能够对我国农村基础设施建设与管理的政策有所贡献。

温铁军

2011 年 5 月

目 录

研 究 背 景^①

一、国际背景——全球化给现代农业公共投入带来更多的挑战

随着全球化推动国内外农产品自由贸易进程的加快，面临自然和市场双重风险的农业其弱质性更加凸现，其中最为主要的原因是在国际农产品贸易形成的"天花板"价格压抑下农业生产性要素投入的边际效率递减，这也是所有的现代农业投资体系都面临的一个困境。欧盟以及日本、韩国等东亚小农经济的经验无不证明：无论是否有政府的参与，无论是否采用立法手段，农业生产要素投入的边际效应都在递减。而与之相对应的农业直接补贴则违反世界贸易组织（WTO）原则。因此，加强与农业相关的公共产品的建设，是维持农业生产要素生产率的有效措施，而且也是加入 WTO 之后对农业保护的可行选择。事实上，无论是发展中国家还是发达国家，大都力图在可能的范围内为农业提供保护和支持。

其中，特别值得中国借鉴的，一是欧盟的小农场经济以及日本、韩国等东亚小农经济受到更大的资源禀赋硬约束，无论经过怎样的努力，也难以大幅度扩大农业特别是种植业的经营规模和集约化程度。在这种情况下，政府增加有利于维持农村可持续发展和农民生计的公共品的供给，是应对全球化挑战的一项更为重要的内容。二是大多数发展中国家在完全市场经济体制条件下都有小农经济高度分散导致政府与农民之间交易成本过高的问题，并且一般都会成为政府增加农村基础设施投入的制度性障碍。

本研究试图在全球化和我国加入 WTO 的背景下，探讨我国农村有效的公共产品供给的制度安排。

二、国内背景——我国农村制度变迁和体制性缺陷给农村公共品供给带来一系列问题

1. 我国农村的制度变迁带来公共品投入的制度缺失和高额交易成本问题

改革开放以前，我国政府对农村公共投入总量虽然很小，但是相对绩效却很高。主要通过以高度组织化的农村社区集体为基础，地方部门、社区和国家共同

---

① 课题主持人：温铁军、郑风田（中国人民大学农业与农村发展学院）。本课题撰写者为温铁军、郑风田、傅晋华、郎晓娟、范堉暐、吴彬彬、邱澄、李庞毅、李旭然等。马九杰、陈卫平、穆建红、杨肖丽、李红爽、牛明婵、姬庆雪、石北燕、韩丽华等参加了项目的调研。

成为投入的主体，依靠大规模的"以劳动力替代过度稀缺资本"的方法，由政府动员并组织集体化体制所控制的成规模的农村劳动力承担灌溉、防洪、水土改良等劳动密集型投资项目。也就是说，这是通过以集体化形式的强制动员和行政拨款相结合的制度安排来实现的。这种农村公共产品的筹资渠道，可认为是以制度外渠道为主。家庭承包责任制改革之前新中国 30 年兴修的水利工程，国家总投资为 763 亿元，而社队自筹及劳动积累估计为 580 亿元。改革开放之后，农村仍然维持着以劳动力投入为主的基本建设机制，1989～2000 年全国平均每年投入劳动积累工 72.2 亿个工日，如果以每个工日 10 元计，则农民每年对水利投入的积累达 722 亿元。如此推算，1989～2000 年农民对水利投入累计达 8664 亿元。若没有"两工"（农村义务工和劳动积累工）的投入，政府很难承担这些财政开支。

国家在 1998 年开始推进以减少农业金融体系不良资产为目标的农村税费改革之后逐渐取消了"两工"，2004～2006 年完成的全面免除农业税费客观上也不再允许乡村政府组织插手农村公共事务。在这些措施贯彻的同一时期，农村公共投入困境逐渐显化。

如果考虑到 20 世纪 90 年代末的农村税费改革客观上是配合服务于农业金融部门消化坏账而推进的粮食购销体制改革的配套政策，那么，其中的取消"两工"可以看做是政府当时大幅度提高农业税比重（农业税从大约 3% 提高到 8.4%）而与农民做的交易。尽管这种政府供给制度内含的交易可能有利于当时"加税政策"的推行，却从根本上消除了半个世纪以来长期有效的农村基本建设主要使用劳动力的内在机制，并且没有及时建立相应的有效替代机制。

农村税费改革期间及以后，由于新的农业基础设施建设投入机制一直没有建立起来，全国农民兴修农田水利投工量，1998 年超过 100 亿个工日，2003 年减少为 47 亿个，2004 年不到 30 亿个，即使每个工日只按 10 元计算，今后我国每年仅农田水利建设投入的缺口都要超过 700 亿元[①]，而如果按照地方政府公布的最低工资标准折算，则至少 5 倍于此。水利部原副部长翟浩辉也指出：2004～2005 年度，全国农田水利基本建设农民投工比 1998～1999 年度下降近 70%，完成的土方量下降 59%，改造的中低产田面积下降 38%，新增恢复改善灌溉面积减少 35%。

与此相比，大多数长期从事农村政策调查研究的人对于以上情况有不同的分析。如果超越意识形态客观地看待改革开放前尤其是人民公社时期的公共产品供给体制，可以发现，这种制度安排通过对农村社会资源和人力资源的高度整合，确实兴办了许多历史上前所未有的公共事业，尽管这种制度也有其众所周知的巨

---

① 中国社会观察网。

大的制度成本。

20世纪80年代我国在全国范围内推进农村制度的变迁，引发了农村公共产品供给制度的根本变革。随着人民公社的解体和农户家庭承包制的落实，公共产品原有的供给制度逐步丧失其制度功能。一方面，家庭经营的全面快速推进，并未给诸如农业基础设施等公共产品的供给提供有效的制度安排；另一方面，以农户为主的这种兼业化程度很高的分散的生产结构对农村公共产品又具有很强的依赖性。有些研究者倾向于认为，家庭承包责任制的实施极大地促进了农村私人产品的供给，但却带来了农村公共产品供给方面的问题，即家庭承包责任制缺乏对农村公共产品供给的激励。

鉴于我国是在20世纪80年代初期开始恢复分散小农经济的条件下，逐步进入以市场为导向的经济体制和治理结构变迁过程的，因此分散小农为抵御市场风险而普遍兼业化经营的生产方式及其决定的小农村社制的经济基础，必然存在着与上层建筑方面的复杂矛盾——在农民与致力于推进工业化和城市化的现代政府主体之间的交易费用过高。尽管增加农业投入的政府善意（government good will）并非近年才有，但农田水利、交通电力、医疗卫生等基本建设投入难以到位的主要问题，仍然在于集中体制下的政府及其具有垄断地位的经济部门与高度分散的、原子化且兼业化的小农户之间交易费用（transaction cost）过高的矛盾长期难以克服。这种情况在日本、韩国20世纪60年代的新村运动中，也是政府投入的主要体制障碍，甚至曾造成政府不得不把大量资金用于调整农户的分散地块。国际经验表明：以小农经济为基础的发展中国家大都存在高度分散的农户不能成为政府公共投资载体的问题。农业投资高效的国家，一般都是农业组织化较高的国家。

2. 上层建筑的改革加大了农村公共投入的困境

由于我国以往的很多重大改革是在政府财政赤字增加的压力下进行的，因此与农村上层建筑改革直接相关的财税体制改革每次都对农村的公共品投入造成严重影响。特别是相继于1984年实行的财政分级承包制和1994年实行的分税制，虽然有利于调动地方各级政府和部门当家理财的积极性，但也造成了现行的条块分割——部门分割与地方各自为政的体制弊端，至今已经演变为利益分配结构固化于其中的沉疴痼疾。其中，那些与农业和农村相关的主管部门在投入问题上的思维和行为，基本上都遵循"劣币驱逐良币"规律，是以部门利益最大化作为主要取向的；而地方政府的各种涉农部门实际上把上级政府的投入也视为招商引资来获得利益分配。

20世纪90年代以来，这种在财政压力下被动改革的农村上层建筑日益表现出对经济基础的反作用，最终造成政府与农民之间的矛盾大量爆发而不得不多次推出税费改革政策，客观上农村公共投入进一步陷入困境。

一方面，随着 20 世纪 90 年代后期农业两税征收方式改变为"户交户结"，传统农区大多数农村公共财政获取的成本增大，导致普遍欠税和公共负债逐年递增，特别是将"三提五统"（三项村提留和五项乡统筹）和"两工"完全取消的政策，相当于把农村财政支农的基础抽掉，并清除了农村在农田水利建设上直接使用劳动力的可能，客观上使农村基础设施特别是与农民生产生活息息相关的小型基础设施建设基本上失去了原来的主要投入渠道。90 年代以来我国在小农经济的经济基础之上构建了高成本的政府上层建筑，造成县以下乡村基层公共负债近万亿元，甚至使得任何上级资金都可能成为基层政府应对开支和偿付债务的来源。

另一方面，情况更具长期性，大批劳动力外出打工确实有促使劳动力市场化和提高农民现金收入的积极作用，但同时也造成农村劳动价格显性化，劳动力投入农业的机会成本大幅度上升。这种现实情况虽然能够体现所谓"理性小农"的市场经济特征，但由于其根本改变了由劳动力无限供给而形成的不计代价的"劳动替代资本"投入的内在机制，而使得改革开放前相对有效的"劳动替代资本"的基本建设投入方式难以重新恢复。

从改革开放前后农村公共投入的制度演变和现实情况来看，我国农村公共投入的状况客观上一直处于恶化状况，由此导致不仅新的生产性公共产品供给不足，而且原有的供给水平也遭到了相当程度的破坏，水利设施淤塞，农田道路失修，农业抗灾能力薄弱，影响了农业和农村的持续稳定发展。由于制度变迁是不可逆的，改革开放后家庭联产承包责任制的基本制度将长期不变，我国进入农业税取消之后新阶段的乡村治理结构也不会改变，而且尽管改革开放前的农村公共产品供给绩效较高但也不可避免地存在增加农民负担、制度内投入不足等制度成本问题。因此，我们确实需要在现有的体制背景下进行制度创新和组织创新，才有可能相对走出现在农村公共投入面临的困境。这也是本研究的主要目标。

三、新农村建设背景——以农田水利设施为代表的农村基础设施的建设和管理成为新农村建设的核心问题

新农村建设中，无论中央还是地方政府都将付出努力，改变以前财政资金将农业和农民边缘化的状况。新一届政府正在加大对地方的转移支付和对农村的公共投入，力图改变长期以来农村公共品供给不足的状况。在新农村建设公共产品的投入中，基础设施的建设又是重中之重（图 1）。

以林毅夫为代表的部分学者认为，国家投资农村基础设施建设不仅可以拉动劳动密集型产业的发展，增加农民就业和收入，同时还可以拉动内需，消化国内制造业尤其是家用电器等行业的过剩生产能力，防止经济紧缩，从而达到一箭双雕的目的。

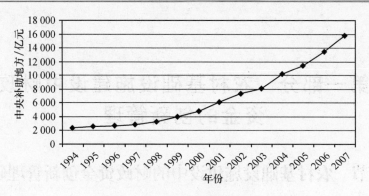

图1 中央对地方财政转移支付
资料来源：根据统计年鉴整理结果得出。

　　从东亚模式来看，投资于基础设施都能有效地带动农村的发展，如日本抓农业基本建设的做法，与早年毛泽东时代提出的"山水田林路综合治理"类似。在政府主导下投资进行农村基本建设项目，彻底改变了日本农村的硬环境，农田灌溉面积达到80%，水、路、电、电话等全部到户，初等教育完全免费，极大地带动了日本内需，奠定了城乡良性互动的良好基础，基本上实现了均衡发展。韩国在三任将军总统的集权统治下完成了工业化的资本原始积累，开始进入工业化中期阶段，同期开展的新村运动是政府主导提供原材料，农协具体组织农民投劳，带动了国内需求。通过20多年的努力，韩国实现了工业化和农村改造的同步进行。泰国是一个典型的农业国，泰国政府促进农业和农村发展的措施首先是加强农业和农村基础设施的建设。泰国政府注重兴建大中型水利工程，架设输电线路，修筑乡村公路，解决山区交通运输、农田灌溉以及生活用电等问题，使农业生产条件大为改善，旱涝保收面积逐步增加。印度政府对农村基础设施的投入也很大，印度乡村各种基础设施不断增加。如加强建设水坝、池塘等蓄水设施，以及抽水机、提灌站等提水设施，有效扩大灌溉面积；建立粮食缓冲储备，改善仓库设施等，加强农业生产风险管理；建立乡村电网和乡村公路，改善农村运输条件，以提高农业机械化水平，保证农作物良种、农药、化肥和农业机具等现代农业投入物及时运到农村，加速把粮食及其他农副产品运到其他消费地。

第一部分 农村基础设施建设中财政资金的创新管理

第一节 农村基础设施建设中的财政资金创新管理研究[①]

一、财政资金支持农村基础设施建设分析

1. 我国财政收支及财政支农规模分析

由表1可知，以1978年为不变价格计算，改革开放以来，我国的财政收入由1978年的1132.26亿元增加到2005年的6820.97亿元，增长了5倍多；财政支出由1978年的1126.09亿元，增加到2005年的7312.56亿元，增长了5.5倍。1990年以来，我国财政收支规模基本上稳步上涨，1998年后开始实行积极的财政政策，财政收支均得到大幅度提高，财政收支两条曲线都同时陡升（图1），由1997年的1957.71亿元增加到2000年的3086.46亿元，到2002年的4360.7亿元，再到2004年的5791.24亿元，几乎每两年上升一个台阶。而财政支农支出由1978年的150.66亿元增加到2005年的528.08亿元，增长了2.5倍。其中，用于农业基本建设的支出由1978年的51.14亿元增加到2005年的110.48亿元，增长了1.2倍。这还只是总数的大致变化。实际上1980年的财政支农支出才136.94亿元，比1978年减少了9.1%，到1985年更进一步减少为117.18亿元，比1978年减少了21.8%，直到1991年才基本恢复到1978年的投入水平。虽然同期的财政收入与支出都在上升，财政支农的支出也在上升，但从图2中可以看出，财政支农的支出是不规律地上升，忽高忽低。而对农业基本建设支出而言，情况更糟。1980年的农业基本建设支出才44.37亿元，比1978年减少了6.8%，到1989年减为24.13亿元，更是比1978年减少了52.8%，直到1997年才超过1978年的水平。换句话说，财政资金对农业基本建设的投入差不多在20年的时间里维持了相似的水平，其中用于农业基本建设的支出1998～2005年更是基本不变，保持在100亿元左右。

---

① 课题主持人：温思美（华南农业大学广东农村经济研究中心）。课题组成员：温思美、孙良媛、张乐柱、许能锐、郑晶。执笔：张乐柱、许能锐。

表1　财政收支规模与支农规模（单位：亿元）

年　份	财政收入 （1978＝100）	财政支出 （1978＝100）	财政支农 （1978＝100）	农业基本建设支出 （1978＝100）
1978	1 132.26	1 122.09	150.66	51.14
1980	1 059.30	1 122.219	136.94	44.37
1985	1 529.23	1 528.795	117.18	28.78
1989	1 269.60	1 345.30	126.70	24.13
1990	1 357.26	1 424.95	142.26	30.83
1991	1 407.27	1 513.24	155.30	33.73
1992	1 462.99	1 571.69	157.93	35.70
1993	1 592.44	1 699.85	161.28	34.79
1994	1 539.26	1 708.74	157.22	31.56
1995	1 572.74	1 719.25	144.86	27.71
1996	1 723.19	1 846.37	162.93	32.92
1997	1 957.71	2 089.51	173.43	36.16
1998	2 252.73	2 463.09	263.40	105.09
1999	2 647.87	3 051.29	251.22	82.60
2000	3 086.46	3 660.48	283.76	95.50
2001	3 749.67	4 325.53	333.35	110.03
2002	4 360.70	5 087.23	364.65	97.76
2003	4 949.91	5 618.86	399.92	120.21
2004	5 791.24	6 249.87	512.86	118.99
2005	6 820.97	7 312.56	528.08	110.48

资料来源：《中国统计年鉴 2006》。

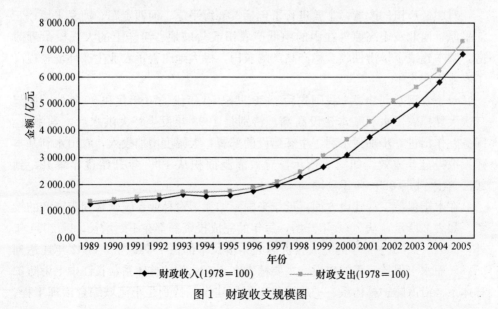

图1　财政收支规模图

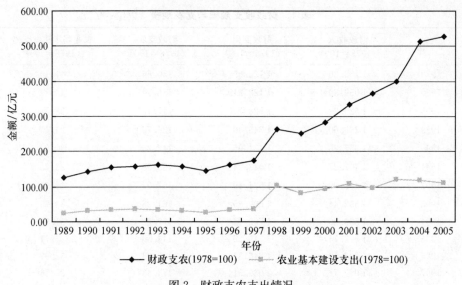

图 2 财政支农支出情况

2. 财政支农资金在农业基本建设中的作用

新中国成立以来，我国财政支农资金对农村基础设施的投入主要用于大江大河的治理、中低产田的改造、农田水利建设、水土保持工程建设等方面。

对大江大河的治理，主要集中在灾害频繁的黄河、淮河、海河等的治理上，建设了一系列具有综合功能的水利设施。这在预防灾害、减轻灾情、灌溉农田、航运发电、治理盐碱、改良土壤等方面起了积极作用。

对中低产田的改造，主要进行了包括黄淮海平原、河西走廊、河套平原、三江平原、西北黄土高原等在内的中低产农田或盐碱地、涝洼土的大规模治理改造，基本建成了旱涝保收、稳产高产的农田，极大地改善了农业生产环境，提高了农业生产水平。

对于农田水利建设，我国先后于20世纪50年代、70年代和90年代，掀起三次大规模农田水利基本建设高潮，特别是1998年发生特大洪水后，党中央、国务院作出进一步加强水利、生态建设的部署，大幅度增加投入，农田水利基本建设取得显著成效。如图3所示，有效灌溉面积从1990年开始逐年攀升，到2005年达到55 029.34千公顷。

在水土保持工程建设方面，近年来国家加大了对林业系统营林固定资产的投资。如表2所示，从2000年开始，每年的完成投资额都在不断增长，除2004年外，2001～2005年每年的完成投资额的年增长率都在15％以上，2002年还达到55％。而水土保持工程的建设，主要精力在于三北防护林体系、长江中上游防护林体系、沿海防护林体系、平原绿化工程等建设，特别是小流域综合治理工程、

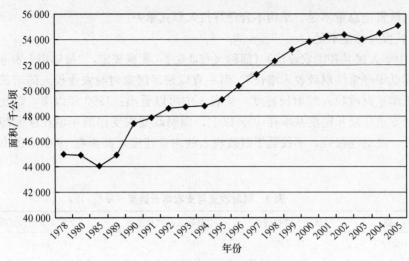

图 3　有效灌溉面积趋势图

资料来源：《中国统计年鉴 2006》。

坡改梯工程、生物防治水土保持工程等建设，使水土流失和沙漠化得到有效控制。

表 2　林业系统营林固定资产投资完成情况（单位：万元）

年　份	本年完成投资	年增长率	本年新增固定资产	年增长率
2000	1 510 541	—	425 135	—
2001	1 919 835	0.27	409 064	−0.04
2002	2 976 388	0.55	797 275	0.95
2003	3 892 793	0.31	1 283 847	0.61
2004	3 989 023	0.02	1 199 775	−0.07
2005	4 593 443	0.15	1 590 725	0.33

资料来源：《中国统计年鉴 2006》。

　　由上可知，我国在农业基本建设中的财政投入，用于重大水利工程和生态建设等全社会受益的投资较多，而在能给农民带来切实利益的项目（如农村公路、良种工程、节水灌溉等）上却投入不足。据统计，在农业基本建设中用于前者的为 80%～90%，而用于后者的只占 10% 左右（黄小舟、王红玲，2005）。

二、农村基础设施建设中财政资金管理存在的问题分析

　　1. 资金投入少、结构不合理且投入形式单一

　　长期以来，我国一直都未构建起农村基础设施建设的资金投入体制，致使投

入的财政资金总量不足、结构不合理且投入形式单一。

　　1）投入总量不足

　　《中华人民共和国农业法》（简称《农业法》）明确规定，"每年用于农业的支出不得低于经常性财政收入增长"，但一直以来，国家财政农业投入的增长速度远低于国家财政收入的增长速度。从表3中可以看出：1990年以来，财政收入与财政支出年增长速度基本在10％以上，而财政支农支出的年增长速度却是忽高忽低，波动性极强，不仅低于财政收入的增长速度，甚至在1999年还出现负增长。

表3　财政收支与支农增长速度（单位：％）

年　份	财政收入增长速度	财政支出增长速度	支农支出增长速度
1990	10.21	9.20	15.76
1991	7.23	9.83	12.91
1992	10.60	10.50	8.19
1993	24.85	24.05	17.13
1994	19.99	24.78	21.01
1995	19.63	17.80	7.87
1996	18.68	16.32	21.83
1997	16.78	16.33	9.42
1998	14.16	16.94	50.68
1999	15.88	22.13	−5.98
2000	17.05	20.46	13.43
2001	22.33	18.99	18.29
2002	15.36	16.67	8.51
2003	14.87	11.78	10.99
2004	21.60	15.60	33.24
2005	19.90	19.10	4.82

　　注：①数据来源于《中国统计年鉴2006》；②从1998年开始，"农业基本建设支出"包括增发国债安排的支出。

　　从图4中可以看出，财政收入与财政支出的增长速度都较为稳定，而财政支农支出的增长速度波动较大，而且只有1990年、1991年、1996年、1998年和2004年5年的支农支出增长速度高于同期的财政收入增长速度，其中1998年的增长速度特别高，达到50.68％，其原因主要是因为统计口径的改变，在"农业基本建设支出"中包括了增发国债安排的支出。

图 4　财政收入增速与财政支农增速比较

实现城乡统筹发展是当前各级政府的一个战略目标，对"三农"的重视程度和支持力度与日俱增。2004 年，从中央到县市一级，都以一号文件的形式相继出台了支持农村发展的政策意见，其中一个重点就是加大对农村基础设施的投入。

从历史上看，农村基础设施投入的主体经历了几个阶段的变化。1949～1955年，农村和农业的投入基本上来源于农户本身；1955 年以后，随着农业集体化制度在农村地区的推行，农村地方和国家共同成为投入的主体，该时期农村基础设施的供给在相当程度上是通过集体强制动员和行政拨款的制度安排来实现的，这种状况一直持续到 20 世纪 80 年代初期；80 年代以后，随着农村人民公社的解体和农村家庭承包责任制的落实，原有的基础设施供给制度逐步丧失其功能，农民筹资、以工代赈成为农民参与农村基础设施建设的主要形式，在实际筹资建设基础设施中，制度外筹资，即政府或集体经济组织采取的没有纳入正规财政范畴内的筹资方式成了一条重要的途径，其中乡镇企业的贡献和农业税等成为重要资金来源（林万龙，2002）；从 90 年代后期开始，国家转移支付成为一个稳定来源，1998 年之后，针对我国农村基础设施薄弱的状况，国家逐年加大了农村供水供电、道路交通等基础设施的转移支付和项目投入。据统计，1998～2001 年，仅国债资金中用于农村电网改造和贫困县公路的投入就达 1991 亿元，用于国家贫困县县乡公路建设、解决人畜饮水困难和建设基本农田等共投入 82.3 亿元，但支撑农业基本建设投资的主要是国债资金，1998 年以来，国债资金占年度中央预算内农业基建投资的 70% 以上，正常的年度预算内农业基建投资不足 30%（陈锡文，2005）。

农村基础设施建设财政资金投入不足的原因有多方面：一是非均衡城乡供给体制导致农村基础设施供给严重短缺。在基础设施供给上存在"城市偏向"——城市公共基础设施一直由国家免费提供，而农村基础设施却由农民自己解决。这种状况现在虽然进行了一定的调整，但并没有从根本上改变其性质（叶文辉，2004）。二是财政支农投入高度依赖中央政府，地方政府对农业的投入严重不足。农村基础设施从性质上讲，是地方性公共事务，对于农村基础设施供给，最直接相关的是县、乡两级政府。然而，作为地方公共产品供给者的县、乡两级政府的供给能力偏弱是当前农村基础设施供给中的一个突出问题。县、乡两级财政拮据，难以有效承担起应有的农村基础设施供给主体的角色。中央财政与地方财权划分模式与事权划分模式的不对称成为基层政府财政困难的体制性诱因（侯江红，2002）。1994 年我国实行"分税制"，中央财政收入占全国财政收入的比重由 33% 提高到 57%，但财权和事权并未合理划分，从而形成目前财政收入四成归地方，但地方承担六成的支出，而六成归中央，中央却只分担四成支出的财政收支格局。财权上收而事权下移，直接加重了县、乡两级政府的财政负担，且很多本应由上级政府部门负责的公共事务落到乡镇基层，而乡镇财力支持不足，造成了乡镇政府在农村基础设施供给能力上的欠缺（赵丙奇，2002），上级政府有限的转移支付并不能从根本上解决地方政府的财政困难。三是农村税费改革直接减少了县乡财政收入，也在一定程度上了减少了农村基础设施的资金投入。根据陈东平和蒋晓亮（2006）2004 年对江苏省 A 市的调查，各乡镇的财政收入总计为 71 026 万元，而当年的财政支出却达到 110 491 万元，收支缺口 39 465 万元，有 92 个乡镇的一般预算为赤字状态。农村税费改革以来，乡镇财政困难不断加重，有的乡镇甚至连维持行政正常的运转都困难，更不用说对农村基础设施进行资金投入了。

2）投入结构不合理

我国在农村基础设施建设财政资金投入上的结构不合理，主要体现在：一是主要部分用于人员供养及行政开支；二是用于大中型带有社会性的水利建设比重较大，而直接用于农业基础设施建设的比重较小；三是农村中小型基础设施建设缺乏稳定资金来源（陈锡文，2005）；四是在资金投入上条块分割严重，缺乏协调性。

我国的财政体制一直存在着条块矛盾。"条"是业务范畴，是一级政府权力的垂直延伸，首先表现为下级对上级的行政权力依赖，其次才是经济权力的依赖。"块"是地缘范畴，是政府权力的横向分割，政府间关系是一种地缘关系，首先表现为经济上的相互依赖性，其次才是行政权力范围的地缘性。条块关系交织使部门之间、地区之间在处理财政问题时，相互争执利益、推诿责任。下级政府部门在财政权力上缺乏自主性，因而也就没有责任心，形成了滥用财权、浪费财力的局面。中央与地方政府权力定位不够准确，无法明确事权范围，难以划分收支标准，特别是中央与地方之间有交叉的支出、跨地区的支出、具有外溢性的支出，更是容易造成相互干扰、混淆不清。因此，就造成农村基础设施建设财政资金投入的紊乱和结构不合理。

　　3）投入形式单一

　　对农村基础设施建设的财政资金投入形式长期以来只有无偿投入一种，虽然随着社会主义市场经济体制和多元经济结构的建立，通过市场手段来管理经济已成为大家的共识，而且在城市基础设施建设的资金投入上已经有很多较为成功的市场运作模式，但由于农村基础设施的低效和缺乏关注，农村基础设施建设的财政资金投入形式至今仍然较为单一。

　　2. 项目立项不够科学、不够规范

　　缺乏整体的农村基础设施建设长期发展规划，导致决策不够科学、立项不够规范。立项时仅凭主管部门编制的表格方案确定项目，缺乏建设单位和乡镇政府的申请报告。存在着部分实际中急需建设的项目被忽视，而一些无关大局的项目却被优先立项的主次颠倒现象，导致一些"人情项目、送钱项目、面子项目"的产生，以至于农村基础设施建设财政资金投入效益不高。例如，新闻媒体曾经报道：国家扶贫重点县、全县贫困面达 10％、个别乡镇的贫困面更是达到 70％以上的甘肃永靖县，花 20 多万元沿公路边建了 2 千米长的所谓"文化长廊"，美其名曰"进行公路沿线的绿化和美化"，实际是为了挡住公路边上破败的农村住房。结果是害苦了当地的老百姓，不仅要投劳修建这堵政府官员的"遮羞墙"，还严重妨碍了自家的出门行路。诸如此类的农村基础设施建设项目，事前肯定没有经过充分且科学的论证。

　　由于立项程序和手续不规范，有些建设单位甚至不知道有立项补助，更不知道补助金额是多少，主管部门从中扣留部分补助资金归已使用。管好用好新农村建设资金就是要科学立项、民主决策，目前财政资金投资决策程序不完善，人为因素比较多，尤其是各级政府、各部门主要领导的干预往往造成无效决策和试验决策，有的是凭长官意志，靠"拍脑袋"决策，缺乏考察调研和科学论证，盲目上项目。更有甚者，弄虚作假，欺上瞒下，不搞"民心工程"而搞"政绩工程"等，致使资金浪费严重。另外，自上而下的决策机制使决策与广大农民对基础设施的实际需求脱节，忽视了农村主体——农民的真实需求和价值偏好。作为社会最大的"弱势群体"，农民利益表达机制和整合机制的缺位使农民在利益博弈中始终处于弱势地位（杨定全，余海秋，2006），因此农民的意愿和要求也就难以在决策中得以反映。农村基础设施供给的数量、种类基本是由基层政府在没有农民参与的情况下决定的，政府决定代替了农民意愿，农村居民往往只能被动接受政府提供的基础设施，并被动地承担相应的费用。

3. 资金管理分散化

由于历史和现实的原因，农村基础设施建设的财政资金长期存在多头管理问题。就中央这一层面，至少涉及 9 个部委，每个部委里面又涉及不同的司局，到了地方，涉及的部门更多。如表 4 所示，在县一级每一项农村基础设施建设都有一个独立的对应管理部门，另外还有很多诸如领导小组、项目办公室等非常设机构也管理一些专项的农村基础设施建设资金。资金管理的分散化存在诸多弊端：一是造成农业资金过度分散，各部门对所实施的项目标准和监督管理不一致，重复使用和浪费较多，没有形成整合效应，不利于发挥财政资金的整体引导优势，削弱了财政资金的规模优势；二是各主管部门在独立行使职能的过程中不协调、不统一，互相扯皮，加大了管理成本和协调成本；三是农业主管部门有些职能划分不清，交叉、重复和浪费现象严重，经常出现同一项目多个部门管理；四是主管部门过多，供养人员过剩，加重了财政负担，造成主管部门的行政经费挤占农村建设费的普遍现象；五是不利于国家实行统一的宏观调控政策，降低了财政资金的使用效率。

表 4　农村基础设施建设的主管单位

农村基础设施建设项目	主管单位
农田水利设施建设	水利局
高质量耕地建设	国土局
农电设施建设	电力局
科技开发与推广基础建设	科技局
通信信息网络建设	电信局
道路桥梁设施建设	公路局、交通局
禽畜疫病防灾体系建设	畜牧局
村庄规划建设	规划局
饮水安全设施建设	安监局、自来水公司
洁净能源设施建设	能源办
环境保护设施建设	环保局
乡村公共卫生和医疗设施建设	卫生局
普及教育和转岗就业培训设施	劳动局

4. 资金拨付中存在挤占、挪用现象

农村基础设施建设中财政资金在拨付的环节上，存在挤占、挪用、截留、沉淀、配套资金不到位等情况。

第一，对于农村基础设施建设财政资金而言，由于管理级次过多，"路耗"严重。我国从中央到地方共有五级政府，虽然从 2004 年开始就启动了"省直管县"的试点工作，但至今没有全面铺开。由于政府财政转移支付资金，特别是中央和省级政府的投入要经过漫长的"渠道"层层划拨，同时这些渠道存在不少"跑、冒、滴、漏"，甚至是截留、挪用，结果出现"水到田头干"的局面。正如"委托代理"理论中所阐述的，委托代理关系的层数越多，出现逆向选择和道德风险的可能性就越大。对于财政资金的拨付而言，拨付的层数越多，截留、挪用资金的可能性也就越大。有学者研究（李昌平，2006）表明，在专项资金分配环节上，存在着重复设置项目、多头审批、层层截留等问题，几乎每一笔专款经过每一层审核中都会出现 10%～20% 的损耗，财政部提交全国人大代表讨论的 2003 年中央转移支付 8000 多亿元资金中，竟然有 2300 多亿元专项支付没有说明具体去向。特别是财政困难、资金调度无力的地方（以县、乡镇较严重）通常挤占支农资金用于发放工资、弥补公用经费不足。对于乡镇而言，由于财政"油盐不分家"，所有的财政资金都统筹使用，分账不分钱，而大多数的乡镇财政都较为困难，账上有钱只能从稳定的角度出发，先保证公务员和乡村教师的工资，然后才能考虑其他的用途，因此有些农村基础设施建设的资金就在这种"油盐不分家"的乡镇财政资金管理体制下被挤占、被挪作他用。最典型的例子莫过于媒体广泛报道的陕西省子长县李家岔行政村的移民碑事件，该村有 18 户 96 人，世居深山狭沟之间，闭塞落后，生活艰辛。县政府遂以移民搬迁异地开发的原则安置贫困户，新建砖窑 4 孔、买窑 42 孔，总投资 13.2 万元（来自县、省补助，以及县、乡群众自筹款），但最后一户还没移出来，钱却不知哪去了，剩下的钱只够树立一块移民碑。正如温铁军教授（2003）所指出的，"以往政府对该项（农业基础设施）的投入基本上表现为涉农部门'分财政的盘子'，支农资金其实只能下达到政府部门及其所属单位，不免出现贪占挪用，甚至有部分转化为基层债务和农民负担；也一定程度上推高了农业成本。近年来农业的直接成本增加 10%，强调农业服务又导致成本增加 9%"。

第二，弄虚作假、随意改变资金投向、违规违纪的现象时有发生。农村基础设施建设财政资金预算不落实，财务核算不规范，专项资金不能专款专用，随意改变资金用途，资金支出和使用杂乱无章，一些地方借建设新农村之名，不切实际地盲目投资于"政绩工程"，树"新村典型"，损失浪费严重。广东省在 2003 年 5 月获国家发展和改革委员会（简称国家发改委）批复的国债计划之后，10 月即以部分项目配套资金筹集困难等理由请示调整部分投资项目：共取消 271 个项目，新增和调整 386 个项目；总投资由 214 891 万元调减为 183 393 万元，有 83 个项目路径与专项资金投资计划不符；抽查的三个县部分项目中实际建设里程与计划项目建设里程不符，有 7 个项目计划里程共 32.5 千米，实际里程 14.4 千米，虚报里程 18.1 千米，涉及国债资金 181 万元。

第三，地方的配套资金到位率较低。中央对农村基础设施建设的财政资金投入一般都要求地方各级进行资金配套，但是目前地方各级政府由于各种原因，配套资金的到位率较低，对上级特别是中央的农村基础设施建设财政资金投入，存在"钓鱼现象"。据财政部驻广东专员办的资料，抽查的广东省四个市国债专项资金 9288 万元，仅市级交通局滞留国债资金专户余额就达 5169 万元，占已拨资金的 56％。主要是地方配套资金不到位，部分项目未动工而滞留，如某市交通局收到国债资金 1082 万元，仅拨付工程款 15 万元，其余 1067 万元由于 10 个项目 105 千米未动工而滞留在银行；某市交通局收到国债资金 3299 万元，因 54 个项目 173.8 千米未动工而滞留国债资金 2475 万元。

导致这些问题出现的原因：一是管理主体比较分散。尽管各个部门都制定了多如牛毛的农村基础设施资金管理办法，但有效管理机制尚未形成，相互之间缺乏协调，投资领域划分不清，相互混淆，导致管理责任难以落实。例如，光是农村沼气国债项目资金管理各地方都有各自的管理办法。二是内部控制制度不健全，制约机制不完善，相关法规滞后，使一些违法违规者有可乘之机，而且相关法规的不完善，不仅不能给予他们相应的处罚，即便他们获处罚，也普遍存在避重就轻的现象，往往把违反国家相关法律的行为定性为违规违纪行为，没有严肃追究相关违法违纪责任人的责任。三是财务管理松弛，未能严肃财务纪律。财务制度不健全，财务人员素质比较低，法律法规意识不强；财务多头管理，致使都管又都不认真管，权责不对称，责任不落实，出了问题难以追究。四是客观上因财政收入分配不均，财权、事权不对称而造成地方财政相对比较困难，致使产生利用国家财政支农建设资金填补财政资金空洞的冲动。

5. 资金监管反馈差且缺乏绩效评价机制

农村基础设施建设财政资金管理中存在监督体制不完善、监督缺位和错位现象。财政投入资金追踪监管反馈工作不能及时到位。财政支农工作的主要内容往往是分资金、下指标、促到位，但财政支农资金追踪监管反馈工作始终不能制度化、规范化。"一拨、二转、三不管"的问题十分突出。

目前财政监督存在的主要问题：一是财政监督体制不完善。财政监督体系应包括财政机关的监督、审计机关的监督、代议机关的监督以及社会民众监督、新闻媒体监督的多元化全方位体系。同时，财政机关的监督、审计机关的监督、代议机关的监督应有明确的分工和互补关系，即财政机关侧重于日常业务监督，审计机关侧重于事后监督，代议机关侧重于宏观监督。但是，因种种原因，财政机关和审计机关在监督对象、范围和时间上多有交叉之处；人大对财政预算的审查还不够严格和细致；受制于较低的财政透明度和有限的财政监督权，现行的社会监督机制难以发挥作用。二是财政监督的方式不规范。重突击、专项性监督，轻日常监督；事后检查多，事前、事中监督少；对某一事项和环节检查多，全方位跟踪监督少，以致出现了问题无法得到及时纠正。而且，由于事后监督查处多、事前监控少，部分被监控单位采取相应对策，想方设法躲避监督，致使一些突击的检查监督每每流于形式，难以深入。以日常监督为主，将监督寓于财政运行的事前、事中和事后全过程的机制尚未建立起来。三是财政监督的法制保障滞后。目前我国有关财政监督的规定，主要在《中华人民共和国预算法》、《中华人民共和国会计法》和《中华人民共和国税收征管法》等法律法规中体现，而相应的条款往往是原则性的，实际操作性不强。现有立法对财政支出存在重大决策失误的人员，没有规定强有力的处罚措施，导致相关主体对财政支出没有较强的责任心，从而形成恶性循环，加剧了财政支出的浪费。立法不完备、法律实施差、监督效果不佳，是造成财政资源分配使用不合理、国有资产大量流失并给权力滥用者和腐败分子以可乘之机的重要原因（龙琨，2003）。

此外，农村基础设施建设的财政资金投入还缺乏事后的绩效评价机制。绩效评价本应该是其整个绩效管理的核心和重要手段，也是政府编制财政预算的前提。一个有效的支出绩效评价系统不仅能够向公共服务的提供者揭示公众的满足程度和预期目标的实现程度，而且也能指明公共支出决策的改进空间和应采取的后续行动。然而，在相当长的时间内，农村基础设施建设资金投入的绩效评价没有引起足够重视，究其原因，除了受计划经济管理体制和粗放型管理模式的影响，以及公共支出绩评价本身的复杂性之外，还有一个重要原因就是人们没有把握公共支出绩效评价的内涵及诸多因素影响，特别是对于农村基础设施的投入，其投入地区是较为偏僻的农村地区，其受益者主要是文化知识层次较低的农村居民，城市的绩效评价机构和人员难以到实地进行统计、检查、评估，此外当地的农村居民也缺乏自主进行评价的能力和反映意见的渠道。

6. 小结

综上所述，当前我国农村基础设施建设财政资金投入中存在着诸多问题。从财政资金的投入数额、结构和方式，到项目的立项，以及资金的管理、拨付、监督反馈和评价等各方面都或多或少地存在问题。冰冻三尺，非一日之寒，要解决这些实践中存在的问题，并非一时一事所能解决。本研究的目标是：在调查分析的基础上，有针对性地提出当前农村基础设施建设中财政资金创新管理的政策建议，该政策体系主要包括财政资金的强效投入、高效管理、绩效评价以及创新管理模式。

三、案例调查分析

1. 广东省珠海市调查

1) 基本情况

珠海位于广东省珠江口的西南部，北纬 21°48′～22°27′、东经 113°03′～114°19′之间，因位于珠江注入南海之处而得名。东与香港隔海相望，二者相距仅 36 海里，最近的牛头岛相距仅 3 海里；南与澳门相连，西邻新会、台山市；北与中山市接壤，距广州市约 140 千米。珠海市区内陆部分地势由西北向东南倾斜，有山地、丘陵与平原。以丘陵为主，占 58.68%；平原次之，占 25.5%；水域占 15.9%。海岸线、岛岸线长 690 千米。现有常住人口 140 万，其中农村人口 17 万，只占 12.14%。

2) 资金投入情况

珠海的农村基础设施建设，到目前为止没有中央和广东省的资金提供，全部由珠海市各级政府解决。近年来，珠海市的农村基础设施投入主要是以支持社会主义新农村建设的名义体现的，如表 5 所示，2004 年的投入金额达 42 833 万元，2005 年投入金额达 35 271.7 万元，2006 年投入金额达 39 702 万元，2007 年投入金额预计达 54 270 万元，连续两年的增长都在 20% 以上。

主要成效体现在以下方面：

一是乡村公共卫生和医疗设施。珠海市实现了每个村建设一个卫生服务中心的任务，为此市政府给予每个村 30 万元的补助，共投入约 5000 万元。

二是农村道路设施。珠海的村村通公路已经完成，建设资金的主要来源是各级财政资金按 6∶3∶1 的比例来完成，即市政府出 60%，区政府出 30%，镇政府出 10%。

三是对良种补贴和农业龙头企业的扶持主要是通过财政"直通车"完成，即直接按项目补钱。大力支持市里主要的农业龙头企业，特别是海水养殖产业，带动了大量农民致富。

3) 主要的财政资金管理

对于财政资金的管理市里如有文件就按市里的，如没有则按广东省的，再没有就按国家的。当前的农村基础设施建设资金管理主要依据以下文件：《珠海市政府投资项目管理条例》、《珠海市财政资金管理办法》、《政府投资项目资金管理办法》、《工程招投标管理办法》。

从 2005 年开始，建设资金通过国库直接支付，每个单位有账有钱，但没有现金。财政资金的支付主要有两种形式：授权支付（先开销，然后拿发票报账）和直接支付（通过国库集中支付系统）。对于属于工程建设的，严格按工程建设进度来付款，一般是工程开工时按 8 成付款，工程完工后按 9 成付款，工程结算后

表 5 珠海市市本级财政支持社会主义新农村建设资金情况表

序号	项 目	2004 年(金额)/万元	2005 年 金额/万元	2005 年 比上年增减/万元	2005 年 比上年增减/%	2006 年 金额/万元	2006 年 比上年增减/万元	2006 年 比上年增减/%	2007 年 金额/万元	2007 年 比上年增减/万元	2007 年 比上年增减/%
1	农村税费改革转移支付与补助	1 302	1 302	0	0	1 302	0	0	1 302	0	0
2	农业支出	6 055	6 134	79	1.30	7 167	1 033	16.84	12 203	5 036	70.26
3	水利支出	7 040	9 716	2 676	38.01	9 045	−671	−6.95	11 770	2 725	30.13
4	住房改造	3 295	1 500	−1 792	−54.38	2 495	995	66.33	5 000	2 505	100.4
5	基础设施建设	9 446	2 487	−6 959	−73.67	4 900	2 413	97.02	8 000	3 100	63.26
6	文化教育	7 896	5 816.7	−2 079.3	−26.33	4 336	−1 480.7	−25.46	3 502	−834	−19.23
7	社会保障	1 394	1 390	−4	−0.29	3 840	2 450	176.26	7 280	3 440	89.58
8	计划生育事业	505	426	−79	−15.64	617	191	44.84	654	37	6
9	农业科技	1 000	1 000	0	0	1 000	0	0	1 000	0	0
10	工业园区建设	3 900	4 500	600	15.38						
11	强镇富民工程					3 500	3 500		2 000		
12	固本强基工程	1 000	1 000	0	0	1 500	500	50	1 500		
13	农村司法									59	100
	合计	42 833	35 271.7	−7 558.3	−17.64	39 702	10 430.3	29.57	54 270	14 568	36.7
	基础设施建设占总支出的比例/%	22.05	7.05	—	—	12.34	—	—	14.74	—	—

资料来源:珠海市财政所。

按 9.5 成付款,剩下的 0.5 成按一年的保持期后拨付。

4)存在的问题分析

(1)资金方面,市级政府的投入保证到位,但区级、镇级的政府配套资金不一定能及时到位。

(2)项目建设时,主管项目的区政府、镇政府和建设单位的相互配合有时存在争议,相关的责任没有分清,造成项目建设中的扯皮现象。

(3)农村基础设施建设中有些村民会趁机要挟,对项目不很配合。特别是有关赔偿问题,村民存在较多意见,耕地补偿、青苗补偿等,存在狮子大开口现象,想多占赔偿款。

(4)农村基础设施建设要做足前期工作,做好了前期的准备工作可节省 30%~50% 的建设费用,而如果没做好前期准备工作,则有可能多花一倍的费用。

(5)农村基础设施存在"有人建,没人管"的情况。一般的农村基础设施会存在重建轻管的现象。现在农村公路建成后由公路局接管,农村医疗设施由乡村医生管理,其他的农村基础设施就处于无人管的状态。

(6)政府没有明确的对社会筹资进行鼓励的政策,因此难以吸引社会资金对农村基础设施进行投入。

2. 海南省农村沼气建设项目调查

1)基本情况

海南省在 20 世纪 80 年代就已开始推广农村沼气,但由于资金投入短缺等原因,建设步伐缓慢。至 2000 年,全省累计建成沼气池仅 1.65 万户。从 2001 年开始,海南省加快沼气发展速度,以沼气建设为纽带,将其与改厕、改圈、改厨相结合,改变了农村居民的生活方式,由此也带动了改路、改水、改庭院,改变了村容村貌。沼气建设已成为海南文明生态村建设的重要内容,具有较好的经济效益、生态效益、社会效益。2003 年以来海南省已连续 4 年承担农村沼气国债项目。在"十五"期间,全省新建设沼气池 14.6 万户,累计达到 16.15 万户,共建设生态文明沼气示范村 765 个。

海南省的沼气建设有四个方面的变化:一是从单纯沼气建设发展到与文明生态村建设有机结合,做到统一规划、统一安排、同步实施,配套改圈、改厕、改厨,"一池三改"("一池",即沼气池;"三改",即改猪圈、改厕所、改厨房),至今,"一池三改"建设在海南省文明生态村中的数量已达 10.2 万户。二是在用途上有较大变化。从点灯照明、煮饭炒菜发展到使用沼气热水器、沼气饭煲和利用沼气发电等多种用途,更大范围地解决了生产生活用能。三是建设规模上有较大变化。从 6~8 立方米的小型用户沼气池发展到大、中、小型沼气工程。四是沼气发酵原料上的变化,从单一利用人畜粪便发展到应用生物技术处理植物秸秆生产沼气等，扩大了沼气发酵来源，解决了不养猪农户建设沼气的问题，增加了宜建沼气户数量。

推广"一池三改"沼气建设，使海南农村面貌发生了较大变化，彻底改变了过去"人无厕、牛无栏、猪无圈、鸡无舍、人畜粪便乱排放、村道坎坷泥泞、村巷污水横流"的现象，改善了农民的生活条件，提高了农民的生活质量，保护和改善了农村生态环境，带动了养猪业，推动了无公害农业生产的发展，有效地增加了农民的收入，推进了社会主义新农村建设。

2）农村沼气的效益分析

农村沼气的经济效益分析[①]：一是能源效益。一个6立方米的户用沼气池年产沼气730立方米，按每立方米1元计，每户年节约生活燃料和电费开支为730元。二是肥料效益。户用沼气池年产沼渣、沼液约35吨，折算化肥约350千克，价值约为400元，即农户年可减少化肥支出约400元。三是养猪效益。沼气用户年养猪可出栏6头，按每头获利润180元计，可获利1080元。四是种植业效益。沼气用户用沼肥施用热带农作物，生产无公害农产品，按户均种植面积6亩、增产幅度10%计，每户年减少农药化肥施用投入和增产增收约1000元。四项经济效益合计约为3210元，即每个沼气用户年形成的经济效益可达3210元。

农村沼气的生态效益分析：一是降低了林木资源消耗，保护了生态环境。在海南，一个6立方米沼气池，年可产沼气730立方米，相当于节约薪柴5.4吨，节约量相当于5.6亩林木年生长量，或保护林地10亩以上。二是施用沼气肥，增加了作物秸秆还田量，提高了土壤肥力，农村生态环境将得到明显的改善，有利于实现农业稳定、高产和优质。三是治理面源污染。通过沼气工程建设，人畜粪便污染得到有效治理和资源化再生利用，从而形成农业生态和生态环境的良性循环。

农村沼气的社会效益分析：一是提高了农民生活质量。农村沼气建设的发展，使十多万个农村家庭受益。农民使用清洁能源炊事，不需上山砍柴，减轻了农村妇女的劳动强度，消除了厨房烟熏火燎的现象，改善了卫生状况，减少了眼睛、呼吸道等疾病的传播。二是增加了就业机会。沼气建设每年可提供直接就业2000人（持有国家人事劳动保障部颁发的沼气生产工证书的人员）以上，有利于农村社会秩序的稳定。

基于如此众多的显性效益和隐性效益，农村沼气在海南农民中极受欢迎。从表6中可以看出，海南省农村沼气建设国债项目的完成情况较佳，各市县2003年、2004年都100%完成，2005年完成计划情况因统计原因，暂且不到100%。

---

① 经济效益核算的数据是2004年的，而不是指猪肉涨价这两年的。

表6　2003～2005年海南省农村沼气建设国债项目情况

序 号	市 县	2003 年			2004 年			2005 年		
		下达计划/户	完成情况/户	完成计划/%	下达计划/户	完成情况/户	完成计划/%	下达计划/户	完成情况/户	完成计划/%
1	海口市琼山区	3 000	3 000	100	—			1 221	50	4.10
	海口市龙华区		—		900	900	100	175	128	73.14
	海口市美兰区				—			229		0
2	三亚市				2 000	2 000	100	2 000	2 000	100
3	五指山市	2 200	2 200	100	2 000	2 000	100	1 660	935	56.33
4	文昌市	1 400	1 400	100	2 200	2 200	100	2 275	1 287	56.57
5	琼海市	3 000	3 000	100	2 100	2 100	100	2 270	206	9.07
6	万宁市	3 000	3 000	100	2 130	2 130	100	2 220	165	7.43
7	定安县	3 000	3 000	100	2 000	2 000	100	2 370	193	8.14
8	屯昌县	3 000	3 000	100	2 100	2 100	100	2 275	626	27.52
9	澄迈县	3 000	3 000	100	2 000	2 000	100	2 000	945	47.25
10	临高县	3 000	3 000	100	2 000	2 000	100	2 000	287	14.35
11	儋州市	3 000	3 000	100	2 270	2 270	100	2 340	1 008	43.08
12	昌江县	3 000	3 000	100	1 800	1 800	100	1 830	384	20.98
13	东方市	1 600	1 600	100	1 800	1 800	100	1 810	668	36.91
14	白沙县	3 000	3 000	100	2 000	2 000	100	1 500	525	35.00
15	乐东县	—	—		2 000	2 000	100	1 700	1 290	75.88
16	琼中县	3 000	3 000	100	2 000	2 000	100	1 880	570	30.32
17	陵水县	3 000	3 000	100	2 380	2 380	100	1 900	566	29.79
18	保亭县	2 420	2 420	100	2 100	2 100	100	1 620	602	37.16
	合计	43 620	43 620	100	35 780	35 780	100	35 275	12 435	35.25

资料来源：海南省农业厅能源站。

3) 财政资金管理模式

2003～2005年海南省农村沼气国债项目资金的管理与使用，都按照农业部与国家发展和改革委员会下发的《农村沼气财务管理办法》和《海南农村沼气建设项目财务管理暂行办法》的有关规定，设立专户管理，独立建账，项目资金由市县会计中心监督使用。主要采用会计报账制度，每个项目开工时先给30％的启动资金，完成并验收后，再拿票据报账，领取剩余款项。

项目资金使用情况如下：

在海南，建设一户"一池三改"需要投入3000元左右，而农村沼气国债项目国家补助标准每户只有800～1000元，资金缺口较大，目前采取的是通过国家补助、地方配套、社会捐助、农民自筹等多渠道筹资沼气建设资金，各级资金到位情况见表 7。

表 7　资金到位情况

年　份	国债资金		省级资金		市县资金		农户自筹资金	
	到位资金/万元	到位率/%	到位资金/万元	到位率/%	到位资金/万元	到位率/%	到位资金/万元	到位率/%
2003	3 489.6	100	0	0	578.15	33.14	3 489.6	167.16
2004	2 862.4	100	0	0	888.94	31.05	4 040.23	88.66
2005	3 100	100	0	0	974	34.51	1 716	37.58

2003 年中央国债资金计划 3489.6 万元，100% 到位。国债资金主要用于购买水泥、沼气灶具及配件等，以及支持沼气技术工工资等。地方应配套资金计划 1744.8 万元，实际到位 578.155 万元，到位率为 33.14%。农户自筹资金计划 3489.6 万元，实际到位 5833.31 万元，到位率为 167.16%。

2004 年中央国债资金计划 2862.4 万元，100% 到位。地方应配套资金计划 2862.5 万元，实际到位 888.94 万元，到位率为 31.05%。农户自筹资金计划 5009.2 万元，实际到位 4040.23 万元，到位率为 88.66%。

2005 年中央国债资金计划 3100 万元，100% 到位。地方应配套资金计划 2822 万元，实际到位 974 万元，到位率为 34.51%。农户自筹资金计划 4566.30 万元，实际到位 1716 万元，到位率为 37.58%。另外，2005 年社会捐助现金及物资折款 1751.8 万元，主要用于补贴购置原材料及项目相关的费用。

4）优缺点分析

优点：能够管好用好国债资金，在实际管理中没有发现截留、挤占、挪用建设资金，虚报投资，骗收国债资金等情况。

缺点：

（1）资金拨付效率不高。有关部门的配合不够，没有及时拨付资金，影响了建设进度，从而打击了建设部门的积极性。

（2）省级配套资金不到位。农村沼气国债项目中央安排每户补助 800~1000 元，要求省市县配套补贴资金 50%，而海南省实施国债项目三年来，省级财政配套资金一分未到。

（3）缺乏必要的培训经费。沼气项目建设需要培训的面较大，经费短缺影响了技术的普及和推广。

（4）沼气工作经费严重短缺。一个村的沼气建设，从动员、规划、施工到检查、验收，市县、乡镇干部要往返 5 次以上。因缺乏工作经费，很多市县至今还拖欠干部的差旅费，严重影响了干部的工作积极性和沼气建设的发展。

　　(5) 后续管理滞后。有些市县重建轻管，导致技术服务和沼气零配件供应不到位，影响了已建成沼气池的效能发挥。

　　3. 湖南省宁乡县双凫铺镇调查

　　1) 基本情况

　　双凫铺镇是全国、省、市小城镇建设重点镇，位于湖南省长沙市宁乡县中部，距省会长沙 66 千米，辖 26 个行政村、2 个居委会，镇域面积 89.5 平方千米，总人口为 42 000 人，其中农业人口 36 000 人，占总人口的 85.7%，现有农田 28 684 亩，农业人口人均耕地 0.797 亩，是一个以农业为主的镇。2006 年完成县域生产总值 4.1 亿元，财政收入 1676 万元，农民人均可支配收入 4700 元。

　　2) 资金管理情况

　　双凫铺镇没有专门针对农村基础设施建设财政资金进行管理，只是设置了新农村建设专户，主要的建设资金都归县财政管。从 2005 年开始，建设资金都是由国库集中支付系统管理。镇里的农村基础设施建设资金主要有三个来源：一是上级拨款；二是镇里的土地开发收入；三是银行贷款。2006 年的农村基础设施建设财政资金投入主要有：村道建设 200 万元，禽畜疫病防灾 30 万元，村庄规划 10 万元。

　　农村基础设施建设资金管理中存在的问题主要有：①资金少，需要进行的建设多；②资金管理分散，就像"撒胡椒面"，到处都撒到了，但到处都不够；③缺乏整体规划，建设项目被戏称为"拍脑袋工程"，有资金，想起来就建，一旦没资金，建成一半就撂着；④维护缺乏资金，修建的资金都不足，更不用说专项的维护资金；⑤配套资金落实差，建设工程难以按质按量完成。

　　3) 存在问题的原因分析

　　第一，投资管理体制不够完善，管理主体缺位。受粗放式经营管理方式的影响，乡镇对农业基础设施建设铺摊子、上项目的热情高，但在具体实施中，到底谁来代表国家行使所有者和投资者的监督职能，实际上并不明确，以致一些项目"有人决策，无人负责"，造成基础设施建设项目投资管理与监督主体缺位。项目业主既是工程的实施者，又是资金管理者。

　　第二，乡镇财政职能作用没有得到充分发挥。一是乡镇财政居于明显的从属地位，财政职能的发挥往往取决于领导意志，财政只能被动应付，个别领导有意不把账务纳入财政统管，逃避财政监督。二是乡镇财政监督职能不到位。由于一些乡镇把基础设施建设资金游离于财政所之外，或者财政所只起报账作用，在资金开支过程中无财政人员参加，从而使财政监督无从谈起。

　　第三，地方经济受"瓶颈"制约，可用财力十分有限。对项目的配套资金不能落实。现今大部分的乡镇财政都很困难，有限的资金通常用来先保证工资发放，而对于农村基础设施建设只能有则做、无则停。

4. 福建省乡村公路建设"以奖代补"管理机制调查

1) 基本情况

福建省地处东南沿海，与台湾省隔海相望，东北与浙江省毗邻，西北横贯武夷山脉与江西省交界，西南与广东省相连。全省陆地面积 12.14 万平方千米，海域面积 13.63 万平方千米。2006 年末全省常住人口为 3558 万人，全省城镇化水平为 48%。全省行政区划包括 9 个设区市、85 个县（市、区）、1025 个乡（镇）、15 123 个行政村。

2) 乡村公路发展中存在的问题分析

在"以奖代补"管理机制实施以前，构建的乡村公路发展相对比较缓慢，主要存在的问题有：

第一，自然条件和历史因素的制约。福建主要以丘陵地貌为主，山地、丘陵占陆域的 80%，乡村主要分布于山区，修乡村公路需要翻山越岭、搭桥打洞，修建较为困难，费用较高；又因为历史的原因，改革开放之前，由于台湾问题，福建一直被当作前线看待，国家财政对福建的投入较少，因此总体来说福建乡村公路发展相对较为缓慢。长期以来主要以修简易路、求"通"为主。山区农村公路的主要特点是技术等级低、路面硬化率低、抗灾能力弱。在全国农村公路建设的起步之年（2003 年），福建省仍有 87 个乡（镇）和约 8000 个行政村的 4 万千米左右的通达公路路面没有硬化。

第二，规模小、项目点多。福建农村公路主要以满足农民基本生产生活出行为主，建设等级要求不高，基本沿老路改造，主要工程量集中在路面工程上，而且绝大部分项目里程很短，项目投资规模较小。但是，由于村落分布很广，而且高高低低地分布于山上，项目点多且杂，所涉及的总体面广，管理难以到位，效率低下。

第三，计划性较差。由于严重的"僧多粥少"，有限补助资金独木难支，全省 1.5 万多个建制村基本都安排过补助，但地方配套资金难以落实，以致多数项目无法按期、按质、按量地完成。另外，除各级政府安排资金补助外，还允许和鼓励沿线村民自觉自愿地参与农村公路建设。这也导致了农村公路项目建设安排容易受到沿线群众建设积极性和当地政府财政资金实力等因素的影响，计划性较差。

3) "以奖代补"管理机制

"十五"以来，福建省开始实施"以奖代补"管理机制，其中心思想是"以分级管理为前提，以鼓励加快发展为核心，以强化建设质量为手段"。该机制实施以来有效地促进了全省农村公路的快速发展，"十五"期间福建省共完成农村水泥砼 2.1 万千米，2005 年底基本实现全省乡镇通达公路硬化，厦门、泉州两市率先实现通建制村公路硬化目标。2006 年又完成农村水泥砼 5300 千米。同时，农村公路建设质量得到了有效控制。2003 年全省农村公路项目省级抽检合格率为 85.9%，2004 年为 91.5%，2005 年为 97.5%，2006 年达到 98.5%。

表 8 所示为构建省完成农村公路里程与国家补助里程的比较情况。

表 8　福建省完成农村公路里程与国家补助里程比较

年　份	完成农村公路里程/千米	国家补助里程/千米	国家补助所占比例/%
2004	7 500	6 255	83.40
2005	6 500	4 100	63.08
2006	5 300	3 625	68.40

注：国家补助含中央安排地方国债规模。

"以奖代补"管理机制的主要内容有：

第一，建立并公布项目库。根据国家的要求并结合《福建省农村公路发展规划》实际，按照福建省 2010 年基本实现建制村通硬化公路的"年万里农村路网工程"发展目标，建立了农村公路项目库，库内项目就是长期规划框架内的一个阶段性规划建设项目。这是实施"以奖代补"的前提条件。以库立项，只有库内项目才具备补助资格，以此来保证全省乡村公路按规划目标推进。

第二，制定并公开标准。标准包含两方面的内容，一是建设标准，二是补助标准。根据福建的地形和气候条件，福建鼓励建设水泥混凝土路，并根据相关的建设标准来验收。对于补助标准，则参考各地区的经济发展水平，以及不同地区的公路修建费用来设定。这些标准是公开的，以保证"以奖代补"机制的公平和公正。并且考虑到先易后难的农村公路发展思路，该补助标准根据发展的不同阶段进行适时调整，以确保达到规划预期目标。

第三，明确补助条件。省级补助资金实行"两头双核、完工兑现"的补助方式。"两头双核"是指建成前和建成后进行核查。"完工兑现"是指抽检合格的项目，按实际完成规模拨付补助资金。

第四，工作流程。"以奖代补"管理机制的工程流程如图 5 所示。

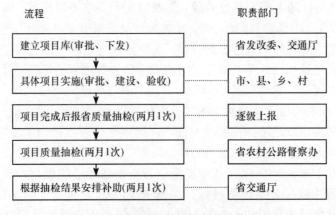

图 5　"以奖代补"管理机制的工作流程

4）优缺点分析

优点：

（1）有利于财政补助资金落到实处。"以奖代补"管理机制使农村公路项目业主可以事先知道上级补助额度，可以杜绝以往"多跑多拿"、"少跑少拿"、"没跑没拿"的不良现象，促进了地方配套建设资金的落实和有效拼盘建设资金，适应了农村公路建设发展实际。而且"两头双核、完工兑现"的补助方式，使省补资金补到实处，是保障农村公路建设质量的关键。它有效地避免了年度计划资金的闲置，避免资金挪用，使之发挥最大的投资效益。

（2）有利于加强乡村公路建设的质量监督。从管理角度看，"以奖代补"管理机制注重建设项目核准（入库核准）和建成后质量抽检，以及建设过程中监督的"两头双核一监督"工作，是按照分级管理原则强化监督的具体表现。"两头双核一监督"工作既发挥了地方建设积极性，加大了项目建设的灵活性，又确保了补助资金真正落到实处。同时，"两头双核一监督"工作极大地增强了各级交通部门规范管理的意识和广大农村居民的工程建设质量意识，促使他们积极参与项目建设全过程管理，有效促进了农村公路建设质量的稳步提高。

（3）有利于拓宽农村公路建设资金的筹资渠道。在中央有关部委的支持下，福建省交通厅依托"以奖代补"管理平台，以"部门贷款"的形式，向世界银行申请并已获得1亿美元的贷款，用于农村公路建设，这是世界银行在我国首次用"部门贷款"方式支持农村公路建设，体现了世界银行对福建"以奖代补"管理机制的充分信任和肯定。

缺点：

（1）不易避免地存在"马太效应"。"以奖代补"管理机制要求地方要先有建设资金，然后才能将项目建成，建成后才可能得到财政的以奖励形式发放的补助资金。那么，对于经济特别贫困的地区来说，就有可能因为缺乏最初的启动资金，而导致没法得到原先可能免费得到的财政补助资金。

（2）设施投入使用后的维护资金难以保障。当然对于国道、省道、县道而言，其历来都由道班站维护管理，但是村村公路却不在道班站的管辖范围之内，享受不到道班站的管护，因此其仍旧存在缺乏维护资金的情况。

5. 广东省增城市石滩镇调查

1）基本情况

石滩镇位于增城市南部，是广州市首批5个示范中心镇之一，地处广州东部板块东端，北连荔城，南与东莞隔江相望。2004年2月，增城市进行镇级行政区划调整，将原三江镇、沙庄街并入石滩镇，并镇后的大石滩，行政区域面积184平方千米，辖47个行政村、3个居委会，户籍人口11万多人，外来人口6万多人。石滩镇是一个传统的农业镇，全镇现有耕地面积90 665亩，其中水稻种植面积 38 750 亩，蔬菜种植面积 501 230 亩。镇内有广州市农业现代化示范基地，拥有 10 个大型蔬菜种植场，优质水果种植园遍布全镇，日均蔬菜交易量近 20 000 担，销往港澳、深圳、广州等地。

2）资金投入及来源

前几年广州农村路路通工程投入较大，2005～2006 年自然村村道建设共投入 80 多万元；广东中心镇建设，每年投入 1000 万元，增城配套 500 万元。另外，广州市发改委投入 200 万元修路、300 万元改水。表 9 所示为广州增城市石滩镇 2005～2006 年农村基础设施建设财政资金收入情况。

表 9　广州增城市石滩镇 2005～2006 年农村基础设施建设财政资金投入

年　份	农村基础设施建设项目	投入总资金/元
2005	行政村道	937 750
	自然村道	159 000
	中心镇建设资金	15 000 000
	改水资金	3 316 290
	初溪大道补助资金	1 000 000
	麻车大道补助资金	1 000 000
2006	石滩行政村道	990 255
	三江行政村道	947 200
	中心村建设资金	850 000
	改水改厕资金	664 600
	自然村村道	2 383 000
	中心镇建设资金	15 000 000

注：数据由广州增城市石滩镇财政所提供。

其中包括：

（1）村道建设资金。每千米村道建设，广州市补贴 15 万元，增城市补贴 10 万元，镇补贴 5 万元，其他资金村里自筹，而一般每千米村道建设费用是 50 多万元。

（2）改水资金。广州市发改委共投入 50 万元，分两年投入，每年为 20 万～30 万元。

（3）生态文明村建设资金。每个镇每年 30 万元左右，其中环保局给一部分，广州市新农村办公室 2006 年投入 85 万元、2007 年投入 75 万元。

（4）农田改造资金。广州市在 2001 年投入 3000 万元（共 1 万亩农田改造）。

（5）农村水利设施资金。水利局直接找工程队筹，经费不经过财政所。

（6）乡镇卫生院建设资金。广州卫生局决定给每个中心镇每年 200 万元，目前资金还未到位。

（7）农村卫生站建设资金。由承包卫生站的医生自己建设，自己挂牌，自负盈亏。

（8）农村教育资金。这几年提倡"教育强镇"，镇里进行学校建设，盖新教学楼，资金是由增城市教育局与财政局直接给施工队。

3) 管理流程

图 6 简单地显示了从石滩镇财政所的角度看的当前广州市农村基础设施建设财政资金的管理流程，其中实线箭头表示项目建设的文件传递过程，空心箭头表示财政资金的流转过程，虚线表示监督过程。一般来说，有关财政资金拨转的文件都是上级相关部门和财政部门联合发文，财政局专门负责资金拨转，相关部门负责资金的用途落实和使用监督。以农业局的项目为例，首先广州市农业局和财政局联合发文给增城农业局和财政局，其次广州市财政局拨钱给增城市财政局，增城市农业局根据实际情况，与增城市财政局联合发文件给石滩镇财政所和农办，将该项目钱款具体落实到实处。如果项目大、钱款多，则有可能直接由增城市财政局招标，然后将钱款拨给中标企业，项目的建设监督则由农业局完成；如果项目不大，则有可能再次下拨给镇财政所和农办来操作。一般的原则是"谁下拨资金谁管"，财政局只负责下拨实际钱款。

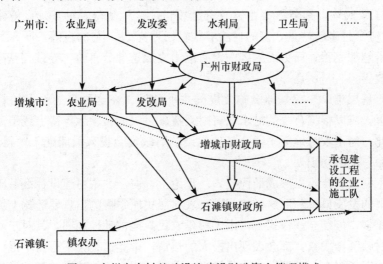

图 6 广州市农村基础设施建设财政资金管理模式

4) 优缺点分析

优点：

(1) 资金管理较严谨，全部由财政局管钱，而由出项目的单位负责操作，减少了资金的中间流通环节和经手环节。

(2) 保证资金安全，能够有效地监管资金，避免了 人做主、随意挪用的现象，约束了个人权力。

(3) 规范了整个管理，避免了个人说了算，保护了经办人员，明确分工，明确责任，起到了财政的管理杠杆作用。

缺点：

(1) 项目建设过程中缺乏监督。虽然理论上由出项目的单位负责监督，但实际上出项目的单位根本没有人力做真正的监督。因为每个部门每年出的项目太多，只能蜻蜓点水，走过场。

（2）项目建设好以后缺乏维护。该模式下只考虑了到基础设施的建设资金和管理问题，而没有考虑建设完成以后的监管和维护问题，导致在项目建成后，缺乏人力和财力进行监管与维护。

（3）项目建设难以在农村地区形成投资乘数。在这种模式下，农村基础建设资金的投入很难在农村中形成投资乘数效应。因为项目建设的承包，要求承包单位有相应的资格，而资金的使用又较为严谨，村里农民一般不可能承包到这样的建设工程。由此，在这种财政资金管理模式下，想通过财政资金投入建设基础设施来直接形成农村地区投资乘数，从而启动农村消费市场，拉动村民收入增长，几乎是不可能的。

（4）容易形成"马太效应"。当前广州农村基础建设资金的投入，一般要求村集体自筹30％，其余70％由财政资金拨付。这就使得农村基础设施建设中的"马太效应"越来越严重，富的村能够很轻松地完成30％的自筹，所以其基础设施建设得越加完善；而穷的村因为没有能力完成这部分自筹，导致其基础设施建设难以改善。

（5）基层难以形成基础设施建设的主动预期。在这种自上而下的管理模式中，村里人难以根据自身的需求获得财政拨款，只能被动地等待上级下达建设项目。因此，对于农村地区来说，基础建设的财政资金投入只能处于"得之我幸，不得我命"的被动预期。

（6）财政资金难以形成最优投入。理论上，对于"本村建设什么基础设施项目对村里的发展最有利"这样的问题，农村居民所掌握的信息要远比上级领导所掌握的要多，但是在该模式下，由于村里农民只能被动地预期，其对于所有来自上级的财政资金拨款，都会表现出极大的热情，毕竟这是"不得白不得，得了也白得"的财政资金。所以，最终的结果是，财政资金拨款建设的基础设施项目只是上级领导一相情愿的和村里农民表面情愿的项目，而不是实际上对村里发展最有利的项目。

（7）整个流程涉及部门多、涉及人员多，手续复杂，时间长，总体运作效率较低。

5）典型案例

广州增城市石滩镇 T 村全村 130 户，520 人，分 3 个村民小组，耕地 220 亩，其中水田 76 亩，人均 0.42 亩耕地、0.15 亩水田；全村劳动力 307 人，其中农业从业人口比例达 66％，青壮年村民多到东莞、增城、广州等地务工或经商，年人均纯收入 5131 元；村中心区紧邻镇域，距离镇政府约 1 千米。

2006 年，广州市农业局给该村捐献了一个修建村道的项目，共拨款 30 万元，该款项到增城市财政局后，由财政局招标，将工程包给了一个工程队，整个流程 T 村都无权参与。待工程队进村施工时，才发现修该村道会侵占一部分农田，需要给付青苗补偿费 5 万多元，而这部分青苗补偿费在招标时并不包括在 30 万元中。关于这个问题，财政局方面认为，项目建设从来都不包含青苗补偿费，因为这种费用太主观了，不好评估，容易使财政资金滥用；在农业局方面，也不可能额外再专门拨付一笔青苗补偿费；对中标的工程队，30 万元只是建设村道的钱款，事先根本没说包括青苗补偿费；而该村是一个贫穷村，村里也拿不出这么一笔青苗补偿费。因此，形成了现在"踢皮球"的情况，财政局要求村里出这笔钱，村里又指望镇财政给付，而工程队又等着开工建设，农业局方面只管捐献修村道的钱，而不管青苗补偿费问题，从而导致该项目一拖再拖。最后的解决办法是：从村里的另一项目的建设资金中挪用一部分，作为村道修建的青苗补偿费。在此事件中，由于事前工作未做充分，各方面缺乏沟通，也没有对农村基础设施建设筹资的奖励政策，虽然最后项目成功运作，却是建立在以一件错事弥补另一件错事的基础上完成的。

四、政策建议

1. 构建财政资金的强效投入机制

构建以政府财政资金为主的农村基础设施资金投入机制，增加政府对农业基本建设的投资，进一步增加对农田水利基本建设的投入，加快林业和草原生态环境建设，加大对农村基础设施建设的投入，特别是要在农村电力、农村能源、乡村道路、自来水、通信设施建设等方面加大资金投入力度，要把加强农村教育、卫生、文化等社会事业作为重点，新增经费投入主要用于农村（宋洪远等，2003），并选择适宜的财政资金投入形式。

首先，要建立以政府为主导的农村基础设施投入机制，加大政府财政支持力度，增加农村基础设施供给。明确中央政府和地方政府提供农村基础设施的供给职责，使事权与财权有机结合。作为供给主体各级政府间责任划分的原则和依据，是由农村基础设施构成上的层次性决定的，并按照基础设施的外部性大小来划分。受益范围属于全国性的基础设施，由中央政府承担，如农村义务教育，受益范围是全国性的，应由中央政府财政通过预算制度进行安排；属于地方性的，由地方政府承担，如乡村道路、农村公共场所建设、小流域水利设施建设等；一些跨地区的公共项目和工程可由地方政府承担为主，中央政府在一定程度上参与和协调。在税权分割没有以事权分治为前提而上收的情况下，中央政府和省级政府要加大对县乡基层政府的财政转移支付力度，使财权的调整与事权的调整相适应。我国在实行财政转移支付时，应按照公平优先、兼顾效率的原则，以确保基层政府有足够的财力为农民提供基础设施。同时，县乡基层政府要精简人员。

　　其次，选择恰当的适合农村特点的基础设施建设的财政资金投入形式，最大限度地提高财政资金的效用。在政府财力有限的条件下可提供有效的制度安排，动员社会资源进行农村公共产品的供给，建立起以财政为主体、社会各方面力量共同参与的农村公共产品供给体制。根据公共财政理论，很多农村基础设施具有准公共产品的性质，可以采用政府与市场（私人）混合的方式提供，财政不必全部承担，也无力全部承担，应发挥财政资金的导向作用，吸引更多的民间资金投向农村基础设施建设。一是以补贴方式，可直接补助（如配套资金）、财政贴息、税费减免等。通过财政补贴的方式能够利用有限的财政资金，吸引社会资金进入农村基础设施建设领域，调动投资主体参与农村基础设施建设的积极性。二是以工代赈方式，即政府提供做工的机会代替直接救济或以工业品等作为劳动报酬来鼓励群众投劳。以工代赈可以为农民创造就业机会，缓解城市的压力，增加农民收入，扩大工业品需求。三是以奖代拨、以奖代补方式，按照一定的标准，对各地自主投建的农村基础设施按照一定比例、数量和质量给予奖励。运用以奖代拨和以奖代补方式，可以由企业先垫付资金进行建设，然后通过上级以奖代拨资金支付企业工程建设款项，可以有效地减轻基层政府农村基础设施建设负担。四是探索建立"政府出资，市场运作"新型财政资金运作模式，既可以采用担保、保险、物资援助、风险补偿、购买服务等政策工具，也可以借鉴国外 PPP（public-private partnership）、BOT（build-operate-transfer）、TOT（transfer-operate-transfer）、DBFO（design-build-finance-operate）等多种模式，在项目建成后通过资产租赁、转让和出售等方式来完成农村基础设施建设支出。在完善农村基础设施建设支出方式时，应该注意政策措施的综合性和协调性，充分发挥相关政策措施的整体效益。

　　最后，调整农村基础设施建设资金的支出结构，合理定位农村基础设施建设的近期目标、中期目标、长期目标，分步推进农村基础设施建设。近期目标主要是加强以小型水利设施为重点的农田基本建设，加强防汛抗旱和减灾体系建设，加强农村道路、饮水、沼气、电网、通信等基础设施和人居环境建设，加强教育、卫生、文化等农村公共事业建设。尤其要把以改善农民基本生产条件和生活质量为重点的中小型基础设施建设纳入各级政府基本建设投资范畴，改变中小型农村基础设施主要依靠农民群众投资投劳的现状。中期目标是完成对大江大河大湖的综合治理，加快实施对小流域的综合整治工程；进一步改善农村道路交通状况和信息交流基础设施，提高乡村道路的硬化率和油路率，完善农村道路交通体系；提高自来水普及率，确保农村饮水质量和安全；建立健全乡间医疗卫生基础设施等；提高农村的可持续发展能力和农村防灾减灾能力，不断提高农村现代文明水平、生活水平。长期目标是实现社会主义新农村建设目标，建立起适应现代化农业生产和农村社会发展所需的发达的基础设施体系，实现城乡之间在生态与生活环境方面的协调一致。

2. 完善以县级政府为核心的管理体制

完善以县级政府为核心的财政农村资金管理体制，统一管理和使用农村资金。实践证明，多部门管理农业资金模式已不适应市场经济发展的需要，造成了既得利益集团依赖财政体制画地为牢、权力寻租的共谋行为，这也正是导致新农村基础设施建设资金效率低下的重要原因之一，必须进行变革。一种观点认为，直接取消主管部门的资金分配权，保留其对农业投入资金的宏观管理权，各项农业资金实行集中统一分配，提高资金分配过程的透明度（袁永生，2004）。本研究认为，该建议未必具有可行性。第一，中央多部门分管资金的体制现象，不仅是计划经济遗留下来的，同时具有历史的合理性和现实的必要性，是时代分工发展的结果。如农业科研经费隶属于科技部，是因为科技部专管全国的科技工作，若所有科技工作分属不同行业部门管理，科技部就没有存在的必要了，并且也将促生更多的部门。第二，复杂的农村社会需求不是一个部门所能完全掌握的，包括农村基础设施建设在内的资金必须由相应的专业管理技术审定范围才具有投资的合理性。若将资金的管理权汇集于一个部门，其资金投向会更具有盲目性。第三，建设社会主义新农村不仅只是农口部门的事情，而且需要动员全社会的财力和能量，尤其是要保护大家参与社会主义新农村建设的热情。可行的方案是构建以县级政府为核心的财政农村资金管理体制。一方面，新农村建设的重心在县域，所以资金管理的核心应与新农村建设的地域范围相一致；另一方面，以县级财政农村建设资金管理为中心既具有规模经济，又具有一定程度的信息优势。具体做法：一是打破原先财政资金层层下拨的规则，采取中央和省级的转移支付直拨县级财政的方法，这样可以有效地改变资金流转过程中"跑"、"冒"、"滴"、"漏"现象。二是在县级财政或单独成立新农村建设资金管理中心，专管由各个部门和各个方面投入的建设基金。到了县级，财政资金不再由各个部门分管，而是由管理中心统一管理。至于基础设施建设项目投资规模，需由各地与各个业务主管部门参与并经充分论证后立项。三是鉴于在乡财县管的体制下，农村财政所的原一级财政的职能已名存实亡，且在 2006 年的乡镇机构改革过程中被定为事业单位，乡镇财政干部是不具备行政执法资格的聘用制干部。该体制既浪费了农村财政资金管理专业人才，又不利于农村基础设施建设中财政资金的管理，故建议将乡镇财政所作为县财政资金管理中心的下属单位，专门负责各乡镇新农村建设资金的管理和监督工作。

3. 提高项目决策和预算的科学性与民主性

要提高决策的科学性，一是要改革农村基础设施资金供给决策程序。传统的农村公共产品供给决策程序是"自上而下"的，这使农村公共产品的供求出现结构失衡的现象。在农村基础设施资金使用管理的决策中，一定要从农村和农民的实际需求出发，这就需要建立充分体现农民需求的偏好显示机制和自下而上的基础设施供给决策机制，确保农村基础设施建设供给与需求一致，根除自上而下的供给型决策失误造成的有限投入损失。要构建这样的机制，必须强化信息披露，减少信息不对称性，让农民更准确地掌握农村基础设施建设的相关信息，从而提供有价值的意见和建议。二是要改变决策中的"一把手"现象，一切按照主要负责人的意愿行事，在项目决定和资金投入之前要经过充分的科学论证和民主参与，尽量减少决策的盲目性。

另外，强化预算约束，统一财政资金管理。编制科学的农村基础设施财政资金预算，严格执行《中华人民共和国预算法》，严肃预算编制，不准留有缺口，不准虚列支出，任何单位和个人不得以任何理由随意开增支口子，及时发现预算执行中存在的问题，并采取有效解决措施。尤其要减少专项资金管理上的随意性，增强其作为国家财力计划的法律约束力和技术稳定性。调整财政预算权限，使中央预算和地方预算保持相对独立。按照效益财政理论，对各级预算支出定期进行监督和综合考核，并与下年度预算挂钩，提高财政支出的营运效益。

4. 强化建设资金的财政支出管理

一是理顺农村基础设施建设财政资金管理体制。改变分散、多头管理的现状，成立县级财政农村建设资金管理中心，集中管理农村基础设施建设财政资金。因为县级财政是各项支农财政资金（包括农村基础设施建设资金）的交汇点和各项资金流的汇合点，因此，可以在此汇集各部门、各方面的资金，集中投入和使用。这是目前改革财政管理体制阻力最小的一个方案。

二是推行项目管理机制。认真做好建设项目可行性研究等前期工作，在这方面，县级各涉农主管部门应当担当起项目技术方面的论证、评估责任。所有农村基础设施建设专项资金项目都要进行可行性研究和评估论证，有条件的地方和部门要逐步推行标准文本和专家评审管理办法，要加强资金运行和项目实施的跟踪问效，把加强资金管理与加强工程质量管理紧密结合起来，要按照项目管理的程序要求做好项目竣工验收和项目后续管理工作。

三是完善并严格执行有关财务管理的规章制度。经过多年的制度建设，目前已经初步形成了覆盖所有农业财政资金管理全过程的管理制度体系，各级有关部门必须严格执行农业财政资金管理制度，从制度上严格规范农村基础设施财政资金管理行为。结合财政部对基本建设资金管理的一系列规章制度，清理当前资金管理中各部门自行制定的各项规范，建立健全切合农村实际的科学农村基础设施建设财政资金管理法规体系。重点是消除不合理、相互矛盾或不适应市场经济发展需要的规定。要把加强资金管理与严格执行基本建设财务管理的各项制度、法规紧密结合起来，控制建设成本，确保资金使用效益，使加强基本建设财务与资金管理步入制度化、法制化的轨道。

四是实施"三专"资金管理运行机制。一方面，农村基础设施建设资金实行"三专"管理，即"专款专用、专账核算、专人管理"。所谓专款专用是指基建资金只能用于经批准的农村基础设施建设项目，并且在规定的范围内开支，不得挤占、挪用。这就要求加强规划和预算前的调研与准备工作，以提高规划的准确性，严禁在立项批准后随意调减工程项目的做法。"专账核算"是指凡是与农村基础设施建设资金运动相关的经济业务，都必须分别纳入相应的专账核算体系，不能与部门或单位的行政事业经费或其他资金账务混合使用。"专人管理"是指配备专人管理农村基础设施建设资金，具体负责资金管理日常工作，搞好会计核算，并进行有效的控制和监督。实行"三专"管理，可以确保基建资金"封闭式"运行，控制财务收支，规范财务行为，既可有效地控制支出，加强经济核算，又全面反映了资金运动过程，保障了项目建设的顺利进行。例如，武汉市农村"家园建设行动计划"基础设施建设项目在资金管理办法上采取了这种"三专一封闭"的运行模式，取得了很好的效果，提高了资金使用效率。另一方面，在县级财政成立农村建设资金管理中心的基础上，采取集中报账制。即农村基础设施建设资金管理实行以县级为单位，统一资金拨借、统一会计核算、统一报账的管理制度，以县级财政部门为财务主管单位，以县级对口业务主管部门为会计审核单位，以项目区乡镇财政所或建设单位为报账单位，对农村基础设施建设财政资金全额实行报账制度。

5. 建立财政资金使用的全过程管理机制

首先，建立适应农村特点的财政资金监督体制。农村建设资金量大、渠道多、部门多，并且在农村基础设施投入上分散、额度小、范围广。针对这一特点，探索并构建财政监督、审计监督、立法机构监督和社会舆论监督四位一体的监督体系，并且以专业性的财政监督和审计监督为重点，尤其要让农村基础设施受益主体——农民参与监督和背书。财政监督是指具有财政监督权的主体，根据财政活动客观职能的要求，依据法定权限和程序，对财政资金运动及其所体现的经济关系进行监察和督促。监督应涉及事前审核、事中控制、事后检查财政资金运动全过程，包括资金项目的立项、选择、实施、竣工、后续管理等整个资金运行全过程管理的规范化。目前全国财政体系内部建立了财政投资评审系统，逐步建立了项目支出预算管理的评审机制，同时形成了项目资金管理的"倒逼"机制，加强了对政府投资的监管力度。今后应加强项目支出预算编制环节的审核力度，同时做好公共投资项目的预算执行监督。审计监督是对财政监督的再监督，是对项目建设过程及其结果的综合性监督。主要是监督项目规划执行情况，评价资金筹集、管理、使用和回收情况，全面查对有关政策法规和有关财务管理制度的落实情况。立法监督指的是立法机构（各级人民代表大会）对财政预算、运行和决算（结果）等宏观监督。社会监督包括社会团体、中介机构、农民群众等社会公众以及社会舆论对农村基础设施建设财务活动实施的监督。

监督的前提是农村基础设施建设项目规划和资金执行的信息公开，减少信息不对称。信息披露应突出重点环节：披露预算信息，特别是通过预算批准前的方案公示；披露预算执行信息，重点是对预算单位财政账户执行信息的公开；披露部门决算信息，评价财政支出的绩效；披露重大项目在工程采购程序、材料采购价格、工资支出、工程进度、工程工作量等方面的监管信息；披露群众监督信息，有效防范财政资金分配和使用过程中的内部人为控制，提高财政资金使用效率和根除财政资金管理中的权力寻租。

其次，创新财政监督机制。提高农村基础设施建设财政资金监管水平，必须创新财政资金监督机制，发挥立法监督、财政监督、审计监督、社会监督的综合效能。立法机构侧重于预算、决算的宏观监督，社会民众和新闻媒体侧重于过程监督；财政监督要侧重于日常事前检查、事中检查，建立预警机制，将监督关口往前移，突出财政监督的管理特色；审计机关重在事后监督，加强对工程投资的事后监督，并建立财政监督与审计监督工作联系沟通制度，实行资料共享，降低成本，避免重复检查。此外，要建立规范的财政监督方式。财政监督方式要努力实现"六个转变"：由注重事后检查向事前、事中、事后全过程、全方位监督转变；由重分配轻监督向"预算、执行、监督"三位一体转变；由注重收入监督向收入监督和支出监督并举转变；由职能交叉、重复检查向职责明确、规范有序转变；由监督与管理脱节向贴紧财政管理、强化财政监督转变；由注重对外检查向内外监督检查并重转变（邓斌，2006）。立足于财政管理，着眼于财政活动的全过程，通过进行日常监督检查，发现财政管理过程中存在的问题，真正形成监督与管理并重、日常监督管理与专项监督检查相结合的财政监督工作新方式。

最后，强化农村基础建设资金使用情况的审计。重点关注农田水利、农村道路桥梁建设、农业综合开发等基础设施建设资金使用情况。一方面，审计工作要重点关注资金分配、拨付、使用和收支管理的主要环节，对资金数额大、适用涉及面宽的专项资金，要进行经常审计；对领导和群众关注、关系全局发展的专项资金，要进行重点审计；对投资较多、投资规模较大、期限较长的专项资金，要跟踪审计。要加强对资金投入效益审计，重点关注擅自降低建设标准、调整项目建设点、以旧报新、账实不符、开发工程量造价不真实、高估预算工程建设资金等问题。另一方面，引入中介组织审计，中介审计与项目财务决算审计相结合、与项目区验收制度相结合。中介审计机构具有独立性和专业性，尽管具有利益导向因素，但其核心在于客观公正地评价特定对象。如果中介审计机构从工程发包开始就介入工程建设管理全过程，在工程竣工后，中介审计人员通过采取现场踏勘、复尺计量和复查预算定额等方法，对工程合同金额、决算送审金额和审定金额三个方面进行对比、印证，从严审计竣工决算，据实审定工程造价。这既可为审计部门的专项审计提供相关数据和良好工作基础，同时，通过联系审计部门对中介机构审计结论的抽查复核，形成了"对审计的再审计"，有利于进一步提高中介审计的真实性、可靠性和权威性，强化对中介审计机构的执政管理。两相促进，并形成审计的制约机制。而与项目财务决算审计相结合，使中介审计机构参与验收过程，确保验收的规范化。

6. 构建财政资金投入绩效评价体系

目前农村基础设施财政资金绩效不高，一个重要原因是没有建立健全以结果为导向的农村基础设施建设财政资金使用机制：没有将农村基础设施建设资金的使用效率与管理人员尤其是主要责任人的待遇和政治期望值挂钩；没有制定基建财政资金使用绩效评价指标体系，根据评估结果实施激励、约束并重的考核机制。绩效是效益、效率和有效性的统称，它包括行为过程和行为结果两个方面。就行为过程来说，它包括投入是否满足经济性要求，过程是否合规和合理；就行为结果而言，它又包括产出与投入相比是否有效率，行为的结果是否达到预期的目标以及产生的中长期影响。所谓绩效评价，就是对财政资金使用的效果进行考核。建立严格、科学的农村基础设施建设资金绩效评价考核机制，实施绩效业绩考核制度和政府问责制，对财政资金的使用要进行切实的绩效考核。这就要求健全农村基础设施建设资金绩效评价指标体系和资金使用效益分析制度，进一步完善资金使用情况考核。可采取农村基础设施建设资金使用绩效与下一年度的项目和资金安排相挂钩的办法，建立农村基础设施建设资金分配和使用奖惩机制，以最大限度地发挥财政资金的整体效益。

在这一方面，财政部在农村教育资金管理使用方面作了尝试。将考评结果作为安排年度项目经费预算的重要参考，极大地提高了资金的使用效率和社会效益。以此为基础，探索并建立了绩效考评结果与预算挂钩的机制。绩效考评制度启用之后，对项目的前期立项、中期实施和后期效果阶段都进行标准评估，在任何一个环节没有通过考评的项目，将难以再获得财政资金的后续扶持。这样一来，对于一些可行性和操作性不强，或实施效果不好的项目，就可以从制度上及时予以终止，避免了财政资金的浪费。此外，可以借鉴美国的《政府绩效与结果法》，通过法律的形式进一步推动绩效改革，全面实施结果导向的农村基础设施财政投入绩效管理。

7. 创新农村基础设施建设财政资金的管理模式

农村基础设施建设财政资金的管理模式，必须随着时代的发展而不断创新。这种创新需要依托经济学的基本理论框架，结合我国当前的农村社会经济实际情况。针对当前的农村情况，特别要加强金融机构和农村专业合作组织在农村基础设施建设中的组织作用。因此，本研究提出了"银行主理-事后给付"的农村基础设施建设财政资金创新管理模式。

1）基本设想

（1）保证利润，即由政府来保证承建者的利润。政府在决定进行一项农村基础设施建设时，决定项目招投标的部门，对建设项目的实际使用资金要做到心中有数，并以此为基数，再提高一定的比例作为利润留给中标的建设者。在招投标中，不是仅仅使用"价低者得"的原则，而是在合理造价的基础上，明确利润空间，选择出标更合理的投标者。这样做的目的有两个：一是符合经济学中"经济人"假设理论，保证承标者基本的也是合理的利润诉求；二是避免中标建设者在建设过程中为了保证自己的利润而偷工减料。

（2）简化管理。对于政府而言，从头至尾地负责农村基础设施建设，自然会导致两个问题：一是农村基础设施建设一般都在偏远地方，政府有限的行政人员难以做到——跟踪监督和管理；二是每项农村基础设施建设都必然要求有一个相应政府部门来负责，就造成了目前"衙门多、官员多"的人浮于事现象。因此，必须要考虑政府之外的第三方组织参与农村基础设施中财政资金的管理，而银行是个较好的选择。在新模式中财政资金将交由银行主理，在招投标完成后，财政资金转给特定银行（该银行的选择可以在全国范围招标一家银行来负责农村基础设施建设财政资金管理，如农村信用社、农业发展银行、农业银行等），特定银行再根据工程建设进度进行分期付款。如此操作的目的：一是使中标建设者在工程建设中不再是一次博弈行为，而是要考虑后续资金及利润的回笼；二是保证工程建设完成以后的维护费用问题；三是有利于事后责任监管与追究。也就是说，对于中标的建设者，如果工程没有按进度来完成，他们就拿不到后续的建设资金；如果工程质量出了问题，他们就拿不到利润；如果工程在后续的维护中需要较多的资金，他们就得拿一部分利润去维护。

（3）明确责任。即明确政府、银行、承包者和农村基础设施使用者各自的责任，加强责任追究机制建设。在政府给予合理利润的基础上，做到利润保证、责任明确。对于承包者，保证其承包工程的利润，加大对其事后责任追究的可能性；对于银行，同样对其具有一定的利润保证，同时要明确在这行为过程中要承担的相应责任；在其中政府更多的是作为老板和裁判的角色，而不是直接参与者；农村基础设施的使用者是监督者。

（4）建立反馈机制。即建设结果导向的农村基础设施建设绩效评价体系，该评价的结果将作为政府工作人员的工作业绩，作为银行参与农村基础设施建设的后续资格，作为承包者后续利润获得的参考以及未来继续承包工程的资历。

（5）农村经济组织创新。在该模式中，农村基础设施建设要尽可能地承包给基础设施所在地的农村居民或由农村居民组织成立的相关农村经济组织。这样一是有利于财政资金的投入在当地形成投资乘数效应，二是有利于农村基础设施建成后的监管和维护，三是有利于提升当地农村居民的人力资本水平。

提供农村基础设施建设财政资金的政府、负责农村基础设施建设的中标建设者、指定的银行、农村基础设施建设的所在村庄，四者之间的关系大致如图 7 所示。

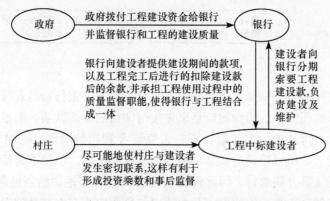

图 7　参与者间的关系

2）主要流程

政府根据实际需要，立项建设农村基础设施，向社会公开招标，招标标准是：各个应标者提出完成项目建设的建设资金额度，在此额度上政府再另给一定额度的利润，参加招标的可以是公司、村庄、农村专业合作组织（或其他的农村经济组织）。公开招标后，政府将项目建设资金和建设者的利润转拨到指定银行，银行根据项目工程的进度，并通过进度检查才分期付款。这样工程完成时，项目的建设款项也差不多全部给清。在项目建成投入使用后，银行再将利润按项目的使用年限来分期付款，工程的建设者同时也是后期的维护者。此外，该模式还可以与现有的"以奖代补"管理机制相结合，地方在农村基础设施建设过程中，遇到资金"瓶颈"时，可以根据"以奖代补"的情况，以工程完工后的上级奖励作为抵押向银行申请贷款，以补足工程的建设资金。在工程完工验收后，以上级的奖励资金归还贷款，在此过程中，政府可以再给出相应的优惠利息政策。

该管理模式的主要流程见图 8。

3）优缺点分析

该模式的主要优点有：①对于政府而言，提高了政府工作效率。在该模式下，政府的职能简化到了只有四项，即立项、招标、拨付资金、监督银行。减少了财政资金流转中的寻租环节，也有利于政府精简人员，降低了行政费用支出。

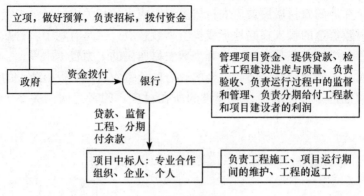

图 8　流程图

②对于指定银行而言，增加了银行的收入来源，提升了银行参与农村基础设施建设管理和运作的积极性。因为政府是事先拨付项目的全部款项，而银行在项目建设过程中是分期付款的，因此银行有一大笔资金利用的时间。③对于建设者而言，在该模式下，项目建设的资金和利润都有政府保障，但却不是特别超额的利润，而且利润又是分期给付，因此建设的机会将会更多地留给当地的农村居民，有利于加强农村合作组织的建设，并发挥农村合作组织在农村基础设施建设和后期养护监督中的作用。④对于项目建设而言，有利于保证项目的质量和后期维护。因为如果项目的建设者就是当地的农村居民，那么他在建设该项目的过程中就要注意自己在当地的社会影响及项目后期的维护问题。如果项目质量不合格，维护工作没做好，当地的居民就有道义上的指责，由此形成对项目建设者的社会压力监督。

　　该模式的主要缺点有：①程序变得更为烦琐，项目的监督和管理期限被拉长。②为了更多地在项目建设的农村地区形成投资乘数效应，就要鼓励农民参与项目的招标和建设，因此，可能需要降低投标的资格限制，这样有可能降低项目的建设质量；或者加大对农民的技能培训，提升其承包并完成农村基础设施建设的能力。

　　4) 可行性分析

　　农村基础设施建设中财政资金的管理模式创新，是一种制度改进，而从制度经济学的角度来看，该创新模式具有相当的可行性。

　　第一，该创新模式兼顾了各参与者的利益。任何一项制度的改变，都会涉及参与者的利益问题，因此必须考虑参与者的"经济人"行为。农村基础设施建设的参与者有政府、企业和个人，他们都有"经济人"行为，其在作决策时都要考虑自身的利益选择。政府的"经济人"行为在于：以更少的财政投入，带动更多的农村基础设施建设的人力、物力投入，形成更多、更持久的农村基础设施；企业和个人的"经济人"行为在于从参与农村基础设施建设中得到经济利益。但是，他们的利益选择有相互独立和相互交叉的部分。因此，在制度创新过程中，要尽可能地扩大独立部分和厘清交叉部分，尽可能地在各自的"经济人"行为中，各得所需。该创新模式恰恰考虑了这几个方面。①它既减少了政府对农村基础设施建设资金管理的思虑，又能吸引社会资金的投放；②从源头上保证了参与企业与个人的经济利益。

第二，该创新模式能有效地抑制"逆向选择"和"道德风险"。对于农村基础设施建设中的招投标行为而言，其实质是一种契约的签订。因此，新的农村基础设施建设财政资金管理模式必须考虑两个问题：一是契约签订前的"逆向选择"问题。例如，以往的一些政府招投标中，因为采用"价低者得"的招投标形式，因此出现了不计成本尽量压低投标价以获得建设合同的行为，导致的结果是负责而建设质量有保障的企业因为没法接受这种低价而退出政府招标，那些不负责、更无实力的建设企业却以超低价竞得政府建设工程。二是契约签订后的"道德风险"问题。例如，工程建设中的偷工减料、压低和拖欠工人工资、层层发包建设工程等行为，由于事后受惩罚的概率小，受惩罚的力度也弱，导致"道德风险"的大量存在，更助长了契约签订前的"逆向选择"。而在该创新模式中，由于一开始的竞投标就不是以"价低者得"为准则，因此在一定程度上抑制了"逆向选择"。而且该模式利用有利益挂钩的第三方（银行）来监管建设质量，因此也可以减少"道德风险"的存在。

第三，该模式能有效地减少"交易成本"。对于制度变革而言，能使交易成本减少的制度变革才是可行的制度变革。在该创新模式中，也尽可能地做到了这一点。对于政府，要尽可能地减少资金流转过程中产生的交易成本（财政资金拨付中的挪用、截留、挤占等皆可视为交易成本）。对于参与的企业和个人，也希望能够减少在承包农村基础设施建设工程中交易成本的支出（如搜索信息的费用、被监督的费用、减少行贿支出等）。在该创新模式中，减少了资金管理环节，加大了资金管理中的透明度，加强了招投标的公开性、公正性，这些都较为有效地降低了交易成本。

第四，该创新模式减少了参与者的"一次性博弈行为"。在博弈中，随着博弈次数的增加，策略选择中的随机因素影响就越小，或者说，参与人更能熟悉环境以及对手的策略，并能更负责任地作出自己的决策。正如博弈论中无名氏定理（folk theorem）所述：如果经济个体的生存期足够长，且他们间进行的不是静态博弈，而是无限期的重复博弈，而且又有足够的远见，则信守诺言将成为均衡。在农村基础设施建设中，参与者的责任心会与其可能参与博弈的次数正相关。因此，农村基础设施建设中财政资金创新管理就要尽可能地减弱参与者的"一次博弈行为"。而在该创新模式中，由于参与农村基础建设的利润不是一次性给清的，必须由银行根据工程的建设质量和运行情况来分期付款，这就使得参与建设的企业和个人，在建设过程中不再是"验收过了就完成"的一次性博弈心理，而必须考虑利润的回收问题，这就迫使其考虑工程运行中的质量问题，所以在建设过程中就不再是"一次性博弈行为"。

第五，该创新模式充分考虑了制度变革的"帕累托改进"。任何一项制度的创新都必然会触及某部分人的利益，甚至使这部分人对制度的创新以及创新制度的实行加以阻拦。因此，理论上最好的制度创新是能够形成"帕累托改进"的制度创新，即在不减少一方的福利时，通过改变现有的资源配置而提高另一方的福利。农村基础设施建设中财政资金创新管理要想获得成功，也需要尽可能地通过创新管理形成"帕累托改进"。在该创新模式中，正好能形成"帕累托改进"。对于政府而言，可以减少人员投入，保证建设工程质量；对于参与建设的企业和个人而言，可以在参与农村基础设施建设中得到必要的利润；对于银行而言，可以获得大笔资金的使用时间。

第六，该创新模式能够形成一个自组织系统。一个好的管理模式应该是一个自组织系统。德国理论物理学家 Haken（1988）认为，从组织的进化形式来看，可以把它分为两类：他组织和自组织。如果一个系统靠外部指令而形成组织，就是他组织；如果不存在外部指令，系统按照相互默契的某种规则，各尽其责而又协调地自动地形成有序结构，就是自组织。自组织现象无论在自然界还是在人类社会中都普遍存在。一个系统自组织功能愈强，其保持和产生新功能的能力也就愈强。因此，要使农村基础设施建设的财政资金管理模式保持应有的活力，就需要设计一个系统反馈机制。而结果导向的绩效评价机制是一个较优选择。结果导向强调诚信和责任制度建立，从资金供给方政府的角度，在注重当前项目实施效果评价的同时，也作为为未来财政资金供给选择的主要依据，以形成硬约束。结果导向资金管理政策的信号作用：一是对项目申请者预期产生影响（放大受罚概率、成本），产生正强化效应和分离均衡，从而有可能使资金实实在在地被用于建设性项目，而非基于监督缺失的预期任意挥霍、转移至非生产性项目等，形成资金渗漏；二是对项目的主管者形成行动约束，结果导向的绩效评价结果将是其工作能力的最主要评价参照。

参 考 文 献

财政部国际司. 2003. 财政新视角——外国财政管理与改革. 北京：经济科学出版社
陈东平，蒋晓亮. 2006. 乡镇财政困难现状及成因分析——对江苏省 A 市的调查. 农村经济，
　　（9）：62～65

陈卫东，舒欢，余东良. 2006. 特许经营方式：推进社会主义新农村基础设施建设的重要途径. 华中农业大学学报（社会科学版），(5)

陈锡文. 2005. 中国农村公共财政制度：理论·政策·实证研究. 北京：中国发展出版社

邓斌. 2006-10-02. 浅论构建财政内部监督与内部检查制度. http://www. canet. com. cn

邓子基. 2001. 关于公共财政的几点认识. 财政研究，(7)

董植葵. 2006. 新农村基础设施建设 PPP 典型案例调查——沙岭镇农村秸秆气化站的建设与管理. 地方财政研究，(10)

樊胜根，张林秀等. 2003. WTO 和中国农村公共投资. 北京：中国农业出版社

郭春丽. 2006. 公共财政保障新农村建设的若干问题研究. 宏观经济管理，(4)

何平均，李高阳. 2005. 浅议新形势下中国财政支农政策选择. 湖南农业科学，(3)

侯江红. 2002. 农村公共产品的供求矛盾与财政支农的政策取向. 经济问题探索，(1)

黄小舟，王红玲. 2005. 财政支农资金绩效实证分析. 商业时代，(30)

黄祖辉，蒋文华等. 2002. 农业与农村发展的制度透视. 北京：中国农业出版社

贾康，孙洁. 2006. 新农村基础设施建设中 PPP 模式的应用. 地方财政研究，(5)

贾荣鄂. 2006-12-08. 我国财政支出存在的问题及治理对策. http://www. canet. com. cn

江向群. 1999. 拓展内需市场空间的重要突破口加大农村基础设施建设. 经济与管理研究，(1)

焦建国. 2001-03-30. 公共财政：理论与实践的着眼点在哪里. http://www. lw23. com

黎炳盛. 2001. 村民自治下中国农村公共产品的供给问题. 农业经济问题，(7)

李兵弟，贾康，汤志明等. 2007. 改善农村人居环境的公共财政引导问题. 财经问题研究，(3)：3~7

李昌平. 2006-03-06. 当前影响新农村建设的五个问题. 学习时报，(325)

李炜光. 2001. 建立公共财政体制之理论探源. 现代财经，(2)

李元江，官锋，赵德银. 2002. 社会主义市场经济的公共财政制度研究. 财政研究，(2)

廖家勤. 2006. 财政紧约束下有效促进农村基础设施建设的政策选择. 农村经济，(3)

林万龙. 2001. 家庭承包责任制后中国农村公共产品供给制度诱致性变迁模式及影响因素研究. 农业技术经济，(4)

林万龙. 2002. 乡村社区公共产品制度外筹资：历史、现状及改革. 中国农村经济，(7)

刘汉屏，章成. 2001. 公共财政与公共财政政策选择. 财政研究，(7)

刘鸿渊. 2004. 农村税费改革与农村公共产品供给机制. 求实，(2)

刘雅琼. 2007-02-08. 财政部不断创新教育资金管理模式综述. http://www. sina. com. cn

龙琨. 2003. 我国的财政监督：问题与对策. 云南师范大学学报（哲社版），(6)

卢忠宝，肖杰. 2006. 我国农村基础设施建设与管理探讨. 北方经济，(10)

马勇. 2006. 新农村建设资金管理机制创新刍议. 经济经纬，(4)

牛瑞芳. 2002. 财政资金管理中存在的问题及对策. 山西统计，(3)

萨瓦斯 E S. 2002. 民营化与公私部门的伙伴关系. 周志忍译. 北京：中国人民大学出版社

邵培德. 2001. 公共财政新诠释. 财政研究，(1)

沈晶. 2006. 论社会主义新农村建设中的财政支出监督. 当代经理人，(15)

宋洪远，庞丽华，赵长保. 2003. 统筹城乡加快农村经济社会发展——当前的农村问题和未来的政策选择. 管理世界，(11)

苏晓艳，范兆斌. 2005. 我国农村公共产品供给的制度困境及对策选择. 湖北经济学院学报，(3)

谈培蕾. 2006. 财政资金绩效评价的探讨与思索. 长沙民政职业技术学院学报，(3)

谭建立. 2001. 对公共财政的几点认识. 贵州财经学院学报，(1)

汪恭礼. 乡镇财政专项资金管理存在的问题及对策. http：//www. ccrs. org. cn

王灏. 2004. PPP 的定义和分类研究. 都市快轨交通，(5)

王世玲. 2006-02-24. 国务院发展研究中心农村部部长韩俊解读新农村建设. 21 世纪经济报道

王顺安. 2005. 美国财政监督及经验借鉴. 甘肃科技纵横，(1)

王瑛. 2006-11-07. 论财政监督中的信息披露问题. http：//www. canet. com. cn

温铁军. 2003. "三农问题"与解决办法. 中国改革（农村版），(2)

温铁军. 2005. 如何建设新农村. 小城镇建设，(11)

熊巍. 2002. 我国农村公共产品供给分析与模式选择. 中国农村经济，(7)

杨灿明. 2001. 推进公共财政支出改革的几点建议. 财政研究，(9)

杨定全，余海秋. 2006-10-16. 农民在农村公共产品供给中作用的反思. http：//www. lunwennet. com

杨林等. 2006-10-07. 公共财政框架下农村基础设施的有效供给. http：//www. canet. com. cn

叶文辉. 2004. 农村公共产品供给体制的改革创新. 财经研究，(2)

应小丽. 2005. 公共财政运作中的村民参与——以浙江省义乌市 D 村的旧村改造为例. 中国农村观察，(6)

袁永生. 2004. 当前我国农业资金管理体制存在的弊端和对策. 河南农业，(4)

枣阳市财政局课题组. 2006. 加强农村基础设施建设的财政政策研究. 财政与发展，(11)

张军，何寒熙. 1996. 中国农村的公共产品供给：改革后的变迁. 农村改革，(5)

张军，蒋维. 1998. 改革后中国农村公共产品的供给：理论与经验研究. 社会科学战线，(1)

张莉琴，林万龙，辛毅. 2003. 我国农业国内支持政策中存在的问题及调整对策. 中国农村经济，(4)

张林秀，李强，罗仁福等. 2005. 中国农村公共物品投资情况及区域分布. 中国农村经济，(11)

张士堂. 2003. "三位一体"的财政资金管理模式的构建. 财会月刊，(7)

张新. 2007-01-25. 推进新农村建设中地方财政的改革路径. http：//www. xinzhitax. com

张馨. 2001. 析中国公共财政论之特色. 财政研究，(7)

赵丙奇. 2002. 论农村公共产品投资机制创新. 农村经济，(11)

赵彩虹. 2006-08-08. 我国财政风险的成因及其防范. http：//www. yzzlw. com

郑桂章. 2007-01-30. 新农村建设资金管理与使用初探. http：//www. canet. com. cn

周红芳，庞霓红，卓沛. 2006. 我国公共财政支出问题研究综述. 经济纵横，(1)

Haken H. 1988. 信息与自组织. 宁存政等译. 成都：四川教育出版社

第二节 农业基础设施多元多层次投融资体系构建及优化研究①

一、财政投入方式的比较与选择

1. 财政投入方式的比较

财政资金投入农业基础设施建设有多种方式，可以按两种方法进行归类。一是分为无偿投入和有偿投入两大类：①无偿投入方式，包括直接投资、配套投入、以工代赈、投资补助、以奖代补、财政贴息、财政支持农业保险、税收支出；②有偿投入方式，如财政参股、财政周转、国债转贷、财政担保。二是分为直接投入和间接投入两大类：①直接投入方式，包括直接投资、配套投入、以工代赈、财政参股；②间接投入方式，如财政周转、国债转贷、财政贴息、财政担保、投资补助、以奖代补、财政支持农业保险、税收支出。

假设项目总投资规模为 A，根据各种财政投入方式的现行运作方法，作一简单比较（表 10）。

表 10 各种财政投入方式之比较

方 式	对财政现时预算的影响 （财政现时支付）	资金带动 效应	财政风险	财政资金实际 投入规模
财政直接投资	A	无	项目未来 经常性费用	A＋未来经常 性费用
地方财政配套	A－自筹资金	较小	项目未来经常 性费用补贴	A－自筹资金＋ 未来经常性 费用补贴
以工代赈	A	无	项目未来经常性 费用补贴	A＋未来经常 性费用补贴
财政参股	＜A×30%	大	项目破产	或（一红利）或 [（＜A×30%）－红利]
财政周转	A×60%×30%	较大	债务人违约	或（一资金占有费） 或（A×60%×30%－ 资金占有费）
国债转贷	转贷额度	较大	债务人违约	或国债与转贷利差 或（转贷额度＋ 国债与转贷利差）

---

① 课题主持人：王红玲（湖北农业厅，湖北大学经济管理学院）。

续表

方　式	对财政现时预算的影响 （财政现时支付）	资金带动 效应	财政风险	财政资金实际 投入规模
财政投资补助	＜A×50％	较大	无	＜A×50％
以奖代补	＜A×50％	较大	无	＜A×50％
财政担保	0	大	债务人违约	或（—担保费）或 ［担保额度 （＜A×10％）—担保费］
财政贴息	0	大	无	贷款额度（＜A） ×贴息率
财政支持农业保险	保费补贴数额	大	无	保费补贴数额
税收支出	0	大	无	税收收入的减少数额

注：（—红利）、（—资金占有费）、（—担保费）表示财政资金投入有收益。财政贴息分次支付。

2. 财政投入方式的选择

1）理论上的选择

政府选择投入方式考虑的是：①项目的必要性；②财政实际支付少；③资金带动效应大；④财政风险尽量小。

财政对农业投资的最合适领域是私人部门不愿意或无力投资的纯公共产品和准公共产品生产领域，但这并不意味着财政投资就不计成本、不讲效率，它同样需要对各种投资方式进行成本效益对比以择优。纯公共产品领域，这类项目都是整个社会经济发展的前提、基础和重要的物质支撑，可采取直接投资的形式，实践中更多的是采用地方财政配套方式，一是可以减轻中央财政负担，二是可以调动地方政府、农民、村组和项目单位投入积极性，以解决部分资金；准公共产品领域，则宜采取间接投资形式，可以用较少的财政资金支持和推动大量的农业投资，带来的资金放大效应可达 2～20 倍，甚至更高。具体则需要综合考虑项目性质、投资规模、政府财力等多种因素选择适宜的投入方式。

2）实践中的选择

实践中，投入方式存在缺陷。浙江省目前政府投入"三农"以补助和直接投入为主要形式，兼有以奖代补，而国家鼓励和要求的投资参股、贴息、支持保险等方式资金安排相对较少。本研究分析了湖北省 2004～2006 年农业基本建设投资情况（表 11～表 14），结果表明其财政农业投入方式也比较单一。

表 11　湖北省 2004 年农业基本建设项目情况统计

项　目	项目总投 资/万元	中央/ 万元	地方/ 万元	自有/ 万元	中央与地方 配套比例	中央占 比/％	地方占 比/％	自有比 率/％
种子工程	3 069	2 580	489		1∶0.19	84.07	15.93	0
植保工程	1 194	1 010	184		1∶0.18	84.59	18.21	0

项　目	项目总投资/万元	中央/万元	地方/万元	自有/万元	中央与地方配套比例	中央占比/%	地方占比/%	自有比率/%
综合（基地、资源保护、执法）	472	295	122	55	1：0.41	62.50	25.85	11.65
扶贫	757	550	207		1：0.38	72.66	27.34	0
优粮工程	14 515	7 780	2 545	4 190	1：0.33	53.60	17.53	28.87
其中：现代农机装备推进项目	5 390	600	600	4 190	1：1	11.13	11.13	77.74
其他	9 125	7 180	1 945		1：0.27	78.68	21.32	0
农村能源	24 830.79	5 443.48	2 376.89	17 010.42	1：0.44	21.92	9.57	68.51
畜牧业	5 143	3 410	1 733		1：0.51	66.30	33.70	0
水产业	2 276	1 406	870		1：0.62	61.78	38.22	0
农业综合开发	1 300.45	620	305	375.45	1：0.49	47.68	23.45	28.87
农机业	1 000	500	500		1：1	50.00	50.00	0
环境保护	318	258	60		1：0.23	81.13	18.87	0
续建类	3 835	2 570	1 265					
合计（不含续建类）	54 875.24	23 852.48	9 391.89	21 630.87	1：0.39	43.47	17.11	39.42

资料来源：湖北省农业厅。

　　如表 11 所示，2004 年农村能源和现代农机装备推进项目合计占总投资的 55.07%，而自有比率分别高达 68.51%、77.74%，中央投入和地方投入分别占 31.49%、22.26%。其他项目自有比率均在 30% 以下，绝大部分靠财政资金解决。中央投入 26 422.48 亿元（含续建类），其中，预算内 8519 亿元，占 32%；国债投资 17 903.48 亿元，占 68%。

表 12　湖北省 2005 年农业基本建设项目情况统计

项　目	项目总投资/万元	中央/万元	地方/万元	自有/万元	中央与地方配套比例	中央占比/%	地方占比/%	自有比率/%
种子工程	3 805	3 320	485		1：0.15	87.25	12.75	0
植保工程	350	295	55		1：0.19	84.29	15.71	0
综合（基地、资源保护、执法）	370	310	60		1：0.19	83.78	16.22	0
扶贫	558	500		58		89.61	0	10.39
优粮工程	22 576	10 355	3 523	8 698	1：0.34	45.87	15.60	38.53
现代农机装备推进项目	11 078	1 190	1 190	8 698	1：1	10.74	10.74	78.52

续表

项　目	项目总投资/万元	中央/万元	地方/万元	自有/万元	中央与地方配套比例	中央占比/%	地方占比/%	自有比率/%
其他	11 498	9 165	2 333		1：0.25	79.71	20.29	0
农村能源	23 898.43	5 200	935.92	1 776 251	1：0.18	21.76	3.91	74.33
畜牧业	2 706	1 370	685	651	1：0.50	50.63	25.31	24.06
水产业	4 435	3 149	1 276	10	1：0.41	71.00	28.77	0.23
农业综合开发	640	320	160	160	1：0.50	50.00	25.00	25.00
农机业	1 000	500	500		1：1	50.00	50.00	0
省基建	700		700					
合计	60 538.43	24 819	8 379.92	2 733 951	1：0.34	41.00	13.84	45.16

资料来源：湖北省农业厅。

如表 12 所示，2005 年农业生产型基础设施项目投资中，农村能源项目和现代农机装备推进项目 75% 左右靠自筹资金解决，其他项目基本上靠财政资金解决，而且 75% 以上靠中央财政拨款。中央投入 24 819 亿元，其中，预算内投资 18 503 亿元，占 74.55%；国债投资 6316 亿元，占 25.45%。

表 13　湖北省 2006 年农业基本建设项目情况统计

项　目	项目总投资/万元	中央/万元	地方/万元	自有/万元	其他/万元	中央与地方配套比例	中央占比/%	地方占比/%	自有比率/%
种子工程	1 301	1 074	136	91		1：0.13	82.55	10.45	7.00
植保工程综合（基地、资源保护、执法）扶贫	3 334	2 838	368	128		1：0.13	85.12	11.04	3.84
优粮工程	18 904	8 220	2 600	8 084		1：0.32	43.48	13.76	42.76
其中，现代农机装备推进项目	9 872	1 010	940	7 922		1：0.93	10.23	9.52	80.25
其他	9 032	7 210	1 660	162		1：0.02	79.83	18.38	1.79
农村能源	55 257.24	14 134.28	7 067.14	34 055.82		1：0.50	25.58	12.79	61.63
畜牧业	5 639	4 173	835		631	1：0.20	74.00	14.81	0
水产业	1 350	900	450	0		1：0.50	66.67	33.33	0
农业综合开发									
农机业									
环境保护	182	175	7	0		1：0.04	96.15	3.85	0
续建类	5 842	4 435	1 110	297					
合计（不含续建类）	85 967.24	31 514.28	11 463.14	42 358.82	631	1：0.36	36.66	13.33	49.27

资料来源：湖北省农业厅。

如表 13 所示，2006 年农村能源和现代农机装备推进项目合计占总投资的 75.76%，而自有比率分别高达 61.63%、80.25%，中央投入和地方投入分别占 38.37%、19.75%。其他项目自有比率均在 7% 以下，90% 以上靠财政资金解决。

从表 14、图 9、图 10 中可以看出，湖北省农业基本建设投资中财政投入占 50% 以上，呈逐年递减趋势；中央与地方的投入基本在 3∶1 左右徘徊，鉴于财力、配套能力有限，地方投入平均增速低于中央投入平均增速。自有资金投入平均增速为 40%，远远高于中央投入和地方投入的平均增速，说明自有资金投资能力非常强，而且财政对农业基础设施的投入对引导自有资金投入的作用越来越明显。

表 14　湖北省 2004～2006 年农业基本建设情况统计

年份	项目总投资/万元	增长速度/%	中央/万元	占比/%	增长速度/%	地方/万元	占比/%	增长速度/%	自有/万元	占比/%	增长速度/%
2004	54 875		23 852	43.47		9 392	17.11		21 631	39.42	
2005	60 538	10.32	24 819	41.00	4.05	8 380	13.84	−10.77	27 340	45.16	26.39
2006	85 967	42.00	31 514	36.66	26.98	11 463	13.33	36.79	42 359	49.27	54.94

资料来源：湖北省农业厅。

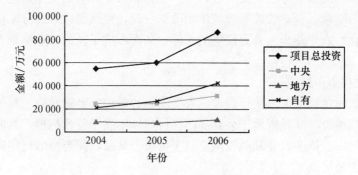

图 9　2004～2006 年湖北省农业基本建设投资增长情况

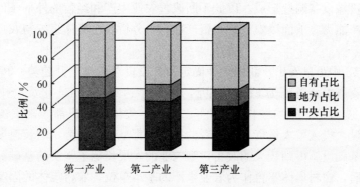

图 10　2004～2006 年湖北省农业基本建设投入结构

湖北省农业基本建设中运用的财政投入方式主要有三种：①直接投资——农业资源与环境保护工程；②配套投入；③投资补助——现代农机装备推进项目、农村沼气工程。可见，财政投入方式单一，以直接投入为主，而从成本收益角度对比来看国家鼓励的财政贴息、财政担保、财政参股等方式运用很少。

二、农业基础设施私人部门投资研究

1. 农村集体组织与农户

全国有 60 多万个村庄，把村庄一级农民可以直接收益的各种公共设施都纳入公共财政的支持范围是不现实的，政府的投入只起引导作用，应该发挥农村集体组织和农民在投入中的主体作用。

1979 年农村实行改革以前，我国农业基础设施的投资主要来源于国家财政和集体资金及劳动积累，农村集体是农业基础设施投资的主体。1949～1978 年，源于国家财政的农业基本建设投资大约为 700 亿元，占国家同期财政农业支出的 45％左右。1978 年以前，农村集体的投资约为 800 亿元，主要来自于农村集体投入的"公积金"部分。农村实行家庭联产承包责任制以后，农产品流通体制和农产品价格的改革使得农民成为农村生产经营和农业投资的主体，同时农村经济体制改革与财政、企业管理等经济体制改革一起，使国民收入的分配格局发生了很大的变化，农户逐步上升为投资的主体，从而形成了新的农业基础设施投资主体结构。

1）农村集体组织

在新农村建设中最直接面对"三农"问题的单位是乡镇政府、村委。乡镇政府属于行政单位，其投资属于公共部门；村集体不属于行政机构，其实质是一种私人部门投资。许多农业基础设施是属于村级公共品，需要当地村集体有能力筹集公共资金来提供。

农业固定资产主要由农田、水利、气象等农业基础设施投资和更新改造投资以及农业机械设备购置形成，以此不断改善农业生产和经营的外部条件，提高农业综合生产能力。下面以农业固定资产数据来分析农村集体组织与农户的投资地位变化。

从表 15 中可以看出，我国农业固定资产投资总额呈上升趋势。1981 年我国农业固定资产投资总额为 88.85 亿元，2004 年达到 3179.31 亿元，按当年价计算增加了 30 多倍，年均增长 16.83％。国家、集体和农户都非常重视农业基础设施的建设，投入了大量资金，三者的投资额都呈上升趋势，增长速度不一，使全国农业基础设施得到较大的改善，为农业的发展奠定了坚实的基础。农村经济体制改革后，农村集体不再作为农业生产的基本单位，农村集体的固定资产投资在总投资中的比重呈下降趋势，1981～2004 年平均占比 16.65％，1982 年最高，达到 42.6%，1997 年最低，仅为 4.9%。图 11 和图 12 反映了 1981~2004 年农业固定资产投资占主体投资增长情况和各体的占比情况变化趋势。

表 15 1981~2004 年全国农业固定资产投资各主体占比情况

年 份	合计/亿元	政府/亿元	占比/%	集体/亿元	占比/%	农民/亿元	占比/%
1981	88.85	29.21	32.9	34.02	38.3	25.59	28.8
1982	122.88	34.12	27.8	52.32	42.6	36.44	29.7
1983	159.82	35.45	22.2	33.81	21.2	90.56	56.7
1984	206.30	37.12	18.0	29.46	14.3	139.72	67.7
1985	221.89	35.91	16.2	22.33	10.1	165.25	74.5
1986	241.29	35.06	14.5	21.21	8.8	186.24	77.2
1987	301.82	42.11	14.0	44.11	14.6	217.19	72.0
1988	374.59	47.46	12.7	44.94	12.0	284.23	75.9
1989	344.78	50.65	14.7	46.24	13.4	250.32	72.6
1990	356.23	67.22	18.9	63.74	17.9	226.72	63.6
1991	440.39	85.00	19.3	73.88	16.8	283.35	64.3
1992	525.86	111.00	21.1	90.43	17.2	326.98	62.2
1993	668.36	127.80	19.1	56.61	8.5	377.44	56.5
1994	870.23	154.90	17.8	103.69	11.9	516.47	59.3
1995	1 113.92	219.10	19.7	208.11	18.7	658.05	59.1
1996	1 371.73	317.90	23.2	222.63	16.2	773.60	56.4
1997	1 518.81	412.70	27.2	74.84	4.9	800.55	52.7
1998	1 734.70	637.10	36.7	334.52	19.3	774.27	44.6
1999	2 197.50	835.50	38.0	400.06	18.2	980.50	44.6
2000	2 276.92	940.00	41.3	376.50	16.5	957.76	42.1
2001	2 475.10	993.40	40.1	384.60	15.5	1 097.10	44.3
2002	2 919.90	1 291.60	44.2	422.80	14.5	1 205.50	41.3
2003	2 660.32	1 097.70	41.3	370.80	13.9	1 191.82	44.8
2004	3 179.31	1 300.00*	40.8	450.00	14.2	1 429.31	45.0
平均		25.90		16.65		55.66	

资料来源：《中国农村统计年鉴 2005》，中国统计出版社，第 78 页。* 为估计值。转引自"我国农业综合生产能力分析"，中国农业科学院博士学位论文，2006 年。

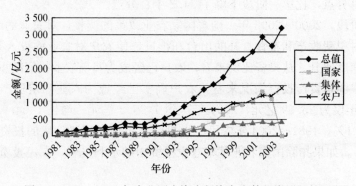

图 11 1981~2004 年农业固定资产投资各主体投资增长情况

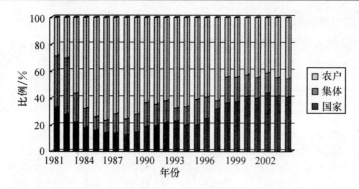

图 12　　1981～2004 年农业固定资产投资各主体占比情况

2）农户

总的来说，改革开放以来我国农户农业投资大体经历了快速增长、增速回落、缓慢增长和增速回升四个阶段。

第一阶段，1980～1985 年。农村家庭联产承包责任制的实行和国家价格政策的支持极大地激发了农户增加农业投资的热情，农业投资快速增长，人均投资年均增长速度达 39.48%。

第二阶段，1986～1993 年。随着我国经济体制改革的全面铺开，农用生产资料和其他工业品价格不断上扬，农民在第一阶段得到的实惠开始逐步丧失，农业投资比较利益大幅下降，农户对农业投资热情剧减。在此期间，虽然农户农业投资的绝对量还在增加，但年均增长速度下降了 25 个多百分点，为 14.04%，农户对农业的投入波动很大，1992～1993 年甚至出现了负增长。

第三阶段，1994～1999 年。由于我国国民经济的增长受到东南亚金融危机的影响，市场疲软，需求不旺，农业也不可避免地受到影响，而且农户农业投资比较利益偏低的问题仍未得到解决，致使农户农业投资增长幅度继续回落，下降速度加快。1994～1999 年，年均投资增长速度只有 5.26%，比第二阶段又下降了近 9 个百分点，比第一阶段下降了 34.2 个百分点。

第四阶段，2000～2006 年。随着国家农业政策的调整，对农业的政策倾斜，尤其是农村税费改革和粮食直补的出台和推进，使农户对农业的投入开始增加，投资增长速度回升。从投资比例来看，农户已经成为目前农业投资的重要主体。

从农户固定资产投资情况来看，农户确实已经成为农业固定资产投资的主体。1981 年仅为 25.59 亿元，2004 年达到 1429.3 亿元，增长了 54.9 倍，年均增速为 19.1%。1981～2004 年农民个人投资（不包括用于住房的投资）平均占比 55.66%。如果扣除国家农业基本建设投资中的水利投资，农民投资所占比重将会更大。

从表 16 中可以看出，农户农业固定资产投资以及农、林、牧、渔业总产值

都呈直线上升趋势。以 y 代表农林牧渔业总产值，x 代表农户农业固定资产投资，建立一元线性回归模型，得到

$$y = 1\,009.076 + 24.841x$$
$$(1.583)\qquad(26.630)$$
$$R^2 = 0.970\quad F = 709.139$$

表16　1981～2004年农户农业固定资产投资以及农、林、牧、渔总产值数据（单位：亿元）

年　份	农业固定资产投资	农、林、牧、渔业总产值	年　份	农业固定资产投资	农、林、牧、渔业总产值
1981	25.59	2 259.1	1993	377.44	10 995.5
1982	36.44	2 501.0	1994	516.47	15 750.7
1983	90.56	2 750.0	1995	658.05	20 340.9
1984	139.72	3 214.1	1996	773.60	22 358.2
1985	165.25	3 619.5	1997	800.55	23 764.0
1986	186.24	4 013.0	1998	774.27	24 541.9
1987	217.19	4 675.7	1999	980.50	24 519.1
1988	284.23	5 865.3	2000	957.76	24 915.8
1989	250.32	6 534.7	2001	1 097.10	26 179.6
1990	226.72	7 662.1	2002	1 205.50	27 390.8
1991	283.35	8 157.0	2003	1 191.82	29 691.8
1992	326.98	9 084.7	2004	1 429.31	36 239.0

资料来源：历年《中国统计年鉴》。

结果表明，农户农业固定资产投资增加1个单位，可以带动农、林、牧、渔总产值增加24.841个单位，方程解释力高达97％。

据有关专家测算，我国农业投资的合理结构大体上应当是60％来自农户，然而，我国农户的农业投资远未达到这一水平。据统计，1995年农户农业投资占农业总投资来源的比重达到最大值，为近43％，其余各年多集中在10％～30％，而且主要集中在流动资金投资上，固定资产投资非常少。原因分析如下：

其一，农户收入增长缓慢，可用于投资部分数额少，且主要集中在流动资金投资上。

从表17中数据可以看出，农村居民家庭收入和支出各项指标的绝对数额都在增长，但是增长速度不同。收入方面，家庭经营收入占69.53％，说明目前农村居民家庭收入绝大部分来源于经营收入，但其增速（7.05％）慢于总收入增速（8.04％）；其他形式收入虽然占比不高，但增速（转移性支出除外）快于总收入增速，未来占比尤其是工资性收入占比必将逐步上升。支出方面，生活消费支出占63.03％，说明目前农村居民家庭支出绝大部分用于生活消费，但其增速

（8.88％）略慢于总支出增速（9.24％）；家庭经营费用支出占 25.91％，增速 12.70％，高于总支出增速；购置生产性固定资产支出仅占 2.97，但其增速 （15.46％）远远高于总支出增速。总体而言，平均每人年总收入增速不高，而且 低于平均每人年总支出增速 1.2 个百分点。可见，农户收入增长依然缓慢，由于 生活消费支出占比高，真正可用于投资的部分不多，而且其中绝大部分是用于经 营费用（流动资金）支出，用于购置生产性固定资产的支出虽然增速很快，但由 于基数小，总数少得可怜。

表 17　2000～2005 年农村居民家庭基本情况

项　目	农村居民家庭收入/元						平均占比/%	增长速度/%
	2000 年	2001 年	2002 年	2003 年	2004 年	2005 年		
(1)	3 146.21	3 306.92	3 448.62	3 582.42	4 039.60	4 631.21		8.04
①	2 251.28	2 325.23	2 380.51	2 454.96	2 804.51	3 164.43		7.05
①/(1)/%	71.56	70.31	69.03	68.53	69.43	68.33	69.53	
②	702.30	771.90	840.22	918.38	998.46	1 174.53		10.83
②/(1)/%	22.32	23.34	24.36	25.64	24.72	25.36	24.29	
③	45.04	46.97	50.68	65.75	76.61	88.45		14.45
③/(1)/%	1.43	1.42	1.47	1.84	1.90	1.91	1.66	
④	147.59	162.82	177.21	143.33	160.03	203.81		6.67
④/(1)/%	4.69	4.92	5.14	4.00	3.96	4.40	4.52	
(2)	2 652.42	2 779.96	2 923.60	3 024.99	3 430.10	4 126.91		9.2
⑤	654.27	695.97	731.01	755.38	923.92	1 189.70		12.70
⑤/(2)/%	24.67	25.04	25.00	24.97	26.94	28.83	25.91	
⑥	63.90	78.13	85.50	101.64	107.74	131.14		15.46
⑥/(2)/%	2.41	2.81	2.92	3.36	3.14	3.18	2.97	
⑦	1 670.13	1 741.09	1 834.31	1 943.30	2 184.65	2 555.40		8.88
⑦/(2)/%	62.97	62.63	62.74	64.24	63.69	61.92	63.03	
⑧	95.52	91.24	78.70	67.31	37.49	13.10		−48.79
⑧/(2)/%	3.60	3.28	2.69	2.23	1.09	0.32	2.20	
⑨	168.60	173.53	194.08	157.36	176.30	237.60		7.10
⑨/(2)/%	6.36	6.24	6.64	5.20	5.14	5.76	5.89	

注：本表为农村住户抽样调查资料。其中，(1) 为平均每人年总收入，(2) 为平均每人年总支出，①为家庭经营收入，②为工资性收入，③为财产性收入，④为转移性收入，⑤为家庭经营费用支出，⑥为购置生产性固定资产，⑦为生活消费支出，⑧为税费支出，⑨为转移性和财产性支出。

资料来源：《中国统计年鉴 2006》。

　　其二，农业生产要素投入的作用立竿见影。

　　从表 17 可知，目前农户收入主要还是来源于家庭经营收入。为了维持收入 的稳定，农户必然不断投入，包括流动资金和固定资产两方面。多年的经验告诉 他们，最便捷的方法就是加强流动资金投入，如化肥、农药、农用薄膜、农业用电等，很多学者的实证研究也证明了这一点。相对于固定资产购置来说，流动资金投入要少而且立竿见影，再加上农资价格上涨速度很快，农户更没有余钱投资在固定资产上。

其三，现行农业投资环境有待改善。

农业基础设施是各种现代投入要素发挥作用的基础性条件。在我国许多地区，由于水土资源严重匮乏，即使有了化肥、农药等现代投入要素，也无法发挥其作用或发挥不充分。农业固定资产与农业流动资产必然存在一个最佳构成比例，因此农业固定资产投资也非常重要。但是，目前整个投资环境不佳，农户即便有实力也缺乏动力。具体表现在：①土地相关权利的频繁变动，一些设施的投入存在一个成本沉淀问题，收益暂且不指望，可能最后会连成本都不能如数收回。②国家对多种小型农业基础设施都有相应的补助政策，但农户对政策的稳定性、延续性仍心存疑虑，对政府缺乏信任，而且一些补助政策还不完善，在补助方式、补助标准、具体运作上还有诸多问题。③农村金融体系不完善。农业比较利益低，农户收入增长缓慢，自身经济基础薄弱，要投资农业基础设施，多数情况下需要筹集外来资金。然而，到目前为止，整个农村金融体系仍不完善，对农户惜贷、贷款手续烦琐、需要抵押品等让一些投资意愿强烈而投资能力有限的农户望而却步。④农村人力资本的缺乏。许多农业基础设施投资的前期规划决策、后期营运管理需要相关技术支撑，然而，目前大多数农户还不具备这方面的素质能力。上述种种大大影响了农户投资的热情，很多农户对农业投入的增加仍然有限，有的甚至还处于观望状态。

可见，在我国只要大力改善投资环境，农户农业投资、农户进行中小微型农业基础设施投资还有很大的增长空间。

2. 民间资本与外资投资农业基础设施建设

资本都具有逐利的本性，即使民间资本非常充足，它也不会无缘无故地投入到农业基础设施领域。如何吸引民间资本自愿、积极地投入到该领域中去？

首先，需要放开市场准入，将市场化程度高并且通过市场化运行效率更高的农业基础设施，在实行有效监管的前提下，推行市场化管理。按照受益范围和排他成本的大小，农业基础设施可划分为竞争性项目和非竞争性项目两大类。对农业基础设施领域的竞争性项目和非竞争性项目应采取不同的市场准入政策。对非竞争性项目，由于受益范围不局限于农村社区，外部性大，原则上应由政府供给，但在政府财政资金有限的情况下，通过产权改革，将其外部收益内部化，民间资本也可以介入。对竞争性项目，由于排他性的成本不高，收取一定的服务费可以补偿投资成本，只要政府放开市场准入，民间资本也愿意介入。比如，农村农产品销售市场就可以面向市场公开进行建设。诸如此类设施就可以采取 ABS、BOT、PPP 等融资和运作方式，甚至可以直接利用私人资本。

　　其次，政府要完善财政贴息、财政担保、税收优惠等财政资金投入方式，发挥其资金带动效应，引导民间资本积极介入农业基础设施建设。政府建立财政贴息、财政担保制度，把一部分财政拨款或财政信贷转为对基础设施项目的贴息、担保资金，增强民间资本介入农业基础设施建设的投资引诱，增强民间资本进行大型、超大型农业基础设施建设的投资能力。对竞争性农业基础设施项目，政府应出台和完善更多的优惠政策，积极鼓励民间资本进行农业基础设施建设。

　　3. 外资

　　1) 外资投资农业的利弊分析

　　外资投资农业取得的成效颇多，关于农业基础设施方面的主要表现如下：①多渠道引进外资在一定程度上弥补了我国农业投入不足，带动了国家、地方、集体和农户自筹配套资金对农业的投入。据统计，1995~2000 年农业利用外资 63.6 亿美元，折合人民币 456 亿元，相当于同期农村各级农业投入的 26%。②改善了农业生产条件。农村基础设施建设和整体农业生产环境改善，是国家外资投放重点之一。利用外资进行了大规模的农田整治、荒山荒地开发、农田水利设施建设、购置农业机械、农用电网、农村公路建设等，改善了农业生产条件和农业生态环境，减少了水土流失，提高了农业生产力水平和生产效率，为农业和农村经济快速可持续发展、综合开发农业资源奠定了坚实的基础。③农业引资促进了现代生产体系的建立，推动了农业产业化经营。农业外商投资多集中在农产品加工领域。这些加工企业与农户建立起利益共同体，培育了一批农业生产基地，有效地延伸了农业产业链，成为产业化的龙头企业。

　　外资投资中国农业可能带来的不利影响有：①外商直接投资可能遏制某些弱质农业产业部门的成长。弱质产业，即具有潜在动态比较优势的产业，规模经济和外部经济效应大，但是近期内尚不具备竞争优势。也就是说，一个国家的弱质产业近期内尚无能力与外资竞争，若不对外商在该产业的直接投资加以限制，外商直接投资极可能在该产业形成垄断。②外资投资农业有可能向我国转移污染和危险废物，对资源过度及不合理开发导致我国资源退化和生态环境破坏，对我国农业和生物资源进行掠夺与占有，同时通过输入新的物种改变我国原有的生态系统结构致使生态平衡遭到破坏。

　　2) 今后农业利用外资的问题

　　从目前我国农业发展的资金需求情况看，农业发展资金短缺的状况将是长期存在的。一方面需要继续利用外资，另一方面要尽量规避外资投资中国农业可能带来的不利影响，因此今后农业利用外资应注意以下几点：

　　(1) 外资投资重点要明确。我国农产品加工率只有 40%~50%，其中二次以上深加工仅为 20%，而发达国家的农产品加工率一般在 90% 以上。结合我国农业和农村经济发展及外商投资的特点，今后外商投资的重点领域是农产品精深加工项目、农产品出口创汇项目、地方企业的重组改造项目。建立优质农产品基地，建立优质农产品采购中心，建立农产品加工基地。农村清洁能源工程产业和项目、生态农业产业和项目、生态旅游产业和项目、农业废弃物资源化产业和项目、农业环境污染与治理产业和项目以及现代化设施农业、高新技术、农产品质量标准化工程建设、农产品精深加工和包装等将会成为新的投资领域。积极利用外资建设科技含量高的现代化农业示范区和现代农业生产基地，加强农业基础设施，提高劳动生产率，改善农业生态环境。

（2）培育和发展一批大型农业企业集团，提高与外商合作的能力。合资中，中方实力普遍较弱，影响了合资协议的达成和项目水平的提高。合作中，中方多为乡镇企业、民营企业，其综合实力难以与国外厂商进行大规模、大项目的有效合作，必然极大地限制农业利用外资项目水平的提高。按照现代公司制要求，培育接受外商投资的有效载体。

（3）制定并有效实施更加优惠的政策。目前鼓励外商投资农业的优惠政策主要有：①税收优惠政策，如外商投资农业企业所销售的自产农产品免征增值税；②外商投资农业机耕、排灌、病虫害防治、植保、农牧保险及相关技术培训业务、家禽、牧畜、水生动物配种和疾病防治项目免征营业税；③从事农业、林业、牧业的外商投资企业所得税在减免期之后 10 年内可减征 15％～30％。这些政策虽然在一定程度上促进了农业利用外资的发展，但由于政策倾斜不够，难以对外商产生很强的吸引力。综观国内外工业领域的税收支出形式众多，可以在农业基础设施建设领域开发更多实用的形式（如加速折旧），以增强对外资投资的吸引。

三、农业基础设施投资主体结构优化设计

1. 农业基础设施的系统性

农业基础设施是一个复杂的大系统，涵盖的范围相当广泛。根据不同的标准，可以将它看成不同子系统的集合。从设施所处生产环节来看，它由产前子系统、产中子系统、产后子系统构成；从设施性质来看，它由物质基础设施、社会基础设施、制度基础设施三个子系统构成。每个子系统又由更小的子系统构成，层层分解，层次分明。农业基础设施体系是一个有机的整体，影响农民生产各环节的设施子系统可谓环环相扣、缺一不可。农民生产中，产前农业基础设施的不完善可能导致农户低产甚至颗粒无收；产中基础设施配套不全可能使农户产量下降、成本上升、产品质量不高；产后基础设施不配套、不完善可能使农户增产不增收。农业基础设施体系的宗旨是使农业高产优质、农民节支增收。

2. 农业基础设施投资主体结构优化——多元多层次农业基础设施投资协调
　发展模式的构建

1) 农业基础设施投资主体结构

所谓农业投资主体结构，是指农业投资主体的构成、各构成部分相互之间的关系、各自所占比重以及相互之间行为的互动反应。它是农业投资结构中的关键性部分，在农业投资结构中居于核心地位，对其他各类型的结构发展有着导向作用。只有确保农业投资主体结构合理，才能进一步优化农业投资来源结构和投资使用结构，提升投资效率。合理的农业投资主体结构的构建是一项涉及资源、资金、环境、利益等诸多方面因素在内的复杂系统工程，必须注意从战略高度、宏观视角、全局利益出发对农业投资主体结构优化的意义加以认识和把握；必须充分认识到对农业投资主体结构进行优化的迫切性，这一优化不仅能最大限度地利用各种资源，提高经济增长速度和效益，而且对保持我国经济的发展和社会的协调稳定都具有十分重要的意义。因此，必须高度重视农业投资主体结构优化，保证农业投资主体结构合理化和运行通畅，带动农业投资方式和投资领域的改革，建立和健全农业投资体系，有力地促进农业和农村经济发展。

2) 多元多层次农业基础设施投资协调发展模式

农业基础设施体系的投资要实现投资主体多元化、投资对象多层次、投资方式多样化、管护民营化民间化。如表 18 所示：①从产品属性看，农业基础设施体系由纯公共产品、准公共产品、私人产品三个子系统构成；根据产品排他程度、排他成本高低，准公共产品又由接近纯公共品的准公共品、中间性准公共品、接近私人产品的准公共品三个更小的子系统构成。每一个子系统都包括很多内容，而且这些内容是动态的，随着经济社会的发展，很多产品的性质会发生改变。②不同层次的农业基础设施建设投资会有不同的主体介入，形成一个多元化投资格局。③私人部门出于资本的逐利性，主要介入私人产品和准公共产品投资领域。但是，准公共产品存在一定的外部性，使得私人部门投资者投资收益与其投资成本不对称，政府部门应当针对不同的投资领域、不同的投资主体，采取多种方式投入财政资金对私人部门加以引导，从而实现农业基础设施投资充足与私人部门资本增值的双赢。④既有的农业基础设施多为国有或集体所有，管理效率低下。对条件成熟的设施应实行治理管护民营化和民间自主化改革，一方面可以迅速回收部分资金再建新设施；另一方面可以通过改革提高设施管理维护效率，少量管护资金就可以提高设施使用效益满足农业发展需求，无形之中减少了设施的新建投资量。

表 18　农业基础设施体系协调发展模式

	纯公共产品	准公共品			私人产品
		接近纯公共品的准公共品	间性准公共品	接近私人物品的准公共品	
内容	大江大河治理，省级大型水利与农田基础设施，农产品流通的基础设施和市场网络，农业与农村信息化基础设施，农业气象服务设施，农业资源控制、维护、复原、保持和利用设施，农村环境建设，生态保护设施等	市县级中小型水利与农田基础设施，乡村道路，农村电网，渔业基础设施，农业科研与试验，农业技术推广，病虫害防治，动植物检疫基础设施，农产品质量管理设施等	动植物良种繁育基础设施，动植物防疫基础设施等	农村通信设施，农业生产资料生产和销售设施，大型农产品加工、储藏、销售基础设施，大型农业机械等	中小型节水设备，中小型农业机械，小型储藏与运输设施，田间配套水利设施，田间道路等
投资主体	中央政府和地方政府，以中央政府为主	地方政府和企业，以地方政府为主	地方政府和企业，以企业为主	地方政府、企业、农户，以企业、农户组织为主	农户（个人或合伙）
财政投资方式	政府直接投资，财政担保	以工代赈、国债转贷、财政周转、财政担保、财政贴息	财政周转、财政担保、财政贴息、税收优惠	财政周转、财政担保、财政参股、财政贴息、税收优惠	财政贴息、投资补助、以奖代补、税收优惠
管护模式	集权管护	集权管护、私人管护、参与管护	自主管护	自主管护	私人管护

四、基本结论

（1）农业基础设施现状是投资总量不足、结构不合理、管理效率低下，远远不能满足发展现代农业的需要。

（2）从公共部门角度分析，中央政府和地方政府对农业基础设施投入的绝对规模都在增加，但相对规模普遍较小，而且今后很长一段时期内都很难有大的提升。

（3）对财政投入农业基础设施建设的各种方式进行了系统的比较。政府应当在现有投入方式的基础上，加强对财政担保、财政参股、财政支持农业保险、财政贴息、税收优惠等资金带动效应明显的投资方式的应用。

（4）私人部门投资农业基础设施的能力非常强，但现状不容乐观，关键在于政府财政的引导调控不到位，财政支持方式单一。

（5）要加强公私部门之间的互动，以多元、多层次、多样化协调发展模式实现农业基础设施投资充足以及投资资本高效、增值。

参 考 文 献

陈锡文. 2004-11-13. 我国农田水利建设形势严峻. 三农中国网. http://www.snzq.cn

侯书和. 2004. 公共决策失灵的治理对策. 中州学刊, (1)

湖北省农业厅. 2006. "一事一议"最新情况调查数据

李汉文, 彭涛. 2004. 对"一事一议"制度的反思. 粮食问题研究, (4)

罗兴佐, 王琼. 2006. "一事一议"难题与农田水利供给困境. 调研世界, (4)

罗兴佐. 2005. 税费改革后的农田水利困境——湖北省荆门市五村数年的连续调查. 调研世界, (11)

武东轶. 2004. 如何保证"一事一议"正常有序开展. 农村经营管理, (11)

杨卫军, 王永莲. 2005. 农村公共产品提供的"一事一议"制度. 财经科学, (1)

赵建华. 2004. 对村级农建推行"一事一议"制度的思考. 山西水利, (4)

第二部分　农村基础设施建设中的社会资源动员机制——以农田水利设施为例[①]

第一节　各地动员社会资源投入和管理农田水利设施的经验

一、我国农村制度的变迁和体制性的缺陷给农村公共品供给带来一系列问题

（一）上层建筑的改革增加了农村公共投入的困境

实行家庭承包责任制以来，人民公社瓦解，国家设立乡镇政府，农村公共投入转移到乡镇政府身上。除了少数富裕地区外，我国大部分乡镇的经济基础薄弱，农村产业结构单一，商品化农业规模小，乡镇收入构成以农业税为主，缺乏支柱税源，工商税收占乡镇财政收入比重很小，财政收入增长潜力有限（王欣，2005），乡镇政府主要通过制度外成本分摊方式自上而下地提供农村公共品。但1994年国家开始实行税费改革后，县乡基层财政的制度外筹资途径被堵住了，直接削弱了乡镇基层政府的财政能力，入不敷出的巨大财政缺口使乡镇政府无心也无力提供农村公共品，而把主要精力放在如何填补财政缺口上，对农村社会的公共设施和公益事业建设缺乏积极性，出现了政府在农村公共品供给中的缺位现象。随着税费改革的进行，农村公共投入出现困境，本应由政府承担的农村公共投入转变为由农民"买单"。

从广东试点方案来看，税费改革后，针对农村县乡二级政府支出缺口，上级财政转移支付只能"确保镇级机构和村级组织正常运转；确保农村义务教育经费正常需要"，而对农田水利等基础设施等公共品的投入只能"兼顾"。但在实际中，这种兼顾往往是不够的（陆昂，刘敏清，2007）。

另外，现行财政体制只确定了中央政府与地方政府的收支基数及收入分成比例，而对各级政府的事权划分还不够清晰。实际工作中，中央政府把有些事权下放得过低，县乡政府的事权大于财政，承担着许多应该由上级承担支付的支出。各级政府事权供给责任划分不清的后果必然是相互推卸，最终落到基层政府和村民头上，造成农户和村集体成为农村公共物品的主要承担者。根据国

① 课题主持人：温铁军，郑风田（中国人民大学农业与农村发展学院）。课题撰写者：温铁军、郑风田、吴彬彬、李虹爽等。

务院发展研究中心的调查，农村义务教育资金的投资比例中，中央政府只负担2%，省和地区负担 11%，县和县级市负担 9.8%，乡镇则负担了全部的78.2%，县乡级政府负担合计 88%。在诸如大江大河的质量、防治污染及水土流失、防护林建设、生态保护、计划生育、民兵训练等公共物品供给中，中央政府只提供了部分资金，要求地方政府提供相应的配套资金，而在地方财政主要满足"吃饭"的现状下，这些配套资金就以不同的形式转嫁到农民身上（蒋妤，高晓红，2006）。

（二）高额交易成本问题

在税费改革后，"一事一议"成为进行农村公共投入决策的首推方式。可现在看来，"一事一议"目前在农村实施效果并不理想，"一事一议"筹资筹劳政策在执行中遇到高额的交易成本问题，主要表现在以下几个方面：

（1）开会成本大。农民是以家庭经营为主导，自发、分散，缺乏有力的组织，一般召开重大会议，需要村集体出钱发误工费，才能激发参会"热情"。加之现在农村在外打工的劳动力非常多，有的占到全村劳动力的 50%～60%，甚至更多，不少农户是全家常年在外打工，很难达到要求的议事人数。即使开会成功，也要付出巨大的会议成本。

（2）农民间存在异质性，对公共品需求不同。在同一村庄中，农户间存在异质性，体现在经济收入、住处地理位置、种植作物等方面，从而导致不同农民对农村公共品需求不同。例如，在一个行政村中，不同位置的村民对公共物品的需求不同，村东头的村民要修路，村西的却要修坝，村南的要修渠，村北的要修桥，所议之事难以统一。

（3）达成协议难。农村中存在劳动力的外流现象，且外出打工的都是文化程度较高的家庭主要劳动力，导致来开会的人员多数是一些妇女、老人，文盲居多，且不是家庭的主要成员，有些很难表达自己的真实意愿。所以，要通过一项决议，无论是采取举手表决或签字方式，实际操作都很困难，听不懂会议要求，议不成应议事情，签不了应签的字。严格按照有关文件精神来执行，"一事一议"常常变成"一事无成"。

（4）筹款难。在一些地方，受历史因素的影响，农民对"三乱"戒心较重，加上近年来农民收入增长缓慢，有些地方农民实际收入下降，导致村委会提交审议的筹资筹劳方案往往难以通过。即使通过了筹资筹劳项目，一些村民也不主动交款，而对农户拒交款项的行为缺少相关的处罚规定，且没有约束机制，往往导致筹款的交易费用上升。

（5）监督成本高。由于存在"开会难"、"统一意见难"、"一事一议"成本高等方面的影响，基层干部往往采取简单的工作方式，有的甚至钻管理上的"漏洞",采取按"假指印"、"假签字"等方式进行。有些地方甚至把不属于"一事一议"的收费项目列入议事范围,存在"多事一议"等不规范行为。比如,皖北某市一些乡镇把人口普查经费、基本水费、计生投入、"五保"供养等列入"一事一议"范围;少数村不是依据人均最多15元标准收取"一事一议"费用,而是按亩均15元标准收费,造成农民每人实际交款超过15元标准,甚至超过人均20元。由于村庄多而分散,"一事一议"管理规范也还未完善,对以上行为进行监督十分困难。

（三）我国农村的制度变迁带来公共投入的制度缺失

我国农村实行家庭联产承包责任制后,分散的农户难以承担人民公社时形成的完整的农田水利系统建设。为组织分散农户投劳农田水利系统,1985年国务院作出了实施农村劳动积累工的决定,这一政策对推动"七五"至"九五"的农村水利建设发挥了重要作用。1989~2000年,全国平均每年投入劳动积累工72.2亿个工日,如果以每个工日10元计,则农民每年对水利投入的积累达722亿元。如此推算,1989~2000年农民对水利投入累计达8664亿元,若没有"两工"的投入,政府很难承担这些财政。

从2004年起,国家全面取消了农村义务工和劳动积累工,国家不再允许乡村组织插手农村公共事务,农村公共投入面临困境。农村税费改革后,农业基础设施建设新的投入机制还没有建立起来,全国农民兴修农田水利投工量,1998年超过100亿个工日,2003年减少到47亿个,2004年不到30亿个,即使每个工日只按10元计算,今后我国每年仅农田水利建设投入的缺口都要超过700亿元[①]。水利部原副部长翟浩辉也指出:2004~2005年度全国农田水利基本建设农民投工比1998~1999年度下降近70%,完成的土方量下降59%,改造中低产田面积下降38%,新增恢复改善灌溉面积减少35%。

农村义务工和劳动积累工一度在冬春农闲时节兴修水利工程、植树造林、维修乡村道路以及防汛抗洪抢险等方面发挥过显著的作用,为农村建设作出了突出的贡献。但是取消"两工"后,乡镇干部无权像以往那样组织农民出工,否则会因"乱摊派"受到批评;在市场经济下,即使乡镇干部"派工",若没有合适的报酬农民也是不会出工的;农业税、"三提五统"都取消了,没有其他产业的村组,其经济状况举步维艰,在农村公益事业方面"心有余,而力不足"。这就导致了农村道路损毁无人维修,渠道、堰塘等农田水利设施得不到有效的维护,建设农田水利设施更是无从谈起,防汛抢险也要适当的报酬才行。再加上集体经济的衰弱和外出务工农民的增加,本已逐渐老化和破损的农村水利设施更加老化和

---

① 中国社会观察网。

破损，严重丧失了其应有的防洪、抗旱和供水功能，造成下点雨就淹田地，半个月不下雨就闹旱灾，给农民和农业生产带来巨大损失。2006 年南方大旱不是因为水资源的紧缺，而是因为工程性缺水。水利工程出现老化的现象，在关键时刻发挥不了作用，长期下去，我国农业生产将受到严重影响。

（四）其他

1. 农田水利设施收益低，农民投入积极性不高

投入农田水利设施的收益来自农户的农业生产，目前我国大部分农民仍以种粮为主，粮食作物价格偏低，农民为降低农业经营成本，就会减少或不对农田水利设施的投入和管理。只有以种植高收益的经济作物为主的农户才会有投入的积极性，对于这些农户，政府无须动员，他们也会在利益范围内主动投入和管理农田水利设施。由于受到资金、技术和政策等各方面的限制，产权明晰、能避免"搭便车"现象的中小型水利设施是民营经济的主要投资方向，但农田水利设施完全发挥作用需要整体性，因此动员第一类农户投入和管理农田水利设施成为关键。

2. 农村劳动力大量转移，投入和管理农田水利设施机会成本大

近几年农业比较效益下降，农业收入下降，农村大量劳动力向城镇转移，且多为年青劳动力。农田水利设施的管理和维护需要劳动力，外出打工赚得的工资成为投入和管理农田水利设施的机会成本，阻碍了农民投入和管理农田水利设施的积极性。据湖南省 2000 年农业生产效益调查：每亩水田种粮食获得的纯收入仅为 150.7 元（不含劳动力成本），若扣除用工作价，每亩的纯收益只有 16.6 元。养猪的纯收入也不高，平均每头只有 43.3 元，而外出打工人均劳务收入达 4339 元，比全省农民人均纯收入水平高出一倍多。作为理性人，农民都愿意外出打工。并且大量外出务工人员中，农村青壮年劳力占主要比例，而留守农村人员多为妇女、儿童和老人，难以担负起农田水利建设任务。由此可见，动员农民投入和管理农田水利设施机会成本是外出务工工资。城乡差距越大，投入和管理农田水利设施的机会成本越大，农民的生产积极性越低。

二、各地动员社会资源投入和管理农田水利设施的具体做法

随着税费改革，"三提五统"和"两工"逐步取消，这相当于把乡村财政的基础抽掉，并清除了乡村在农田水利建设上直接使用劳动力的可能，客观上使农村基础设施特别是与农民生产生活息息相关的农田水利基础设施建设失去了原来的主要投入渠道。针对政府的一系列政策，各地尝试各种方法投入和管理农田水

利设施，积累了一些经验。总结起来，主要有以下三个方面。

（一）农民本位

长期以来，我国农村公共品的供给通过以制度外财政为主的公共资源筹集制度和自上而下的制度外公共产品供给决策机制来实现。从乡村对公共物品的需求来看，至少有三类主体：上级政府、乡镇政府和村级组织、社区农民。公共选择理论告诉我们，仅就决策模式的选择而言，上级政府或乡镇政府受目标多样、有限信息、决策时滞、环境多变和决策机制缺陷等因素的影响，对农村公共物品需求的决策难以达到帕累托最优，而只有社区居民对公共物品的需求才具有效益性（黄世贤，2006）。

有些地区打破了自上而下的供给决策机制，从农民本位思想出发，有效动员社会资本投入和管理农田水利设施。

1. 山东临邑县

山东省临邑县在推行"一事一议"制度中，重视农民利益，从农民最迫切的需求出发，较好地解决了"无人办事、无钱办事"的难题。在执行过程中有以下做法值得借鉴：一是确定项目时遵循量力而行、选择村民意见最集中的公益性项目、意见不集中却很急的项目采取分户动员的原则；二是实施村民代表制，减少组织的交易成本；三是采用"核定上限、事先筹集、结余留用、集体表决"的方法筹集资金，本年结余滚存下年使用；四是政府参与监督工作。

2. 山东茌平县莱屯镇

莱屯镇党委、政府开展"走千户访万人"民意大调查活动。经过广泛深入的调查，了解到全镇集中反映的问题就是清挖沟渠。于是灵活运用"一事一议"政策，建立农民议政员制度，要求每个议政员就农田水利基本建设问题征求50名群众的意见，形成书面材料，并经镇人民代表议政会的分析和讨论，全面推行"村民自己决议、自己收钱、自己管理、自己平衡资金、自己张榜公布"的做法，充分调动了农民群众兴修水利的积极性，探索出一条尊重农民意愿、因地制宜、民主议事办水利的新路子。

3. 山西汾西县邢家要乡

汾西县邢家要乡武家岭村在村干部的积极引导下，根据本村最大需求采取"一事一议"，召开村民大会商议饮水工程事项，对于存在不同意见的村民，村干部主动与水利局联系，安排这些村民代表参观近年来新建成的自来水入户示范村，迅速统一了村民思想。全村共修建两个蓄水池，铺设输水管路3200米，建设集中表坑8个，每户还投资300元购买水表、水嘴、阀门等材料。通过这次建设，吃水困难问题彻底解决了，群众非常满意。

4. 安徽利辛县

利辛县采取"一事一议"与筹资筹劳相结合的办法，积极落实好自筹资金，走出了一条水利兴修的新路子。利辛县注重实际，不搞"一刀切"。各镇根据实际情况，从群众最关心、最急需解决的工程出发，各村注重开好村民代表大会，4/5 以上的村民参加、2/3 以上的代表通过方为合法。因外出务工（经商）等原因不能完成出工义务的，允许按规定申请以资代劳，并开具省统一印制的农民负担专用收据。目前，全县水利建设筹资 100 万元，已完成堤防加固 21.6 千米、土方 220 万方，完成沟、路、田、林、桥"五位一体"的农田治理面积 10 万亩。

5. 山东费县

费县是十年九旱的山区，当地村民为致富而发展林果业，但集体管理模式下的农田水利设施问题严重制约着农业生产。根据村民的灌溉需求，1992 年起大田庄乡政府决定把全乡的小型水利工程公开拍卖到户，实行户管、户营，50 年不变，允许继承、转让，从而敲响了费县乃至山东小型水利产权制度改革的第一锤。在大田庄乡政府的鼓励下，一些村的村干部开始按村民的需求将集体的水利设施拍卖到户，然后按照"谁投资，谁收益"原则放开建设权，将拍卖得到的资金再次投入到新的小型水利设施的建设上，实现"拍卖-建设-拍卖"的良性循环，极大地提高了农民的积极性。在此过程中，乡政府为了维持农民投入的积极性，给予农民一定的资金补偿或物资扶持。1997 年，乡政府又出台了以放开建设权、明晰所有权、搞活管理权为核心的小农水产权制度改革政策，实行"民建、民有、民营"，极大地调动了山区农民办水利的积极性。在 2002 年山东遭遇百年不遇的大旱时，由于水利设施的有效保证，费县仍然呈现一片丰收景象。

6. 河南博爱县

1992 年冬，博爱县东张赶村出现农民股份合作制的形式，进行打井建站。村组织把握村民需求，对本村农田水利设施实行股份合作制经营，对村集体水利设施核资估价，以 25 元一股出售，很快筹集到 1415 万元股金，并成立了股东委员会，对水利现有固定资产和新建工程投资实行股份化，供水实行商品化，管理实行企业化。为满足村民的灌溉需求，在村民的建议下，村里依靠筹集的股金修复和新建水利工程，一年时间使全村农田全部实现了硬渠灌溉或地埋管道灌溉，建成了高标准的旱涝保收田。

7. 山西平遥县

自襄垣乡出现第一个联户办水合作体以来，顺应农民联户办水合作体的需求，股份合作制以各种形式在全县得到推广应用。目前共有四种形式：一是联户合股型。沿村堡乡尹村 762 户受益农户合股购买了全村的 47 眼水井，筹措股金

148 万元。二是村户合股型。沿村堡和襄垣两乡首先采用这种形式发展水利,由集体打井、个人配泵、村户合作运营,或由个人打井配套,集体负责输电线路,通过这种形式建造的已达 290 眼。三是联村合股型。达蒲乡集八村之力,以受益面积折股投资,组建了股份农灌公司,建成了总投资 1143 万元的引汾提灌扩浇节水工程;四是村企合股型(常维雄等,2001)。

8. 山东蒙阴县

蒙阴县大力调整农业产业结构,发展绿色果品基地,优质果品价格稳定上扬,使农民认识到没有水利工程,搞好优质果品是不可能的。因此,当地根据村民需求,以创建农村合作社为突破口,大搞民营水利建设,解决了一家一户想干又干不成的农田水利工程,特别是较好地解决了在税费改革的形势下"减负"与发展的关系,以及农田水利基本建设投入不足的问题。果品业的发展使许多农民有了一定的积累,全县农村储蓄余额 8 亿元,为建立农村水利合作社提供了资金上的保证。据介绍,目前全县已有 401 个村共建立各种类型的合作社 1300 余个,入社农户 3.8 万户,占全县农户的 30%,入社后人均增收 297 元。

(二)政府不能缺位

农民经济地位低下、文化水平低、居住分散、组织性差及缺乏利益代言人等各方面的原因,决定了农民是个弱势群体。而政府的作用是将农村情况自下而上地及时汇报上去,自上而下地及时将上级政策传达下去或将资源分配下去,是连接中央和农民的纽带。只有政府心中有农民,从农民利益出发,组织农民开展工作,向上反映农民需求,才能使农民这个弱势群体享受权利和履行义务。农田水利建设是一个集体行动,仅依靠单个农民是无济于事的,只有政府参与,宣传动员并带头组织,并提供各项支持,才能发挥农民的积极性。各地在有效动员社会资源投入和管理农田水利设施中,政府起到了至关重要的作用,包括以上介绍的从农民需求出发而开展的各项动员活动,都是政府首先考虑了农民需求的例子。以下再介绍几个政府发挥重要作用的例子。

1. 黑龙江宝清县

宝清县位于黑龙江省东南部三江平原腹地,是黑龙江重点产粮县之一,历史上旱涝频繁。县局长亲自率领技术人员到有关村屯开展调研,进行水利工程的规划设计,因地制宜地确定工程重点和工程项目,村干部挨家挨户地给不愿为水利投资投劳的农户做思想动员工作,通过按户或耕地出资、提取承包款、县政府补贴和利用有结余的村屯资金等途径筹集资金,水务部门抽调专人到各地指导施工,从而保证了"一事一议"的顺利进行。

2. 湖南益阳市民主垸张家寨乡大堤加高培厚达标建设

首先，乡镇委派水管站工程技术人员对该堤段实地测量和规划后，各村召开村民大会进行宣传动员工作，并征求意见。其次，由村级承担土方任务，根据土方任务大小，确定人员和设备的多少。接着，以户为单位进行筹资。最后，村间进行联合施工，由乡政府统一协调，分配各村取土场，并进行监督，明确冬修款是否用在大堤上。

3. 四川高县

2002 年高县县政府决定，对全县国有机电提灌站全面推行租赁、承包、拍卖等形式的有偿出让和限期出让。县政府出台了《关于推行全县小型农田水利工程设施经营管理体制改革的通知》，要求对全县国有机电提灌站公开实行租赁、承包，租赁对象是懂得机械知识、操作技术和善于经营管理的当地群众，租赁期限为 2～10 年，租赁金为 5 元/千瓦·年，承租后，获得该提灌站的使用管理权、养护权、经营权，并享受国家规定的农排用电优惠价，服务费收取受物价部门的保护，租赁金的管理实行专户储存专户管理，由县统筹 30%，其余部分分镇乡建账和镇乡使用，主要用于机电提灌站更新改造、滚动发展。

4. 广西平果县

2004 年，平果县以广西实施农村小型水利管理体制改革为契机成立农民用水户协会，农民用水户协会基本上以行政村结合渠系为范围，在水利部门和基层政府的推动下成立。农民用水者协会运行得到了村里各方面的支持，如免费提供办公室，对末端渠系建设实行"以奖代补"政策等。各个协会都制定了较为详细的章程以及工程管理、灌溉管理、奖惩等各项规章制度。协会工作人员的报酬不仅来源于征收的水费和协会收取的鱼塘等承包费及从协会创办的经济实体收入，还来自于村委会补贴。平果县还制定了奖励机制，规定通过验收的用水者协会每个奖励 3000 元，用于协会的日常运转和水利设施建设。平果县农民用水者协会为便于管理，采取了一个有效措施：按耕地亩数把渠道维护长度分配到农户，标上户名，长期跟踪，谁负责的渠段损坏后谁负责维修。

（三）不能"一刀切"

我国幅员辽阔，地区经济发展极不平衡，乡镇之间的经济和社会发展水平可谓天壤之别。受经济条件、地理地势、历史情况等因素的影响，各地农田水利情况各不相同，动员模式也应各不相同。即使同一村庄内，水利设施性质不同，采取的动员模式也应不同。上面举的各地例子可以归纳为三种模式："一事一议"、产权制度改革和用水协会，强调农民需求和政府的重要作用。由于地区间的差异性，其他地区根据当地特点，还发展了其他模式，并获得了成功。

1. 山东费县和广西平果县采取不同模式

山东费县和广西平果县根据各自不同的经济发展状况，采取了不同的动员模式。山东费县由于发展果品业，农民获得的农业收入多，有经济实力和需求进行产权制度改革，农田水利设施可以通过拍卖、承包和股份制方式出售；而广西平果县是农业贫困县，虽然农民也以农业收入为主，但由于普遍经济实力不强，无法拍卖或承包农田水利设施而成立农民用水者协会，且政府在成立用水者协会中发挥了重大作用。

2. 山东省各地采取不同模式

从上面山东临邑县、费县和蒙阴县的事例可以看出，不同地区因地制宜发展最适宜自身的模式。山东临邑县农民易于组织，根据农民需求，开展"一事一议"，集体进行农田水利设施决策；费县和蒙阴县由于都发展了果品业，农民收益大，农田水利设施对农业生产和收入影响大，发展更有效率的产权制度改革和农民水利合作社，有一定积累的农户愿意承担相关的费用。

3. 其他地区特色动员方式——以河南商城县多方协议为例

河南省商城县通过多方签订协议的方法组织群众自愿投工兴修水利工程：一是县、乡、村、组逐级签订投工协议。对上级有投资的项目工程，县政府出面与项目实施乡镇签订协议，由项目受益村、组带头组织群众投工完成土方任务。现已签订投工协议 37 份，投工完成农业综合开发、水保治理、节水灌溉等重点工程的土方。二是乡镇实行奖励的办法，与村组签订投工协议。全县北部 8 个乡镇，实行每修好一口万方大塘奖励 1000～2000 元的鼓励措施，与村组签订投工协议 83 份，实施重点水毁大塘的修复。三是养殖专业户投钱与受益群众签订投工协议。双椿铺、白塔集、李集、丰集等乡镇 9 个养鱼大户与村民组签订协议：养殖户每投入 2 万元资金，群众投工 500 个，以工抵资，共同完成大塘整修任务。四是受益群众之间相互签订投工协议。全县面上村组内的小型水利工程，普遍采取由村民小组长牵头，召集受益户签订协议或签名、盖章的办法完成整修任务。[①]

三、启示

（一）以"农民本位"为主线

自上而下的农村公共品供给是行政指令的结果，这种由外生变量即来自社区外部的各种因素决定公共品的供给方式，会加大公共资源筹集的压力，导致公共资源筹集制度无论怎么改都会使农民感到负担过重。因此，要改革农村公共品供给决策程序，实现农村公共品供给决策程序由"自上而下"向"自下而上"转

---

① http://www.mwr.gov.cn/index/20041201/43574.asp。

变，建立由内部需求决定公共品的供给机制。政府要深入了解农民对公共品的实际需求，加强可行性分析，不作脱离当地农村实际情况的供给决策，乡镇领导人也不能以个人偏爱和主观愿望进行决策。最后要扩大农民在公共品供给过程中的参与决策权。要建立能够真正代表农民利益、能与国家政权对话的民间组织，这一组织有反映农民意愿的信息机制，能够代表广大农民参与公共产品的决策（马雪彬，王昊，2005）。各地在动员社会资源投入和管理农田水利设施时，应坚持以农民需求为主线，只有这样才能真正调动起农民在农田水利投入中的积极性。

（二）政府和村干部在农田水利设施建设与管理中发挥作用

农村实行生产责任制后，特别是取消"两工"后，农民没有投工投劳的压力，新的社会动员机制还未完善，在这样的形势下，政府和村级干部如果心里没有群众利益，不主动工作，那么乡村的工作只会一事无成。

取消"两工"推行"一事一议"，村干部不是简单地开个会通过一下，或者说由大家决定，而是经过认真的思考、琢磨，从农民的实际需求出发，从做群众的工作、动员群众的目的出发，想一些教育群众、引导群众的办法，如外出参观，就是一个很好的办法，而且在农民中最适用，因为农民群众是很现实的。武家岭的事例说明了一个道理，在改革开放的新形势下，乡、村两级干部在做农村工作时，不是无事可干。在产权改革中，政府和村干部首先应根据公共品性质进行选择性改革，有些农田水利设施可以进行产权改革，有些则不可以。其次，无论是拍卖、承包还是股份制，不是拍卖、承包、股份制后政府和村干部就可以置之不理，山东费县和河南博爱县政府都起到了监督作用，其中山东费县还注意对资金利用进行管理。农民用水者协会面临最大的问题是组织和资金持续，而政府和村组织的引导与补助对用水者协会直到了关键作用，广西平果县的事例就说明了这个道理。

（三）地区间根据差异性，因地制宜，不能"一刀切"

由于地域的差异性，我国不同地区的农田水利设施面临不同的困境和挑战，而不同行业的农田水利设施采用的模式也各不相同。从上面的案例可以看出，各地根据自身情况，采用不同模式，都取得了成功。汾西县政府和村干部对当地农建事项较热心，能够积极组织农民，并根据当地情况建设，所以"一事一议"开展得比较成功。山东费县和蒙阴县发展果品业，农民有一定的积累，且农田水利对产业发展起着关键作用，从而促进了产权制度和农村水利合作社的发展；广西平果属于农业贫困县，农民收入低，易于农民用水者协会的发展。因此，不能说哪种模式是最好的，只能根据不同地区情况因地制宜，而不能搞"一刀切"。

（四）多模式并存

从以上案例可以看出，"一事一议"能有效开展的前提是有一支为民办事、具备民主理事能力的村级干部队伍，还要求作为"一事一议"议事主体和决策主体的广大农民群众有较强的民主意识和议事能力；进行农田水利管理体制改革，应充分发挥农民用水户自身的积极性，吸收农民参与管理，目前主要做法是下放管理权和建立农民用水者协会，但这并不意味着政府可以"甩包袱"，政府的指导监督仍然具有决定成败的关键作用。不同模式有其不同的产生背景和适用条件，不同模式适合于不同地区。因此，目前适合我国动员社会资源投入和管理农田水利设施的方式是多模式并存。

（五）制度创新和组织创新

目前农村基础设施投资面临部门分割、管理混乱、效率低下的局面，发挥政府的社会资源动员机制，利用有效的管理方法促使农户参与农村基础设施的投资，从而创造良好的基础设施投资、建设、应用和维护机制，改善农民的生产条件、生活条件和劳动条件。在各地经验中，山东费县产权制度改革、河南博爱县的股份合作制，以及广西平果县的农民用水者协会等案例，对农田水利设施投入和管理进行了创新，有效动员了农民参与农田水利设施投入的积极性，值得借鉴。

参 考 文 献

常维雄，雷光海，赵平安等. 2001. 平遥县创新水利投入机制的实践与思考. 中国农村水利水电，（4）

陈旭平，张治安，周卫泉. 2005. 益阳市民主垸"一事一议"办水利的实践与思考. 湖南水利水电，（5）

郭建华. 2006. 成功的实践有益的启示——汾西县开展农建"一事一议"的实践和思考. 山西水利，（6）

黄世贤. 2006. 税费改革后乡镇政府职能探索. 长白学刊，（4）

蒋妤，高晓红. 2006. 新时期增加农村公共物品供给的制度分析. 东南大学研究生学报，S1

李双文. 2006. 农村"一事一议"筹资筹劳的现状及思考. 云南农业科技报，（5）

陆昂，刘敏清. 2007. 税费改革后农村准公共品供给困境分析——以广东农田水利投入为例. 岭南学刊，（3）

罗兴佐，王琼. 2007. "一事一议"难题与农田水利供给困境. 视点，（1）

马德全. 1999. 大力推行股份合作制　建立农村水利良性运行新机制. 水利经济，（1）

马静，郭延杰，王强. 2006. 茌平县莱屯镇灵活运用"一事一议"办水利. 山东水利，（7）

马雪彬，王昊．2005．我国农村公共品供给制度变迁及路径选择．甘肃农业，（5）

孟昭智．2007．对农村"一事一议"制度的反思．中州学刊，（5）

宋炳顺．2003．山东蒙阴县创建水利建设的新体制——农村水利合作社．山东水土保持局．（5）

王欣．2005．取消农业税后乡镇财政的困境与出路．现代经济探索，（12）

第二节　动员社会资源推动农田水利设施建设的障碍与对策
——以重庆南川、綦江两县为例

一、社会资源动员的主体分析

农田水利设施建设的资金资源与非资金资源主体大致有五类：农民、村干部、乡镇级政府干部（基层政府的代表）、私人业主及金融机构，其中农民可能成为劳动力资源的投入者，各级干部可能成为组织资源的投入者。以下将分别分析其投资水利的成本与收益。

1. 对社会资源动员主体——农民的分析

农民面临农业收入与非农收入的权衡，以及投入水利与靠天吃饭的选择。

计划经济时期农村的户籍制度与经济体制限制了劳动力在不同地区与不同行业间的自由流动，人们从事农业生产以及农业相关产业的机会成本很小。随着区域开放与改革的深入，我国工业化进程中出现的农业边际收益水平偏低的现实使理性的小农在留乡务农还是出外打工的决策中选择了显然收益更高的后者。按照托达罗的观点推论，如果假定城市预期收入等于实际收入（这在改革开放初期或区域发展初期容易实现），劳动力外流率是农业与工商业边际收益之差的函数，可以用劳动力外流率来衡量农、工商边际收益差。大批劳动力外出打工确实有促使劳动力市场化和提高农民现金收入的积极作用，但同时造成农村劳动价格显性化，这种现实情况改变了由于劳动力无限供给而形成的不计代价的"劳动替代资本"投入，使得改革开放前相对有效的劳动替代资本的投入方式难以维系。人们越是意识到自己劳动力的价值，就越不会对农业乃至农田水利设施加大投入。青壮年进城打工，留在乡村务农的多为老弱妇孺，而农田水利设施建设需要流域系统支持，建设和维修成本都较高，单一小农对其投入面临着外部不经济，缺乏组织资源的小农又无法达成集体行动的现状，所以在村农民会选择靠天吃饭而非投入水利建设。长期失修而老化报废的水利设施使农业边际收益进一步降低，投资缺位和农业收益降低，从而形成恶性循环。

2. 对社会资源动员主体——村干部的分析

村干部拥有农民与干部的双重身份，其中农民身份的分析见上，而作为干部的物质收益仅有每月很低的工资。村民普遍对水利设施缺乏重视，村干部对其付出组织资源只会出力不讨好。

3. 对社会资源动员主体——乡镇干部的分析

乡镇干部面临投入组织资源与政绩积累的权衡。

一方面，农田水利设施的建设周期长、见效慢，往往在一个职位任期内难以发挥显著作用而产生经济效益、社会效益；另一方面，水利建设较大的首期投入可能产生的乡镇债务会降低政绩评估的结果。因此，乡镇干部对组织资源的投入具有显著的短视性。

4. 对社会资源动员主体——私人业主的分析

私人业主投资水利设施有明显的逐利倾向，他们只会投资可能产生一定经济效益的项目。若私人业主投资水利灌溉设施，其征收的水费水平必然存在一定的利润空间，而农业尤其是粮食生产边际收益水平偏低，原本就不赚钱，农民自己投资投劳尚且不愿，又怎会交纳高额水费？还有一类水利设施产权改革的常见方式是用水利设施的其他功能产生的经济效益吸引投资者，如将蓄水池作为养鱼池承包给私人业主，但这样业主只会关注其作为养鱼池功能的延续，而对其灌溉功能的保持缺乏经济激励。这也是现在已经实行产权改革的水利设施仍出现缺乏维护现象的原因。

5. 对社会资源动员主体——金融机构的分析

金融机构对水利设施的资金投入同样面临收益低、见效慢的问题，因而非正规金融机构不会投入，而正规金融机构由于缺乏抵押品与稳定可信的收益保证也不太可能对水利设施提供贷款。

小结

五大投资主体均在利益权衡中选择了放弃投资，农田水利设施的建设与管理因此陷入困境。

综上所述，农业投入边际收益水平偏低是产生这一现象的根本原因：水利设施的最终消费者是农民，他们由于投资农业收益低而缺乏对水利的需求，而其他主体对水利的需求实际是建立在最终消费需求之上的引致需求，总需求水平大幅降低使水利建设作为一个产业陷入全面低迷。只有逐步扭转这一趋势以改变各个投资主体的效用函数，才能使其产生对水利设施进行投资的正向激励。

二、实证分析

1. 调研设计

1) 调研地简介

綦江位于重庆西北部，地处四川盆地与云贵高原结合部，全县以山地为主，地势呈南高北低走势。已探明的矿藏有煤、铁、铜、硫黄、天然气等，全县辖

19 个镇, 面积 2182 平方千米, 人口 94.9 万, 其中农业人口 75.45 万, 非农业人口 19.45 万。

南川位于重庆南部, 地处重庆大都市与武陵、大娄山区的结合部, 地势南高北低, 南面为中山地貌, 中部为低山漕坝地带, 北面为台地低山地形。南川属亚热带湿润季风气候, 常年平均气温 16.6℃。境内幅员为 2602 平方千米, 辖 3 个街道办事处、14 个镇、17 个乡、61 个居委会、314 个村委会, 总人口达到 64.35 万人, 其中城区人口 16.8 万人, 农村人口 47.55 万人。

2006 年该地区遭遇严重旱灾, 造成种植业重大损失, 少数地方甚至出现人畜饮水困难, 严重威胁社会秩序的和谐稳定。

表 1 数据显示, 南川县的水稻减产高达 51.17%, 綦江县减产 48.26%, 如此严重的损失使得农民的基本生活保证受到威胁。该地区发生如此严重损失的直接原因是大部分水利设施老化失修, 灌溉系统基本瘫痪。

表 1 2006 年种植业产量损失情况 (单位:%)

作物种类	綦江县	南川县
小麦	38.63	72.33
玉米	46.60	48.84
水稻	48.26	51.17
薯类	51.03	49.09
其他	60.00	60.77

资料来源: 国家自然科学基金应急项目"新农村基础设施建设与管理研究"课题组实地调查所得。

这一地区的水利设施主要包括输水渠道、山平塘、小型水库、提灌站等, 其现状不容乐观。

由表 2 中可见, 由于没有有效动员社会资源, 四类投资主体都缺乏投资动力, 这些水利设施长期失修, 导致超过 50% 的输水渠道 (包括主渠和支渠) 堵塞或渗水严重, 61.4% 的山平塘不能用, 小型水库由于支渠失修导致其灌溉面积有限, 提灌站的设备也因长期失修大多无法使用。

表 2 水利设施使用现状情况 (单位:%)

项 目	输水渠道	山平塘	小型水库	提灌站
报废率	68.40	61.40	80	75

资料来源: 国家自然科学基金应急项目"新农村基础设施建设与管理研究"课题组实地调查所得。

2) 抽样方案

本文的数据来自国家自然基金应急项目"新农村基础设施建设与管理研究"课题组对重庆綦江、南川两县的实地调查, 包括 4 个乡、7 个村、105 个农户的数据, 调查采用问卷访谈法进行入户访问。首先根据不同地理条件, 从重庆市西北部抽取綦江县，从南部地区抽取南川县；其次从各县中随机选取两个镇；再次从各镇中选取水利设施现状差距较大的两个村；最后从各村的每社中抽出 15 户，分别对抽出的农户以及村干部进行问卷访谈。

2. 调研分析

1) 对社会资源动员主体——农民的实证分析

A. 农民投资水利的成本分析

影响农民投资成本的因素包括对水利的物质投入、劳动力的机会成本及其他农资投入。表 3 显示了这一地区对输水渠道进行维修的各种成本与收益情况。

表 3   农田水利设施投入成本与收益

主 体	投入水利成本/（元/户）	其他农业生产资料投入/（元/户）	平均商品率/%	每户愿投入资金/元
农户	185.19	303.33	4.74	50.00

注：平均每户所需投入中包含了维护农田水利设施正常运转的资金投入和劳动力投入。

资料来源：国家自然科学基金应急项目"新农村基础设施建设与管理研究"课题组实地调查所得。

由表 3 可见，平均每户投入 185.19 元才能保证全村的灌溉用水需要，而考虑到机会成本和种植业的收入情况，农户可接受的投入金额为 50 元，即每户有 135.19 元的缺口。据本次调查，各村基本户均数为 800～900 户，也就是为保证全村灌溉，每村还存在约 10 万元的资金缺口，这部分应由政府给予相应的支持。

从表 3 中可知，如果国家或乡镇政府没有财政补贴，要对整个村的输水设施作系统的维修，摊到每户农民的资金投入（劳动力折合成货币）达 185.19 元，超过农业总投入的 1/3。而其他农资投入已经给农民从事农业生产带来很大的负担，水利投资这一笔附加的费用无疑将使农民不堪重负。

图 1 显示，农业生产领域投入的工业品价格较高，工业、农业比较收益存在较大差异，从而使农业生产资料的投入相对于农业收入居高不下，再加之农田水利设施的投入，使农业的总投入达到 388.52 元。

不仅如此，投资水利建设与维修还需支付高昂的机会成本。这一地区人口外流率比较高，当地青壮年劳动大多在附近城市乡镇从事工商业，使农户的非农业收入占总收入的比重很大。

由表 4 可见，该地区农户的主要收入来源为非农收入，如亭和村、尖山村、井泉村和白

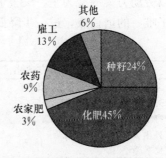

图 1   所调查各村农业投入结构图
资料来源：国家自然科学基金应急项目
"新农村基础设施建设与管理研究"
课题组实地调查所得。

沙村等,工商业收入是其家庭唯一的货币收入来源,如果这些农户放弃在外工作回来建设维修水利设施,其机会成本相当高。

表 4　非农收入占总收入的比重情况

村　名	户均总收入/元	户均非农业收入/元	非农业收入占总收入的比例/%
亭和村	3 717.35	3 717.35	100
尖山村	3 337.70	3 337.70	100
井泉村	1 953.41	1 953.41	100
景秀村	4 561.39	4 220.59	92.53
水丰村	6 819.47	5 728.99	84.01
白沙村	2 805.11	2 805.11	100
分水村	2 098.39	1 188.39	56.63

资料来源:国家自然科学基金应急项目"新农村基础设施建设与管理研究"课题组实地调查所得。

综上所述,农民对水利设施进行投入的物资成本、机会成本和其他农资成本都比较高。如果不能取得相对应的高收益,理性的农民是不会作出投资决策的。

B. 农民投资水利的收益分析

农民投资水利其收益的影响因素包括农产品预期产量、农产品价格、商品率及未来收益贴现率,其中贴现率的数值无法获得,本文简化分析,不考虑贴现率在此的作用。

首先,农产品预期产量进一步受劳动力生产率、灾害发生频率、灾害损失的影响。

该地区青壮劳力大量外流严重制约了劳动生产率的提高,留在乡村务农的只剩下老弱妇孺,低质量的劳动力使农业生产率持续处于低水平状态,并直接影响了农业收益的提高。

由表 5 可见,7 个村的劳动力外流率集中在 15% 左右,且年龄结构集中在 20~45 岁的劳动高产出率阶段。该地区的农业现代化水平较低,土地利用类型以劳动力集约型为主,失去了这部分人从事农业劳动,这一地区的农业也就失去了唯一的增长点,进一步降低了农业比较收益。

表 5　劳动力外流情况

指　标	亭和村	梅子村	井泉村	分水村	水丰村	尖山村	景秀村
总人口/人	2 674	3 899	1 519	1 420	4 170	2 583	4 478
外出打工人口/人	500	250	250	250	550	850	650
打工人口年龄/岁	20~45	20~40	30~50	17~60	20~45	20~60	17~40
外出人口占总人口的比率/%	18.70	6.41	16.46	17.61	13.19	32.91	14.52

注:由于存在较大差异未取平均。

资料来源:国家自然科学基金应急项目"新农村基础设施建设与管理研究"课题组实地调查所得。

重庆市旱灾、洪涝灾害出现频率很高。据资料统计,在 1951~1989 年的 39 年间,出现旱灾约 70 次,其中重旱有 25~35 次,旱灾出现频率约为 180%,其中，重旱又占旱灾次数的 36%～50%。所以，旱灾对农作物产量的影响比较大。由于旱灾频繁，这一地区的农业生产率受降雨条件制约难以大幅度提高。

较低的劳动生产率与旱灾的影响共同作用，使得这一地区的农产品预期产量偏低。

其次，由于地理位置比较闭塞，该地区的粮食流通没有完全与全国粮食市场对接，造成粮食价格偏低。据本次调查，该地区水稻平均每斤 0.99 元，玉米平均每斤 0.67 元，小麦平均每斤仅 0.6 元，红薯平均每斤 0.615 元。从长期来看，1995 年以来，重庆地区的粮食价格指数呈现整体下降趋势（图 2）。

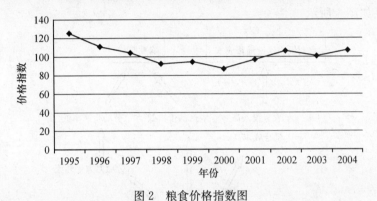

图 2　粮食价格指数图

由图 2 可见，虽然 2002 年粮食价格指数出现缓慢回升，但始终没有恢复到 1995 年的水平，考虑到通货膨胀因素，指数回升的实际量有限。

在粮食价格持续保持较低水平的情况下，这一地区的种植业结构却没有应价格波动进行及时的调整。

由图 3 可见，本次调查的 7 个村庄主要耕作的粮食作物包括水稻、玉米、小麦和薯类等，同时兼作少量的经济作物，主要包括蔬菜、花椒、柑橘等。由于该地区人均耕地面积仅有 0.756 亩，为了满足口粮需要基本全部种植粮食作物，其粮食作物占种植业总面积的 68%，若加入该地区另一主食来源——薯类作物，这一比例更是增加到了 91%。

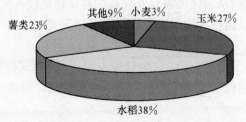

图 3　所调查各村种植结构图

资料来源：国家自然科学基金应急项目"新农村基础设施建设与管理研究"课题组实地调查所得。

最后，这一地区种植业农产品收入低。由于品种单一、产量低，这一地区的种植业产品基本用于自家消费，农业生产的商品率仅为 4.74%，即仅有极少数农民从农业生产中获得货币收益，农业生产给农户带来的家庭货币收入几乎为零。

综上所述，由于预期产量、农产品价格以及商品率均处于较低水平，农民对水利进行投入以进行农业生产的收益很低，不足以补偿对水利进行投入所需的成本，理性的农民不会对水利设施进行投入。

C. 小结

综合以上对成本与收益影响因素的分析，造成农民投资水利动力不足的原因及其关系如图 4 所示。

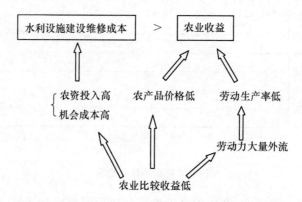

图 4　农民投资水利动力不足的原因及其关系

不合理的种植结构、偏低的粮食价格与过高的农资价格从收益和成本两个方面挤出利润，使农业收益大幅缩水，而劳动力严重外流进一步加剧了农业边际收益偏低的局面。以上种种原因使投资水利的收益过低，无法抵偿水利建设维修的成本，因此社会资源动员主体——农民不具有投资水利设施的经济激励。

2）对社会资源动员主体——村干部的实证分析

水利建设是一项系统工程，需要全灌溉区域村民的集体协商与统筹协作，单靠村民内部通过多次博弈形成协议的成本太高（很可能出现无序状态而使协议难以达成），所以有效的水利建设需要有权威的村民精英投入大量组织资源。

村干部对水利设施投入组织资源的构成可用下式概括：

$$C = F_1(\alpha, \beta, \gamma, \varepsilon)$$

式中，C 为总成本；α 为号召力；β 为管理能力；γ 为时间的机会成本；ε 为其他成本。其中，时间的机会成本即外出打工的收益较高，而使村干部投入组织资源的成本较高。

村干部对水利设施投入组织资源的收益可用下式概括：

$$E = F_2(a, b, c, e)$$

式中，E 为总收益；a 为从组织水利设施维修得到的声望的提高；b 为农民从农业生产中获得的收益；c 为村干部的工资；e 为其他收益。

从上文的分析可知，村民对农业生产和水利设施缺乏重视，加之改革开放后一家一户分散式的经营已经得到农民的普遍认可，人们对集体行动缺乏热情，村干部投入组织资源也不会得到声望的提高，相反，还可能会引起村民的反感。而村干部的工资水平较低，每月仅 200 元左右，加之农业收益偏低，而使村干部投资水利设施的总收益很小甚至为负数。

由此可知，由于投资组织资源的成本大于收益，村干部没有对水利设施进行投入的积极性。

3）对社会资源动员主体——乡镇干部的实证分析

乡镇干部投入组织资源的构成要素与村干部基本相同，但是对村级事务进行管理是其本职工作，所以组织资源成本并不太高，但投资水利的收益却极低甚至为负：乡镇干部投资水利的主要收益为优良的政绩评价，而通过调查走访了解到，一方面，投资水利需要的启动资金数额较大，税费改革后捉襟见肘的乡镇财政往往难以一次性支付而造成了债务，高额的乡镇债务无疑会对干部政绩评价产生不利的影响；而另一方面，水利设施不仅与其他基础设施一样存在投资期长而见效慢的问题，而且由于农业低收益而使水利项目的经济可行性也产生问题，投资水利很难有什么看得见摸得着的经济收益，现行政绩评价体系中又缺乏对任期内营建工程长期效益的评价，因而进行水利建设维修对乡镇干部来说没有政绩帮助。

由于投资组织资源的成本大于收益，乡镇干部没有对水利设施进行投入的积极性。

4）对社会资源动员主体——私人业主的实证分析

在所调研地区没有将水利设施作为盈利产业的实例，只有两个村将集体所有的山平塘承包给个人养鱼。但这种产权改革方式改变了水利设施的功能，承包者只会投资维持山平塘作为养鱼池的功能，而不会对其水利灌溉功能进行投入。事实也证明：虽然私人业主在承包前曾承诺要保证灌溉，但山坪塘还是老化严重，仅仅能维持其作为养鱼池的功能。由于水利设施的外部性，其消费数量难以度量，使用过程难以监督，水费征收比较困难，加之农业尤其是粮食生产的边际收益水平偏低，农民自己投资投劳尚且不愿，又怎会交纳高额水费？

由于投资组织资源的成本大于收益，私人业主没有对水利设施进行投入的积极性。

5）对社会资源动员主体——金融机构的实证分析

金融机构对水利设施的资金投入与私人业主的投资类似，而水利设施项目收益低、风险大、见效慢，非正规金融机构不会投入，而正规金融机构由于缺乏抵押品与稳定可信的收益保证也不太可能对水利设施提供贷款。

　　本次所调查的 7 个村均没有金融机构对水利设施投资的实例，以上分析为本文的推断，金融主体投资的具体情况还有待于各地进行大胆而谨慎的探索。

　　如图 5 所示，农民对水利设施的需求是直接需求，而其他主体的需求是引致需求，是由直接需求决定的。农业的边际收益较低使农民对水利的需求大幅减少，引致需求也就随之减少。所以，农业边际收益较低是四大投资主体的激励不足、社会资源动员面临重重障碍的根本原因。

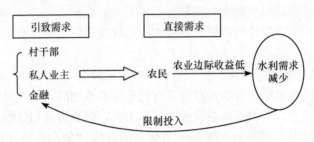

图 5　水利投资各主体需求类型及关系图

　　要想从根本上解决水利设施动员社会资源的问题，必须针对这一根本原因，通过改变各个主体的效用函数来引导激励他们将各种资源投入到农村中小型水利设施建设中来。

三、结论与启示

　　税费改革后我国农田水利设施投入与建设面临诸多困境与制度"真空"。比如，"两工"制度取消抽掉了农田水利设施发展的基础，"一事一议"制度带来了高额交易成本，"原子化"小农之间合作难，资源社会动员面临挑战，而农村社区不能对农民进行有效组织，社区公共服务处于瘫痪状况。另外，农村基础设施投资风险大，民间资金缺乏投资激励，农村劳动力大量转移，投入和管理农田水利设施机会成本大，等等。

　　针对上述情况，各地采取不同方式动员农田水利设施投入和管理的积极性，从制度与组织上进行创新，以改变目前的恶性循环。例如，在各地经验中，河南博爱县的股份合作制、广西平果县的农民用水者协会等，这些地区对农田水利设施的投入和管理进行了创新，有效动员了农民参与农田水利设施投入的积极性，值得借鉴。

　　各地的制度创新与组织创新有如下特点：打破自上而下的供给决策机制，从农民本位思想出发，通过政府的宣传动员并带头组织，提供各项支持，政府积极参与而不是缺位、甩包袱等。

　　投入农田水利设施的收益来自农户所进行的农业生产，目前我国大部分农民仍以种粮为主，粮食作物价格偏低，农民为降低农业经营成本，就会减少或停止对农田水利设施的投入和管理。只有以种植高收益的经济作物为主的农户才会有投入的积极性，对于这些农户，政府无须动员，他们也会在利益范围内主动投入和管理农田水利设施。不少地区的农田水利设施建设存在比较利益低，难以吸引社会资金的问题。不能把农田水利设施建设与其他水利设施一样推向市场。

农田水利设施建设的资金资源与非资金资源主体大致有五类：农民、村干部、乡镇级政府干部（基层政府的代表）、私人业主及金融机构，其中农民可能成为劳动力资源的投入者，各级干部可能成为组织资源的投入者。通过实证调研，发现这五大投资主体均在利益权衡中选择了放弃投资农田水利设施的建设。农业投入边际收益水平偏低是产生这一现象的根本原因：水利设施的最终消费者是农民，他们由于投资农业收益低而缺乏对水利的需求，而其他主体对水利的需求实际是建立在最终消费需求之上的引致需求，总需求水平大幅降低使水利建设作为一个产业陷入全面低迷状况。只有逐步扭转这一趋势以改变各个投资主体的效用函数，才能使其产生对水利设施进行投资的正向激励。

政府不能缺位，更不能把私有化作为"甩包袱"的手段，农田水利设施的投入与管理需要政府的补贴和监管，缺乏财政的引导和支持作用，社会资源的效率是不可能发挥出来的。应该加强政府投资主体的建设管理能力和融资能力，发挥其支农投资的引导作用，改革单一的财政资金支出形式，实行灵活的投资方式，可以实行补助、贴息、以奖代拨等多种形式相结合的支出方式，因项目制宜，改革传统的财政支农支出管理模式，建立农业投入的诱导机制。政府还应积极发挥服务功能为农田水利设施建设提供政策保障以及相应的技术指导与金融扶持。

第三部分　农村基础设施建设中的
项目选择决策[①]

第一节　引　言

1. 项目设定的研究目标和研究内容

1) 研究目标

本项目的研究目标是在对当前农村基础设施建设现状、投资类型、融资结构、项目管理模式和项目绩效评估体系进行系统研究的基础上，提出农村基础设施建设项目投资的优先序，为提高政府财政资金的使用效率以及促进社会主义新农村建设目标的早日实现提出一些可行的政策建议。

2) 研究内容

根据研究的总体目标，本研究提出的主要内容如下：

第一，全面了解和掌握目前农村公共基础设施的现状、投资主体和资金来源。本研究将利用中国科学院农业政策研究中心 2003～2006 年完成的全国大样本调查数据，通过对该数据的分析，加深对我国农村公共基础设施建设现状的理解。这部分研究内容包括中国农村现在实际上有哪些部门参与公共物品提供，提供数量及其分类，考察不同种类公共物品的提供部门是否不同，资金来源有何差异，农村公共投资融资方式有哪些等。同时，讨论我国农村公共基础设施建设的区域分布特征。

第二，我国农村公共基础设施建设项目类型划分研究。应用公共经济学理论并结合农村基础设施建设项目投资的实际情况，从公共物品投资主体、外部性及投资目的等角度对农村公共基础设施建设项目进行分类，为今后划分公共基础设施投资的财权和事权提供依据。

第三，我国农村公共基础设施建设项目选择机制研究。在本部分，首先在宏观层面分析不同类型的农村公共基础设施对农民增收、经济发展影响的基础上，提出农村公共基础设施投资项目选择的基本框架。然后，结合农村基层实际情况，通过分析农村居民对农村公共基础设施的投资意愿和满意度，设计出兼顾宏观要求和农民实际需要的基础设施投资项目的选择机制。

---

① 课题主持人：张林秀（中国科学院地理科学与资源研究所农业政策研究中心）。

第四,中国农村公共基础设施建设的质量评估和投资效益分析。在本部分,以农村道路、灌溉和饮用水公共基础设施建设项目为例,分别建立一套评价体系,分析和评价我国农村公共基础设施建设项目的建设质量,分析影响项目质量的特征和影响因素,为今后建立农村基础设施建设绩效评估体系提供思路。

第五,分析评价不同类型基础设施建设项目的绩效。从微观层面分析基础设施建设项目投资对增加农民收入、改善农村人居环境提高社会保障等的影响,探讨建立我国农村不同类型基础设施建设项目绩效的评估模式。

在以上研究的基础上提出适应不同区域需要的农村公共基础设施投资项目选择的优先序。

2. 项目要解决的关键问题

项目要解决的关键问题如下:

(1) 在摸清我国农村公共基础设施的基本情况、投资主体、投资资金来源及投资分布情况的前提下,划分出在基础设施建设中农村公共基础设施的类型,为明晰各级政府财权和事权提供依据。

(2) 在仔细了解农村公共基础设施建设各个环节管理操作规程的前提下,提出既考虑国家投资的宏观目标又兼顾农民投资意愿的农村公共基础设施建设项目选择和管理机制,更好地促进农村公共基础设施的实施与运行。

(3) 以农村道路、灌溉和饮用水建设为例建立一个切实可行且又简便实用的项目实施质量评价体系,同时探讨建立一套分析不同类型项目对农村社会经济发展的影响绩效评估体系。

(4) 在以上分析的基础上,从公共财政政策、国家发展目标、农村社会经济持续发展等角度确定今后农村公共基础设施建设的优先序,为如何建立有效的农村公共基础设施建设服务体系提供决策参考。

第二节 数据资料来源和研究方法概述

一、研究的数据资料

本研究所用的数据资料均来自中国科学院农业政策研究中心所收集的三套农村调查的一手资料。为了节省篇幅,本研究首先将这三套资料简单介绍一下。在本部分中,均简要用第一套资料、第二套资料和第三套资料来表明出处。

第一套资料是由农业政策的研究人员于 2003 年收集的。资料包括村基本情况及投资的基本情况。作者和合作者共同设计了抽样程序和调查表,使用村作为调查单元。调查人员除作者外,还有多所大学的 30 多位研究生。最后在全国有代表性地抽取了 6 个省的 36 个县进行调查，每一个样本省都是随机选取的①。共获得 2459 个有效样本。

在 6 个省中，我们均派出一个调查小组，每个调查小组在他们所调查的省份使用相同的抽样程序进行抽样。每个省选取 6 个县，选取县的方法是先将全省各个县根据人均工业总产值大小降序排列，平均等分为 3 个组，每组随机选 2 个县。人均工业总产值的使用是基于 Rozelle（1990，1996）的研究结论。因为人均工业总产值是最好的关于生活标准和发展潜力的预测值，同时这一指标相对于农村人均纯收入等指标而言，可信度更高。我们在每个县也是随机抽取 6 个乡（镇），选取乡（镇）的方法和选取县的方法一样。被选出的样本乡（镇）的所有村都成为我们的样本村。当调查员到每一个乡（镇）后 [总共 6 省×6 县×6 乡（镇），共计 216 个乡（镇）]，就请当地乡（镇）政府领导通知每一个村派两个代表（一般是村主任和村会计）到乡（镇）来填写调查表。平均下来每个乡（镇）有 11 个村。每个乡（镇）被调查村庄的数目最少为 2 个，最多为 29 个②。由于在不同的样本乡（镇）有不同数目的村，因此不同样本省样本村的数量不全一样，其样本村分布结果见表 1。比如，江苏和河北样本村数分别占总样本村数的 18.6% 和 23.3%，而其他省的样本村数目占总样本村数的比例为 13.3%～15.0%，这样江苏和河北相对来说就有更多的样本村。

表 1　2003 年中国农村投资调查样本村分布

省　份	被调查村数/个	占总样本数的比例/%
江苏	457	18.6
甘肃	328	13.3
四川	365	14.8
陕西	369	15.0
吉林	367	14.9
河北	573	23.3
全国	2 459	100

资料来源：作者调查。

---

①　调查样本村来自于 6 个省，江苏省代表东部沿海发达区域（江苏、浙江、山东、上海、福建和广东）；四川省代表西南地区的省区（四川、贵州、云南和广西）；陕西省代表黄土高原地区（山西、陕西及内蒙古）；甘肃省代表西北地区（甘肃、青海、宁夏和新疆）；河北省代表北部和中部省份（河北、河南、安徽、湖北、湖南和江西）；吉林省代表东北地区（辽宁、吉林和黑龙江），虽然我们的分类与标准的农业生态区不完全一致，但是调查结果表明这一分类也有其合理性，基本上起到了代表全国的作用。在广东的预调查表明，由于广东省的方言很难懂，如果到这一地区调查，很难有效地与被调查者进行沟通。同时一个研究资助单位要求我们在西北至少要选 2 个省，但我们的预算不足以支持我们增加一个省（如湖南或湖北）作为样本省。

②　平均来说，样本损耗率只是 6%，我们在至少调查完乡镇 80% 以上的村后离开这一乡镇。为了检验样本的缺少会不会对研究产生系统性误差，我们收集了一些没被调查的样本村的数据，并作了 Probit 回归分析，因变量是是否参加调查（如果参加为 0，没参加为 1），没有发现哪个自变量显著。如果有哪个乡镇超过 25 个村，我们随机选取 25 个村，这一随机抽取方法只影响到 5 个乡镇。

在村干部回答完 1997 年和 2003 年村的经济、社会、人口和地理区位条件等问题后，调查员继续请他们回答一些关于该村 1998～2003 年投资活动方面的一些问题，包括投资的规模和尺度、投资的主要目的、资金来源、投资对象以及村里投资投劳的情况。被问及的投资活动包括 17 类不同的公共物品投资项目和 10 类不同的发展生产投资类项目（发展生产投资类项目定义为农户经营的，促进经济发展的生产活动，如发展果园、经济作物、家畜家禽等）。

第二套资料是于 2005 年进行的追踪调查数据。这次调查对象是以 2003 年大样本调查中的所有村作为本次抽样的样本总体。在所有列出的村中，在 5 个省中随机抽取 100 个村作为样本［每个省 5 个县，每个县 2 个乡（镇），每个乡（镇）2 个村］。样本的选取是分层次的（按人均收入），把一个省分为 5 组（最富有的 20% 的县为一组，第二富有的 20% 的县又为一组，依此类推），确保每组抽取一个县。

在这 100 个村中，我们就农村发展的方方面面进行了问卷调查，收集的信息包括村基本情况、村民自治选举情况、村各项基础设施投资情况（1998～2004 年）、村民对基础设施建设的满意度评价、投资意愿等。另外，还对农村税费改革前后村级财力的变化情况进行了系统了解。除此之外，我们设计了新的数据收集方法（participatory rural appraisal, PRA）：小组访谈。每个小组由随机抽取的 6 个农民组成，他们没有一个人现在或以前当过干部或者是干部的亲戚。调查员把这 6 个被访者集中起来讨论，讨论的内容包括对村里基础设施建设的看法在内的许多问题。

第三套资料是 2006 年底对 100 个村的跟踪调查。此次调查的重点是对新形势下（新农村建设初期）农村基础设施投资情况的了解，主要是记录 2005～2006 年样本村中又出现了哪些新的投资、投资资金来源等情况。

综合起来，本研究的调研资料覆盖了以下几个方面的内容：

（1）我国农村公共投资年度宏观数据；

（2）全国 6 个省 36 个县 216 个乡镇共计 2500 个村的基本情况数据库；

（3）全国 6 个省 36 个县 216 个乡镇共计 2500 个村的连续 6 年（1998～2003 年）的公共基础设施投资数据库；

（4）100 个村 2004～2006 年公共基础设施投资数据跟踪调查资料；

（5）100 个村道路、灌溉水和饮用水的项目质量评估数据；

（6）100 个村基本情况、公共设施存量水平和近年来经济发展数据库；

（7）800 个农户的家庭基本情况数据库；

（8）800 个农户对公共基础设施项目的评价数据库；

（9）2000 个农户的道路、灌溉水和饮用水投资意愿和满意程度数据库。

二、研究分析方法

本研究采用的是规范的实证研究，根据设定的研究目标和研究内容主要采用如下研究分析方法：参与式调查分析方法、描述统计分析方法、计量经济分析方法和项目评估分析方法。

参与式调查分析方法实质是将所涉及的所有客体都参与到活动中来，共同分析和讨论某一问题的方法。我们以小组访谈的方式充分发挥参与个体的主动性和能动性，让他们以小组的方式讨论关于公共基础设施建设项目的满意程度和投资意愿等问题，获取村一级关于农村公共基础设施需求的信息，同时对小组访谈的具体过程和讨论结果进行分析。

描述统计分析方法是本研究运用最普遍的数据资料分析方法之一。首先，我们使用描述统计的方法，对目前我国农村公共基础设施建设的现状、投资主体、投资目的、资金来源和实施主体以及分布的特征进行分析，使我们对目前农村公共基础设施建设中的实际情况和问题有一个总体的把握，同时在此基础上对农村公共基础设施进行合理分类。

我们还运用描述统计分析方法研究村民对不同公共基础设施的投资意愿和满意程度，通过分析对不同类型项目的投资意愿和满意程度以及它们的分布特征，为今后农村公共基础设施建设优先序的决策提供参考。使用描述统计分析方法，研究项目立项申请、设计、实施和维护各个环节存在的主要模式，探讨各个不同环节对公共基础设施建设质量的影响。另外，使用我们设计的简单且易操作的项目质量评价表，以农村道路、灌溉和饮用水的投资质量为案例进行评估。然后运用描述统计方法，分析农村道路、灌溉和饮用水的投资质量，使我们对农村公共基础设施建设项目的质量有一个基本了解。

计量经济分析方法，根据公共经济学的理论方法，使用 Fan 等（2004）的模型框架，在宏观层面对不同种类公共基础设施建设的作用进行分析，从而建立了宏观层面项目类型选择的框架。在微观层面，利用类似的原理，对基础公共设施项目投资决策机制、项目质量影响因素、农民意愿选择等进行系统分析。这里以公共投资项目质量影响因素来为例展示其运用。

公共投资质量及其影响因素研究的实证模型如下：

$$Q_{public} = f(Appli, Design, implement, mantenance, governance, Other) + \varepsilon$$

式中，Spublic 为公共基础设施建设质量；Appli 为项目立项和申请；Design 为项目设计；Implement 为项目实施；Mantenance 为项目维护；Governance 为治理因素；Other 为其他因素，包括项目的基本情况等；ε 为随机扰动项。

通过该模型分析影响我国农村公共基础设施建设质量的影响因素。

项目评估分析方法是用来分析项目影响的。在本研究中我们使用 difference

in difference 方法，分析不同类型农村公共基础设施建设项目对经济发展、农民增收、促进非农就业和改善人居环境等方面的绩效，为今后我国提高农村公共基础设施建设投资和运行管理质量提供一些政策建议。

第三节　当前农村基础设施投资现状、投资主体和资金来源

本节试图通过研究增进我们对农村公共物品投资（包括上级政府及部门和村自己的投资）的理解，进一步厘清我国农村地区公共物品投资数量、规模、资金来源渠道、投资方向和投资目的等一系列问题。同时，还就富裕地区及贫困地区的村庄的投资情况进行比较研究，来了解不同收入水平地区的投资情况差异。

一、背景和数据来源

本节研究所用的数据资料是前面介绍的第一套资料。这套资料来自于农业政策研究中心 2003 年底在全国随机抽样获得的村级资料。由村干部填写，主要信息包括 1997 年和 2003 年村的经济、社会、人口和地理区位条件等，还包括样本村 1998～2003 年投资活动方面的一些问题，包括投资的规模和尺度、投资的主要目的、资金来源、投资对象以及村里投资投劳的情况。被问及的投资活动包括 17 类不同的公共物品投资项目和 10 类不同的发展生产投资类项目（发展生产投资类项目定义为农户经营的、促进经济发展的生产活动，如发展果园、经济作物、家畜家禽等）。而本文的重点是讨论公共物品项目的投资情况。

二、农村投资基本情况及投资主体

多少让我们感到意外的是调查结果显示中国农村拥有相当高水平的投资活动。在我们研究的 5 年时间内，2459 个样本村共有 9138 个投资项目发生。这表明，在被调查的 5 年时间里，平均每个村有 3.75 个项目，几乎达到每年一个的水平。1998～2003 年超过 85％的样本村至少有一个项目。虽然我们还不能说这种水平和强度的投资能够满足推进农村实现现代化的需要，因为这种公共投资规模比日本等东亚国家在经济快速转型是要小一些，但是相对于其他发展中国家而言，中国农村的投资活动发生率还是很高的。Khwaja 等（2004）的研究在对巴基斯坦北部的几百个村进行细致的调研后发现，有 99 个村在过去的 10 多年里有一个投资项目，其中只有 33 个村有一个以上的投资项目。墨西哥 2002 年一次全国村级抽样调查显示，投资活动相对很少，在过去 10 年的时间里平均每个村只有一个投资项目。

另外，调查显示中国农村的投资活动正逐步向公共物品投资方向倾斜。20世纪 80 年代，地方领导把主要精力放在村级发展项目的管理上（Rozelle，

1996），他们集中精力于开办和经营当地企业而不是致力于一般性的行政事务和公共服务管理。而我们的数据表明，在 1998～2003 年大多数农村投资项目（87％）是有关公共物品提供方面的项目。从投资数额来看，77％的农村投资使用在公共物品方面。

　　值得一提的是，在我们这些投资的总项目中，包括了很多农网改造和电话线路项目。1998～2003 年大约有 2000 个类似的项目，这类项目与其他公共投资项目以及发展类生产项目的最大不同点就是，投资和实施这些项目的主体既非政府也非当地农民，而是由大型国企或私企公司来进行的。比如，对于大多数农网改造项目来说，电力公司进行投资和管理等决策，村一级政府基本没有参与。投资的成本由电力公司自负，通过收取电费的形式获得补偿。本节中暂且不对其进行详细讨论。因此，以下的公共投资项目分析中的总项目也由 7950个减少为 5975 个。

　　虽然自 1997 年以来许多新的投资项目是以提供公共物品为目的，但从投资项目的类型来说范围仍然很广。在 5975 个（该数目是按区域人口加权后计算出来的）公共物品项目中，至少有 20 个村投资了 15 种不同类型的公共项目（表2，第 1 列）。所有项目投资的平均规模相当小，只有 10.8 万元（表 2，第 2列），当然不同项目投资总额有大有小（大的如小流域治理项目的投资额为 29.8万元，小的如修建诊所和环境整治等投资额仅为 2.5 万元左右）。

表 2　1998～2003 年公共物品投资项目的数量和规模（区域人口加权平均数）

项目名称	项目数量/个	项目平均规模/千元	项目比例累计/%
修路或修桥	1 266	112	21.2
退耕还林	892	67	36.1
修建学校	850	99	50.3
灌溉和排水	819	65	64.1
生活用水	636	75	74.7
广播电视线路	379	60	81.0
文化活动场所	262	50	85.4
修建诊所	163	25	88.2
环境整治	157	24	90.8
小流域治理	151	298	93.3
封山育林	140	34	95.6
修梯田	124	136	97.7
生态林	55	34	98.6
土壤改良	52	110	99.5
修建牧场	19	134	99.8
其他公共项目	10	244	100.0
全国加总/平均	5 210	108	—

　　资料来源：作者调查。

　　虽然在所有样本村中不同类型的项目都有，但投资项目类型也有所集中和侧重，大多数公共物品投资项目主要集中于少数几类公共物品上（表2，第1列和第3列）。比如，一半左右的村（1266个村）在修路和修桥上有投资。修路和修桥占所有公共物品项目的21.2%。有800～900个村投资了退耕还林①，修建了学校和灌溉与排水项目。总的来说，有近3/4（74.7%）的公共物品项目是投资于上述几种类型（表2，第3列）。

　　上述投资最多的五类项目（修路或修桥、退耕还林、灌溉和排水、修建学校、生活用水）在投资总额上也占有相当大的份额。累计有81%的经费用于上述五项投资活动中。根据我们的数据，在中国农村村级公共投资中有22%的投资是用于修路或修桥。

三、投资来源

　　在中国各级政府职能有时是交叉的，这也体现在公共物品提供方面。比如，世界上大多数国家的中央政府承担了农业研究与发展和农村教育项目投资的责任，然而在中国，省及省级以下政府负担了大部分农业技术、农业发展和教师聘用方面的开支。因此，我们需要对中国农村公共物品投资来源及其分散化的程度进行研究，才能更好地评价各级政府对农村经济发展所作的努力。根据调查数据，在公共物品提供方面，村一级自己负担了公共服务提供中的很大一部分份额（表3，第1～4列）。通过把项目分成三种类型：完全由上级投资的项目、完全由村自己投资的项目和由两者共同投资的项目，可以发现大约有20%的项目是完全由村自己投资的（表3，第8行）。完全由上级拨款实施的项目仅占36%，同时几乎一半（46%）的项目需要村里提供相应的配套资金。从投资的区域分布看，在富裕的江苏省，完全由村自筹的项目数比例（24%）远远高于贫困的甘肃省（6%）。而完全由上级投资的项目比例在富裕的省份如江苏为27%，远小于贫困省份如甘肃（44%）。这表明，在我国农村公共物品投资决策中，上级政府投资还是倾向于对落后的西部地区采取倾斜的政策。

表3　1998～2003年分省公共物品投资项目资金来源（未加权平均）

省　份	项目总数/项	上级投资项目总数/项	村自筹项目总数/项	两者共同投资项目总数/项	上级投资份额/%	村自筹投资份额/%
江苏	1 646	436	392	818	26.0	74.0
甘肃	1 085	481	67	537	76.9	23.1

　　① 退耕还林项目是1999年开始的一个全国性的项目，通过给农户补贴的方式让农户将他们的耕地变为林地。1999～2003年奖励500万公顷的耕地通过退耕还林项目变为林地或草地。

续表

省　份	项目总数/项	上级投资项目总数/项	村自筹项目总数/项	两者共同投资项目总数/项	上级投资份额/%	村自筹投资份额/%
四川	1 037	567	92	378	64.3	35.7
陕西	1 352	525	142	685	72.2	27.8
吉林	1 130	420	135	575	44.7	55.3
河北	1 473	318	557	598	50.4	49.6
全国项目数	7 723	2 747	1 385	3 591	—	—
占总数的百分比/%	100	36	18	46	53	47

资料来源：作者调查。

对村自筹投资金额在投资总额中的份额进行分析后发现，村自筹起的作用相当大（表3，第5、6列）。虽然有53%的投资来自于上级部门，然而村一级还需要筹集剩下47%的公共物品提供经费（第8行），而且村一级不仅要筹集47%的公共物品提供经费，许多项目还要村里提供义务工，这一部分投资在前面没有被考虑进来。根据调查数据，在所有项目中，有56.2%的项目需要由村里提供义务工。在所有村投了义务工的项目中，平均每个项目共提供1121个工日的义务工（也就是说平均每户5个工日）。从区域分布的角度看，在江苏这个富裕的省份，有74%的项目投资是由村一级提供的，同时，对于贫困的甘肃省，这一比例仅为23.1%。因此，不论从项目数量还是项目的投资额来看，我国上级政府的农村公共投资政策都明显地倾向于对西部不发达地区进行资助。这一政策的实行从我们的调查来看也符合区域统筹发展的要求，因为在富裕的省份如江苏，它们有能力进行更多的自主投资。

通过对公共物品提供项目经费来源进行分类（村自筹和由上级拨款），我们可以估计出每年投向中国农村公共物品提供的经费数量，估计表明事实上有很大一笔资金用于中国农村地区的公共服务提供。根据我们的数据，可估计出在五年的研究期间内，中国每年投资了110亿元用于道路修建（表4，第1列）。在同一时期，上级政府和当地政府每年投资71.9亿元用于修建学校，46.7亿元用于灌溉设施建设，还有46.6亿元用于退耕还林。

表4　中国农村村级年度公共基础设施投资总额（单位：10亿元）

项　目	调查样本数据[①]/10亿元			预算投资[②]/10亿元	预算投资中使用在村一级的比例[③]/%	总投资（第3列加第4列)/10亿元
	村级水平总投资	来自上级的投资	村自筹投资			
修路与修桥	11.01	5.19	5.83	12	43	17.83
灌溉设施	4.67	1.77	2.90	26	7	9.90
退耕还林	4.66	3.85	0.81	5.3	72	72.81

续表

项　目	调查样本数据①/10 亿元			预算投资②/10 亿元	预算投资中使用在村一级的比例③/%	总投资（第 3 列加第 4 列）/10 亿元
	村级水平总投资	来自上级的投资	村自筹投资			
修建学校	7.19	3.51	3.68	82	4	85.68
生活用水	3.70	1.90	1.80	—	—	—
其他	7.60	4.25	3.35	—	—	—

注：①第 1、2、3 列数据来自作者调查；②第 4 列数据来自于其他资料（Huang et al.，2001；Fan et al.，2004）；③第 5 列是第 2、4 列的比例。

由于调查数据的特性，以上所列只概括了中国村级投资的一部分，因为样本的数据并不包括由村以上政府实施的跨村跨乡项目。从统计年鉴和其他信息源获得的信息通常不包括由村自己投资在公共物品上的经费，村级支出在预算之外，几乎没有被统计。同时，调查数据也不包括所有使用到中国农村的预算投资金额，如一些跨地区的项目投资。同样，相应的预算投资数额也不能全部涵盖所有使用到中国农村的投资。虽然各种计算统计方法均不能准确地度量到底农村公共投资有多少，但可以想象如果我们把未包括在调查数据内的预算投资数额加进来，可得出的结论是投向中国农村的投资数额会比我们现在所记录的要多（表4，第 3、4、6 列）。

最后，调查数据还可以使我们看出农村公共物品投资的使用是如何被管理以及有多少实际使用到中国农村最基层，也就是村一级的。将调查的数据和来自于上级部门的投资和预算投资数额进行比较后可发现，只有一部分的总预算在实际使用时是直接使用到农村地区村一级的。比如，根据统计数据，上级政府和部门每年有 120 亿元投资用于道路建设（表 4，第 4 列），而根据我们的数据，在这120 亿元投资中，可以估算只有 51.9 亿，也就是 43% 的总预算投资额是通过上级拨款在村一级实际使用的（第 1 行，第 2、4、5 列）。当然，预算投资中实际使用到村一级的资金比例随投资项目不同而有所变化，如退耕还林投资项目有72% 的预算金额是使用到村一级的，而灌溉设施项目则只有 7% 的金额是使用到村一级。本文的主要目的不是探讨出现这种差异的原因，出现这种现象有多方面的原因，如技术（大部分的灌溉投资是用来对大型水利灌溉设施进行维护）、数据的特点（就道路而言，我们比较的是投资到村级道路的资金和投资到农村地区道路的预算资金，而投资到跨省道路和城市地区的道路投资未被包含在内），但也不可否认存在对投资基金的挪用等其他原因。

四、投资的村际差异简单描述分析

根据调查数据，农村村级投资活动除了变得更侧重于公共物品提供（相对于发展项目而言）外，中国农村公共物品提供的目的也在朝好的方向发展。在调查时，被调查者就我们提出的过去（也就是 20 世纪 80 年代和 90 年代初）投资的目的进行回答时，他们的回答是大多数项目得以实施主要是由于它与提高村财政收入和增加村民就业机会有密切联系。在本次调查中，调查表设计了关于投资目的的问题，村干部被要求在如下备选项中选择：提高农民收入、改善生活质量、环境保护、增加就业、增加村财政收入和其他。虽然还有很多村干部仍然认为项目的主要目的是提高农民收入（34.3%），但也有很多村干部在这一问题上有不同的看法。事实上，在对公共物品投资的主要目的这一问题的回答中，他们认为有 41.4% 的项目的主要目的是提高生活质量。另外，有 15.6% 的项目主要目的是改善环境。只有很少比例的项目他们认为是增加村财政收入和增加就业机会。如果我们的数据能准确地反映现实，那么所实施项目的目的与它们客观上能起的作用确实经历了巨大的转变。

样本数据不但显示出所实施公共投资的目的有了变化，同时也显示出流向中国村一级的投资在不同样本村也存在巨大差异。比如，平均来说每个村 1998～2003 年实施项目是 3.1 个（简单平均数），其中几乎 20% 的村进行了 5 个或 5 个以上项目，有一些村甚至实施了 10 个项目。同时，有 12% 的村只有一个项目，5% 的村从来没有实施过任何公共投资项目。另外，在项目的规模和每个村的投资总额上，调查数据也显示存在着巨大的差异。公共物品项目的投资总额平均来说是 10 万元，其中有些项目投资额非常大（有的达到 50 万元），但是大部分项目的投资额小于 2 万元。在对项目数量和项目投资规模的相关性分析后我们发现，这两者之间没有显著的相关性。当我们按投资经费来源分类来考察项目的分布时，调查数据表明这种分布甚至比前面所提的分布更不对称。在完全由上面投资的公共项目中，调查数据表明有 20% 的村有 3 个或 3 个以上这种项目，同时大约 48% 的村没有一个这种类型的项目。完全由村自筹资金的公共投资项目也一样是分布不均匀的，在有 25% 的村实施了 2 个或 2 个以上项目的同时，有将近 2/3 的样本村没有单独对村里的项目进行投资。

五、农村公共物品投资的分布特征

如前所述，中国农村公共物品投资存在着巨大的差异，那么什么村会有更多的公共投资，它们是如何分布的？本部分将对这个问题展开分析。我们首先来看村公共项目数量与收入水平的关系。事实上，当我们考虑人均收入和整个样本时期项目数的关系时，没有发现二者有很明显的关系。当我们把样本村按人均收入由低到高分为五组且每组的项目的平均数为 3.0 和 3.2 时，它们之间没有明显的系统关系（图 1）。

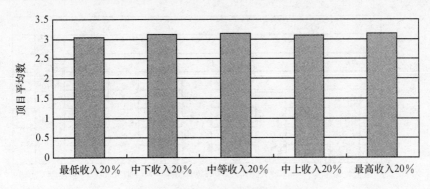

图 1　样本村公共物品投资项目数

资料来源：作者调查。

但是如果我们对项目进行分类后就可以发现，对于有上面投资的项目和由村自筹资金的而言，存在着明显的系统模式。对于完全由上面投资的公共项目来说，随着收入的提高，在 1998～2003 年获得的完全由上面投资的项目数平均从 0.8 个递减为 0.33 个（图 2）。而对于完全由村里投资的项目而言，却体现出完全不同的另外一种模式，随着样本村收入的提高，完全由村里投资的公共物品项目数平均从 0.68 个递增为 1.4 个（图 3）。这充分表明，我国村级以上政府的公共物品投资策略具有侧重于向贫困地区倾斜的特征。同时，富裕村由于收入水平较高，从而可以而且也确实比贫困村投资了更多的公共物品项目。

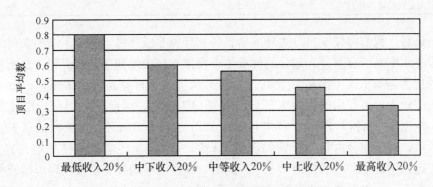

图 2　样本村公共物品投资项目数

资料来源：作者调查。

从公共项目投资额的角度，可以发现在最低收入样本村，完全由村里投资的项目的平均投资额仅为 2.8 万元，而在最高收入样本村，这一数字为 14.8 万元，是最低收入样本村的 5 倍。而且随着收入的增加，平均投资额是单调递增的（表 5，第 1 行）。对于完全由上面投资的公共项目的投资额而言，可以得出在收入较

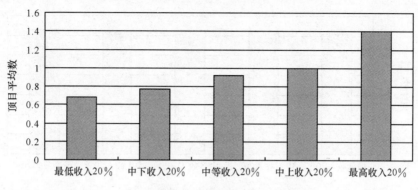

图 3　样本村公共物品投资项目数
资料来源：作者调查。

低的村获得的公共项目平均来说投资规模比较大，收入最低和较低的村的平均投资额都大于 10 万元，而在收入较高的村，这一数字都比 10 万元少。这说明，低收入村不仅能获得更多上面投资的公共投资项目，投资规模也要比收入高的村大。这一发现进一步肯定了我国的公共投资政策是侧重于公平的。

表 5　不同收入组样本村项目的平均投资额（单位：千元）

项　　目	最低收入 20%	中下收入 20%	中等收入 20%	中上收入 20%	最高收入 20%
完全由村里投资的项目	28	30	49	66	148
完全由上面投资的项目	106	148	97	95	88

　　最后，我们将样本村分为环境敏感村和环境非敏感村，看一下这两类村的公共服务水平是否有差异。划分的标准是根据样本村山地和草地的面积占总土地面积的比例，如果这一比利大于 10%，那么认为这个村就是环境敏感村。由于我国人多地少，可利用的土地大部分已经开垦为耕地，因此这一划分标准比较合理。根据这一标准，2459 个样本村中有 1221 个村可归入环境敏感村。从表 6 可以看出，对于完全由村里投资的项目，1998～2003 年环境敏感村平均只有 0.8个，远低于环境非敏感村的 1.1 个。同时，项目的平均投资规模在环境敏感村只有 3.2 万元，仅是环境非敏感村（9.4 万元）的 1/3 左右。而完全由上面投资的公共项目数在环境敏感村有 0.9 个，远高于环境非敏感村的 0.2 个。不但项目数在环境敏感村比环境非敏感村多，而且项目的平均投资规模也比环境非敏感村大。比较环境敏感村和环境非敏感村项目实施的目的可以发现，在环境敏感村，22% 的公共项目的主要目的是环境保护，远高于环境非敏感村的 8%。这说明，环境敏感村由于生态环境比较差，更容易获得上级政府的资助，而且各级政府正越来越关注环境敏感地区的可持续发展。

表 6　环境敏感样本村和环境非敏感样本村公共项目情况

项　目	环境敏感样本村		环境非敏感样本村	
	公共项目 个数/个	公共项目平均投 资规模/(千元)	公共项目 个数/个	公共项目平均投 资规模/(千元)
完全由村里投资的项目	0.8	32	1.1	94
完全由上面投资的项目	0.9	130	0.2	81

六、小结和结论

本节是用全新的、具有全国代表性的数据对中国农村村级公共物品投资进行研究。研究发现，在近几年中国农村的公共投资规模虽然比日本等东亚国家在经济快速转型时要小一些，但比同期很多发展中国家的投资水平要高。此外，与以前不同的是，目前主要投向公共物品包括那些最重要的如道路、学校和灌溉等，以及有环境保护效应的项目。研究表明，农村村一级政府和农民自己负担了公共物品投资中很大一部分份额。对于上级政府的公共投资，更多的是资助西部不发达地区，这种投资策略有助于统筹区域的发展、降低区域差异。研究还发现，虽然我们不知道过去是否有这样的投资，但是根据本研究的结果，至少在 1998～2003年，上级政府部门正在努力进行扶贫和扶助生态脆弱区发展。总的来说，上级政府投向贫困的、内陆地区农村的资金比发达地区的要多。结果还表明，相比较而言，富裕地区农村的公共物品提供更多的是靠自己解决。

如果以上研究反映了中国的整体情况，那么我国政府在过去几年内的农村投资策略就应该是比较合理的。为了进一步落实中央统筹发展的新发展观，今后必须进一步增加对农村贫困及生态敏感区的投资。因为给定中国人口和土地的规模、贫困的深度和某些地区的相对落后，有一点是肯定的，就是还需要更多的公共投资。最后，根据我们的研究结果，农村村一级政府和农村居民还负担着农村公共服务投资中很大一部分份额，这一点需要上级政府予以特别关注。因为在农村税费改革的大背景下，农村村一级收入在短期内不可避免地会受到一些影响。这些方面将在以后章节中详细讨论。

第四节　农村基础设施投资决策机制研究

一、前言

由前面的分析可以看出，当前大量的农村基础设施项目均以政府和村民作为投资主体，但是也不可忽视企业在改善农村基础设施条件方面也起到了非常重要的作用。由于时间和篇幅所限，我们将不对农村基础设施项目的纯公共性加以严谨的讨论，只是人为地将以前描述的农村基础设施项目根据其投资主体不同而分为以政府投资为主体和以企业投资为主体的两大类公共基础设施项目。另外，我们刻意将由政府为投资主体的经济发展类项目分离出去，以保证所分析项目的"公共性质"，以下简称为"纯公共物品"和"准公共物品"两类基础项目。

我们知道，不同投资决策主体的项目选择机制受不同环境、投资主体目标等因素的影响而有所不同。本节我们将分别对"纯公共物品"和"准公共物品"项目选择决策机制分别进行实证分析，以便为政府今后制定农村基础设施项目投资决策提供依据。

二、农村社区纯公共物品投资的决定因素分析

前面的研究发现，不同项目在不同区域分布不尽相同。到底这些投资是通过哪些渠道下来？根据什么标准流向农村？各级政府对农村最基层的社区——村一级的公共投资的决策是如何作出的？也就是说，哪些因素影响着我国农村社区公共投资的形成，等等，对这一系列问题仍缺乏必要的了解和研究。而对这些问题的回答将有助于我们更好地推进城乡和区域统筹发展。本节试图通过实证分析对以上问题进行研究，并为政府制定相应的政策措施提供决策参考。

对农村公共投资形成起作用的因素纷繁复杂，为了研究方便，本节将其分为目标要素和需求要素两类。目标要素指上级政府为了达到一定目标而加以考虑的要素。需求要素指村里的某些特征，这些特征促使村民更愿意或更不愿意对村里进行公共投资。根据这种分类，目标要素包括村人均收入、少数民族人口比例、超过 25 度的坡地面积占总土地面积的比例、村委会到乡政府的距离、村委会到最近水泥路的距离、总人口和村内相隔最远的两个小组间的距离等。而需求要素包括村集体企业个数、自营工商业户所占的比例、外出打工人员占总劳动力的比例、人均耕地和有效灌溉面积的比例等。如果上级政府希望加大扶贫力度，那么在人均收入低的地区相对来说就会获得更多的投资机会，上级政府也可能根据各地区生态环境的不同以及少数民族人口比例来实施一些专项项目。

收入水平是影响我国农村公共物品提供的一个重要因素，调查数据显示这种相关性随考虑问题角度的不同而有所变化[①]。我们发现人均收入和整个样本时期公共投资项目数及投资水平没有很明显的关系。通过把样本村按人均收入由低到

---

① 人均收入可能也是一个需求方要素。当农民变得越来越富裕时，他们希望有一个更好的生活环境、更舒适的生活方式等，而这些服务必须通过公共投资的方式来提供，这会促使当地居民自己投资某些公共物品和服务。

高分为五组，发现每个收入组项目的平均数为 2.8 和 3.0 之间。但当我们只考虑上级政府下拨的公共投资时，还是可以发现上级政府在中国农村的公共投资是向贫困地区倾斜的[①]。根据少数民族人口比例将样本村分为五组，与按人均收入分组的情况一样，不论是从项目数量还是从投资规模来看，它们之间也缺乏系统的相关性（表 7，第 1 部分）。出现这种情况的原因与上面分析人均收入水平和农村投资的情况一样，由于分析时使用的是总投资，它包括来自于上级政府和村自筹的投资。如果只考虑上级政府的投资，我们也发现上级政府的投资对少数民族地区也是有所倾斜的。由于少数民族地区通常比较贫穷，村自筹的项目相对而言比较少，使用总投资进行分析时就会掩盖一些明显的相关关系。

表 7　公共项目投资数量与投资额和目标要素及需求要素的相关性分析

1. 少数民族人口比例	按少数民族人口比例分组				
	最低 20%	中下 20%	中等 20%	中上 20%	最高 20%
公共项目数/个	2.9	3.1	3.4	3.6	3.3
公共项目投资额/千元	209	254	228	266	236
2. 25 度以上山地所占比例	按 25 度以上山地所占比例分组				
	0	0%～25%	25%～50%	50%～75%	>75%
公共项目数/个	2.6	3.1	3.4	3.4	3.2
公共项目投资额/千元	191	200	308	247	269
3. 村委会到最近水泥路的距离/千米	按村委会到最近水泥路的距离分组				
	最低 20%	中下 20%	中等 20%	中上 20%	最高 20%
公共项目数/个	3.0	3.0	2.9	2.9	2.9
公共项目投资额/千元	291	223	184	194	202
4. 1997 年总人口	按 1997 年总人口分组				
	最低 20%	中下 20%	中等 20%	中上 20%	最高 20%
公共项目数/个	2.8	2.8	2.9	3.2	3.2
公共项目投资额/千元	186	195	223	252	401
5. 村集体企业个数	按村集体企业个数分组				
	0	1	1～5	5～10	>10
公共项目数/个	2.9	3.6	3.7	3.9	5.7
公共项目投资额/千元	200	442	364	421	1 125
6. 自营工商业户数的比例	按自营工商业户数的比例分组				
	最低 20%	中下 20%	中等 20%	中上 20%	最高 20%
公共项目数/个	2.8	2.9	3.2	3.2	3.8
公共项目投资额/千元	161	220	241	339	346

---

①　对调查数据的分析表明，从公共投资的资金渠道看，农村公共投资来源主要可分成两大类：一类来自于上级政府（乡及以上政府）；另一类是村自筹（包括村集体和村民集资）。

7. 外出打工劳动力比例	按外出打工劳动力比例分组				
	最低20%	中下20%	中等20%	中上20%	最高20%
公共项目数/个	2.9	3.0	3.1	2.8	2.8
公共项目投资额/千元	276	206	241	188	173
8. 人均土地（亩）	按人均土地（亩）分组				
	最低20%	中下20%	中等20%	中上20%	最高20%
公共项目数/个	3.4	3.0	2.8	2.8	2.8
公共项目投资额/千元	369	230	183	172	182
9. 本村出去的在县乡政府工作的人数/个	按本村出去的在县乡政府工作的人数分组				
	0	1～3	3～10	10～20	＞20
公共项目数/个	2.7	2.9	3.1	3.5	3.9
公共项目投资额/千元	141	249	234	303	464
10. 1998～2003年是否换过村主任	按1998～2003年是否换过村主任分组				
	否		是		
公共项目数/个	2.7		3.0		
公共项目投资额/千元	190		229		

资料来源：作者调查资料。

　　相关性分析还表明，各级政府在决定实施公共投资项目时通常会依据一些标准，比如，山区农村相对而言会获得更多项目和更大的项目投资额（表1，第2部分）。调查数据还显示，干部们通常不愿意将项目投资到远离公路的、偏远的、人口少的地区（第3、4部分）。也就是说，更多项目被投资到离公路近的、人口多一些的村庄。投资上述区位的原因可能是方便项目实施，或者是为了更方便展示干部们政绩。与目标要素一样，相关分析也清楚地显示了需求要素对村公共物品投资形成也有很大影响。特别地，如果一个村有更多的村集体企业或者是更多的自营工商业户，那么这些村将比其他村有更多的公共投资项目和更高的投资水平（第5、6部分）。出现这种现象的原因可能是那些迫切需要更好的公共投资的村民（包括经营管理村集体企业或在村集体企业工作的村民和那些经营自营工商业的村民）希望并且愿意进行对村里进行更多的公共投资。与之相反，如果一个村有更多的劳动力在外面打工，那么这些村相对来说公共投资就少（第7部分）。当大量的村民离开家乡到城市打工时，那些在外打工和居住在外的村民就不会那么热心于村级公共物品项目投资。因为他们在家的时间很少，一些公共服务对他们的效用没有太大的影响。一个值得关注的问题是那些人均土地多的村，它们的公共投资比其他村相对要少（第8部分）。最后，其他因素也有可能影响村级投资项目和投资水平。例如，如果村里在县乡政府部门当官的人数比较多时，那么这类村的公共投资项目和投资水平也会相应地更多（第9部分）。这说明，社会关系对农村公共投资形成有正面作用。另外，从治理的角度来看，在 1998～2003 年换过村主任的村的公共项目和投资就会比没有换过村主任的多。

我们可以假设存在两个不同的区位单元，用 $i=\{1, 2\}$ 表示，每个地区有一个给定效用函数的居民的连续统。在这一经济体中共有三种物品：私人物品 x 和两种地方化的公共物品 g_1 和 g_2 对应于两个不同的地域单元。每个居民拥有一定数量的私人物品。生产一单位公共物品需要投入 p 单位的私人物品。

在区域 i 的每个居民都有自己特定的公共物品偏好，用 $\lambda\in[0, \bar{\lambda}]$ 表示。区域 i 类型为 λ 的居民的偏好定义为

$$x+\lambda[(1-\kappa)\ln g_i+\kappa\ln g_{-i}]$$

参数 $\kappa\in[0, 1/2]$ 表明公共物品溢出效应的大小；$\kappa=0$ 表明该居民只关注本地区的公共投资，如果 $\kappa=0.5$ 表明两个地区的公共投资对该居民有相同的作用。当溢出效应对每个居民都一样时，λ 越大，对公共物品的评价也越高。在每个地区，平均偏好用 m_i 表示，同时假设平均偏好等于中位数偏好。我们还假设区域 1 的居民相对而言比区域 2 的居民更偏好公共物品，也就是 $m_1\geqslant m_2$。

如果公共物品是通过分权化提供的，那么每个地区的公共投资水平是由当地政府决定的，而且通过单一人头税的方式融资。假设区域 i 选定一个公共物品提供水平 g_i，那么区域 i 的居民需要支付数量为 pg_i 的税收。如果公共物品是通过上级政府集中提供的，那么各个地区的公共物品提供水平和提供公共服务的成本由所有居民共同承担。因此，可导出公共物品提供水平为 (g_1, g_2)，每个居民为公共物品提供支付的成本为 $p(g_1+g_2)/2$。

比较分权化提供和集中提供公共物品的优劣标准是计算加总的公共物品消费者剩余，给定公共物品提供水平 (g_1, g_2)，我们可以得出

$$S(g_1,g_2)=[m_1(1-\kappa)+m_2\kappa]\ln g_1+[m_2(1-\kappa)+m_1\kappa]\ln g_2-p(g_1+g_2)$$

可以给出剩余最大化的公共物品提供水平为

$$(g_1,g_2)=\{[m_1(1-\kappa)+m_2\kappa]/p, \ [m_2(1-\kappa)+m_1\kappa]/p\}$$

继续进一步考虑分权化提供公共物品的情况，在这一情况下，每个地区独立的在最大化剩余的条件下决定本地区的公共服务提供水平。相应地，我们定义这两个地区的公共物品支出水平为 (g_1^d, g_2^d)，可推出存在一个纳什均衡的条件：

$$g_i^d=\mathrm{argmax}_{g_i}\{m_i[(1-\kappa)\ln g_i+\kappa\ln g_{-i}]-pg_i\}, \quad i\in\{1,2\}$$

对一阶条件求解可得

$$(g_1^d,g_2^d)=\{m_1(1-\kappa)/p,m_2(1-\kappa)/p\}$$

由于每个地区都没考虑公共物品提供的外部性和溢出效应，两个地区的公共投资都提供不足。也就是说，外部性是在考虑公共物品提供时必须考虑的一个因素。比如，中央政府要促进区域协调发展和社会稳定，就必须提高不发达地区的

发展机会和优势，因此有必要通过转移支付来加强落后地区的公共物品投资，因为这一投资有巨大的外部性，即经济和社会的协调稳定发展。由此得出本研究的第一个假说：在公共物品提供中，中央政府和上级政府必须对欠发达地区给予适当的转移支付和补助，以弥补由于分权化提供而造成的问题。

对于公共物品的集中化提供而言，由于在集中提供公共物品时上级政府不能充分了解各个地区的特殊情况，因此假定政府只能提供一个单一水平的公共服务，最大化剩余的条件变为

$$g^c = \mathrm{argmax}_g \{[m_1 + m_2]\ln g - 2pg\}$$

对一阶条件求解可得 $g^c = (m_1 + m_2)/2p$，因此公共服务的提供水平独立于溢出效应和外部性。但是由于没有充分考虑各地的特殊情况，因此当 $m_1 > m_2$ 时，集中化提供公共服务会导致区域 1 公共物品提供水平严重不足，而相对而言区域 2 的公共物品提供水平会相对过多。也就是说，需求因素是在考虑公共物品提供时必须考虑的一个因素，由此得出本研究的第二个假说：如果一个地区对公共服务的提供提出更高的需求，分权化提供可以使这个地区的公共投资项目多些。

本文所采用的实证分析就是基于以上的理论假说。依据上述模型，我们使用了一系列的多元回归分析来探讨各种（供给与需求）因素是如何影响农村公共物品投资以及它们的作用大小。回归的因变量包括公共投资项目数量和投资水平。由于因变量的受限制特征，再加之所用的数据资料具有全国代表性，本文采用了两种不同的估计方法：一种是用地区人口数量作为权重进行加权最小二乘估计（survey weighted）；另一种是用 Tobit 模型进行估计。解释变量包括三大类：目标要素（包括人均收入的水平值和它的平方；少数民族人口比例；村土地中坡度在 25 度以上土地所占比例；两个区位变量，一是离村最近的硬化道路与村的距离，二是村和乡政府所在地的距离；两个描述村庄大小或规模的变量，一是村总人口数，二是村里最远的两个小组之间的距离）；需求要素（村集体企业个数；村自营工商业人数比例，在外打工的劳动力份额，人均土地，耕地中有效灌溉面积的比例）；其他要素（包括在村里在县乡两级政府部门任职的干部人数；5 个村治理变量，包括村主任是否在 1998～2003 年换过人，村主任和村支书在任职前的职业，村主任和村支书的教育水平和村人均债务）。为了避免内生性问题，模型中所有的解释变量都是 1997 年的值。回归中使用的变量的均值、标准误、变动范围在表 8 中列出。虽然我们分别使用项目数量和项目投资总额作为因变量进行回归，但是由于回归结果几乎一样，因此在正文中列出使用投资项目数目作为因变量的回归结果，把使用投资总额作为因变量的回归结果放在表 9。

表 8　主要变量的描述统计

变　量	观测值个数	均　值	标准误	最小值	最大值
项目信息					
投资项目数	2 420	3.7	2.2	0	14
公共投资项目数	2 420	3.2	1.8	0	13
上级投资项目数	2 344	0.56	1.84	0	13
村级投资项目数	2 344	0.94	1.40	0	11
目标要素					
人均纯收入/元	2 420	1 436	965	80	8 000
少数民族人口比例	2 420	7.8	24.4	0	100
25 度以上山地所占比例	2 420	24.7	29.4	0	100
村委会到乡政府距离/千米	2 419	5.3	4.9	0	75
村委会到最近水泥路的距离/千米	2 420	6.1	11.0	0	110
1997 年总人口	2 420	1 435	1 073	76	8 700
村内相隔最远的两个小组间的距离/千米	2 420	2.4	2.6	0	30
需求要素					
集体企业个数	2 420	0.3	1.4	0	45
自营工商业户数的比例	2 420	4.0	6.9	0	85.2
外出打工劳动力比例	2 420	12.2	13.2	0	89.4
人均土地/亩	2 420	2.1	2.1	0.01	45.0
有效灌溉耕地比例	2 420	42.8	38.9	0	100
其他要素					
本村出去的在乡政府工作的人数	2 420	2.3	4.1	0	86
本村出去的在县级及以上政府工作的人数	2 420	2.7	4.8	0	45
村主任受教育年限/年	2 389	9.4	2.4	0	15
村支书受教育年限/年	2 381	9.7	2.5	0	15
1997 年村人均债务/元	2 420	108	358	0	9 474

资料来源：作者调查资料。

表 9　公共投资额决定因素分析

	省加权回归模型	区域加权回归模型
目标要素		
1997 年人均收入/元	−0.32	−0.33
	(2.30)**	(2.24)**
1997 年人均收入的平方/元	0.000 09	0.000 1
	(2.37)**	(2.34)**
少数民族人口比例	0.45	0.50
	(1.11)	(1.17)
25 度以上山地所占比例	1.17	1.18
	(2.60)***	(2.48)**
村委会到乡政府距离/千米	0.68	0.48
	(0.46)	(0.32)

续表

	省加权回归模型	区域加权回归模型
目标要素		
村委会到最近水泥路的距离/千米	−3.5	−3.05
	(3.14)***	(2.74)***
1997 年总人口	0.11	0.11
	(6.31)***	(6.22)***
村内相隔最远的两个小组间的距离/千米	−3.27	−1.36
	(0.76)	(0.26)
需求要素		
集体企业个数	120.3	128.8
	(1.78)*	(1.76)*
自营工商业户数的比例	0.19	−0.94
	(0.1)	(0.43)
外出打工劳动力比例	−0.37	−0.48
	(0.35)	(0.36)
人均土地/亩	8.86	0.92
	(1.54)	(0.13)
有效灌溉耕地比例	−0.055	−0.28
	(0.12)	(0.59)
其他要素		
本村出去的在县乡政府工作的人数	3.06	1.09
	(1.47)	(0.45)
1998~2003 年间是否换过村主任（1=是，0=否）	21.8	16.5
	(0.66)	(0.48)
村主任在任职前是否纯农户（1=是，0=否）	8.21	0.29
	(0.29)	(0.01)
村主任受教育年限/年	−2.43	2.55
	(0.42)	(0.44)
村支书在任职前是否纯农户（1=是，0=否）	−28.8	−12.67
	(0.95)	(0.42)
村支书受教育年限/年	2.32	2.59
	(0.49)	(0.6)
1997 年村人均债务/元	0.051	0.063
	(1.22)	(1.24)
常数项	264.23	238.65
	(2.64)***	(2.40)**
观测值个数	2 273	2 273
R^2	0.14	0.16

注：①括号内为 t 统计量的绝对值。②＊在 10% 的水平上显著，＊＊在 5% 的水平上显著，＊＊＊在 1% 的水平上显著。

资料来源：作者调查资料。

　　对村公共物品提供的回归分析结果和描述性分析得出的结论基本一致（表10）。回归结果表明，需求要素对农村公共服务提供有显著的正影响。在有更多工商业活动（也就是有更多村集体企业和更多自营工商业户的村）的村，一般来说有更多的公共投资。这是因为当地的工商业活动对当地的公共服务提出了更高的要求，从而导致这个地方有相对更多的公共投资活动。而在外务工人员多的村，公共投资相对要少一些。这主要是因为外出务工人员的大部分生产生活活动都不在当地进行，因此这些人就不愿意对村里进行公共物品投资。

表 10　公共投资项目数模型回归结果

因变量	总体加权回归模型	Tobit 模型
目标要素		
1997 年人均收入/元	4.10e−08	−0.000 14
	(0)	(1.22)
1997 年人均收入的平方/元	1.66e−08	0
	(0.7)	(1.88)*
少数民族人口比例	0.002 4	−0.002 9
	(0.79)	(1.86)*
25 度以上山地所占比例	0.007 1	0.002 9
	(3.64)***	(1.91)*
村委会到乡政府距离/千米	0.011 1	−0.016 41
	(0.97)	(2.06)**
村委会到最近水泥路的距离/千米	−0.016 1	−0.006 6
	(3.81)***	(1.96)*
1997 年总人口	0.000 21	0.000 27
	(3.57)***	(6.34)***
村内相隔最远的两个小组间的距离/千米	0.002 9	0.039
	(0.2)	(2.93)***
需求要素		
集体企业个数	0.11	0.074
	(2.75)***	(2.67)***
自营工商业户数的比例	0.027	0.019
	(3.28)***	(3.65)***
外出打工劳动力比例	−0.005 8	−0.005 7
	(1.48)	(1.96)*
人均土地/亩	−0.04	−0.026
	(1.39)	(1.33)
有效灌溉耕地比例	−0.006 9	−0.008 7
	(3.95)***	(6.66)***
其他要素		
本村出去的在县乡政府工作的人数	0.031	0.021
	(4.12)***	(3.94)***
1998～2003 年是否换过村主任（1=是，0=否）	0.22	0.10
	(1.71)*	(0.97)

续表

因变量	总体加权回归模型	Tobit 模型
其他要素		
村主任在任职前是否纯农户（1=是，0=否）	−0.21	−0.164
	(1.88)*	(1.75)*
村主任受教育年限/年	0.003 5	−0.018 4
	(0.14)	(1.07)
村支书在任职前是否纯农户（1=是，0=否）	−0.11	−0.064
	(0.93)	(0.66)
村支书受教育年限/年	−0.018	−0.012
	(0.77)	(0.72)
1997年村人均债务/元	0.000 16	0.000 19
	(2.43)**	(1.80)*
常数项	2.86	3.31
	(7.22)***	(12.61)***
观测值个数	2 324	2 389
R^2	0.12	

注：①括号内为 t 统计量的绝对值。②＊在10%的水平上显著，＊＊在5%的水平上显著，＊＊＊在1%的水平上显著。

资料来源：作者调查资料。

除了以上一些结论，回归分析还表明社会资源和社会关系是农村公共投资的重要决定因素。这是因为村干部通常会游说本村在县或乡政府当干部的人通过争取项目等形式对自己村进行照顾，而且在外面工作的干部对自己村的情况比较熟悉，也更愿意将一些上面来的公共投资项目放在自己村里以方便项目实施。村级治理变量在回归分析中并不显著，对于出现这种情况的原因还不是特别清楚，可能需要更进一步的分析。通过使用回归分析，研究还发现那些大村（人口多或是地理规模大）通常有更多的公共物品投资，而那些有更多人均耕地或者耕地中有效灌溉面积所占比例更大的村庄有较少的公共投资。出现这一情况的原因可能是因为中国的财政和金融系统通常是向工业倾斜的。这一般来说也会影响农村的公共投资，为了国家的粮食安全，在今后的公共投资决策时必须对这点加以考虑。本研究还发现面子工程和政绩工程效应确实存在，这可从村委会离最近的硬化道路的距离这一变量的系数可看出来。

前面提到村级公共投资来源主要可分成两大类：一类来自于上级政府（乡镇及以上政府）；另一类是村自筹（包括村集体和村民集资）。上一部分的分析是不分资金来源将公共投资项目加总起来进行分析，其结果虽然在一定程度上回答了前面提到的问题，但是由于这两类项目可能会有不同的决定因素，而且同一因素对这两类投资也可能有不同的作用方向。比如，对某些解释变量来说，在解释上级政府投资的项目时，它们的期望符号和在解释村自己投资的公共项目时的期望符号恰好相反，这就有可能导致我们忽略一些重要的因果关系。同时，进一步了解上级政府对村公共投资行为的影响因素将会更有针对性地为政府制定相关政策提供决策参考，因此在这一部分，使用总投资中来自于上级政府部门投资的份额作为被解释变量进行回归，回归结果见表 11。

表 11 上级投资所占比例模型回归结果

因变量：上级投资所占比例	系 数	T 值
目标要素		
1997 年人均收入/元	0.001 6	(0.45)
1997 年人均收入的平方/元	−0.000	(2.01)**
少数民族人口比例	0.17	(3.82)***
25 度以上山地所占比例	0.14	(3.33)***
村委会到乡政府距离/千米	−0.02	(0.07)
村委会到最近水泥路的距离/千米	0.21	(1.93)*
1997 年总人口	−0.003	(2.35)**
村内相隔最远的两个小组间的距离/千米	0.47	(1.10)
需求要素		
集体企业个数	−1.1	(1.46)
自营工商业户数的比例	−0.06	(0.44)
外出打工劳动力比例	−0.077	(0.84)
人均土地/亩	−0.028	(0.05)
有效灌溉耕地比例	−0.17	(4.13)***
其他要素		
本村出去的在县乡政府工作的人数	0.53	(3.16)***
1998～2003 年是否换过村主任（1＝是，0＝否）	6.31	(1.72)*
村主任在任职前是否纯农户（1＝是，0＝否）	−2.63	(0.83)
村主任受教育年限/年	−0.30	(0.56)
村支书在任职前是否纯农户（1＝是，0＝否）	2.37	(0.72)
村支书受教育年限/年	−0.20	(0.38)
1997 年村人均债务/元	−0.0016	(1.03)
常数项	60.79	(6.88)***
观测值个数		2 083
R^2		0.16

注：①括号内为 t 统计量的绝对值。②＊在 10％的水平上显著，＊＊在 5％的水平上显著，＊＊＊在 1％的水平上显著。

资料来源：作者调查资料。

表 11 结果表明，在用上级政府投资份额作为解释变量进行回归时，方程的拟合度提高，同时投资份额和许多解释变量间的关系变得更显著。回归结果还可以进一步解释各级政府（乡镇及以上政府）是如何对农村进行公共投资的。回归分析的结果显示，上级政府的公共投资政策还是偏向于重点扶持贫困地区和少数民族地区。我们的研究结果还表明上级政府更关注那些偏远地区、农业生产条件差的地区以及山区。总的来说，目标要素在回归中大部分显著，而且符号也与预期的相吻合。如果本调查数据能真正代表 20 世纪 90 年代末和 21 世纪初上级政府对农村进行公共投资的情况，那么表明我国政府近年来的农村公共投资策略正在朝一个更重视贫困人口、更关注少数民族和更注意环境的投资取向倾斜。

小结和讨论

本节研究结果表明，工商业活动多的村一般来说公共投资活动及投资水平相对较高。也就是说，如果当地的工商业活动对当地的公共服务提出了更高的要求，那么这个地方相对会有更多的公共投资活动。同时，由于外出务工人员的大部分生产生活活动都不在当地进行，因此这些人就不愿意对村里进行公共物品投资。研究还发现一定程度的面子工程和政绩工程效应确实存在。

对于上级政府的公共投资来说，更多地倾向于资助贫困地区、偏远山区、农业生产条件差的地区以及少数民族地区。这种投资策略有助于统筹区域的发展，降低区域差异。根据本研究的结果，至少在 1998～2003 年，上级政府部门在公共投资方面正在努力进行扶贫和帮助少数民族地区发展。总的来说，上级政府投向贫困、偏远山区农村的项目和资金比富裕地区、交通便利地区的要多。虽然上级政府在实施农村公共投资时基本上是本着统筹区域发展的原则，但是也有一些问题需要注意，如依靠非正式的社会关系来获取项目等。当然，为了进一步落实中央统筹发展的新发展观，给定中国人口和土地的规模，贫困的深度和某些地区的相对落后，有一点是肯定的，就是还需要更多的公共投资。

以上研究结论也表明，我国政府今后在如何促进社区公共投资、统筹城乡及区域发展方面还面临着巨大的挑战。其中最明显的一点就是：从经济发展的趋势看，越来越多的人将离开农村去外地或城市从事非农就业，这将会对村公共投资产生更大的负面影响。另外，随着村级集体经济的改制，村级企业将逐年减少，这也会对农村公共投资形成制约。总之，要加大对农村的投资力度、实现城乡统筹发展还有很漫长的路要走。

三、农村"准公共物品"提供策略与"纯公共物品"决策的比较分析

（一）前言

在经济发展过程中，对于那些成功快速发展的国家而言，当它们的经济发展

到一定的阶段后，都要面临从汲取农村/农业资源促进城市经济发展转变为加快农村基础建设，促进农村和国家经济持续发展的一个发展战略转型。为了提高生产效率，促进人力资本形成，进一步加强劳动力在农业部门和非农部门间的流动，一些基础的公共投资是非常必要的。因此，对于那些还生活在农村地区的人来说，提供必要的社会服务，帮助农村人口提高他们的生活水平，分享经济发展的成果才能促进经济的持续、健康和快速发展。而在这一经济转型中，需要的资源和资金量是非常巨大的，这一点对于我国这样一个发展中的大国来说表现得尤为突出。

改革开放后，特别是党的"十六大"后，我国的经济发展进入一个新的阶段。作为国家发展战略的重要组成部分，我国政府不断加大对农村地区的投资力度，仅2005年就投入了上千亿元用于支持农村建设，而且其中大部分是用于农村公共基础社会设施建设（见第三节）。在这些投资中，大约有30％的资金是以专项资金的形式用来实施农村道路村村通工程，还有相当多的投资被用来提高农村灌溉和饮用水等基础设施建设，以及学校和农村活动中心等。同时，国家林业局将大量的资金用来实施退耕还林等环境保护项目。为了进一步强化对农村的公共投资，促进农村经济的转型和发展，党和国家进一步提出实施新农村建设的伟大号召，其核心之一就是加强农村公共基础设施建设。

尽管我国政府在最近一段时间内投入了大量的资源来提高农村的公共基础设施建设，但相对于促进我国农村经济的转型和发展的需要而言，还存在很大的缺口。通过日本和韩国经济发展的比较研究，我们发现为了促进农村经济的全面转型，不仅需要大量的资金，而且需要持续几十年的不懈投入。根据Park（1979）的研究，一个基本的看法是虽然我国在最近一段时间持续加大了对农村地区的投资力度和财政扶持，但为了进一步促进我国农村经济的发展和向现代经济的转变，需要国家和政府在今后相当长的一段时期内继续加大这种投资和财政扶持的力度。

针对以上情况，为了进一步促进农村经济的转型和发展，如何筹措农村投资与扶持的资金就成了问题的关键。传统上有两个来源：一是上级政府；二是村级自有资源。在前面章节中，我们从农村抽样调查数据中看出政府的公共投资在最近一段时间内确有所增加，同时，村级自有资源在农村公共投资中也发挥了巨大的作用，贡献了近一半的份额。而且对于上级政府的大多数投资而言，都需要村里面提供配套资金。然而作为一个发展中的大国，现实的问题是如何满足向现代化国家转型过程中对资金的需求，以确保实施新农村建设的需要。过去的经验表明，虽然各级政府和村级组织在农村公共投资中投入了巨大的人力和物力，也希望继续进一步加大投资的力度，但是由于流动性的限制以及相关的激励机制等问题，导致在短期内我国农村公共投资的总体规模，特别是某些类型项目的投资会受到一定的影响。比如，由于不能向农户集资、集劳以及税费改革后对地方财政的一些限制措施等，各级政府的融资能力受到了限制，进而影响了一些公共投资项目的实施。在经济快速发展的同时，各级政府的收入虽然有了大幅度增加，但各级政府部门，特别是地方政府部门还是面临着非常大的预算压力，有些地方政府负债严重，在此情况下如何持续地为农村公共投资融资就成为一个亟待解决的问题。

最后，除各级政府和村级组织的流动性约束之外，还有一些其他因素可能会影响农村公共投资。比如，有些投资（环境保护和退耕还林等），由于很难或者不可能阻止投资者外的其他人从该投资中获益，这些因素也会影响这些类型的公共投资。在这种情况下，当地居民将不会热衷于实施这种项目。同时，对于其他一些投资如农村电网改造和电信服务等，虽然仅对当地居民有益，但是由于技术上的原因（如需要专业的知识、复杂的系统和协作等），当地居民也没有能力去实施这类项目。

结果导致在现实中我们经常遇到一些公共投资的融资来源仅靠传统的渠道不能得到保证，同时有许多资金受上述的一些约束，难以投资于公共项目。因此，有必要进一步拓宽公共投资的融资渠道。特别对于农村电力和电信服务项目而言，这些投资的融资对象不仅来自于传统的各级政府预算，还应该积极拓展融资渠道，鼓励国有企业等参与到项目的实施中来。在国际上，也有许多的私营企业、合资企业投资此类公共项目的先例。同时由于电力和电信服务技术上的一些特征，投资此类项目的企业能容易地通过提供服务获取利润，因此在许多国家，政府已经从这些投资中退出，从而能更加专注于那些企业不愿意提供公共投资的项目。

在我国，国有企业和由各级政府提供农村公共服务是否存在差异，投资策略是否有不同？根据我们的加总数据，在 2003 年和 2006 年，有近 800 亿元的资金被国有企业投资用于提供电力和电信服务。这些国有企业的领导人指出，在这个过程中有几百万户农户第一次用上了电灯。这些信息表明，国有企业可以在某些特定类型的公共服务上发挥它们的特殊作用。这一现象进一步验证了一些理论研究和分析：对某些公共服务而言，通过企业提供的方式也是一个不错的选择。

然而，也有研究指出，完全由企业来提供公共服务可能存在一些潜在的问题。也就是说，对于由企业来提供公共服务，学术界还没有一个统一的认识。特别对于我国农村公共投资而言，能否在村级水平由企业来实施公共服务项目，提供公共服务？企业的利润最大化目标和政府的社会目标是否存在严重背离？企业是否会在实施公共投资时考虑社会公平，也就是为贫困地区提供相同的服务？由企业提供公共物品和由政府提供公共物品时其提供策略有什么差异？

因此，本节的主要目标是比较政府直接实施公共投资与企业（特别是国有企业）直接提供公共投资的现状、特点及投资策略的差异。为了达到上述目标，我们有如下三个特定的研究内容：首先，将使用近期内收集的具有全国代表性的2400多个村的数据集来描述我国最近各级政府、村级组织和企业（特别是国有企业）提供农村公共投资（包括道路、电力和电信基础设施等）的基本情况；其次，将分析不同投资主体的投资决策及其可能的决定因素，然后设定本研究的实证模型；最后，使用调查数据，实证分析各种可能因素对不同投资主体在农村公共投资决策时的作用，并分析其作用机制、蕴涵的投资策略差异以及对促进我国农村发展和转型的影响。为此，本研究将简要介绍本文的数据来源及其基本情况，然后通过统计分析比较不同投资主体在实施农村公共投资时的差异以及可能导致这种差异的原因，随后在设定实证模型的基础上，使用我们收集的数据资料，运用多元回归法分析各种因素的影响及其作用机制，最后在以上分析的基础上提出研究的结果。

（二）农村公共投资的基本情况：简单对比分析

根据调查资料发现，我国政府在最近几年投入了大量的资源用于提高农村公共服务。在调查期间（1998～2003 年），2459 个样本村共有 10 624 个公共投资项目发生。也就是说，每个村在调查期间有大约 4.32 个公共投资项目，平均每个村每年有近 0.8 个项目。事实上，只有不到 40 个村在调查时期没有任何公共投资活动，也就是说，大部分村在调查期间都有至少 1 个以上项目，有些村甚至在调查期间有 10 个以上的公共投资项目。

根据调查资料，在样本村我们发现了 17 类不同的纯公共投资活动，包括道路、灌溉、学校和小流域治理等。同时，有几类公共项目在农村公共投资活动中相当普遍，比如，有 1750 个村有农网改造项目，同时在 2459 个样本村中有1747 个道路投资项目，换句话说，大约 2/3 的村至少有这两类项目中的一个。同时，我们的调查资料也表明，调查期间某些项目如诊所和村文化中心等在样本村相对来说较为少见（表 12，第 1、3、7、9 行）。从投资金额分布来看（表 12，第 3 列），大多数的公共资源还是用于投资那几类较为普遍的项目，如电力和道路项目，分别占了投资额的 27% 和 18%。综合来看，最多的六类项目——电力、道路、学校、电话、灌溉和饮用水——的投资额占到总投资额的 80% 以上（表12，1～6 行第 3 列）。

表 12　1998～2003 年样本村公共投资项目数量和投资规模（2 459 个样本村）

投资项目	项目数量/个	平均投资规模/(千元)	累计百分比/%
企业参与提供项目（准公共物品）			
电力项目	1 750	184	27
电信项目	1 231	100	10
企业未参与提供项目（纯公共物品）			
道路	1 547	140	18
学校	960	150	12
灌溉排水	953	94	7
饮用水	760	104	7
村诊所	201	28	0.5
广播电视	762	62	4
村文化中心	271	46	1
退耕还林	1 091	67	6
环境美化	180	42	1
小流域治理	191	133	2
封山造林	314	22	1
土地平整	214	86	2
生态林	80	49	0.3
土壤改良	83	167	1
其他	36	190	0.6
总数/平均值	10 624	113	100

资料来源：作者调查。

　　从所有 17 类公共投资项目的投资来源来看，调查数据表明虽然大部分项目都是由各级政府或村级组织投资实施的，事实上国有企业在农村公共投资中也起到了重要的作用。在我国农村，国有企业主要集中提供两类农村公共投资：农村电网和农村通信。出现这种现象的原因在于这两类公共投资项目需要特定的技术，同时它们提供的服务也具有排他性。调查数据表明，在所有 10624 个农村公共投资项目中，共有 2981（28%）是由国有企业提供的。从投资金额来看，这两类项目的投资金额占到总投资额的 37%（表 12，第 3 列 1、2 行）。

　　调查数据还表明，在调查时期我国农村公共投资项目呈现增加的趋势。比如，在 2001 年前一个村平均每年要实施大约 0.65 个项目，但到了 2001 年后，这一数字上升到了大约 0.82 个，增长了 20% 以上。而且这种增加的趋势非常明显，比如，电力项目从 2001 年前的每年 0.11 增长到 2001 年后的 0.13，电话项目从 0.08 增长到 0.09 个。而且对于道路、学校、灌溉和饮用水项目，也存在相同的趋势。

　　虽然我国在最近一段时期内持续地加大了对农村公共基础设施的投资力度，但与其他发达国家相比，我们还需要作进一步的努力。Zhang 等（2006）的研究指出，为了促进农村的发展和经济的成功转型，虽然我国对农村的公共基础设施建设投资的力度要大于许多发展中国家，但相比其他发达国家在转型时期的投资强度，我们还有很大的差距。调查数据表明，平均每个村一年的公共投资水平为 8 万元，这一投资规模与日本和韩国在转型期间的投资规模相比，还远不算多。

　　(三) 农村公共投资项目来源及其策略

　　由于农村地区面临着不断增长的公共投资需求，同时由于我国各级政府和村级组织的职能分权，因此在研究分析各个投资主体的投资策略之前，有必要跟踪各个投资主体对农村公共建设投资投入的基本情况。调查数据表明，农村公共投资主要有三个投资来源：各级政府、村级组织和企业（主要是国有企业）。同时对于不同类型的公共项目，投资来源也不尽一样。对于农村电网改造和农村电信项目，其融资主体主要是企业（国有企业），而对于其他类型的公共项目，其融资来源主要是各级政府和村级组织。

　　从项目数量来看，不同投资主体的投资策略也有一些差异。如果将样本村根据人均纯收入水平分为贫困村和非贫困村（划分标准是人均纯收入是否小于 750 元，按照购买力平价折算，大致相当于 1 美元每天的标准），对于那些完全由上级政府投资的项目，39％是投向贫困地区的，这一比例远远高于贫困村所占比例 27％（表 13，第 1 行）。然而，对于那些完全由企业或国有企业投资的项目，调查资料显示电力项目是 28％，同时电信项目是 27％（表 13，第 3 行）。即使不考虑投资来源，平均而言贫困地区每个村实施的农村电力项目和电信项目还是要比非贫困地区少一些（表 13，第 6 行 1～4 列）。对于那些没有企业参与的公共投资，平均而言贫困地区和非贫困地区的投资强度基本一样，因为那些较富裕地区村级组织实施的项目较多（表 13，第 5～6 列 5、6 行）。这一结果表明，企业或国有企业在实施公共项目时还是和各级政府有一些差异，没有像各级政府投资一样侧重于扶持贫困的发展。

表 13　1998～2003 年样本村公共投资项目数量及其资金来源（2 459 个样本村）

资金来源	电力项目		电话项目		其他公共项目	
	贫困农村	非贫困农村	贫困农村	非贫困农村	贫困农村	非贫困农村
各级政府	0	0	0	0	1 059 [39]	1 658 [61]
各级政府 & 村级组织	0	0	0	0	1 011 [28]	2 545 [72]
企业	213 [28]	541 [72]	189 [27]	517 [73]	0	0
企业 & 村级组织	197 [20]	799 [80]	111 [21]	414 [79]	0	0
村级组织	0	0	0	0	249 [18]	1 121 [82]
合计	410 [23]	1 340 [77]	300 [24]	931 [76]	2 109 [28]	5 534 [72]

　　注：样本村总共有 664 个贫困村（大约为 27％），括号里是比例。
　　资料来源：作者调查。

　　对于投资金额而言，调查数据表明没有企业参与的公共项目，各级政府在贫困地区的投资所占的比重要远远高于非贫困地区所占的比重。而对于有企业参与提供的公共项目而言，这一结果和项目数量有所区别，调查数据表明企业在贫困地区农村的投入份额平均要比非贫困地区高一些。比如，在贫困村，企业没有参与的公共项目中有 67% 是由各级政府融资的，这一比例在非贫困村仅为 48%（表14，第5、6列）。对于有企业参与的电力项目而言，在贫困地区农村企业的融资比例为 87%，稍稍高于其为非贫困地区农村融资的比例 8%（表14，第1、2列）。这一现象对于有企业参与的电信项目同样成立（表14，第1、2列）。

表 14　1998～2003 年样本村公共投资金额及其资金来源（2 459 个样本村）

资金来源	电力项目		电话项目		其他公共项目	
	贫困农村	非贫困农村	贫困农村	非贫困农村	贫困农村	非贫困农村
各级政府	0	0	0	0	67	48
企业	87	83	94	88	0	0
村级组织	13	17	6	12	33	52
合计	100	100	100	100	100	100

注：样本村总共有 664 个贫困村（大约为 27%）。
资料来源：作者调查。

　　虽然调查数据表明对 1997～2003 年农村公共投资有显著的增加，但是对贫困农村的扶持力度在这一时期是否发生变化，以及如何变化还不是很清楚。通过比较不同年份开始实施的公共投资项目数量，研究结果表明，对于有企业参与的电力和电信项目，投资策略似乎有所变化，也就是这些国有企业也在越来越关注扶持贫困农村的发展。如 1998 年，样本村中只有 16% 的电力项目和 13% 的电信项目投资于贫困农村（远小于贫困村所占比例 27%），而到了 2003 年，这一比例已经分别上升到了 29% 和 30%（表15，第1、3列）。而对于国有企业不参与的其他公共项目，我们发现在调查期间的投资策略基本上保持不变（表15，第5列）。

表 15　样本村调查期间公共投资项目实施时间分布（2 459 个样本村）

年　份	电力项目		电话项目		其他公共项目	
	贫困农村	非贫困农村	贫困农村	非贫困农村	贫困农村	非贫困农村
1998	16	84	13	87	26	74
1999	19	81	19	81	29	71
2000	20	80	18	82	30	70
2001	24	76	24	76	28	72
2002	26	74	27	73	31	69
2003	29	71	30	70	27	73
总计	23	77	24	76	28	72

注：样本村总共有 664 个贫困村（大约为 27%）。
资料来源：作者调查。

　　将样本村分为贫困村和非贫困村可以发现不同投资主体的投资策略差异及其演变。为了进一步细化，我们将样本村根据人均纯收入分为五组，分析不同组间的公共投资项目数量是否存在差异。与上面的分析结果类似，对于最穷的 20% 的村庄它们拥有较少的企业参与的电力和电信项目（因为它们都属于贫困村）。同时当收入增加时，平均而言村里实施的电力和电信项目（主要由国有企业提供）也随之增加（表 16，第 1～3 行）。而对于国有企业没有参与的其他公共项目而言，组间没有明显差异。

表 16　公共投资项目投资策略分析

项目类型	村人均纯收入				
	最低 20%	20%～40%	40%～60%	60%～80%	最高 20%
电力项目	0.6	0.71	0.72	0.76	0.76
电信项目	0.44	0.48	0.51	0.56	0.53
其他公共项目	3.05	3.11	3.15	3.09	3.15
	山区土地所占比例				
	0	0～25%	25%～50%	50%～75%	>75%
电力项目	0.72	0.76	0.74	0.62	0.59
电信项目	0.54	0.54	0.50	0.41	0.34
其他公共项目	2.64	3.13	3.4	3.45	3.29
	是否有少数民族人口？				
	没有		有		
电力项目	0.65		0.80		
电信项目	0.49		0.52		
其他公共项目	3.02		3.2		

　　资料来源：作者调查。

　　在我国农村，还有其他的一些重要因素可能也会制约农村公共项目投资，如地理因素和人口特征等。对于由企业参与提供的电力和电信项目而言，研究结果显示企业似乎不愿意投资到山区（表 16，第 4、5 行）。这一点与没有企业参与的其他公共项目不同，对于这类公共项目，事实上山区的公共投资项目还要比平原地区农村的要多一些（表 16，第 6 行）。对于少数民族地区农村而言，调查结果表明不论是企业参与的电力和电信项目还是企业没有参与的其他公共投资项目，都要比非少数民族地区农村多（表 16，第 7～9 行）。

　　描述性分析结果表明，在作出公共投资决策时，不同融资主体的投资策略还存在着显著的差异。对于那些主要由企业融资的公共项目（电力和电信）而言，在实施时较少地考虑资助和扶持贫困地区农村，在这一点上企业提供公共投资和政府提供公共投资存在一些差异。同样的差异还表现在对待山区农村的投资策略上，对于企业提供的公共投资而言，山区农村获得的电力和电信投资项目明显要少。幸运的是，不论是各级政府还是国有企业，都很重视少数民族地区的发展和公共投资项目的实施。为了获得更有说服力的结果，在以下的研究中我们将使用多元分析的方法来分析不同投资主体间融资能力的差异。

（四）投资项目决策机制多元回归分析

1. 实证模型设定

为了更好地比较不同融资主体的投资策略，特别是企业（提供电力和电信投资）和政府（提供企业不参与的其他公共投资）的投资策略差异，有必要设定实证模型，使用多变量分析的方法。因此，本部分实证研究的因变量为刻画不同融资来源的农村公共项目数量，主要包括如下三类变量：其一是 1998～2003 年村里是否有农村电力项目；其二是 1998～2003 年村里是否有农村电信项目；其三是 1998～2003 年村里有多少个企业没有参与的其他公共投资项目。

从表 13 中可以看出，不同的项目有不同的资金来源，因此我们有必要对不同资金来源的投资进行区别以便发现可能的不同关系。因此，我们将左边的因变量根据融资来源的组合情况分别考虑，因此本研究的因变量还包括如下一些：1998～2003 年村里是否有完全由企业投资或由企业和村级组织共同投资的农村电力项目；1998～2003 年村里是否有完全由企业投资或由企业和村级组织共同投资的农村电信项目；1998～2003 年村里是否有完全由上级政府投资或由上级政府和村级组织共同投资或完全由村级组织投资的其他农村公共项目。

由于因变量的特殊性，对于不同的模型，在实证分析中采用不同的估计方法。对于电力和电信项目而言，因变量是一个二元变量（1 表示村里有这类项目，而 0 表示没有），所以使用的估计方法有线性概率模型和 Probit 模型。对于其他公共项目而言，由于因变量的受限制特征，采用的估计方法有普通最小二乘法和 Tobit 模型估计。本研究的核心是要比较企业（主要提供电力和电信投资）和政府在实施农村公共投资时是否存在投资策略的差异。

为了实施这种比较，首先要分析各融资主体在作出投资决策时主要考虑的因素。选取这些因素时我们既考虑了我国农村的实际情况，也借鉴了国际上相关研究（Zhang et al.，2006）。简单来说，解释变量包括如下三类因素：一是目标因素；二是需求方因素；三是其他的一些因素。目标要素指那些上级政府或企业在制定投资决策时需要加以考虑的一些标准。比如，一个侧重于扶贫的公共投资项目肯定会首先考虑村级人均收入情况。政府官员和企业领导在作出投资决策时还会考虑一些人口的特征和地理区位特征。需求方因素主要是指会使村民更愿意（或更不愿意）投入时间和资源来获取投资项目的因素。其他因素主要包括一些描述村级治理和村社会关系的控制变量。

根据以上的逻辑，在实证分析中使用了如下的一些解释变量。①目标要素，包括：1997 年村人均纯收入及其二次项；1997 年村里是否有少数民族人口；1997 年村里山地面积占总面积的比例（山地要求坡度在 25 度以上）；1997 年村委会到乡政府的距离（千米）；1997 年村委会到最近水泥路的距离（千米）；1997 年村总人口数（人）；村里相隔最远的两个小组间的距离（千米）。②需求方要素，包括：1997 年村集体企业数；1997 年自营工商业农户比例；1997 年外出打工劳动力比例；1997 年人均耕地面积（亩）和 1997 年有效灌溉土地面积。③其他因素，包括：1997 年村里在外当干部人数（人）；1998~2003 年村主任是否换了；村主任和村党支书的年龄和教育程度；1997 年村人均债务（元）等。最后我们也添加了一个变量来控制农村电力和电信服务的初始状态。为了避免可能的内生性问题，所有的解释变量如果没有特别指出都指 1997 年。

因此本研究的实证模型可以表示如下：

$$描述公共投资项目的指标 = f(目标要素;需求方要素;其他要素)$$

2. 多变量分析

总的来说，多变量分析的结果和描述性分析的结果基本类似，使用各种估计方法得到的估计结果也基本相同，说明我们的研究结果相当稳健。对于这种横截面数据，分析的拟合度也很好。对于电力项目而言，研究结果表明是否有电力项目和收入间似乎存在一种二次关系（表 17，第 1、2 行）。一个有趣的现象是最富裕的村内获得的完全由上级投资的项目较少，也就是说国有企业在实施电力项目时也会考虑村级组织的融资能力，如果村级融资能力强，那么国有企业倾向于让村级组织参与到项目中来，也就是在富裕村级较少提供完全由企业融资的电力项目，从而导致这种倒 U 形现象（表 17，第 2 行 3、4 列）。这一结果也表明越穷的村庄越容易获得完全由企业提供的电力项目。出现这一现象的原因主要在于国有企业在追求利润最大化的同时，也面临政府提出的企业必须完成的村村通电等要求。

表 17　1998~2003 年电力投资项目及其决定因素分析

项目	村里是否有电力项目？		村里是否有完全由公司投资的电力项目？		村里是否有油公司和村级组织投资的电力项目？	
	Ols	Probit	Ols	Probit	Ols	Probit
目标要素						
净人均纯收入（1997 年）	0.000 06	0.000 2	0.000 03	0.000 2	0.000 03	0.000 11
	(2.11)**	(1.92)*	(0.96)	(1.35)	(1.14)	(1.21)
净人均纯收入平方（1997 年）	-2×10^{-8}	-6×10^{-8}	-2×10^{-8}	-7×10^{-8}	-4×10^{-9}	-1×10^{-8}
	(3.29)***	(3.00)***	(2.71)***	(2.55)**	(0.59)	(0.65)

续表

项　目	村里是否有电力项目？		村里是否有完全由公司投资的电力项目？		村里是否有油公司和村级组织投资的电力项目？	
	Ols	Probit	Ols	Probit	Ols	Probit
目标要素						
村里是否有少数民族？（是＝1，否＝0）	0.05	0.15	0.04	0.13	0.01	0.02
	(2.10)**	(2.06)**	(1.80)*	(1.80)*	(0.31)	(0.33)
山区(坡度 25 度以上)面积比例	−0.001	−0.004	−0.000 5	−0.001	−0.001	−0.003
	(3.68)***	(3.60)***	(1.20)	(1.11)	(2.44)**	(2.32)**
村委会到乡镇政府距离/千米	−0.002	−0.004	0.000 5	0.000 3	−0.002	−0.008
	(0.91)	(0.79)	(0.27)	(0.04)	(1.16)	(1.24)
村委会到最近道路距离/千米	−0.001	−0.004	−0.001	−0.004	−0.000 3	−0.001
	(1.57)	(1.39)	(1.17)	(1.22)	(0.39)	(0.48)
村总人口（1997 年）人	$2.3×^{-5}$	$8.4×^{-5}$	$5.0×^{-6}$	$7.7×^{-6}$	$1.8×^{-5}$	$5.9×^{-5}$
	(2.01)**	(2.26)**	(0.44)	(0.22)	(1.54)	(1.69)*
村里最远两个小组间距离/千米	−0.001	−0.002	−0.001	−0.002	−0.000 1	−0.002
	(1.37)	(0.84)	(1.17)	(0.83)	(0.20)	(0.28)
需求要素						
村内集体企业个数	0.000 5	−0.000 05	−0.000 7	0.000 2	0.001	0.003
	(0.08)	(0.00)	(0.10)	(0.01)	(0.17)	(0.13)
自营工商业户数比例	−0.000 2	−0.001	0.001	0.003	−0.001	−0.004
	(0.17)	(0.25)	(0.82)	(0.84)	(0.96)	(1.02)
劳动力中在外打工的比例	−0.001	−0.003	−0.002	−0.007	0.001	0.002
	(1.47)	(1.34)	(2.55)**	(2.74)***	(1.04)	(0.96)
人均土地面积/亩	−0.002	−0.005	−0.004	−0.015	0.002	0.010
	(0.40)	(0.34)	(0.87)	(0.84)	(0.45)	(0.63)
耕地中有效灌溉比例	−0.001	−0.004	−0.000 3	−0.001	−0.001	−0.003
	(3.56)***	(3.66)***	(0.78)	(0.76)	(2.72)***	(2.67)***
其他因素						
村里在乡镇级以上单位当干部人数/人	0.000 7	0.002	−0.000 04	−0.000 2	0.000 7	0.002
	(0.53)	(0.52)	(0.03)	(0.05)	(0.55)	(0.51)
1998 年村主任是否换了（1＝是，0＝否）	0.000 3	−0.000 1	0.03	0.09	−0.03	−0.09
	(0.01)	(0.00)	(1.14)	(1.13)	(1.10)	(1.16)
村主任职业（1＝纯务农，0＝其他）	−0.000 01	0.004	0.01	0.04	−0.01	−0.04
	(0.00)	(0.05)	(0.64)	(0.56)	(0.62)	(0.64)
村主任教育程度/年	0.003	0.008	0.003	0.01	−0.000 4	−0.003
	(0.69)	(0.63)	(0.80)	(0.83)	(0.09)	(0.23)

续表

项　目	村里是否有电力项目?		村里是否有完全由公司投资的电力项目?		村里是否有油公司和村级组织投资的电力项目?	
	Ols	Probit	Ols	Probit	Ols	Probit
其他因素						
村支书职业（1＝纯务农，0＝其他）	−0.04	−0.12	−0.02	−0.08	−0.01	−0.04
	(1.62)	(1.60)	(1.05)	(1.13)	(0.56)	(0.62)
村支书教育程度/年	0.001	−0.001	0.001	0.005	−0.001	−0.002
	(0.15)	(0.07)	(0.35)	(0.39)	(0.19)	(0.16)
1997 年村人均债务/元	0.000 03	0.000 09	−0.000 01	−0.000 01	0.000 04	0.000 09
	(1.12)	(1.05)	(0.27)	(0.04)	(1.36)	(1.19)
村内用电人数比例/%	0.07	0.18	0.08	0.26	−0.01	−0.02
	(1.38)	(1.15)	(1.58)	(1.51)	(0.19)	(0.13)
常数项	0.76	0.85	0.42	−0.26	0.34	−0.41
	(8.11)***	(2.87)***	(4.49)***	(0.87)	(3.57)***	(1.43)
观测值	2 459	2 459	2 459	2 459	2 459	2 459
R^2	0.09		0.13		0.18	

资料来源：作者调查。

在多元分析中，研究还发现许多其他和描述性分析基本一致的结果。比如，如果一个村有少数民族人口，那么这个村有可能获得更多的电力项目，而且这些项目主要是完全由企业来融资的（表 17，第 3 行）。对于有较多山区的村庄，它们获得电力项目的可能性较小，可能的原因是在山区农村是时代能力项目需要更多的投资、成本较高，同时也需要难度更高的技术。

研究还发现，企业在实施农村电力项目时还会考虑一些其他的因素，得出了一些有趣的结论。由于电力企业面临着为更多的农村居民提供标准化的电力服务的义务，因此电力企业在考虑电力项目时更愿意将项目安排在农村人口更多的村庄，也就是人口较多的农村获得电力项目的可能性更高（表 17，第 7 行）。虽然非正式的社会关系在我国非常重要，但是调查结果表明非正式的关系对于农村电力项目的实施没有任何显著的作用（表 17，第 14 行）。

是否其他的企业和电力企业在实施农村电力项目时会采取同样的投资策略呢？为了验证这一点，我们使用相同的方法分析电信企业在农村的投资行为。分析结果表明和电力企业一样，电信企业也面临着相似的任务，也就是为全国农村提供相同的电信服务，也就是电话村村通工程。也就是说，电信企业和电力企业一样，面临着利润最大化和完成国家任务的双重压力。因此，电力企业和电信企业在实施投资策略时存在许多的相似性。例如，电信企业也不是简单地实施扶持和资助贫困地区的投资策略；虽然少数民族村获得电信项目的可能性较大，在山区农村获得电信项目的可能性还是较小（表18）。一个值得注意的情况是，由于电信项目的特殊性，如果一个村已经通了电话，那么这个村短期内就不再可能实施其他的电信项目，研究结果也证明了这一点（表18，第21行）。以上的研究结果表明，由于企业特别是国有企业在实施投资项目时面临利润最大化和政府任务的双重压力，因此它们的投资策略既会考虑企业的利润，也会顾及政府任务的实现。

表 18　1998～2003 年农村电信项目实施的决定因素分析

项　目	村里是否有电力项目？		村里是否有完全由公司投资的电力项目？		村里是否有油公司和村级组织投资的电力项目？	
	Ols	Probit	Ols	Probit	Ols	Probit
目标要素						
净人均纯收入（1997年）	0.000 1	0.000 4	0.000 02	0.000 2	0.000 1	0.000 3
	(2.53)**	(3.27)***	(0.90)	(1.71)*	(2.22)**	(2.31)**
净人均纯收入平方（1997年）	-2×10^{-8}	-1×10^{-7}	-1×10^{-8}	-8×10^{-8}	-9×10^{-9}	-5×10^{-8}
	(3.43)***	(3.81)***	(2.50)**	(2.61)***	(1.66)*	(1.71)*
村里是否有少数民族？（是=1，否=0）	0.05	0.15	0.05	0.16	0.001	0.01
	(2.14)**	(2.22)**	(2.47)**	(2.16)**	(0.06)	(0.18)
山区（坡度25度以上）面积比例	−0.002	−0.006	−0.001	−0.004	−0.001	−0.004
	(5.66)***	(5.47)***	(3.27)***	(2.60)***	(3.64)***	(3.17)***
村委会到乡镇政府距离/千米	−0.001	−0.002	−0.001	−0.002	−0.000 3	−0.001
	(0.54)	(0.45)	(0.43)	(0.23)	(0.22)	(0.14)
村委会到最近道路距离/千米	−0.001	−0.002	−0.000 3	−0.004	−0.000 5	−0.001
	(0.90)	(0.76)	(0.46)	(1.16)	(0.65)	(0.49)
村总人口（1997年）/人	0.000 04	0.000 1	0.000 03	0.000 1	0.000 01	0.000 03
	(2.81)***	(2.82)***	(2.59)***	(2.39)**	(0.77)	(0.76)
村里最远两个小组间距离/千米	−0.000 4	−0.004	−0.000 2	−0.001	−0.000 1	−0.009
	(0.70)	(0.38)	(0.53)	(0.37)	(0.33)	(0.76)
入要素						
村内集体企业个数	−0.005	−0.01	−0.003	−0.007	−0.002	−0.02
	(0.67)	(0.54)	(0.43)	(0.33)	(0.39)	(0.50)
自营工商业户数比例	−0.001	−0.004	−0.002	−0.008	0.001	0.002
	(1.00)	(1.07)	(1.76)*	(1.86)*	(0.61)	(0.51)
劳动力中在外打工的比例	−0.002	−0.006	−0.001	−0.005	−0.001	−0.004
	(2.49)**	(2.64)***	(1.37)	(1.83)*	(1.68)*	(1.75)*
人均土地面积/亩	−0.01	−0.03	−0.02	−0.10	0.004	0.01
	(2.43)**	(2.20)**	(3.67)***	(4.15)***	(0.85)	(0.95)
田中有效灌溉比例	−0.001	−0.003	−0.001	−0.002	−0.001	−0.002
	(3.02)***	(3.09)***	(1.72)*	(2.11)**	(1.97)**	(1.88)*

续表

项　目	村里是否有电力项目？		村里是否有完全由公司投资的电力项目？		村里是否有油公司和村级组织投资的电力项目？	
	Ols	Probit	Ols	Probit	Ols	Probit
其他因素						
村里在乡镇级以上单位当干部人数/人	−0.001	−0.003	−0.002	−0.006	0.001	0.003
	(0.79)	(0.75)	(1.52)	(1.30)	(0.63)	(0.77)
1998 年村主任是否换了（1＝是，0＝否）	0.05	0.14	0.06	0.18	−0.01	−0.03
	(1.90)*	(1.88)*	(2.46)**	(2.17)**	(0.23)	(0.35)
村主任职业（1＝纯务农，0＝其他）	−0.01	−0.04	−0.02	−0.09	0.005	0.01
	(0.60)	(0.64)	(0.93)	(1.19)	(0.24)	(0.12)
村主任教育程度/年	0.003	0.008	0.003	0.011	−0.000 2	−0.000 01
	(0.65)	(0.64)	(0.82)	(0.79)	(0.05)	(0.00)
村支书职业（1＝纯务农，0＝其他）	0.000 04	−0.005	0.01	0.03	−0.01	−0.02
	(0.00)	(0.07)	(0.32)	(0.35)	(0.34)	(0.23)
村支书教育程度/年	0.002	0.006	0.003	0.011	−0.000 5	0.000 3
	(0.56)	(0.56)	(0.79)	(0.87)	(0.14)	(0.02)
1997 年村人均债务/元	−0.000 01	−0.000 03	−0.000 03	−0.000 1	0.000 02	0.000 06
	(0.41)	(0.37)	(1.25)	(1.17)	(0.81)	(0.81)
农户有电话比例/%	−0.40	−1.05	−0.22	−0.82	−0.18	−0.69
	(6.23)***	(6.05)***	(4.12)***	(4.09)***	(3.46)***	(3.25)***
常数项	0.59	0.18	0.47	−0.03	0.12	−1.26
	(6.70)***	(0.74)	(6.27)***	(0.10)	(1.76)*	(4.39)***
观测值	2 459	2 459	2 459	2 459	2 459	2 459
R^2	0.08		0.19		0.13	

资料来源：作者调查。

　　企业的这种投资策略和投资行为能否构成农村公共投资的一个有益补充？换句话说，企业参与提供的项目和企业没有参与的其他公共项目的投资策略是否存在差异，如果存在差异，这种差异是否可以通过政府的一些介入来消除？研究结果显示，对于企业没有参与的公共项目投资而言，贫困的、少数民族地区和山区获得较多的公共投资项目（表 19，第 1、2 行）。即使考虑这些企业没有参与项目的投资来源，研究结果也同样成立。也就是说，贫困村获得企业没有参与的公共投资项目的机会更大（表 20，第 1、2 行），少数民族地区和山区农村获得更多的公共投资项目（表 19 和表 20，第 3、4 行）。也就是说，要让企业在贫穷、人口较少的偏远山区提供更多的项目，需要政府提供更多的激励措施。

表 19　1998～2003 年企业未参与公共项目投资决策因素分析

项　目	企业未参与公共投资项目数	
	Ols	Tobit
目标要素		
净人均纯收入（1997 年）	−0.000 1	−0.000 1
	(0.90)	(0.86)
净人均纯收入平方（1997 年）	2.4×10^{-8}	2.4×10^{-8}
	(1.02)	(0.99)
村里是否有少数民族?（是＝1，否＝0）	0.11	0.11
	(1.20)	(1.13)
山区（坡度 25 度以上）面积比例	0.003	0.003
	(1.65)*	(1.77)*
村委会到乡镇政府距离/千米	−0.006	−0.009
	(0.83)	(1.20)
村委会到最近道路距离/千米	−0.007	−0.008
	(2.39)**	(2.55)**
村总人口（1997 年）/人	0.000 2	0.000 2
	(4.35)***	(4.50)***
村里最远两个小组间距离/千米	−0.001	−0.001
	(0.78)	(0.68)
需求要素		
村内集体企业个数	0.07	0.07
	(2.80)***	(2.71)***
自营工商业户数比例	0.02	0.02
	(3.06)***	(2.99)***
劳动力中在外打工的比例	−0.008	−0.008
	(2.66)***	(2.55)**
人均土地面积/亩	−0.03	−0.03
	(1.51)	(1.50)
耕地中有效灌溉比例	−0.006	−0.007
	(4.67)***	(4.93)***
其他因素		
村里在乡镇级以上单位当干部人数/人	0.018	0.019
	(3.57)***	(3.59)***
1998 年村主任是否换了（1＝是，0＝否）	0.11	0.13
	(1.08)	(1.18)
村主任职业（1＝纯务农，0＝其他）	−0.08	−0.10
	(0.95)	(1.12)
村主任教育程度/年	−0.02	−0.02
	(0.96)	(0.95)
村支书职业（1＝纯务农，0＝其他）	−0.08	−0.08
	(0.90)	(0.78)
村支书教育程度/年	−0.001	−0.001
	(0.05)	(0.08)
1997 年村人均债务/元	0.000 1	0.000 1
	(1.36)	(1.39)

续表

项　目	企业未参与公共投资项目数	
	Ols	Tobit
常数项	3.59	3.60
	(11.44)***	(10.98)***
观测值	2 459	2 459
R^2	0.11	

资料来源：作者调查。

表 20　1998～2003 年企业未参与公共项目投资决策因素分析（不同融资来源）

项　目	完全由政府提供的投资项目数		由政府和村级组织共同提供的投资项目数		完全由村级组织提供的投资项目数	
	Ols	Tobit	Ols	Tobit	Ols	Tobit
目标要素						
净人均纯收入（1997年）	−0.000 2	−0.000 2	−0.000 2	−0.000 2	0.000 2	0.000 4
	(2.18)**	(1.63)	(2.31)**	(2.04)**	(2.87)***	(2.92)***
净人均纯收入平方（1997年）	1.1×10^{-8}	-1.3×10^{-9}	-2.7×10^{-9}	-9.7×10^{-9}	1.6×10^{-8}	1.0×10^{-8}
	(0.76)	(0.04)	(0.17)	(0.39)	(0.97)	(0.36)
村里是否有少数民族?（是=1，否=0）	0.10	0.15	0.05	0.07	−0.04	−0.09
	(1.89)*	(1.64)	(0.80)	(0.78)	(0.72)	(0.80)
山区（坡度25度以上）面积比例	0.003	0.006	0.000 2	0.001	−0.001	−0.003
	(3.63)***	(4.16)***	(0.23)	(0.49)	(1.05)	(1.41)
村委会到乡镇政府距离/千米	−0.008	−0.01	0.003	0.005	−0.000 3	0.004
	(1.94)*	(1.50)	(0.58)	(0.69)	(0.06)	(0.39)
村委会到最近道路距离/千米	0.000 1	−0.001	−0.001	−0.001	−0.007	−0.020
	(0.05)	(0.42)	(0.26)	(0.33)	(3.26)***	(4.18)***
村总人口（1997年）/人	0.000 06	0.000 1	0.000 09	0.000 1	0.000 05	0.000 06
	(2.10)**	(3.04)***	(2.86)***	(2.68)***	(1.66)*	(1.05)
村里最远两个小组间距离/千米	−0.000 3	−0.001	−0.001	−0.002	−0.000 5	−0.000 4
	(0.28)	(0.50)	(0.49)	(0.74)	(0.39)	(0.18)
需求要素						
村内集体企业个数	−0.004	−0.01	0.002	0.01	0.08	0.09
	(0.23)	(0.25)	(0.12)	(0.42)	(4.14)***	(3.05)***
自营工商业户数比例	0.001	−0.001	0.003	0.005	0.01	0.02
	(0.21)	(0.15)	(0.82)	(1.06)	(3.46)***	(2.57)**

续表

项　目	完全由政府提供的投资项目数		由政府和村级组织共同提供的投资项目数		完全由村级组织提供的投资项目数	
	Ols	Tobit	Ols	Tobit	Ols	Tobit
需求要素						
劳动力中在外打工的比例	−0.003	−0.006	0.002	0.003	−0.007	−0.01
	(1.89)*	(1.99)**	(1.25)	(1.18)	(3.40)***	(3.42)***
人均土地面积/亩	0.01	0.01	−0.004	−0.01	−0.03	−0.11
	(0.56)	(0.41)	(0.29)	(0.32)	(2.40)**	(3.40)***
耕地中有效灌溉比例	−0.005	−0.008	−0.000 4	−0.001	−0.001	−0.002
	(5.56)***	(5.96)***	(0.40)	(0.39)	(1.44)	(1.26)
其他因素						
村里在乡镇级以上单位当干部人数/人	0.006	0.009	0.012	0.017	0.000 2	0.002
	(1.91)*	(1.66)*	(3.54)***	(3.50)***	(0.04)	(0.30)
1998 年村主任是否换了(1=是,0=否)	0.09	0.13	0.13	0.22	−0.11	−0.15
	(1.39)	(1.17)	(1.96)*	(2.14)**	(1.56)	(1.13)
村主任职业(1=纯务农,0=其他)	0.05	0.09	−0.10	−0.18	−0.04	−0.08
	(0.90)	(0.93)	(1.63)	(2.09)**	(0.59)	(0.66)
村主任教育程度/年	−0.02	−0.03	−0.02	−0.02	0.02	0.05
	(1.98)**	(1.91)*	(1.75)*	(1.43)	(2.07)**	(2.23)**
村支书职业(1=纯务农,0=其他)	−0.06	−0.08	0.03	0.08	−0.06	−0.06
	(1.02)	(0.87)	(0.55)	(0.85)	(0.93)	(0.51)
村支书教育程度/年	−0.007	−0.008	−0.008	−0.014	0.014	0.021
	(0.69)	(0.50)	(0.76)	(0.92)	(1.29)	(1.03)
1997 年村人均债务/元	0.000 002	0.000 02	0.000 03	0.000 04	0.000 2	0.000 2
	0.00	(0.20)	(0.45)	(0.35)	(2.40)**	(1.99)**
常数项	1.31	0.90	1.85	1.75	0.43	−0.57
	(6.79)***	(2.74)***	(8.81)***	(5.64)***	(1.99)**	(1.39)
观测值	2 459	2 459	2 459	2 459	2 459	2 459
R^2	0.15		0.12		0.16	

资料来源:作者调查。

比较企业参与提供的电力和电信项目与企业未参与的提供的其他公共投资项目的投资策略,研究还发现在有较多工商业活动的村户有较多的其他公共投资活动,然而工商业活动与村里是否有电力和电信项目没有显著的关系(表 19,第9、10 行)。从投资来源可以看出,导致这一现象出现的原因是在工商业活动较多的村有较多的企业不参与的完全由村级组织提供的公共投资(表 19,第9、10 行)。对于完全由上级政府投资的公共服务而言,非正式的社会关系是重要的,在有较多人在外面当干部的村会获得较多的上级政府投资项目（表 19 和表 20，第 14 列）。

（五）研究小结

本研究使用具有全国代表性的资料比较了企业参与提供的投资（如农村电力和电信项目）与企业没有参与的其他公共项目的投资策略。研究结果表明，从投资项目数看大约 27％的项目（也就是农村电力和电信项目）主要是由国有企业提供的。而从项目投资金额看，农村电力和电信项目的投资金额占总投资金额的 32％左右。这意味着在我国农村，企业特别是国有企业在农村公共投资中发挥了巨大的作用，同时随着我国经济的发展和转型，企业投资在我国未来的农村公共投资中还将继续发挥更大的作用。

在分析企业在农村公共服务投资的作用时，我们还注意到作为一个追求利润最大化的组织，在提供农村公共投资项目时存在着一些有别于政府公共投资行为的特征。比如，与企业未参与的由各级政府提供的其他公共投资不同，较贫困村并未获得更多的关注和资助。由于技术、成本和收益的考量，企业也不太愿意为山区农村提供更多的电力和电信投资。虽然非正式的社会关系在获取各级政府的公共投资项目时有显著作用，但企业在提供农村电力和电信项目时并未受到太多的这种影响。

研究结果还表明，虽然调查时期内企业在投资农村电力和电信项目时并没有太多地关注扶持和资助贫困的山区农村，但这些潜在的问题也可以通过一些必要的手段加以克服。由于企业在提供农村电力和电信项目时还面临着村村通电力和村村通电话等约束，因此随着时间的推移，投资于贫困山区的电力和电信项目呈现增加的趋势。同时，企业在提供农村电力和电信项目时也会考虑和照顾少数民族地区的需要。以上分析结果表明，如果辅之以恰当的政策目标和相应的约束，企业（特别是国有企业）在为农村提供公共投资项目和促进社会主义新农村建设中必将发挥更大的作用。

四、"纯公共物品"投资项目决策的另一个关注因素：如何反映当地农民的需求

（一）引言

长期以来，我国农村公共产品的供给主要依靠制度外供给，农民承担了供给当地公共产品的主要责任。但农民作为供给的主体，却并不一定是决策的主体。制度外公共产品的供给，主要不是由乡、村社区内部的需求决定，而是由社区外部的指令决定，如乡级以上政府和部门下达的各种达标任务、升级活动等。因此，各界对当前我国农村公共产品的供给是否反映了当地居民对公共产品的需求

批评很多，认为自上而下的公共产品供给严重偏离了农民的需求，政府官员偏好的公共产品，如"政绩工程"，总是被过度投资，而农民需要的公共产品，如灌溉等基础设施，却严重投资不足。上级政府官员和地方领导是否能够将公共投资用到村民最需要的公共项目上依旧是一个问题。

尽管对我国农村公共投资是否反映了农民需求的批评很多，实证研究却非常有限。目前的实证研究可以分为两个方面：一是了解当前农民需要什么样的公共产品和农民对公共产品的投资意愿；二是分析影响我国农村公共产品投资的因素，如张林秀等学者通过一项具有全国代表性的样本分析了我国农村公共物品供给的地域分布和公共物品供给的决定因素，罗仁福（2006）探讨了直接选举村主任和税费改革对村级公共产品供给的影响，Tsai（2007）考察了非正式的制度对中国农村地方公共产品供给的作用。但就我们所知，目前没有一项研究在微观层次上检验了当前农村公共物品的供给是否反映了当地农民对公共产品的需求。

在此，将利用我们对江苏、四川、陕西、吉林和河北5省101个村的跟踪调查数据检验村级公共产品的供给是否反映了村民对公共物品的需求。

对101个村的跟踪调查数据是本分析的核心。第一次调查于2003年9月在中国6个省2459个村展开，关于此次调查的详细资料前面已有描述。2005年春天，我们再次访问了2003年调查中的5个省（江苏、四川、陕西、吉林和河北）的101个村。除了调查村内的公共投资情况和村基本信息外（村干部问卷），此次调查在每个村完成了8户农户调查问卷。也就是说，我们的样本包括101个村干部和808个农户。但在本文的分析中，为了比较普通村民与村干部对公共产品投资的需求差异，我们将剔除家中有人当村干部的农户样本。因此，我们实际使用的农户调查样本是747个。2006年底，我们又回访了这101个村的村干部（村主任、村支书或村会计），详细了解了该村在2005～2006年的公共投资信息，包括项目类型、实施目的、开始时间、投资总额、村里出资的金额、项目的受益范围、资金来源等。为此，本研究利用了前面所描述的第一、二和三套数据资料。

利用2005～2006年的公共投资数据，我们不仅可以描述村内公共项目的投资规模、投资方向和资金来源，更重要的是，我们能够利用2005年初调查的村民和村干部的投资需求信息和2005～2006年的村级公共投资信息建立村级公共投资与村民需求之间的联系。2005年春季调查时，问卷设计者在农户问卷和村干部问卷中都包含了两个了解村民对公共产品投资意愿的问题：①村里如果现有5万元，你觉得在列出的项目中进行投资的优先顺序是什么？被访者排序时给出的数字越大，表示被访者认为此类公共项目的公共投资越不重要；②村里如果需要每人集资20元来作所列的项目，你是否愿意出资？（1＝是，2＝否）。两个问题所涉及的公共物品主要是道路、学校、诊所、饮用水和灌溉。此外，在村干部问卷访谈中还包括了生活垃圾处理。由于被访者对第二个问题的回答很容易受到问卷中设定的出资金额的影响，因此本文中将只使用通过第一个问题得到的村民对公共产品的投资排序描述村民对公共产品的投资需求。也就是说，本文对公共投资的讨论将集中在各村对道路、学校、诊所、饮用水和灌溉五类公共产品的投资。

2004 年，样本村人均纯收入 2608.47 元，人口 1412 人，6.20％的农户主要从事工商业。截至 2004 年底，101 个村中仅有 1 个村不是通过无记名投票或直接选举产生村委会主任。但是，2004 年底各村公共物品的存量在地区之间存在很大的差异（表 21）。在江苏省，90％的样本村至少有一条柏油路穿过本村，而在陕西这一比例只有 40％。在江苏，穿过样本村的柏油路的等级大多数是村级道路或组级道路（77.78％），但在陕西，在穿过样本村的柏油路中只有 25％属于村级或组级柏油路。在江苏，由于学校合并，55％的村在村内都没有小学，但在陕西和河北，80％的村都在村内有自己的村小学。101 个村中，有 54 个村饮用水的主要类型是自来水，40 个村是井水。样本村的平均有效灌溉比例为 53.38％，但有 14 个村没有任何灌溉条件，其中 9个在陕西省。

表 21　2004 年底各省样本村公共物品存量（单位：％）

省　份	至少有一条柏油或水泥路通过该村的比例	村内有小学的比例	村内至少有一个诊所的比例	使用自来水的农户比例	平均有效灌溉面积比例
江苏	90.00	45.00	90.00	88.47	84.23
四川	50.00	65.00	90.00	26.46	56.48
陕西	40.00	90.00	80.00	55.83	17.37
吉林	66.67	61.90	95.24	20.46	32.70
河北	70.00	80.00	90.00	79.91	76.36
平均	63.67	68.32	89.11	53.89	53.58

资料来源：2005 年初作者调查。

（二）地方需求与公共产品供给

1. 2005～2006 年样本村公共投资情况

2005～2006 年，101 个样本村用于公共项目建设的资金达 5456 万，共实施公共项目 192 个，涉及 17 种公共产品，但与前期相比，项目的投资呈现出集中化的趋势。张林秀（2005c）表明，在 1998～2003 年 80％的项目是为了修建 6 类公共产品，但在 2005～2006 年，80％的项目是为了修建道路、灌溉设施、饮水设施和活动中心这四类公共项目，约占投资总额的 68.63%。在过去两年里，大部分村庄实施了 1～2 个公共项目，但有 14 个村没有任何项目。其中，道路、学校、诊所、饮用水和灌溉项目有 144 个，占项目总数的 3/4，占总投资的 68.41%。数据还显示，项目的平均规模比前一阶段显著增加，尤其是饮水项目，其平均规模比前期增长了 220.50%，但是义务工在总投资中所占的比重有所下降（表 22）。

表 22　2005～2006 年样本村实施的公共项目数量和规模
（以 1998 年固定资产投资价格为不变价）

项　目	项目数量/个	项目平均规模/千元		包括义务工投入的项目平均规模/千元	
	2005～2006 年	2005～2006 年	1998～2004 年	2005～2006 年	1998～2004 年
道路	80	298.07	202.33	321.29	218.39
灌溉设施	32	107.71	65.72	117.70	80.00
饮水设施	25	264.83	82.63	270.04	96.64
活动中心	16	63.59	43.02	63.64	45.77
公益林建设	7	26.44	31.04	49.82	40.47
学校	6	141.98	176.56	145.92	178.82
美化环境	6	78.99	54.90	78.99	59.14
"新农村"建设	5	916.44	—	916.44	—
排水设施	4	9.26	69.07	9.34	82.13
沼气	3	92.83	—	92.83	—
诊所	1	18.01	16.90	18.01	17.13
生活垃圾处理设施	1	29.53	25.21	29.53	25.21
土壤改良	1	18.13	99.35	18.13	113.93
修梯田	1	240.12	224.02	288.14	305.29
养老院	1	120.06	—	120.06	—
合计	189	220.98	126.24	234.44	139.58

注：在计算公共投资的平均规模时，我们排除了两类观察值：①投资规模大于 1 000 万元，在项目平均规模 5 倍的标准差之外的项目（我们样本中有两个这样的项目）；②缺少投资金额的信息。如果包括这样的项目，2005～2006 年的实际项目数应为 192 个。

资料来源：作者 2003 年、2005 年和 2006 年的三次调查。

　　调查数据还表明，政府在农村尤其是中西部地区的农村，公共投资中发挥的作用越来越大。除江苏省外，其他四省有上级政府部门资金参与的公共投资项目占总项目数的一半以上，在陕西省，这一比例超过 80%（表 23）。但与前期的研究相比，数据显示由上级政府部门单独资助的项目比例在近年迅速下降，而上级政府与村共同资助的公共项目比例大幅度增加。如果以出资比例来衡量，1998～2003 年上级政府出资占农村地区公共投资的 53%，到了 2005～2006 年，这一比例上升到 64.60%。也就是说，政府部门对农村地区的公共投资并不是大包大揽，更主要的是积极地起着一种引导的作用。例如，四川省政府通过"红层找水"项目对农民打饮水井给予适当的补助，数据显示四川省的样本村实施的饮水项目数量也明显多于其他省份的样本村（表23）。

表 23　2005～2006 年样本村实施的公共项目的资金来源

省　份	项目数量/个	完全有上级出资的项目比例/%	由上级政府部门和村共同出资的项目的比例/%	完全由村出资的项目的比例/%	合计/%
江苏	46	8.70	30.43	60.87	100.00
四川	53	11.32	62.26	26.42	100.00
陕西	41	21.95	60.98	17.07	100.00
吉林	21	0.00	66.67	33.33	100.00
河北	31	6.45	51.61	41.94	100.00
合计	192	10.94	53.13	35.94	100.00

资料来源：2006 年作者调查。

对道路、学校、诊所、饮用水和灌溉五类公共项目，各个省的样本村实施的项目类型重点不同（表24）。从项目数来看，江苏、吉林和河北样本村的投资结构类似，2005～2006 年实施的道路项目最多，其次是灌溉和饮用水。但是我们可以看到，陕西省农民投资最多的是道路，其次是学校和饮用水；道路项目在四川省的项目总数中所占的比重仅略高于饮用水和灌溉的数量。从投资金额看，与其他省相比，江苏省将更多的资金用于灌溉设施的投入，而陕西省和四川省的样本村更多地将资金分配到了饮水项目上（表25）。

表 24　2005～2006 年样本村五类公共项目的投资结构——项目数（单位：%）

省　份	道　路	学　校	诊　所	饮用水	灌　溉	合　计
江苏	64.52	0.00	0.00	16.13	19.35	100.00
四川	38.10	4.76	0.00	28.57	28.57	100.00
陕西	60.71	14.29	0.00	14.29	10.71	100.00
吉林	68.42	0.00	0.00	10.53	21.05	100.00
河北	58.33	0.00	4.17	8.33	29.17	100.00
合计	55.56	4.17	0.69	17.36	22.22	100.00

资料来源：2006 年作者调查。

表 25　2005～2006 年样本村五类公共项目的投资结构——投资金额（单位：%）

省　份	道　路	学　校	诊　所	饮用水	灌　溉	合　计
江苏	69.11	0.00	0.00	1.92	28.97	100.00
四川	70.87	1.30	0.00	20.51	7.32	100.00
陕西	46.72	8.79	0.00	38.99	5.50	100.00
吉林	80.91	0.00	0.00	11.69	7.40	100.00
河北	85.16	0.00	0.81	0.54	13.49	100.00
合计	68.42	2.47	0.05	19.16	9.90	100.00

资料来源：2006 年作者调查。

2. 公共物品的投资排序

2005 年农户调查问卷的两个问题中列出了投资最多且与农户生产生活密切相关的五类公共项目：道路、学校、诊所、饮用水和灌溉。农户调查数据显示，被访者给出的村公共投资项目的优先顺序依次是道路、学校、灌溉、饮用水和诊所（表 26）。但是，不同地区的农户对公共产品需求的排序有所不同。例如，江苏、四川和河北三省的农户把灌溉投资排在了第二位，而陕西省的被访者给出的优先序依次是学校、道路、饮用水、诊所、灌溉。吉林省将学校投资放在第二位，但是在江苏省和河北省，学校投资被排在第四位。关于各省对学校投资的排序差异的一个可能解释是学校合并后，一些村在村内没有自己的小学[①]；另一个可能的解释是投资教育的责任正在从村转向地方的上级政府部门，因此村民们投资学校建设的意愿弱化了。尽管一些样本村的医疗服务非常恶劣，但几乎所有的样本村都将投资诊所排在最后一位，最主要的原因是绝大部分村诊所都是私营的，这也表明公共产品的私人供给能够在一定程度上补充政府或集体供给的不足。

表 26　对 5 万元村公共投资的投资方向排序——将此类公共投资排在第一位的农户的比例（单位：%）

项 目	江 苏	四 川	陕 西	吉 林	河 北	总 计
道路	59.44	46.67	28.38	41.18	38.82	42.76
学校	7.69	11.33	32.43	20.92	16.45	17.83
诊所	4.90	8.00	6.76	8.50	3.95	6.43
饮用水	10.49	15.33	27.70	10.46	17.76	16.35
灌溉	18.18	20.00	6.08	18.95	23.03	17.29
总计	100.00	100.00	100.00	100.00	100.00	100.00

注：为了比较普通村民与村干部的需求差异，我们在统计农户对公共产品的投资排序和投资意愿时，将那些家里有人当村干部的被访农户排除在外（61 户），因此，分析中包括的农户数量为 747 户。

资料来源：2005 年初作者调查。

陈俊红等（2006）在研究北京市农村公共投资的优先序时发现，农民和专家给出的公共投资的优先顺序存在差异。由于职业不同，专家认为在农村地区应该最先投资农民终身教育，而农民认为最急需的投资是农村社会保障。在此我们将比较普通村民和村干部给出的村级公共投资的优先序（表 27）。尽管农户调查和村干部调查的数据都表明，在五类项目中，农民最优先考虑的是投资道路建设，最后考虑的投资诊所，但是与普通村民相比，大部分村干部对修建道路的热情高于普通村民，而他们对投资灌溉设施的积极性明显不及普通村民。

---

① 随着学龄儿童日益减少，为了整合优化教育资源，从 2001 年起一些地区的小学开始合并。

表 27 对 5 万元村公共投资的投资方向排序——来自不同样本的结论（单位：%）

项 目	道 路	学 校	诊 所	饮用水	灌 溉
农户调查	42.76	17.83	6.43	16.35	17.29
村干部调查	50.50	17.35	5.00	12.87	11.88

资料来源：2005 年初作者调查。

3. 地方需求与公共物品供给

综上所述，对我们所调查的五类公共项目，2005 年初农民给出的公共投资的优先序依次为道路、学校、灌溉、饮用水和诊所；2005～2006 年样本村实施最多的项目类型依次是道路、灌溉、饮用水、学校和诊所。尽管 2005～2006 年实际的投资活动与农民的投资意愿并不完全一致，但是调查数据显示两者之间存在显著的系统相关。69.31% 的村实际实施了村民排在前两位的公共物品，并且这些实施的项目中一半以上（58.87%）是由村内发起的，而不是来自上级政府部门的行政命令。在这五类公共项目中，55.56% 的项目是为了修建道路，占五类项目总投资的 68%。尽管修建灌溉设施的项目数比饮水项目多，但是投资额却远低于用于饮用水项目的投资。与低的需求相对应，2005～2006 年 101 个样本村只有河北省兴建了一个诊所。调查数据显示，不同地区的农户给出的公共产品投资的优先序不同，不同地区的公共投资也呈现出类似的差异。例如，陕西省的农民认为最需要投资的公共产品是学校，其次是道路、饮用水和诊所，最后是灌溉。事实上，2005～2006 年，陕西各村兴建最多的是道路项目，其次是学校和饮用水项目。但与位居第二的需求相对应，江苏、四川和河北省的样本村在灌溉上则投入较多。

简单描述统计显示，如果 2004 年底一个村使用自来水的农户比例越高，这个村在 2005～2006 年新建饮水项目的可能性越小、投资也越少。但是，公共物品存量低并不必然意味着在下一阶段这个村将会有更多的此类投资，很大程度上，这将取决于各类公共产品的属性。实际上，那些在 2004 年底有着较高的有效灌溉比例的村庄，2005～2006 年实施的灌溉项目更多。一方面，在有效灌溉比例较高的村庄，维护灌溉设施可能需要更多的投入；另一方面，不同地区的作物种植模式决定了一个地区对灌溉设施的需求。例如，在陕西，农民主要种植旱地作物，对灌溉的需求就不如江苏的农民强烈。

在研究中，我们更进一步地就农民投资的意愿进行了全面了解，问了被访的对象（村领导、村民和访谈小组），如果村里要修建相关设施他们是否愿意集资。表 28 显示了村民意愿体现的结果，从中可以看出虽然税费改革政策实施后，政府除了"一事一议"决策方式改变外，并不允许向农民过度集资，但大多数村民就兴建自己的公共基础设施项目集资的积极性不是很高，不同被访谈对象的比较结果也基于类似（表 29）。

表 28　愿意捐资 20 元投资公共建设的农户比例（单位:%）

省　份	道　路	学　校	诊　所	饮用水	灌　溉
江苏	97.89	78.87	76.76	85.92	90.85
四川	92.05	76.16	74.83	86.09	86.09
陕西	86.49	79.05	78.38	86.49	68.21
吉林	83.55	63.40	58.82	62.75	66.67
河北	92.76	89.47	72.37	92.76	91.45
合计	90.47	77.35	72.12	82.71	80.56

资料来源:作者 2005 年的调查。

表 29　你是否愿意捐资 20 元投资公共建设? ——来自不同样本的结论（单位:%）

项　目	道　路	学　校	诊　所	饮用水	灌　溉
农户调查	90.47	77.35	72.12	82.71	80.56
村干部调查	82.18	65.98	58.00	76.24	71.29
焦点小组	87.62	54.00	40.28	68.32	75.12

资料来源:作者 2005 年的调查。

(三) 农民需求与投资活动相关性分析

本小节中,我们利用简单的相关分析来了解村民的需求是否在实际投资活动中被体现出来。采用的方法是,首先了解 2005 年初村民对公共项目需求的排序,然后将排序在第一位的项目选择与 2005～2006 年实际实施项目作相关分析,看看实际的项目投资在多大程度上体现村民的需求意愿。我们分别对道路、饮用水和灌溉项目进行了分析。表 30 显示的是道路项目实施与村民需求的关系。

表 30　农村需求与项目实施——道路

2005～2006 年该村是否有道路项目?	2005 年初该村村民是否将投资道路排在公共建设的第一位?		合　计
	否	是	
否	12 个 (11.88%)	22 个 (21.78%)	34 个 (33.66%)
是	25 个 (24.75%)	42 个 (41.58%)	67 个 (66.34%)
合计	37 个 (36.63%)	64 个 (63.37%)	101 个 (100.00%)

2005 年初,有 64 个村的村民将道路投资排在公共建设的第一位,其中 42 个 (66.63%) 村在 2005～2006 年实施了道路项目;没有将道路投资排在公共建设第一位的 37 个村中,25 个 (67.57%) 村实施了道路项目。换言之,有 22 个村在 2005 年初有投资道路的需要,但是 2005～2006 年这些村的公共投资没有满足这一需要;而同时在 25 个没有将道路投资排在公共投资第一位的村却在 2005～

2006 年实施了道路项目。从表 30 可以看出，只有 54 个村的需求和投资是一一对应的（表 30 第 2 行第 2 列和第 3 行第 3 列）。也就是说，描述统计显示是否将道路投资排在公共建设的第一位与是否投资道路之间并没有明显的相关关系。

　　表 31 表示的是饮用水项目的关系。2005 年初，有 24 个村的村民将饮用水投资排在公共建设的第一位，其中有 12 个（50.00%）村在 2005～2006 年实施了饮用水项目；在没有将饮用水投资排在公共建设第一位的 77 个村中，13 个（16.88%）村实施了饮用水项目。换言之，有 12 个村在 2005 年初有投资饮用水的需求，但是 2005～2006 年这些村的公共投资没有满足这一需求；而同时在 13 个没有将饮用水投资排在投资的第一位的村却在 2005～2006 年实施了饮用水项目。但从总体来看，有 76 个村对饮用水的投资与其需求是一一对应的。

表 31　农村需求与项目实施——饮用水

2005～2006 年该村是否有饮用水项目?	2005 年初该村村民是否将投资饮用水排在公共建设的第一位?		合　计
	否	是	
否	64 个（63.37%）	12 个（11.88%）	76 个（75.25%）
是	13 个（12.87%）	12 个（11.88%）	25 个（24.75%）
合计	77 个（76.24%）	24 个（23.76%）	101 个（100.0%）

　　表 32 表示的是灌溉项目的需求与项目实施的关系。2005 年初，有 24 个村的村民将灌溉投资排在公共建设的第一位，其中 9 个（37.50%）村在 2005～2006 年实施了灌溉项目；在没有将灌溉投资排在公共建设第一位的 77 个村中，16 个（20.78%）村实施了灌溉项目。换句话说，101 个村中有 15 个村是有投资灌溉设施的需求但是没有供给，有 16 个村是没有需求但有供给，有 70 个村对灌溉项目的实施与其需求是一一对应的。

表 32　农村需求与项目实施——灌溉

2005～2006 年该村是否有灌溉项目?	2005 年初该村村民是否将投资灌溉设施在公共建设的第一位?		合　计
	否	是	
否	61 个（60.40%）	15 个（14.85%）	76 个（75.25%）
是	16 个（15.84%）	9 个（8.91%）	25 个（24.75%）
合计	77 个（76.24%）	24 个（23.76%）	101 个（100.0%）

（四）结论

　　农村公共投资是否反映了农村居民对公共产品的需求一直是各界非常关注的问题，当前我国正在大力进行社会主义新农村建设，各级政府正逐年加大对农村地区的投入。因此，回答这一问题十分必要。本文通过两次追踪调查的数据，利用我国 5 个省 101 个村的公共投资信息考察了当地居民对公共产品的投资需求对村级公共产品投资活动的影响。结果表明，村级饮用水设施和灌溉设施的投资活动反映了当地居民对这两类公共产品的需求，但是村民对道路的需求和村级道路投资并没有显著的影响。这也反映了我国政府目前采取的对农村地区道路、饮用水、灌溉等公共产品的投资策略。

值得关注的是，在我们近期对农村公共投资项目的调查资料分析中发现，道路投资占村各种投资的绝大多数（56％的项目和 68％的资金）。为此，我们提出在今后的项目投资决策中必须强调以需求为导向的投资决策。遗憾的是，由于资料的限制，本文未能深入分析村民通过什么渠道表达他们对公共产品的需求，但本文的研究无疑具有探索性的出发点。

第五节　新农村基础设施项目选择的优先序
——以村民意愿分析为例

一、引言

尽管中国目前投资的总体趋势是朝好的方向发展，但中国人口众多、人均耕地少、部分地区仍相当贫困的国情，还需要加大投入力度。实际上，与东亚国家在快速增长期相比，近年来中国政府在农村投入的人均水平还是相对较低的。《中共中央关于制定国民经济和社会发展第十一个五年规划的建议》中明确提出建设农村小康社会，指出建设社会主义新农村要"加大各级政府对农业和农村增加投入的力度，扩大公共财政覆盖农村的范围，强化政府对农村的公共服务"。社会主义新农村建设有望解决长期以来一直困扰社会各界所关注的农村农业长期投入严重不足的问题。但是，加大科技、资金投入数量和规模只是农村取得新进步的前提，如何保证财政资金的足额到位和使用效率，如何保证公共财政的投资效果，如何保证技术的适宜性，这些问题在 2000 年农村税费改革后乡村可用财力大幅下降的情况下愈显重要。

农业生产缺乏什么样的技术，需要什么样的公共基础设施建设，对于此，村民是最有发言权的，因此本文的目的是要帮助大家了解中国农村目前的投资状况、上级政府的投资取向、农民对过去投资是否满意、农民到底需要什么样的投资，以及农民希望投资什么。下面将利用我们在中国农村投资方面所获得的资料和信息，对上述问题作一个简明阐述。

本节分析数据仍然是前面介绍的中国科学院农业政策研究中心分别于 2003 年和 2005 年收集的关于中国农村生产和发展投资的两套数据。

在第二次对这 100 个村的调查中，除了前面讨论过的内容外，我们特别强调一些信息的收集，包括对村里基础设施建设的看法等许多问题。在讨论过程中，调查员对以下三个问题进行记录（并且进行编码整理）：是否满意本村公共物品的服务水平；如果村里获得 5 万元资金，赞成投资哪一类型项目；是否愿意为基础设施投资贡献力量（包括劳动和资本投入）。除了定量的信息之外，我们还记录了村民在讨论有关村子的环境和基础设施过程中的一些定性的反应。

二、农民对公共投资项目的评价以及农民对投资的意向

分析 2003 年调查数据，结果表明近年来我国政府加大了对农村的投资力度，目前中国农村公共投资主要用于公共物品的提供，包括道路、学校、灌溉以及环境保护等项目。同时，上级政府的公共物品投资，更多的是投向环境脆弱地区，这种投资策略有助于统筹区域发展，降低区域差异。

但这只是投资的去向，我们并不知道这些投资是否能够满足农民的需求。因此，下面将从农民的角度分析农民对投资项目的意愿情况。

这里将利用 2005 年追踪调查的数据来分析农民是如何看待目前村里正在实施的项目。由于投资项目的种类很多，为了便于分析，这里集中分析六种重要的投资项目，分别是道路、学校、灌溉水、饮用水、诊所和生活垃圾处理。同时我们也对村庄进行分类，可以分析不同类型村庄的需求情况和差异。这里把被调查的村庄划分为两类：环境脆弱的村庄和非环境脆弱的村庄。依据两种不同的定义，我们有两类不同的判断标准：一种依据村里平均土地坡度划分为山区和非山区；另一种是依据村里林地或草地所占比例的大小，分为林地和非林地两类。表 33 列出了根据两类判断标准得出的村子数量。数据显示，二者有很大部分是重叠的。在 1124 个山区村和 1227 个林地村中，有 830 个村既归于山区又归于林地。由于上述重复，因此主要以山区和非山区为标准。①

表 33　1998～2003 年环境敏感村的分布情况（单位：个）

以山地划分的环境脆弱指标	以草地和森林划分的环境脆弱指标		总　计
	不敏感	敏感	
不敏感	938	397	1 335
敏感	294	830	1 124
总计	1 232	1 227	2 459

注：我们使用两种标准来划分是否属于环境脆弱村。一个标准是看村里是否有草地或森林，另一个标准是看村里 20% 的土地坡度超过 25%，只要有一个回答是肯定的，那么就属于环境脆弱村。

资料来源：作者调查。

---

① 对所有村按山地和非山地分类制成的表格，我们同时也进行了按有无森林来分类处理，在绝大多数情况下，两者得出的结果是相似的。

首先，我们了解了农民对本村这几种项目的评价，即他们对这些项目的满意程度。其次，我们将分析如果给他们村 5 万元资金，在没有其他政府拨款的情况下，他们会如何支配使用这些钱。最后，如果为了实施上述项目需要每个农户集资，他们会把集资的钱投到哪里。

1. 村民对公共投资项目的满意程度分析

通过分析，发现农民对基础设施和环境的满意程度（表 34，第 1 列）与近期对基础设施的投资活动呈负相关关系。在抽样调查期间，尽管只有 9.93% 的村子有饮用水项目投资，但平均 58% 的村子的居民表示自己对饮水比较满意。在对男女分组的调查中，也得到相同的结果。满意程度排在第 2、3 位的分别是诊所（47%）和学校（35%）。

表 34　村民对公共投资项目的满意程度（单位:%）

项　目	所有的村		环境脆弱村		非环境脆弱村	
	满意	不满意	满意	不满意	满意	不满意
道路	29.5	56.5	28.3	58.7	30.6	54.6
学校	35.0	45.0	34.8	47.8	35.2	42.6
灌溉	26.5	59.5	7.6	81.5	42.6	40.7
饮用水	58.0	31.0	53.3	42.4	62.0	21.3
诊所	46.5	27.5	31.5	40.2	59.3	16.7
垃圾站	29.8	36.9	35.6	35.6	25.0	38.0

资料来源：2005 年的追踪调查。

调查结果显示，农民对于灌溉和道路的满意程度最低（表 34，第 1 列）。虽然从全国平均水平看，用于灌溉的投入要高于其他类型的农村基础设施投入，但仍有平均 59% 的受访者对他们的灌溉系统非常不满意。同样，虽然修路项目占了所有项目中的最高比例 20.21%，但 57% 的村民表示他们不太满意目前的道路建设。

对于公共服务的满意程度，环境敏感地区和非环境敏感地区农民回答有较大的差异（表 34，第 3、5 列）。例如，环境敏感地区农民对于饮用水满意的仅占 53%，而非环境敏感地区占 62%，要明显高于环境敏感地区农民的满意程度。如果进一步将村子划分为贫困与非贫困两组，74% 的贫困村和 53% 左右的非贫困村不满意道路。对灌溉设施不满的山区村民（占 82%）几乎是非山区村民（41%）的 2 倍。

大多数地方村民普遍不满意的一点是环境卫生问题，共有 37% 左右的村子表示对于垃圾处理的现状非常不满。平均 100 个村里，只有 5 个村子有垃圾收集站，许多人表示垃圾收集有待改进。而山区村里几乎就没有垃圾清理设施。

2. 农民对投资资金投向的优先次序

在分析农户对各项公共投资的满意程度时，尽管村民们对道路投资不太满意，但他们还是对投资修路最感兴趣（表 35，第 1 列）。分析调查数据表明，平均 55% 的受访者将投资道路建设放在首位。这也反映出农民对于目前的道路状况不满，期待改善的意愿。在性别分组调查中，男性对修路的赞成率要高于女性受访者。在全部由男性组成的调查对象中，55% 将修路排在第一位，在全部由女性组成的调查对象中，同样赞成修路排第一的有 49%（表 35，第 2、3 列），这个比例也不是很低。在环境敏感地区农民和非环境敏感地区农民的分组调查中，虽然环境敏感地区农民对道路状况更不满意，但把修路列在首位的比率却只有 52%，低于非环境敏感村 58% 的比率。而如果按照贫困与非贫困的分组看，贫困村农民虽然对道路状况不满，但把修路列在首位的比率却只有 43%，低于非贫困村 58% 的比率。

表 35　5 万元投资资金的意向调查（单位：%）

项　目	所有的村			环境脆弱村			非环境脆弱村		
	总体	男性	女性	总体	男性	女性	总体	男性	女性
道路	55.2	54.7	49.3	51.7	51.5	42.4	58.1	57.1	55.9
学校	10.5	13.3	11.5	13.8	16.0	16.0	8.0	11.4	7.4
灌溉	18.4	17.5	22.8	20.5	24.1	18.5	16.7	11.8	26.7
饮用水	23.8	23.4	27.8	30.0	28.6	37.0	18.9	19.4	18.5
诊所	2.5	0.0	0.0	0.0	0.0	0.0	4.5	0.0	0.0
垃圾站	3.1	5.8	2.4	2.0	0.05	0.0	3.8	6.3	4.2

资料来源：2005 年追踪调查数据。

支持对饮用水和灌溉进行投资的比率仅次于修路（分别是 24% 和 18%）。与印度的调查结果类似，女性比男性更热衷于对饮用水的投入。而环境敏感地区（山区）的农民将饮用水优先考虑的占 30%，远远高于非环境敏感地区（非山区）的 19%。

尽管略少于半数（45%）的村民对村里的学校不满意（见表 34，第 1 列），但愿意将 5 万元投资学校建设的却很低，只有 11%。可能原因之一是近些年用于学校建设的资金来源发生了变化，村民们将修建学校的职责归于政府。在资源相对稀缺的情况下，农民似乎更愿意将他们的资金投到那些自己可以控制但同时需要自己有能力参与的项目上。调查结果显示，没有一个村将诊所建设放在投资首位。

同样，对于把垃圾站建设放在投资首位的农民的比例也很低。可能是由于垃圾站涉及环境的问题，这也是农民无法控制的，而且对农民本身不会产生多大的利益，因此，农民也不热衷于对垃圾站的进行投资。

3. 农民对需要自己集资兴建的项目的优先排序

前面是当村里面有 5 万元资金时，农民希望投资的意向。但如果需要农民自已出资来兴建项目时，农民会有什么样的投资意向？是否会得到与表 35 中一致的结果呢？表 36 是当农民自己出资时最愿意投资兴建的项目意向统计。

表 36　农民自己集资资金的投资意向调查（单位：%）

项　目	所有的村			环境敏感			环境不敏感村		
	总体	男性	女性	总体	男性	女性	总体	男性	女性
道路	57.6	58.8	54.2	55.6	59.4	44.8	59.3	58.3	63.3
学校	6.4	6.5	9.1	5.2	4.2	9.5	7.7	9.1	8.3
灌溉	23.7	21.3	25.0	20.9	22.2	20.8	25.9	20.6	28.6
饮用水	28.3	26.9	33.3	37.3	36.4	45.8	21.5	20.0	23.3
诊所	6.5	8.7	0.0	3.1	7.7	0.0	10.0	10.0	0.0
垃圾站	7.4	11.1	4.2	0.0	0.0	0.0	12.5	18.8	7.7

资料来源：根据作者 2005 年调查数据整理。

表 36 的结果表明，如果农民自己出钱投资，其最愿意投资的也是道路，有 58% 的农民把对道路的投资排在第一位，这与对村里投资的意向是一致的。这也反映出农民不但希望村里能出钱修路，同时如果需要自己集资，那么自己也是愿意出钱修路的，说明道路对他们是一项很重要的投资意愿，可能也是制约农村发展的一个方面，也反映了"要想富，先修路"的提法。

而对于灌溉和饮用水的投资的比例也是仅次于对道路投资的需求。对于学校、诊所和垃圾站投资的意愿都很低，均不超过 10%。但是，从总体趋势上看，农民对自己出钱投资与由村里面投资的投资意向基本一致。

4. 村民对项目满意度和投资优先序关系讨论

通过上述的分析可以发现，虽然村民对相应的道路和灌溉的满意程度是最低的，但农民对修路和灌溉的投入意愿却高于其他投入。农民之所以对道路如此不满，部分原因是因为他们对于道路的资金投入要远高于其他项目。最近 5 年，在对 100 个村子的追踪调查中，已经修建了 150 多条路。如果村民对这些项目的结果真的不满意，他们就不会把修路排在首位了。目前无论男女，赞成修路排第一位的与反对者的比率仍超过 2 : 1。最起码，他们对近年来完成的道路建设还是比较满意的，而且仍然愿意投资于道路建设。

尽管如此，仍然有不少问题有待改进。许多人在承认道路状况有所改善的同时，也提出了许多问题。大多数情况是：农民对新修道路的维护不满意，在有些地方，农民抱怨交付了维修费，但道路状况却不断恶化，也就是说道路没有得到维护（这些涉及公共投资物品的质量问题，由于文章的篇幅有限，这里不再详细叙述）。虽然存在诸多问题，农民们仍将它排在首位，这也从侧面反映了道路的重要性。

调查数据表明，农民对优先发展灌溉不太满意，超过 60% 的村民不满意，只有不到 20% 的村民仍将灌溉放在首位。这种现象从村民的评论中可以找到答案，村民觉得道路条件越来越好了，而灌溉系统却正在不断退化（也就是说它们没有得到充分的维护）。在有些地方，农民认为在旧体制下领导体系和灌溉系统的维护比现在好得多。有些地方的农民认为水资源的退化，包括质量和数量，抵消了灌溉项目的成果。这在一个方面解释了为什么农民宁愿修路而不愿将发展灌溉排在前面的原因，也从某种程度上反映了农业的重要性正在下降的趋势。

至于对饮用水的投入，很重要的一点是必须考虑地区差异。虽然多数村民说他们对饮用水比较满意（到目前为止满意度要高于其他任何基础建设），但村民们仍然将其列在仅次于道路建设的第二位。但我们需要注意，在山地和非山地的结果是不一致的，将近 1/3 的支持投资饮用水的村都位于环境脆弱的地区。

与其他投资项目相比，村民们对于教育体系的不满最为强烈，因为许多村民对最近学校合并、集中进行基础教育的新政策有很大意见。与其他公共投入相比，更多的村民认为他们所在村子的学校状况在不断变糟。

村民们不满意有许多理由。有些人不满意是因为自己所在地的学校关门了，他们现在要么上镇里的学校，要么上邻村的学校，他们认为新学校离家太远了。尽管新校舍条件比以前优越，收费近些年也有所下降，但新的政策无形中增加了他们读书的成本，如校车费（如果有校车的话）、吃饭和住宿等。另外，由于路途遥远，最大的开销可能是家长（多数是妻子）必须接送孩子上下学。总之，村民们认为现在上学的费用比以前要高。

这并不否认有些学校的确是很好。许多学校经过整合后，各种教学设施和师资力量都得到提高，整体教学质量得到提高，集中基础教育学校所在村子的村民最为高兴。但是，在许多地方，尤其是在贫困地区和边远地区（环境脆弱的地区），这项政策在执行的同时也增加了成本，而教学质量却没有多少提升，甚至根本没有提升。因此，应该根据村里的不同情况采用不同的政策。

诊所在农村同样也是急需解决的问题。许多村民对诊所私人化和收费增加不满，许多村民认为医疗质量下降了。有的地方，支付卫生保健费用是越来越难了。

虽然，新农村建设要求达到"村容整洁"的要求，而垃圾站的建设也是一项重要的内容。但从农民个人的投资意愿看，无论是自己出资还是上面出资，把垃圾站的建设排在首位的比例都很低。一个可能是，对于农民来说有没有垃圾站对他们无所谓，也就是他们可以不需要垃圾站也可以处理掉垃圾，所以不愿出资。也可能是由于农民目前没有意识到环境问题的严重性，因此，也不会考虑投资。

三、小结

本节利用两套全新的、具有全国代表性的数据分析了农民对公共物品投资的满意程度以及农民的投资意向。通过调查农民意愿，我们发现，虽然农民对道路、灌溉的满意度最低，但农民对道路和灌溉的投资意愿却是很高的。而且农民对其日常非常需要的一些项目，如道路、灌溉和饮用水的投资意愿高于其他项目如学校、诊所和垃圾站等的投资。可以看出，农民更愿意投资于一些基本的基础设施，尤其是对与其生产和生活息息相关的项目。

农民对投资最不满意但投资意愿却相对很高的项目，说明目前政府在那些项目的投资还不能满足农民的需求，一方面可能是投资不足的原因，另一方面也可能是提供的公共物品质量难以满足农民的需求。因此，建设社会主义新农村，政府应当首先考虑农民最愿意投资的各种公共投资项目的需求，特别是对基础设施服务方面的投资需求（这些项目需要的资金大且有与生产和生活直接相关），尽量满足农民对这些项目的投资需求，这样可以为农民的生产和生活等方面提供良好的条件。同时，在满足数量的前提下，提高公共物品投资的质量。

另外，虽然农民对垃圾站等公共项目投资的意愿比较低，而且满意度也很低，但这些项目与社会主义新农村建设的目标关系密切，也是需要进行投资的（政府和农民自己）。因此，政府部门应当分析什么因素影响农民对这些项目的投资需求，从而采取适当的措施实现新农村建设的目标。

第六节　机遇与挑战以及相关政策建议

1. 发展机遇

毋庸置疑，当前的宏观政策环境对促进农村基础设施的改善提供了非常有利的前提条件。在本研究中我们发现，在过去几年中农村基础设施项目发展非常迅速。同时，在从不同的侧面利用不同的数据资料对新农村基础设施项目的选择决策机制作了系统的分析后发现：

（1）政府的投资重点是明显偏向与贫困地区和自然条件不好的地区，这种健康的发展模式有利于更加快速和有效地缩小城乡差距和区域差距。

（2）除政府是农村基础设施项目的投资主体外，农村居民所作的贡献也不可忽视，这体现出中国农村基础公共设施投资的分权性质。

（3）企业在提供农村公共物品的作用也越来越大，而且也越来越注重贫困地区和边远山区，这为进一步调动社会力量促进农村社会经济快速发展提供了有益的方向。

（4）虽然农村税费改革以后对村民集资有很严格的限制，但是大多数村民对兴办公益项目的热情还是相当高的，这为今后扩大融资渠道等提供了潜在的便利。

（5）有效的治理方式可以保障将有限的资源更多地用于公共投资项目。

2. 挑战

在为当前新农村基础设施建设改善趋势感到欣慰的同时，我们不得不思考一些分析中发现的问题：

（1）虽然在过去几年农村基础设施项目投资增加很快，但是与其他发达国家在其经济起飞阶段的投资相比，中国仍然有很长的路要走。

（2）项目实施的目的是为了满足村民对项目的需求，但在分析中发现仍然在很大程度上农民需求无法得到体现。

（3）更为严重的是，农村税费改革政策的实施对农村基层融资形成了很强的限制，虽然上级投资的比例在增加，但是村级自己的贡献在税费改革以后显著减少。农业税减免以后的情况更加令人担忧。有些村已经完全是空架子，但是政府对农村基础建设投资配套的政策并没有改变，这就使得一些村集体自有资金不足的地方举步难行。例如，虽然国家有公路"村村通"的要求，但是很多地方无法实现。因为"村村通"仍然要求村里给予48％的配套资金，这对没有任何集体企业的村庄来说是根本不可能的。

（4）税费改革对义务工采取了严格的限制措施，有些地方虽然路修成了，灌溉设施建立了，但是并没有后续的资金对其进行维护，从而降低了这些设施的使用效果。

（5）农村由于受政策的大环境影响，以"一事一议"来解决融资问题已相当困难。老百姓现在的说法是：连政府都发钱给我们种地，为什么还要收费建农村基础设施？

3. 政策建议

根据以上的分析，本研究提出以下几条政策建议：

（1）进一步加大政府对基础设施项目的投资力度。前面提到，中国农村基础设施项目投资在融资方面是极度分权的，但是农村村集体在新的制度和政策环境下的融资渠道变得越来越窄，新的农村基础设施建设必须以政府为主导。

（2）政府投资农村基础设施项目时要因地制宜，对一些发达地区和地方有经济实力的地区要尽量鼓励地方多投入，而对贫困地区则以政府投入为主。

（3）在以政府为主导的同时，要为企业投身于农村基础设施建设提供有利环境和政策引导及鼓励。在调查的样本中，虽然我们看到的大多数有企业参与建设的基础设施项目是电力和通信，但是，目前也不排除会有更多的企业和私人投身其中。例如，农村医疗服务目前在很多地方是由私人提供，但是政府也会就一些公共医疗方面的服务提供与私人诊所合作。另外，在南方一些地区，农村饮用水已经开始由大的自来水公司提供，这将在一定程度上减轻政府的压力。

（4）要对税费改革和农业税减免对农村基础设施投资的负面影响有更充分的认识，特别是认清其影响的区域不同质性。提议对村民"一事一议"的效果和可行性进行重新讨论。

（5）进一步促进农村民主建设进程，让农民选出真正可以为他们的利益着想，并能将有限的公共资源用于公共建设中去的好带头人。

参 考 文 献

陈俊红，吴敬学，周连弟. 2006. 北京市新农村建设与公共产品投资需求分析. 农业经济问题，（7）

李强，罗仁福，刘承芳等. 2006. 新农村建设农民最需要什么样的公共服务. 农业经济问题，（10）

罗仁福，张林秀，黄季焜等. 2006. 村民自治、农村税费改革与农村公共投资. 经济学季刊，5（4）

伍德里奇. 2003. 计量经济学导论——现代观点. 北京：中国人民大学出版社

张林秀，李强，罗仁福. 2005a. 中国农村公共物品投资情况及区域分布. 中国农村经济，（11）

张林秀，李强，罗仁福等. 2005b. 中国农村公共物品投资情况及区域分布研究. 中国农村经济，（11）

张林秀，罗仁福，刘承芳等. 2005c. 中国农村社区公共投资的决定因素分析. 经济研究，（1）

Barankay I. 2001. Referendums, citizens' initiatives and the quality of public goods: theory and some evidence from swiss cantons 1970~1996. University of Warwick, Coventry, United Kingdom, Mimeo

Bardhan P, Mookherjee D. 2000. Capture and governance at local and national levels. American Economic Review, 5: 135~139

Bardhan P, Mookherjee D. 2005. Decentralizing antipoverty program delivery in developing countries. Journal of Public Economics, 89: 675~704

Chattopadhyay R, Duflo E. 2004. Women as policy makers: evidence from a randomized policy experiment in India. Econometrica, 72 (5): 1409~1443

Fan, Shenggen, Zhang Linxiu, Zhang Xiaobo. 2002. Growth, inequality and poverty in rural China: the role of public investment. IFPRI Research Report

Fan, Shenggen, Zhang Linxiu, Zhang Xiaobo. 2004. Reforms, investment, and poverty in rural China. Economic Development and Cultural Change, 52: 395~421

Huang Jikun, Rozelle S, Zhang Linxiu. 2001. WTO and agriculture: radical reforms or the continuation of gradual transition, China. Economic Review, 11: 397~401

Imbens, Guido W. 2004. Nonparamentric estimation of average treatment effects under exoge-neity. The Review of Economics and Statistics, 86: 4~29

Khwaja A I. 2004. Is increasing community participation always a good thing. Journal of the European Economic Association, 2: 427~436

Luo R, Zhang Linxiu, Liu Chengfang et al. 2006. Elections. fiscal reform and public goods provision in rural China. Paper presented at the WERA101 conference, Shanghai, China

McPeak J, Barret C, Doss C. 2006. Perspectives on development in arid and semi-arid areas: results of a ranking exercise. A Seminar Paper Presented at the Department of Agricultural and Resources Economics, University of California, Davis, USA

Park A, Wang Sangui, Wu Guobao. 1999. Regional poverty targeting in China. Unpublished manuscript. University of Michigan

Rozelle S, Huang Jikun, Benziger V. 2002. Continuity and change in China's rural periodic markets. China Journal

Rozelle S. 1996. Stagnation without equity: patterns of growth and inequality in China's rural economy. The China Journal, 35: 63~96

Smith J A, Todd P E. 2005. Does matching overcome Lalonde's critique of non-experimental estimators. Journal of Econometrics, 125: 303~353

Tsai L. 2007. Solidary groups, informal accountability, and local public goods provision in ru-ral China. American Political Science Review, 101 (2): 355~372

Zhang L, Luo R, Liu C et al. 2006. Investing in rural China: tracking China's commitment to modernization. Chinese Economy, 39 (4): 57~84

Zhang L, Saint-Pierre C, Liu H. 2004. Poverty and environmental dynamics: challenges and opportunities for China. Summary Report of an International Workshop

Zhang Xiaobo, Fan Shenggen, Zhang Linxiu, et al. 2004. Local governance and public goods provision in rural China. Journal of Public Economics, 88: 2857~2871

Zhuravskaya E. 2005. Incentives to provide local public goods: fiscal federalism, Russian style. Journal of Public Economics, 76: 337~368

第四部分　农村基础设施项目的有效运行管理

第一节　农村基础设施项目的有效运行管理研究[①]

一、导言

农村基础设施建设是社会主义新农村建设的重要内容，加强农村基础设施的投入，是改善农村生产生活条件的重要环节。许多研究发现，长期以来，政府对农村公共基础设施的投入是不足的。例如，有研究表明，政府因财力紧张无法生产更多的农村公共产品，不能满足农民的实际要求（黄志冲，2000），农村道路建设等公共基础设施的资金投入不仅总量严重不足，而且与城市相比还有很大的不公平（上海财经大学公共政策研究中心，2004）。就基层政府来说，由于财政运转困难，其农村基础设施的提供能力尤为不足。陈锡文和韩俊（2003）的研究指出，财力的不足使得县乡政府没有能力向农业发展所需的基础设施投资，在农村税费改革实施之后，这一问题更为突出。毫无疑问，政府应该在农村公共基础设施的投入中发挥更加重要的作用。因此，温家宝总理在 2006 年的政府工作报告中提出，"要下决心调整投资方向，把国家对基础设施建设投入的重点转向农村"，表明了政府今后加大对农村基础设施投入的决心。

但是，目前的许多政策和大量研究侧重关注了农村基础设施的建设投资方面，对其运行管理问题则关注不够。农村公共基础设施的改善，增加建设投入力度是其中的一个重要方面，却不是唯一的方面。科学、合理的运行管理机制是确保农村公共基础设施投资发挥效益的关键环节。而事实上，农村基础设施的运营和管护在现实中是一个非常突出的问题。例如，在一份递交给财政部的专题研究报告中，林万龙（2005）通过对陕西和湖北两省四县的实地调研发现，有大量的农村基础设施由于缺乏明确的管护主体和必要管护资金，由此导致项目在建好之后，由于维护机制不完善、运转资金不足而影响了其效益的发挥。这种情况在乡村道路和农村水利方面表现得尤为突出。因此，如何改进农村基础设施的运营和

---

① 课题主持人：林万龙（中国农业大学经济管理学院）。课题组成员包括：刘治钦、甘立平、李捷、谭小平、王峰、沈玲珺、李春（中国农业大学经济管理学院），张立承（财政部财政科学研究所），梁迪（中央财经大学金融学院）。

管护机制，以提高农村基础设施效益，必须加强研究。特别是今后这方面的政策性研究在以下几个方面还有待加强。

（一）对社会主义新农村建设中农村公共基础设施运行管理模式的系统考察和总结

农村税费改革的实施在大幅度减轻农民负担的同时，也对原有的农村基础设施投入和管护制度产生了重要影响。改革使得乡村机构对农村基础设施的投入和管护不再具有稳定的资金来源；单纯依靠"一事一议"制度来筹集必要的公共设施建设和管护资金，在实践中也面临着许多问题。大量国外的研究表明，在一定的条件下，实现公共服务的多元化供给是完全可能的（Buchanan，1968；Ostrom，1990；萨瓦斯，2002；世界银行，1994）。非洲、拉丁美洲和亚洲一些发展中国家，已经大量存在在政府补贴下由私人公司提供农村基础设施服务的实践，并引起了研究者的注意（Wellenius et al.，2004）；在我国，也已经有研究表明，在农村基础设施的建设中，把政府作为唯一的建设主体使得投资渠道过于单一，吸引农民和其他社会成员参与到某些农村基础设施的建设中来，采取多样化的供给模式，将有助于供给效率的提高（张军，蒋维，1998；林万龙，2003；张军，2004；张立承，2005）。那么，在社会主义新农村建设中，在农村基础设施的管护和运营方面，是否可以采用适当的公共政策，以促进农村公共基础设施运营模式的多样化？不同经济发展水平的区域、不同经济属性的农村基础设施，其运营模式是否会有所不同？不同运营模式的绩效如何？在这方面，虽然有一些实证研究（如胡继连等，2003；林万龙，2003），但系统性的分析还很不够。

（二）国家、集体、农户在农村基础设施运营和管护中的职责划分和投入机制探讨

调研表明，在许多地区，由于信息的不对称和对需求重视不足，政府支农资金投资方向偏差较大，在农村基础设施的运营和管护中，政府更不可能在替代集体和农户而完全承担起基础设施运营和管护中的责任；另外，如何创新农村税费改革之后村级集体在农村公共基础设施运营和管护中的作用机制，如何构建包括作为设施使用者和投资者在内的农户作为农村公共基础设施运营和管护主体的激励机制，也是必须认真研究的问题。例如，有研究表明，在灌溉用水方面，农民的参与将起到积极的作用（王金霞等，2004；徐志刚等，2004）。以上这些都是提高资金使用效率和设施运行效率的重要问题，但总的来说，以这些问题实证分析为基础的系统性研究还有待加强。

　　总的来说，针对本项研究的核心问题，即如何根据税费改革之后的新形势和社会主义新农村建设的新要求，探讨农村公共基础设施运营管护的有效途径，设计基础设施运行和维护成本的多方补偿机制设计，探讨基础设施高效运行的可行管理模式并提出有针对性的政策建议，目前的研究还存在不足：在研究背景的结合上，针对农村一般经济社会背景的研究较多，结合税费改革和社会主义新农村建设新背景的研究不够；在研究内容上，对投资问题研究较多，而对运营和管护问题研究不够；在研究方法上，理论探讨和案例调研有了一些，而系统总结各地实践的实证研究还不够。本课题将在实地调研材料分析与案例研究的基础上，侧重针对已有研究的上述不足来展开研究，力求使研究具有明确的针对性和较强的政策含义。

　　在研究方法上，本课题的研究采用了由实证案例研究结合理论分析，总结提炼一般性分析结论的方法。课题组选择了小型农田水利设施、乡村道路、农村户用沼气和乡村卫生机构作为农村基础设施运营管护的不同模式和机制方面的典型案例，主要采用案例研究方法探讨和总结不同类别农村基础设施的运营机制，并在此基础上，结合有关的理论分析，提出农村基础设施项目有效运行管理的一般性政策建议。

　　除本文外，课题组还分别撰写了农村小型水利设施、乡村道路、农村户用沼气、乡村卫生机构的专题研究报告以及三份（安徽六安、天津静海、湖北秭归）关于农村道路管护的调研报告和一份（河南项城）关于农村户用沼气建后管护的调研报告。本报告一些分析所涉及的更为详细的研究信息，可以参见这四份专题研究报告和四份调研报告。另外，课题组还撰写了一份关于其他若干国家农村基础设施有效运行管理的国别研究报告，作为他国经验的参考。

二、目前我国农村基础设施运行管理中存在的主要问题

（一）严重缺乏管护

　　有效的管护对基础设施效益的发挥有重要作用。例如，有研究表明，公路维修方面的支出具有极高的效益[①]。目前在财政对农村公共基础设施的支持中，大量的资金投向了建设环节，这对于提高农村基础设施的总体水平无疑很有意义，但是，对管护的投入却非常不够，以至于农村基础设施利用率不高，农户对管护环节的供给状况很不满意。

　　以我们对湖北省秭归县农村道路的调研为例，截至 2006 年底，秭归县辖区内公路列养里程为 321.163 千米，占该县公路总里程的 13.5%，其中省道

---

　　① 世界银行在 20 世纪 80 年代对 85 个发展中国家的研究表明，公路"坏了再修"的费用比及时维修的费用高出 3～5 倍。

100%列养，50.7%的县道列入养护里程，乡道列养比例仅为4.1%，村道未纳入公路养护管理段管护范围。另据我们对福建、湖北、陕西3省6县480个农户的调研，有50.8%的调研户反映所在村的村级道路从来就没有人管护，其中福建和陕西调研户的这一比例分别为42.0%和40.4%，湖北则高达61.4%（图1）。事实上，在现行政策体系下，县级道路维护费用大部分来源于养路费返还，而乡村道路维护资金来源难以保证，由此导致了乡村道路特别是村道路况条件较差。

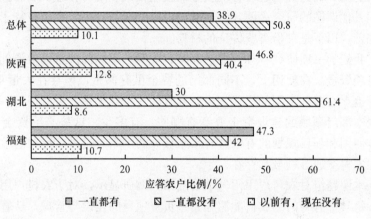

图1　调研农户对村道管护状况的回答

资料来源：林万龙（2005）。

同样的问题也存在于水利设施方面。据调研，目前基层抽水站通常都是作为自收自支事业单位，维持依靠自身收取的服务费用。财政对水利设施的维护费用基本没有投入。由于水利设施的维护资金不足，很多处于涉农服务第一线的基层水利设施老化、失修，设备工作效率低下，这导致用大量资金购建的水利设备、设施不能发挥最大效能。据水利部《农田水利基本建设简报》[①]资料，全国现有小型农田水利相当多建于20世纪五六十年代，长期带病运行而又无力系统维护，导致骨干工程严重老化，末级渠系更是功能衰竭，效益急剧下降；由于工程病险、淤积等原因，小型水源工程蓄水能力大幅度下降，受益面积减少，灌溉保证率下降：黑龙江全省已建成小型农村水利工程26 704处，工程配套率只有70%左右，完好率只有60%左右，设计灌溉面积653.3万亩，实际灌溉面积199.7万亩，仅为设计能力的30%；湖南省小水库（塘坝）的蓄水能力不足设计的60%；山西有1.6万处小微型工程因蓄水能力不足，致使90多万亩灌溉面积变

---

① 2005年10月8日，第24期。

成"名义"灌溉面积。

水利设施维护资金的不足也可从农户问卷中反映出来：25.3％的农户认为设备无人维护是农田水利设施存在的最大问题，是所有选项中应答率最高的选项。

（二）运行管理效率不高

农村基础设施的有效运行管理，不仅有赖于投入的增加，而且有赖于运行管理效率的提高，而这又与运行管理资金的使用模式和运行管理机制有关。本课题以及我们其他课题的研究表明，农村基础设施的运行管理效率仍有待于进一步的提高和完善。以下是三份可资佐证的材料：

（1）我们的一项研究（林万龙，2005）表明，不同部门可以申请到不同渠道的财政专项资金。在使用上，不同部门的资金虽有侧重，但存在大量重叠领域，资金监管也存在多种不同的形式。由此导致的一个结果是，没有任何一个部门可以说清楚本部门领域的建设资金究竟有哪些、有多少，这势必给资金的有效监管、资金使用和项目规划的有效整合带来极大的困难。这种状况在财政支农、农村水利和农村交通等领域都存在。

（2）本课题组对农村户用沼气项目的案例调研显示，对于农村户用沼气国债项目县，每县都有专门的农村能源办公室负责项目的建设与管护，从管护机制的设计上来讲，技术服务由政府所管理的技术人员来提供。但是，根据在山东惠民县的调研，在"发生故障一般如何处理"这项调查中，78.9％的调研农户回答是"自行解决"，7.9％的农户选择其他途径，仅有13.2％的农户选择"求助政府技术人员"。可以看出，该县所谓的技术服务提供者并没有真正担当起机制中所赋予他们的责任。在河南项城，情况虽然稍好，但也仅有30.8％的农户选择求助专门的技术人员，大部分农户通常情况都是找邻里、朋友解决；而在长汀县，虽然所调研农户中大多数选择"找专门的技术员解决"，但却一般不能保证及时性，从而影响了沼气设施的使用效率。

（3）由于财政困难，县乡政府倾向于把一些可能收费的公共服务机构推向市场，由其依靠提供有偿服务来维持运行。但是，市场化的运行管理模式对于一些农村基础设施来说，并没有取得预期的效果。在这方面，县乡医疗卫生机构是一个典型。表1显示了调研县县乡医疗卫生机构的总收入中来自于财政拨款收入的比重，依靠医疗、门诊等有偿服务获取收入，是目前县乡医疗卫生机构，特别是医疗机构的主要收入来源。也就是说，农村医疗卫生服务基本上被推向了市场。

表 1 2000~2004 年调研县县乡医疗卫生机构财政拨款收入占总收入的比重（单位：%）

年 份	2000	2001	2002	2003	2004
福建 NH 县	14.5	15.2	13.3	15.3	10.9
福建 S 县	—	—	—	—	11.7
湖北 MC 县	3.5	5.5	3.8	4.3	5.5
湖北 HC 县	4.7	7.8	6.8	8.7	7.7
陕西 PC 县	19.4	22.9	15.6	7.6	11.1
陕西 LQ 县				22.9	

注：①含专项资金收入；②所统计机构包括县直医疗机构、乡镇卫生院、县防疫站和县妇幼保健站；③陕西 LQ 县为 2000~2004 年合计数；④"—"表示缺该年数据。

资料来源：林万龙（2005）。

然而，农村医疗服务机构的市场化运行并没有带来农户服务满意度和福利水平的提高。在对三省的调研中，有 27% 的调研农户因经济困难而选择放弃就诊，其中陕西省这一比例高达 50%。医疗价格过高，引起了农民的强烈不满，在问及对目前医疗卫生服务最不满意的方面时，高达 62% 的农户认为是医疗价格过高，远远高于其他选项。

（三）运行管理模式单一

随着农村经济的市场化和农户独立经营主体地位的获取，由于资源禀赋（包括人力资源、资本等）不同，农户之间的差异在拉大。这种差异表现在收入、生产条件水平和构成、生产结构甚至家庭结构上。同样地，不同地区之间在经济发展水平、经济结构等方面也存在差异。

以农户对"一事一议"筹资方式的选择为例，根据农户调研资料，可以看出农户对"一事一议"成本分摊方式的看法呈现出较大的差异性。就具体的分摊方式来说，在所设定的八种分摊方式中，农户几乎没有对任何一种分摊方式的认同率超过 40%。这表明，在农户之间，由于资源禀赋、收入、生产条件水平和经济结构等方面的差异，农户对农村基础设施的筹资意愿存在差异。

一般来说，由于经济发达地区的农户差异性更大，因此发达地区农户的需求意愿也更分散。可以用"分摊方式农户应答率变异系数"[①] 来衡量农户分摊意愿的分散化程度。该变异系数越大，说明农户的应答越集中；反之，则表明农户的应答越分散。就表 2 所提出来的九种投资与管护资金的分摊方式而言，计算结果表明（表 3），针对农田水利等六类基础设施，福建农户的"分摊方式农户应答率变异系数"均小于湖北和陕西，这表明位于东部的福建农户分摊意愿的分散化

---

① 其计算公式为：变异系数＝分摊方式农户应答率的标准差/分摊方式农户应答率均值。

程度大于位于中西部的湖北和陕西农户。

表 2　农户对"一事一议"筹资方式的意愿选择（单位:%）

备选筹资方式	主张的农户比例	备选筹资方式	主张的农户比例
按人	40.5	按劳力	2.8
按户	11.9	按收入	3.9
按地	11.2	按小孩数	4.5
人地综合	7.8	其他方式	0.9
捐款	16.4		

资料来源：林万龙，2005。

表 3　不同地区农户对基础设施筹资分摊方式的应答率变异系数

项目　　变异系数	总　体	福　建	湖　北	陕　西
农田水利	3.6	3.0	4.2	4.0
村级诊所	4.5	4.4	4.9	4.6
村道	4.3	4.1	4.6	4.6
敬老院	2.8	2.4	3.2	3.2
电网入村	3.6	3.1	3.3	4.6
小学校舍	3.1	3.2	3.2	3.3

资料来源：根据林万龙（2005）表 42 中的有关数据整理。

　　农户对基础设施筹资的需求差异意味着，即便是在同一个社区范围内，农村基础设施的集中、统一、自上而下供给也有可能无法与所有社区成员的需求相吻合。然而，目前我国农村基础设施的供给机制却非常单一。表 4 列出了若干调研乡 2001 年以来农村基础设施资金筹资渠道的变化。可以看出，县乡以上政府专项资金在公共建设中始终居于重要位置，而自农村税费改革（2003 年）以后，乡镇公共投资的资金来源趋于单一，县级以上专项资金几乎成了唯一的筹资方式，其他筹资方式的重要性已微乎其微。以"一事一议"方式来说，据我们在中西部 2 省 4 县的调研，其开展状况很不乐观。在中部某县，由于未投同意票农户的上访案件较多，该县已经决定从 2005 年起取消这一制度[①]；在另外 1 个县，某乡 2002 年有 51 个村开展了"一事一议"，2004 年则降到 41 个村，2005 年进一步降为 33 个村；其他 3 县则基本没有成功开展过"一事一议"项目（林万龙，刘仙娟，2006）。

---

　　① 正式说法是改"一事一议"制度为"受益分担"制度，即政府不再负责"一事一议"的审批和监督，完全由各村自主决定，与政府无关。

表 4　湖北和陕西部分调研乡 2001 年以来农村公共建设资金不同来源渠道比重

（单位：％）

项　目	筹资渠道				
	县以上财政专项	自筹资金	乡镇投入	群众集资	其　他
湖北 MC 县两乡					
2001 年	24.6	0	12.7	30.9	31.8
2002 年	83.5	0	0	11.7	4.8
2003 年	41.5	2.4	0	42.9	13.2
2004 年	95.8	0.3	0.1	3.2	0.6
陕西 PC 县和 LQ 县三乡					
2001 年	100.0	0	0	0	0
2002 年	31.8	0	40.5	16.2	11.5
2003 年	100.0	0	0	0	0
2004 年	93.3	0.6	2.7	1.1	2.4

资料来源：林万龙（2007a）。

这种筹资结构的单一性必然会带来供给方式的单一性，这与需求的差异性形成了鲜明对照。

三、农村基础设施运行管理问题的原因分析

（一）过度市场化，公共财政与公共管理在农村（特别是村级）基础设施管
　　　护中严重缺位

长期以来，采取城市偏向型的发展战略，造成了中国城乡发展的巨大差距（蔡昉，杨涛，2000），其中一个重要的表现是，相对于城市来说，政府对农村公共服务的投入严重不足（国务院发展研究中心，2006）。2003 年是一个重要的分水岭，按照"统筹城乡经济社会发展"的要求，国家财政把"让公共财政的阳光逐步照耀农村"作为新时期财政支持"三农"的基本指导思想，财政支持"三农"政策出现了重大转变，农村公共服务与基础设施的投入有了大幅度增加。根据财政部公布的数据，1997 年中央财政支持"三农"的资金仅为 774 亿元，2006 年增加为 3397 亿元，农村公共服务与基础设施的供给状况大为改善，"公共财政覆盖农村"取得了积极进展（财政部农业司，2006）。

但是，目前我国农村基础设施的财政投入中存在两个突出问题：一是"重投轻管"，大量的投资投向了建设领域，对于管护环节的投资则非常不够，大量本应由政府承担的管护责任被简单地推向了市场；二是有限的财政管护投入基本只覆盖了县域范围内较大规模的基础设施，对于受益面限于乡或村、小型的基础设施的管护投入基本上是空白，特别是对于村社区内的基础设施，几乎完全没有财政支持，而主要依靠农民自筹资金。与此相对应，政府的基础设施

管护机构一般也只承担城镇基础设施的管护职责，对于小型基础设施的管护，则缺乏制度与体制的安排；而这些小型基础设施恰恰直接为农民服务，农民可以从中直接受益。我们对农田水利、乡村道路与乡村医疗卫生机构的调研充分说明了这一点。

1. 农田水利

在我国当前的农田水利管理体制下，大型和中型的水利工程一般由县级或县级以上的行政管理部门进行统一管理，其建设投入和管护基本上是有保障的；而小型农田水利工程一般是由使用者（村集体或个人）进行建设和管护。对于小型农田水利工程的建设和维护，有一部分财政补助资金，但财政补助资金目前只限于建设部分，而管护所需资金的投入是长期的、连续性的，这部分资金只能由使用者或管理者自行解决。由于使用者或管理者的资金投入缺乏保障，很大一部分的小型农田水利工程处于废置状态。

20世纪80年代初以来，农田水利改革的总体趋势是推进市场化，不断提高农业用水的市场化程度。在管理上，政府一直采取由上级往下级放的策略，直到乡镇。乡镇水利站的边缘化（其他涉农服务机构亦如此）过程最为明显，下放到乡镇管理的水利站，由于缺乏资源支持，自身亦逐渐变成一个极其穷困的单位，根本没有能力来管理水利工程单位，也没有能力来组织农田水利建设，导致水利设施长期失修，以致荒废。

据2001年水利部水管单位体制改革课题组研究，在普查统计的5432个国有水管单位中，有拨款的水管单位1753个，占32.27%；无拨款的水管单位3679个，占67.73%，1300多个纯公益性水管单位本应为各级财政全额拨款的事业单位，但大都被定为差额补助事业单位，有的甚至被定为自收自支事业单位，即使有拨款，也远远不能满足工程运行费用和人员工资。全国综合性水管单位约4000个，但大部分单位财政没有任何补助，不仅工程折耗和维护管理没有补偿渠道与来源，而且职工的工资发放也缺乏保证。这些数据从一个侧面反映了当前我国水利的困境。从宏观上看，上述困境是由自20世纪80年代中期以来推行的市场化水利改革及由此而导致的市场失灵和国家逐渐减少对水利建设的投入共同造成的。

2. 乡村道路

我国现行的公路管理体制是按照计划经济的要求以及"统一领导，分级管理"的原则建立起来的，公路建设、养护、管理的事权均在地方，即实行地方公路管理体制。与干线公路（国道、省道为主）管理体制"上收"相反，农村公路管理体制总体上呈现"下放"的趋势。对于乡村道路而言，长期以来执行的是"自建、自养、自管"的政策，并且由于长期以来乡村道路执行的是"民办公助"

建养政策，除了少量交通量较大的重要乡道由县级交通部门负责管理养护外，大多数乡村道路一直以来并没有纳入交通部门的列养范围内，一般由乡镇政府负责辖区内的乡道养护，村道由村委会负责组织村民养护。特别是村道，在 2005 年交通部出台《农村公路建设规划》以前，并未纳入公路行政管理体制内。

从全国的情况来看，乡道一般是由乡政府组织专人承包养护，部分乡道和绝大多数的村道由乡政府和村委会临时组织沿线群众进行季韦养护或突击性整修。由于乡村道路整体上实行的是"乡道乡养、村道村养"的政策，因此乡村两级道路主要靠乡镇政府和村委会自筹，乡村上级交通主管部门也会对乡村道路进行少量补助。而随着农村税费改革的深入，乡村两级财力下降显著，资金主要依靠包括以"一事一议"在内的方式向农民集资，企事业单位捐款，上级补助难以补足乡村道路养护资金缺口。从我们所作的案例调研情况来看，无论是养护体制还是养护资金，村道的养护问题都没有纳入到规范性的政府管理与资金支持范围中去。所谓"公共财政覆盖农村"，在乡村道路方面，仅仅是覆盖了部分县乡道路，村道的养护则几乎完全游离于公共财政的覆盖范围之外。

3. 农村医疗卫生机构

目前我国县乡村三级医疗机构基本上处于自收自支的状态，财政支持非常有限。《中国卫生统计年鉴（2005）》的相关数据显示，2004 年全国县级医院、乡镇卫生院和村级诊所的总收入中，财政补助的比重分别为 6.7%、14.2% 和 1.3%。林万龙（2007b）对东、中、西部若干县的实地数据也显示，调研县县乡医疗卫生机构的总收入中，来自于财政拨款收入的比重非常低，并且这些年来没有增加的迹象。依靠医疗、门诊等有偿服务获取收入，是目前县乡医疗卫生机构特别是医疗机构维持运转的主要途径。也就是说，农村医疗卫生服务基本上被推向了市场，"公共供给"的痕迹实际上已经非常淡。

对于村级诊所来说，尽管在农村基本医疗服务的提供中发挥了重要的作用，但所能获得的财政支持却更少，主要依靠自身的业务收入来维持运营。据我们对 45 村 78 个诊所收支情况的调研，在诊所的所有收入中，绝大部分是业务收入，来自财政的补助收入比重仅占 1.4%（林万龙，2006）。也就是说，政府财政对村级诊所基本没有支持。而从纵向看，在农村县、乡、村三级医疗卫生服务网中，政府财政对村级诊所的支持最少。根据《中国卫生统计年鉴》所提供的数据，在 2004 年全国各类医疗机构的总收入中，村卫生室所能获得的财政补助收入比重最低，仅为 1.3%，远低于县级医院的 6.7% 和乡镇卫生院的 14.2%。也就是说，政府对农村医疗卫生服务原本就非常有限的财政支持，主要投入到了县乡两级医疗卫生机构中，对村级医疗机构的投入微乎其微。这一状况显然与村级诊所在农村基本医疗服务中的重要地位不相称。

（二）高度集权的财政体制严重影响了财政农村基础设施投入的使用效率

有研究者认为，中国是世界上最为分权化的国家之一，其理由是：在中国，地方财政支出比重占财政总支出的比重远远高于其他许多国家（Fock，Wong，2005）。这一观点仅仅注意到了中国财政支出方面的特征，并未联系收入加以考虑。如果将财政收入和支出联系起来考察，就会发现事实并非完全如此。事实上，1994 年的分税制改革，在使得国家财政收入大幅度增加的同时，也使得中央掌握了大部分财力，而地方政府的财政收入中，本级财力比重在下降，对上级财政的依赖性在上升。例如，1993 年省级以下地方财政收入占国家财政总收入的比重接近 80％，1994 年则迅速下降为 45％左右。总体来看，分税制实施之后，20％～30％的地方财力来自于中央对地方的转移支付补助，中央实际上掌握了对财政收入的再分配权（周飞舟，2006）。因此，并不能仅从支出角度来判断哪级政府是公共产品的主要供给主体。当地方政府的收入有近一半来自于中央政府时，它的支出自主权必定要受到中央的限制。

财权的上移并不仅仅发生在中央财政与地方财政之间，也发生在各级财政之间。调研显示，自 2000 年以来，调研县县级财政预算收入中来自上级补助收入的比重在持续上升，到 2004 年均超过 55％（图 2）。再看乡级财政，农村税费改革之后，随着农业各税的逐步取消，乡级财政的农业税收入也在下降乃至消失。由于乡级收入的锐减和乡镇运转的困难，有的地方干脆将乡镇范围内原属乡级收入的工商税收入上划，作为了县级收入，由此造成农业税取消之后，乡镇财政实际上几乎没有任何的本级收入，由此造成乡镇财政的收入结构发生了重大变化：

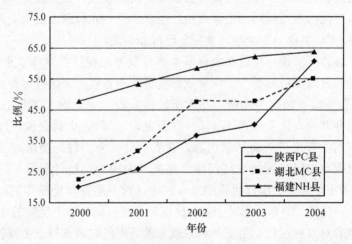

图 2　东、中、西三县预算内财政收入中上级补助收入比重的变化

资料来源：林万龙（2007a）。

乡镇财政收入中，上级补助收入比重明显上升，在乡镇工商税收上划的地方，这一比重甚至接近了100%（林万龙，2007a）。

而在严重依赖上级补助的同时，县乡财政的绝大部分支出用于人员工资。例如，2004年湖北省MC县某乡的财政可支配收入中，67.1%用于人头经费，在陕西省PC县某镇，这一比例高达81.0%；而MC县和PC县级支出的约80%用于人头经费，剩余近20%用于日常的公用经费。也就是说，在目前的财政体制下，县乡财政的主要功能是维持县乡机构的日常运转，很难成为农村基础设施建设和管护的主体。

那么，农村的基础设施建设与管护主要依赖于哪级财政呢？表5统计了2004年调研3省6县教育、卫生、水利、交通4部门专项资金的来源渠道状况。可以很清晰地看到，专项资金的来源东部的福建2县主要是省级财政，而中西部的湖北和陕西4县则主要是中央财政，特别是陕西2县，农村公共建设资金几乎完全依赖于中央财政专项。

表5　三省调研县2004年农村公共建设专项资金来源渠道构成（单位：%）

项　目	福建2县	湖北2县	陕西2县
教育			
中央	11.6	21.7	90.4
省	77.4	76.8	11.9
市	4.5	1.5	0.0
卫生			
中央	10.1	66.3	93.2
省	88.5	33.7	6.1
市	1.3	0.0	0.8
水利			
中央	12.1	—	95.9
省	76.8		4.1
市	11.1	—	0.0
交通			
中央	0.0	91.4	93.2
省	70.8	8.6	5.0
市	29.2	0.0	1.8

注：限于资料，水利方面，福建和陕西仅分别统计了1个调研县；交通方面，福建仅统计1个县，湖北未作统计。

资料来源：同图2。

不同层级财政在农村基础设施建设中所扮演的上述角色，与从中央财力到地方财力的层层上移是密相关。财权上移对农村公共服务的供给具有显著的影响，它是理解和分析各级政府在农村基础设施建设与公共服务政府供给中的角色、供给能力、筹资渠道和供给机制的关键。

（1）由于财权的上移，农村基础设施建设与公共服务严重依赖于省级以上财政的专项转移支付[①]，造成最了解农户真实公共服务需求的基层政府缺乏主动供给能力，而省级以上财政则由于信息不对称而难以提供与需求相匹配的供给内容，不利于农村公共服务供给效率的提高。现代公共经济学特别强调一定程度的财政分权和地方分权，其理由之一就是地方政府所提供的服务适应各地不同条件所导致的不同品味和不同需求（布朗等，2000）。对于农村公共服务的供给来说，由于农村地域的分散和项目投资额相对较小，供给权力的上移所造成的信息不对称现象尤为突出。

（2）如果农村基础设施建设资金主要依赖于省级以上的专项项目，那么必然造成筹资渠道的单一，多层次、多元化的筹资机制将难以形成。与此同时，由于专项资金一般都有明确的用途和资金使用程序，因此对专项资金的依赖也必然造成农村公共服务供给机制的单一。

（3）在自身财力非常有限、不得不依靠上级补助维持日常运转的情况下，县乡政府将公共服务推向市场、回避政府职责的动机就会非常强烈；有限的资金也会更多地投入到县或者乡本级服务机构中去，而对于更需要获得支持的乡或村服务机构则会有所忽视。

（4）对专项资金的依赖也是目前农村基础设施"重建设、轻管护"的重要原因。这是因为，对掌握专项资金的省级以上政府部门来说，把资金安排到建设项目上显然要比安排到琐碎而分散的管护活动中信息要更对称一些，也更易于监管。例如，很难想象，哪个中央部门会有能力和信心去把握某县某乡某个村是否需要一笔用于村道管护的资金，以及需要量是多少。而对于县乡政府来说，虽然在管护信息方面更具优势，但限于财力的紧张，往往又是有心无力。这就造成了农村公共服务"重投轻管"的局面。

因此，财权的层层上移如果说对于目前农村基础设施建设与管护所存在的问题不负主要责任的话，至少起了非常重要的负面作用。

（三）有效的官民合作机制尚未建立

农村中许多基础设施所提供的服务在效用上可以清楚界定和计量；受益对象比较明确，可以实现排他或部分排他。对于具有上述特征的农村基础设施，理论上而言，其建设和管护可以由私人主体或者社区来承担，不需要政府亲自完成，从而实现管护机制的多元化。例如，一个农田水利设施的服务对象就是其服务范

---

① 有研究表明，目前中央对地方的转移支付总额中，一般性转移支付仅占 10% 左右，见王雍君（2006）。

围的土地使用者，提供的灌溉服务量也能够通过各种约定俗成的方式来计量，如按抽水或放水时间、按用电量和按亩计算等，这样就有可能吸引私人投资用于水利设施，并通过水费收取等方式实现设施的有效管护；又如农村的道路，虽然就单个农户而言外部性很大，排他成本很高，但在一社区范围内，享受道路建设带来便利最多的还是当地的社区农民，这样社区内部的道路（如村道）完全有可能通过社区居民的自我融资来兴建和管护；而农村卫生服务虽然受益很难完全排他，但是消费者还是可以从中获得私人收益，如果政府能对服务提供者或消费者予以一定的财政补贴，以将外部收益内部化，那么从理论上来说，医疗卫生机构的有效运行并不一定要通过公立化来实现。

但是，无论采取何种模式，农村基础设施的运行管理都离不开有效的官民合作机制。这是因为，不同于普通设施与服务，农村基础设施的以下特性使得它的运行管护不能单纯靠市场化或者自我服务的方式来加以解决。

（1）供给易于形成垄断。例如，一般来说，在一定的灌溉范围内只需要一套灌溉系统，无论由谁来运营，都会构成一种自然垄断态势。又如，乡村道路的运行也具有自然垄断的特点。在这种情况下，以引入"市场机制"的名义实行完全的市场化供给，将难以形成一个竞争性的服务市场，这将有损于供给效率。并且因垄断而造成的服务价格高企，也将对社会公平造成损害。

（2）较强的基本需求性。基本的医疗卫生服务、基础教育、电力服务、基本通信服务、灌溉用水等，由于是农户家庭生活和生产活动所必不可少的服务，因而在很大程度上带有基本服务的色彩。这些服务不仅具有很小的需求弹性，而且还构成了农户的基本权利，因而监管不当将很容易损害社会公平。

（3）农户支付能力低下。由于农村基础设施的需求者——农户——总体收入水平低下，有些甚至于属于贫困群体，因而在享受基础设施服务中的公平问题将比较突出。例如，某些农村基础设施的市场化运行，单纯从经济效益上来讲可能没有大的问题，但有可能会因为服务价格和水平问题，导致一些农户难以得到这些基本的服务，这就有违公共服务的社会公正性原则。

基于上述原因，在农村基础设施的多元化运行管护模式中，并不能片面地仅仅强调增加政府投入或者依赖民间主体，而是需要建立起一套有效的官民合作机制。然而目前，这样的合作机制尚没有建立起来。我们可以看到，在目前农村基础设施的运行管理中，要么政府干预、介入过多，要么政府没有承担起必要的责任，听之任之。

农村户用沼气项目的建后管护是政府在管护中越位与缺位并存的一个例子。目前的农村沼气国债项目一般都由各级能源办公室负责实施。在县一级，县能源办作为项目执行机构，承担着项目建设与建后管护方面的组织协调工作，是一个行政监管主体，而不应该是一个经营主体，否则有违市场经济条件下的政府定位。然而在河南项城市的沼气建设与管护系统中，政府与沼气公司却存在严重的重合。在县一级，沼气公司以服务提供者的身份进行市场活动，政府则对其进行监督和指导。但在乡级，乡（镇）能源站中除能源站主要负责人外，其他人员虽在政府部门工作，隶属政府管理，但同时还负责经营沼气服务公司在乡（镇）所设置的沼气服务站，负责提供日常的沼气服务。因此，此类人员就有了两种归属，既隶属于政府，又隶属于沼气服务公司。河南项城的农户在维修沼气时，购买灶具、管道及零配件等产品所面临的市场空间极为狭窄，只有该市获取了特许经营权的沼气服务公司及其所属人员提供，沼气户对沼气灶具、管道及零配件的购买途径必须是政府指定的沼气服务公司，其与监管者在一定程度上享有共同的利益，导致监督机制难以形成。而在福建省长汀县，县能源办由于办公经费相对紧缺，便与省能源办协商，由省能源办免费给县能源办划拨了一部分成套沼气配件和灶具，县能源办以此为基础开设了沼气灶具门市部并开展经营活动。

　　与上述越位现象并存的，则是政府有关部门在户用沼气项目建后管护中的若干缺位。一方面，在以合同外包、特许经营为模式的沼气服务系统中，最关键的是政府通过合同等契约关系限定私人伙伴的行为，并且通过监督机制促使服务的高效供给。而这种监督的成效取决于合同规定的细化程度和提供者行为的可评价程度。另一方面，在以政府直接供给和市场直接供给为主体的服务模式中，对服务直接提供人员的考核来源于主管部门对工作量的考核和农户评价信息的反馈。而据我们调研，各个案例县在这方面的工作均有所欠缺。

　　农村医疗卫生机构的改制则是政府对基础设施有效运行管理没有承担起必要责任的典型案例。2000 年 2 月国务院发布了《关于城镇医疗卫生体制改革的指导意见》，其中"鼓励各类医疗机构合作、合并，共建医疗服务集团"、"营利性医疗机构服务价格放开，依法自主经营、照章纳税"等项内容具有明显的"市场化"改革倾向。"市场化"倾向有两个方面的诱因：其一，公立医疗机构的财政性投入大部分来自同级地方财政，由于地方财政运行困难，许多地方政府出于"甩包袱"的心理，计划把所属的公立医院拍卖，将其推向市场；其二，医疗领域作为政府长期管制的范围，其中蕴涵着相当多的投资机会，民间资本也渴望进入医疗领域"淘金"。

　　医疗机构产权制度改革主要有三种模式：其一，以无锡为代表的"管办分离"模式。从转变政府职能的角度考虑，将卫生局"一分为二"，成立医院管理中心，实行"管办分离"，将办医院的职能交给医院管理中心。其二，以新乡为代表的"企业收购"模式。由社会资金绝对控股医院，并且负责经营。其三，以辽宁海城和江苏宿迁为代表的"拍卖"模式。1996 年辽宁海城就酝酿医疗机构的产权改革，1999 年成功拍卖了 18 所乡镇卫生院，浙江萧山也出售了全部乡镇卫生院，随后山东临沂、四川通江、射洪也开始拍卖卫生院。但做得最彻底、引起最多关注和最大争议的是江苏宿迁市。2000 年该市开始尝试以拍卖公立医院为主要内容的医院改制，截至 2006 年，宿迁原来的 135 家公立医院（乡镇卫生院），除保留 2 家外，其余 133 家均被拍卖，医疗领域基本实现政府资本的完全退出。

从理论上讲，公共服务有两种供给模式：一种是政府使用公共资金设立公共企业并运作这类企业，向社会提供所需的公共服务，即由政府通过公共生产来提供公共服务；另一种是政府开放公共服务领域的市场准入，允许民间资本进入，通过私人管理运营的私人企业生产公共服务，并由政府出资购买这些公共服务提供给社会，即通过私人生产政府购买的形式来提供公共服务。后一种供给模式中，私人企业的采购、组织、生产等环节都是按照市场规律安排的，当且仅当政府有了购买行为，这些私人企业按照私人产品组织生产的服务才被确定为公共服务。问题是，应该清醒地认识到，通过简单地拍卖并不能够平稳地从公共生产向政府购买过渡，其中有相当多的问题需要解决：购买什么、为谁购买、向谁购买、如何购买和在哪个环节购买都需要政府积极而科学的公共政策，都需要政府公共财政资金的支出。然而，正如我们所看到的，在许多地方，政府并没有承担起这些责任，仅仅是简单地实行了医疗服务机构的市场化运作，虽然表面上解决了医疗机构的运行问题，却轻易放弃了政府应承担的职责。

"一事一议"制度是可以引发我们对有效官民合作机制深入思考的另一个典型案例。"一事一议"制度的政策本意，是为了在杜绝农村集资摊派的同时，又不至于使符合农民需要的某些村级的公益事业缺乏资金来源。"一事一议"制度要求村组织在开展某项筹资活动前，必须首先征得全体村民一定比例（一般是70％）的同意。但是，现在农村中的农户已经不再具有高度的同质性，即便在同一村中，不同农户之间在收入水平、收入结构和经济活动等方面也存在一定的差异，这种差异使得不同农户的公共产品需求意愿和筹资成本承担能力之间存在差异。我们的调研发现，在现实中，有两个因素使得这一制度难以执行：一是由于农户的差异性，很多时候某一议题达不到70％的同意率；二是即便同意率达到70％，未投同意票的那部分村民也往往拒绝交费，理由是"我原本就没同意"。由于作为政府作出的一项制度安排，"一事一议"制度既没有法律上的保证，也不是社区村民自己的一项自愿制度安排，因而村对拒绝交费的农户难以采取有效的措施。这两种情况都容易导致"一事一议"的操作难度很大，其结果是，"一事一议"的开展状况很不乐观（林万龙，刘仙娟，2006）。显然，由政府强行筹资、包办农村社区基础设施的建设与管理是不合适的，这已经得到了历史经验的验证。然而，在目前农村开放式的社区结构和农民分化日趋明显的背景下，指望完全通过发挥社区的功能而不需要政府的任何介入来完成农村基础设施的建设与管护，似乎也不太现实。如何适当地发挥政府与社区各自的优势，建立起一种有效的官民合作机制，可能是问题的关键，而目前所缺乏的，恰恰就是这样一种机制。

四、农村基础设施有效运行管理的理论分析

（一）效率、公平与农村基础设施的运行管理

在经济学上，"效率"的严格定义是"帕累托最优"，即如果社会资源的配置已经达到这样一种状态，在这种状态下，任何重新的调整都不可能在不使其他任何人境况变坏的情况下，而使任何一人的境况更好，那么这种资源配置的状况就是最佳的，也就是最有效率的。

从经济政策的角度来说，农村基础设施运行的经济效益取决于其运行成本与受益的对应情况：如果成本承担者可以获得全部的运行效益，那么这种基础设施就可以通过市场化的运行方式来达到经济效益；如果成本承担者难以获得全部的运行效益，那么就意味着对于具体的管护主体来说，这类基础设施的运行存在一定的效益外溢，即存在一定的效益非排他性（外部性）。在这种情况下，私人主体就会缺乏对基础设施进行管护投入的积极性，在这种情况下，完全由私人主体采取市场化的方式来运行和管理基础设施，基础设施的运行就难以达到最优的经济效益状态。因而，考察基础设施运行的受益情况，可以从效率角度确定其有效运行管理模式。

但是，运行管理的经济效益不是确定农村基础设施有效运行管理模式的唯一因素。农村基础设施的有效运行还必须考虑公平因素。社会公平应包含以下两项基本内容：

（1）机会（程序）公平。机会公平是社会公平和正义的基本前提。机会公平是在为每个社会成员的具体发展提供一种统一的规则。在现实社会中，公平或不公平首要的是机会，机会公平是最大的公平、是公平的首要标志。它要求社会提供的生存、发展、享受机会对于每一个社会成员都始终均等。机会公平是实现社会公平的基本前提。机会公平虽然不一定必然导致结果公平，但没有机会公平就必定没有结果公平。

（2）权利公平。正如阿特金森和斯蒂格里茨（1994）所言，公共产品的一个重要特征是特殊的平均主义原则。例如，如教育公共供应的基本依据或是因为教育降低了财富的不均等，或因为至少接受最低水平教育本身便是一种目标。从这一原则出发，如果某些产品和服务构成了社会公众的基本需求，而某些公众群体依靠自身能力又难以从市场获取或难以承受其服务成本，那么确保对这类产品和服务的享受就必须作为这些弱势群体的一项基本权利来对待，否则就有违权利公平的原则。

　　效率与公平之间并无必然的联系，二者既可能相互促进，也可能发生矛盾。在许多情况下，追求效率可能会有损于公平原则，追求公平也可能会削弱效率。例如，在要素自由流动的市场，严格的效率原则要求按照要素的边际产出来确定要素的报酬，其结果可能会造成要素缺乏者在经济体系中的弱势地位，从而有损于社会公正。而在许多情况下，二者之间则可能是相互促进的。至少，社会公正状况的改善最终将有利于经济效益的提高。例如，程序的公正直接影响到是否引入了真正的竞争；对弱势者予以必要的支持则有利于竞争的形成。由此可见，对于社会现象所引发的效率与公平问题，必须予以具体分析，才有可能得出正确的结论。

　　例如，我们一项关于小型农田水利设施产权改革绩效的实证案例研究表明，在一定条件下小型农田水利设施产权制度改革引入私有产权能够提高设施的使用效率，有助于提高我国农业的综合生产能力，弥补我国农村公共设施提供的不足和管护主体的缺位。但是，同样是引入市场化的运行管理机制，农村医疗服务市场化所带来的却是农户医疗支出的大幅度增加和农户的强烈不满，大量农户特别是贫困农户因经济困难而选择放弃就诊（林万龙，2007b）。其原因在于，如果认为享受必要的医疗卫生服务是公民的一项基本权利，那么过于放任农村医疗卫生服务的市场化供给，由此所导致的高额医疗费用，以及大量农户无力就诊（其中必定主要是低收入农户），实质上对医疗服务消费的公平性造成了破坏。这样的运行管理模式，自然不能被认为是有效的。

　　把公平与效率作为主要考虑因素，可以把农村基础设施的属性区分为以下四种情况（图3）。

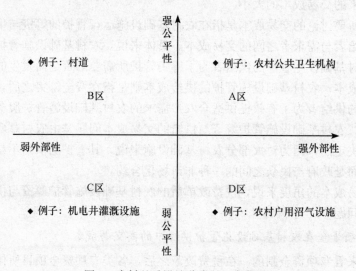

图3　农村基础设施分类的四象限图

图 3 中的分类是粗线条的，在对"外部性"的分类方面还要进一步细化。从政策意义上来说，"外部性"还应细化为"个人外部性"和"区域外部性"两种情况。这种细化非常有必要。例如，对于村道来说，它具有较强的个人外部性，很难指望哪个个人承担其管护成本，但是，村道的主要受益面是一村村民，其"区域外部性"不强，这就为采取适当的社区管护模式提供了基础；而乡道以及连接乡、村之间的道路，则相对具有更强的区域外部性。对此，本研究在最后的政策框架讨论部分将有更为详细的总结。

（二）交易成本与农村基础设施的有效运行管理

本报告前文曾经分析过，目前我国农村基础设施建设、运行管理中，尚未建立一种有效的官民合作机制。在农村税费改革实施之后，目前农村基础设施的运行管理资金，主要依赖于两个渠道：一是政府财政专项资金；二是"一事一议"筹资。前者是政府行为，后者是社区行为，二者之间基本不发生关系，因而也就谈不上建立有效合作机制的问题。那么，如何将政府与社区有效联结起来，发挥各自优势，建立有效的官民合作机制呢？对此，我们认为可以从交易成本理论的角度出发加以分析。

交易成本理论最初由科斯于 1937 年提出，以这个理论为基础，形成了后来的"交易成本经济学"和"新制度经济学"。简而言之，交易成本包括一切不直接发生在物质生产过程中的成本。按照科斯的交易成本理论，由于任何现实的经济活动均存在交易成本，因而各种组织或各种制度的存在、安排存在和变化，必须视为在交易成本约束下选择的结果。制度安排的优化与否，必须考虑这一制度安排所带来的交易成本的大小。

本处所要讨论的交易成本是指在农村基础设施运行管护的筹资与供给中，筹资者、供给者与需求者之间的交易成本。具体来说，农村基础设施管护的筹资成本是指农村基础设施管护的供给者为了筹集管护所需要的资金而发生的与农户之间的交易成本；农村基础设施管护的供给成本则是指在资金筹集之后，农村基础设施管护的供给者为了有效提供适合农户需求的农村基础设施管护服务而发生的交易成本。农村基础设施管护筹资与供给的交易成本问题是由农村基础设施管护的属性所决定的，因为对大部分农村基础设施来说，其管护的供给不是纯市场化的安排，而是政府与民众之间的一种非市场化合约。

从交易成本的角度来说，税费改革后的农村基础设施管护筹资与供给机制存在一定的问题。

1. 专项资金在农村基础设施管护供给中的高交易成本

首先来看专项资金制度。在税费改革之后，各类专项资金项目所体现的实质是城市对农村、工业对农业的反哺和保护。由于不再以农户作为筹资对象，应该说，专项资金项目的筹资避免了筹资过程中政府与农户的交易成本问题（就像税费改革前的税费征收那样）。但是，这种机制在农村基础设施管护的供给方面却存在不足，主要表现在这种自上而下的供给方式很难保证能贴近农户的需求，从而使提高供给效率所需要的交易成本很高。

专项资金一般来说需要下级政府向上级掌握专项资金的部门申报，这实际上是公共产品供给权力的上移。农村公共产品供给权力的过度上移，会造成什么后果呢？现代公共经济学和公共管理理论均特别强调财政分权和地方分权，其理由主要有三：一是集中制存在政治风险，通过分权来限制权力的过分集中，意味着政府结构的分权化和多样化；二是可以降低由于信息不对称而引起的决策成本；三是地方政府所提供的服务适应各地不同条件所导致的不同品味和不同需求（布朗等，2000）。后两条理由所说的实际上是降低公共产品供给的交易成本。对于农村基础设施的供给来说，由于农村地域的分散和项目投资额相对较小，供给权力的上移所造成的信息不对称现象尤为突出。这种问题不是仅通过加强专家评审制度就能克服的。同时，项目申报和评审机制也难以避免寻租行为的产生。这些都会导致供给效率的损失。另外，政府专项资金项目操作中的政策操作成本也必须加以考虑。

2. "一事一议"制度在农村公共产品筹资中的高交易成本

与专项转移支付制度在筹资方面交易成本较低而在供给方面交易成本较高相比，"一事一议"制度则刚好相反，在供给方面交易成本较低而在筹资方面交易成本则较高。

"一事一议"制度要求村组织在开展某项筹资活动前，必须首先征得全体村民一定比例（一般是70%）的同意。一般来说，如果某项农村基础设施项目确是通过"一事一议"而筹资兴办的，那么由于符合多数农户的利益，其供给将和需求高度匹配，供给方（村民自治组织）和农户之间在供给方面的摩擦会较小，项目实施将较为顺利，也就是说，供给方面的交易成本将比较低，供给效率会较高。

但是，这一制度安排所遇到的难点在于筹资方面。现在农村中的农户已经不再具有高度的同质性，即便在同一村中，不同农户之间在收入水平、收入结构和经济活动等方面也存在一定的差异，这种差异使得不同农户的公共产品需求意愿和筹资成本承担能力之间存在差异。"一事一议"制度很难对拒绝交费的农户采取有效的措施，这使得"一事一议"的筹资协调成本很高、操作难度很大。

上述分析表明，政府对农村基础设施建设和管护的专项资金投入，从筹资角度来说，由于不再面对农户，因而不再存在政府与农户间的交易成本问题，但是如何确保资金在公共产品的供给中能够符合农户的需求，降低供给中的交易成本和由此而带来的效率损失，必须认真加以考虑；而"一事一议"制度由于发挥了社区功能，在基础设施的供给方面可能会比较有效，但是在筹资方面的协调成本很高，这一点已在现实中有所体现。因此，必须设计出一种能够充分发挥政府与社区优势、避免各自劣势的新的农村基础设施建设与管护制度。

五、农村基础设施有效运行管理的政策框架探讨

增加财政对农村基础设施管护资金的投入是一个无可争议的前提。在这个前提下，针对上文的分析，本报告提出如下促进农村基础设施有效运行管理的政策框架。

（一）体制层面：改革过度集权的财政体制，适度增强县级财政的农村公共产品供给能力

在目前政府投入的农村公共服务与基础设施建设与管护资金中，中央财政和省级财政发挥了关键性作用，乡级财政已经名存实亡，县级财政仅能勉强维持运转。这种状况与财力的层层上移直接相关，由此造成了县乡财政基本丧失了农村基础设施的主动供给能力。

农村基础设施建设过多地依赖于上级财政，加剧了农村基础设施供求信息之间的不平衡，增加了资金使用中的寻租机会，会降低农村基础设施的供给效率。处于农村基础设施供给的第一线、最清楚本辖区农户真实需求的县乡政府，理应增强其主动服务能力。从目前情况看，县级财政的农村基础设施供给能力尤其需要加强。为此要：

（1）进一步完善分税制财政收入体制，减少地方财政特别是中西部地方财政对中央财政的依赖性；

（2）完善省级以下财政体制，增加县级财政的自主收入能力；

（3）增加对县级财政的一般性转移支付，适度减少专项转移支付；

（4）下放部分公共建设项目决策权限。

（二）机制层面：尝试建立"政府筹资、社区供给"的新的农村基础设施筹资和供给机制

上文分析表明，在税费改革之后两类主要的农村基础设施建设管护的筹资和供给机制中，专项资金制度在筹资方面交易成本较低，而在供给方面交易成本较高；"一事一议"制度则刚好相反，在供给方面交易成本较低，而在筹资方面交易成本则较高。那么，是否有可能对现有机制进行完善，探索出一种更为有效的、交易成本更低的农村基础设施筹资与供给机制呢？

本报告认为，这样一种机制是可能的。这就是，对于以社区为受益范围的农村基础设施，可以实行"政府筹资、社区供给"的新的筹资和供给机制。

所谓"政府筹资"，就是政府在减免农业税费的基础上，增加对农村的公共

事业与基础设施的转移支付，并直接到村。这一类转移支付兼有专项和一般的特征。由于它是对农村公共事业与基础设施的专项补助，因而具有专项转移支付的特征。但是，政府同时又不明确规定这类转移支付必须用于哪一类公共事业，其决定权在村，因而又具有一般转移支付的特征。这一筹资制度可以与原来的"一事一议"制度并行不悖。也就是说，在获取了这一专项补助之后，如果村民大会认为本村的基础设施建设与管护资金仍然不足，还可以通过"一事一议"的方式筹资。但是，这一专项补助至少可以保证每村可有一笔稳定的政府专项资金用于公共事业与基础设施建设和管护，从而可以有效规避"一事一议"制度在筹资方面的高交易成本。

这种"政府筹资"的制度安排的可操作性是具备的。首先，税费改革之后，政府对村的税费改革专项补助，主要用于村级管理费。"政府筹资"制度只是在这一补助的基础上增加了一类村级公共事业补助。其次，这类补助同样可以如其他村级资金的使用一样，纳入村账乡管的范畴，接受政府的财务监督，而无须额外增加新的监督机制。最后，从政府所需追加的资金量来说，以"一事一议"目前的人均最高 15 元为限，按照 2003 年乡村人口约 7.6 亿计算，如果由中央财政支付，该类转移支付所需的资金量为 114 亿元（各省可根据财力增加），相对于数以千亿的农村税费减免来说，其资金额度不大，但是这笔资金对农村公共事业建设的效果则很明显。如果东部发达地区具有较强的自我筹资能力，那么该项转移支付可以考虑仅针对中西部农村地区。

所谓"社区供给"，就是这笔转移支付的资金使用权在村而不在政府，从而可以避免政府在公共产品供给中因供求不均衡和寻租等因素所导致的供给效率损失。这不仅能够降低筹资过程中发生的交易成本，而且能够提高公共产品的供给效率，即能够保证公共产品为满足当地农民的需求而提供，同时符合当地的经济发展水平。为了确保资金的使用方向，可以要求该项资金也必须采用一事一议的方式加以使用。

有一种担心是，由村级组织来使用这笔资金，是否会导致资金的严重流失？这种担心实际上与本文所构想的新的供给模式无关。因为，目前"一事一议"的筹资和资金使用制度，仍然存在类似的问题。如果认为村级组织可以在村民大会、村理财小组和村账乡管等制度制约下能妥善安排和使用"一事一议"资金，那么这些制度安排也应能保证本文所构想的"村级公共事业转移支付"资金的使用，否则，所有的制度安排均无从谈起。应该说，良好的乡村治理结构是一切资金有效使用的前提。

（三）操作层面：兼顾效率与公平，实现农村基础设施的多元化运行管护机制

结合图 3 的分类，我们可以从效率与公平角度对农村基础设施的有效运行管

理问题进行系统思考，由于公共政策的主要考虑因素就是效率和公平，因而这种思考将具有明确的政策含义。表 6 列出了从操作层面总结的农村基础设施有效运行管理的政策要点。

表 6　农村基础设施的运行管理：分类及政策含义

基础设施属性	主要设施	管护政策要点
强外部性/强公平性	• 农村公共卫生机构 • 农村基础教育机构 • 乡道 • 乡-村道路	• 政府强力介入 • 提供充足财政管护资金 • 政府直接管护或者严格契约下的服务外包
强外部性/弱公平性	• 农村户用沼气设施	• 政府给予部分财政补贴，提供技术支持 • 探索项目的市场化管护机制 • 政府定位于项目监管；建立公私合作机制
弱外部性/强公平性	• 医疗服务	• 不宜完全市场化，但政府应在给予弱势群体适当补贴的情况下，通过服务外包、服务购买等方式，充分发挥市场机制的作用 • 政府应加强对服务质量、价格等方面的监管
弱区域外部性/强个人外部性/强公平性	• 村道 • 灌溉/排水水渠	• 不宜采取收费等市场化方式进行管护 • 应充分发挥社区的功能 • 政府给予必要的财政支持
弱外部性/弱公平性	• 机电井设施 • 水窖 • 塘坝	• 可充分引入市场机制运行 • 应确保民营化过程中的程序公正、公开、透明和竞争性 • 必要的价格监管

参 考 文 献

安东尼·B 阿特金森，约瑟夫·E 斯蒂格里茨. 1994. 公共经济学. 上海：上海人民出版社

布朗 C V 等. 2000. 公共部门经济学（第四版）. 中译本. 北京：中国人民大学出版社

财政部农业司. 2006. "公共财政覆盖农村研究"第二阶段总体研究报告. 内部报告

蔡昉，杨涛. 2000. 城乡收入差距的政治经济学. 中国社会科学，（4）

陈锡文，韩俊. 2003. 中国县乡财政与农民增收问题研究. 太原：山西经济出版社

国务院发展研究中心. 2006. 实现城乡公平与强化农村公共服务. 课题研究报告（未发表）

黄志冲. 2000. 农村公共产品供给机制创新研究. 中国农村经济，（6）

林万龙，刘仙娟. 2006. 税费改革后农村公共产品供给机制创新：基于交易成本角度的探讨. 农业经济问题，（4）

林万龙. 2003. 中国农村社区公共产品供给制度变迁研究. 北京：中国财政经济出版社

林万龙. 2005. 农村公共产品供求状况分析. 递交给财政部的研究报告（"公共财政覆盖农村（二期）"专题研究报告）. 内部报告

林万龙. 2006. 政策干预与农村村级医疗服务机构的发展. 递交给国家自然科学基金委的课

题结题报告

林万龙. 2007a. 中国农村公共服务供求的结构性失衡：表现及成因. 管理世界，（9）

林万龙. 2007b. 农村公共服务市场化供给中的效率与公平问题探讨. 农业经济问题，（8）

萨瓦斯 E S. 2002. 民营化与公私部门的伙伴关系. 北京：中国人民大学出版社

上海财经大学公共政策研究中心. 2004. 中国财政发展报告：中国农业、农村、农民政策研究. 上海：上海财经大学出版社

世界银行. 1994. 1994 年世界发展报告：为发展提供基础设施. 中文版. 北京：中国财政经济出版社

王金霞，黄季焜，Rozelle S. 2004. 激励机制、农民参与和节水效应：黄河流域灌区水管理制度改革的实证研究. 中国软科学，（11）

王雍君. 2006. 中国的财政均等化与转移支付体制改革. 中央财经大学学报，（9）

徐志刚，王金霞，黄季焜等. 2004. 水资源管理制度改革、激励机制与用水效率：黄河流域灌区农业用水管理制度改革的实证研究. 中国农业经济评论，2（4）

张军，蒋维. 1998. 改革后中国农村公共产品的供给：理论与经验研究. 社会科学战线，（1）

张军. 2004. 关于农村公共产品多主体筹资与供给形式的理论研究与现状分析. 课题研究报告

张立承. 2005. 农村主要公共产品供给模式比较研究. 中国财经信息资料，第 29 期"农村公共物品供给模式研究"，递交给农业部农研中心"农村税费改革与农村公共产品研讨会"的会议材料

周飞舟. 2006. 分税制十年：制度及其影响. 中国社会科学，（6）

Buchanan J M. 1968. The Demand and Supply of Public Goods. Chicago：Rand McNally

Fock A，Wong C. 2005. Extending public finance to rural China. Background for Presentations at the MOF-World Bank International Seminar on Public Finance for Rural Areas，Beijing，October 18

Ostrom E. 1990. Governing the Commons：The Evolution of Institutions for Collective Action. New York：Cambridge University Press

Wellenius B，Foster V，Malmberg-Calvo C. 2004. Private provision of rural infrastructure services：competing for subsidies. World Bank Policy Research Working Paper 3365，August

第二节　基层乡村负债对国家农村基础设施投资的影响[①]

一、乡村负债对我国农田水利设施投资的影响研究——现状、问题与对策

（一）目前我国乡村负债的基本演化趋势

1. 乡村负债量大、面广，且在中西部不发达地区尤为严重

乡村负债先后经历了三次较大规模的膨胀，截至 2004 年底，各地乡村负债

---

① 课题主持人：温铁军、郑风田（中国人民大学农业与农村发展学院）。本课题撰写者：温铁军、郑风田、傅晋华、郎晓娟、范堉暐、吴彬彬、邱澄、李庞毅、李旭然等。马九杰、陈卫平、穆建红、杨肖丽、李红爽、牛明婵、姬庆雪、石北燕、韩丽华等参加了项目的调研。

总额累计已达 6000 亿～10 000 亿元，占我国财政收入比重的 30％～50％。另外，乡村负债不仅量大，而且覆盖面较宽，部分地区负债村比例甚至超过了 86％（韩俊学，2003）。

我国不同地区的乡村负债情况差别较大，在中西部不发达地区，政府偿债能力弱、负债压力大，致使乡村负债特别严重。据调查，中西部地区乡村负债分别达到了 5032.7 万元和 697.5 万元（朱钢等，2006）。

2. 乡村负债具有较强的难以化解性

乡村负债的危害不仅在于存量巨大，还在于难以化解。税费改革以后，收入本就不足的乡村财政更是雪上加霜，缺乏化债能力。加之各地采取的缩减支出、清收债权、盘活集体资产等化债手段或执行困难，或风险较大，化债效果并不明显，化债工作也难以推进。

3. 乡村负债存在继续膨胀的压力

随着新农村工作的继续推进，乡村负债存在明显的继续膨胀的趋势。2005～2020 年，中央财政将投入巨额资金用于农村的义务教育、公路、基础设施、公共医疗等各项公共事业的建设，同时，地方基层政府也必定要承担起一部分资金的筹措任务。这样一来，处于新农村建设最前线的乡村基层政府就面临很大的支出压力。目前乡村基层政府面临的困境是：一方面，它面临收支的双重压力；另一方面，在我国现有行政考核制度下它还面临来自上级的行政压力，因此，许多乡村基层政府为完成建设任务就不得不大量举债。正如朱钢等（2006）所言，防范新增负债要远比化解旧债重要得多。

4. 县级负债可能急剧增加

当前新农村建设面临的一个主要困境是：新农村建设的投资、建设、管理和维护等工作，必须要有一个能够掌握农村实际情况和农民需求的基层政府来承担，才能保证中央的意图和相关措施能够有力地贯彻下去，防止出现上下级脱节的现象。而本来最具优势的乡村两级政府，又因为负债问题基本丧失了行政能力，使得中央政府无法放心大胆地把大量的资金及相关建设责任交给乡村两级政府来进行管理。因此，为了解决这一矛盾，许多地方开始将更多原本由乡村政府执行的任务转移给县级政府，试图通过这样的手段寻找一个新农村建设的"替代执行者"。

在目前的这种情况下，县级政府代替乡村政府成了一个"万能政府"。然而，本已承担起教育和医疗 90％以上投资的县级财政状况也并不乐观，如果继续加大县级财政的支出压力，势必会引发县级负债的急剧增加。

另外，县级政府相对来说信誉较高，容易获得金融机构的贷款。因此，不论是金融机构，还是县级政府本身乃至上级政府，都不会对县级负债有太多的担忧，这就使得县级负债的风险在一段时间内不会表现出来。也就是说，一旦县级负债大面积爆发，其产生的后果将是十分严重的。目前，虽然也有许多学者对我国部分"吃饭财政"县的负债进行过研究，但更大范围内的县级负债以及县级负债的潜在风险还没有引起足够的重视。因此本研究认为，为顺利推进新农村建设，我国各级政府在积极化解乡村负债的同时，还应关注县级负债的风险，防止因乡村负债带来的县级负债急剧增加，从而使得县级政府重蹈乡村两级政府的覆辙。

（二）乡村负债对农田水利设施投资的影响

乡村负债所引发的农田水利设施投资中的问题复杂多样，总体来说，包括以下五个方面。

1. 迫使基层政府挪用国家农田水利投资资金

中央政府支农资金的安全问题，是制约我国水利设施投资的一大瓶颈。目前，我国乡村两级政府因负债严重，财政空虚，不仅无法拿出资金用于基础设施投资、建设、管理及维护，还很有可能挪用国家农田水利投资资金用于填补负债。尤其是在许多负债较为严重的地方，基层政府受到来自债权人的巨大压力，不得不动用各种手段，将资金首先用于偿还负债。在国家支农专项资金的审计监督不严的情况下，基层政府就有了进行非法操作的更大空间，对国家资金安全造成了严重的威胁。

这里需要指出的是，基层政府之所以有较强的挪用上级专款用于偿债的动机，表面上是为了减少负债，其深层原因可能有两个：一是基层干部本身是债权人，所以他们首先选择将仅有的资金用于实现自己手中的债权，并同时向自己支付高额的利息；二是讨债人的催债行为已经严重影响到基层干部的切身利益，如对其财产甚至是人身安全造成威胁，权衡之下，基层干部只能选择先行还债。

中央财政支农资金在经过各级政府的层层截留后，"跑、冒、滴、漏"现象严重，原本能够到达基层的资金就已不多，如果被用于填补负债，国家支农资金将面临巨大的资金黑洞。因此，尽快解决因乡村负债造成的基层政府挪用国家农田水利投资资金问题，保证国家支农投入的有效性，是当前我们的首要任务。

2. 引发尖锐的基层干群矛盾，制约农田水利设施投资

近年来在我国的许多地方，乡村负债已经成为当地新农村建设的一道难以跨

越的门槛。以吉林省为例，在过去的两年间，当地不少镇政府干部每到过年就得换掉手机号，撤离镇政府大院，每个乡镇干部还要写一个辞职报告放在办公室内，以随时对付登门讨债者。不仅如此，随着讨债高峰的到来，一些村干部甚至因为债务问题被多次行政拘留（李亚彪等，2006）。另外，乡村负债还直接造成了乡村基层政府缺乏可支配资金，无法履行其进行基础设施建设、管理与维护的职能。可以说，乡村负债的存在以及近年来债务债权人矛盾的凸显，使得乡村基层政府的行政能力完全丧失，许多地方出现了"空壳村"，没有人愿意再当村干部，原来的村干部也多辞职外出打工，农田水利设施投资工作由于缺乏组织者与参与者，难以顺利进行。

乡村负债之所以会引发尖锐的基层干群矛盾，一方面，是因为税费改革使得许多债权人担心未来将更加难以收回借款，导致基层干群之间的矛盾集中爆发；另一方面，是因为乡村负债中有很大比例是基层政府和农民个人之间的债务，而且在中部地区表现得尤为明显。其中，有一部分是农民欠乡政府，而农民却不承认的债务，即乡村政府为农民垫交税费或集体筹资时形成的债务；另一部分是乡政府欠农民的，即乡政府由于难以获得其他资金来源而向农民集资的部分。由于近年来乡村负债问题逐渐恶化，乡村基层政府已经很难从正规金融机构，如银行、信用社贷到款，只能转向农民借款。朱钢等（2006）的调查也指出，近年来乡村负债中个人借款的比例有上升的趋势，如湖南桃源县乡村负债中个人借款的比例达到了 54.1%，湖北麻城市也达到 51.7%。可以说，乡村负债中的个人借款正是引发尖锐的基层干群矛盾，是导致农田水利设施投资无法进行的最主要原因。

3. 滋长基层政府集体套取国家基础设施投资资金的腐败行为

朱钢等（2006）指出，乡村负债普遍存在的地区，严重的负债不仅不会影响到基层官员的政绩，还有可能为他们提供套取国家财政补贴的机会。因此，基层政府存在有意夸大负债的动机，甚至可能演变为集体套取国家资金、中饱私囊的腐败行为。可以认为，乡村负债带来的基层政府行为异化，使得农田水利设施建设投入面临很大的风险。

一直以来，多数人认为基层政府出于对自身政绩的考虑会瞒报负债，以逃避上级政府的惩罚。而且，为了进一步掩饰其负债的严重性，基层政府甚至可能想方设法筹集资金进行基础设施建设以达到上级要求。但实际情况往往不这么简单。朱钢等（2006）通过实地调研发现，当乡村负债成为某一地区甚至全国范围内的一个普遍性问题时，负债的严重与否已经不能成为评判基层官员政绩标准。这是因为我国的传统是"法不责众"，乡村负债的复杂性使其无法准确界定责任人等。因此，基层政府夸大自身负债不仅成本较小，还可能利用中央对乡村负债问题的重视，以及中央和地方之间的信息不对称获得大量上级的转移支付资金。

正是由于严重的乡村负债可能使基层政府产生这种心态，基层政府才不仅不会瞒报，还会有意夸大负债的规模，以集体套取国家资金，甚至出现一些中饱私囊的腐败行为。这也正是中央一直无法通过国家财政给乡村负债买单的原因之一。负债严重的乡村基层政府如果不但不努力化解乡村负债，加快基础设施建设，反而成天忙于向上级政府"哭穷"，争取上级资金，国家支农资金的使用效率将大打折扣，农田水利设施建设也将面临很大的障碍。

4. 降低基层政府动员社会资源共同参与投资的能力

农田水利设施究竟由谁来供给，一直是学术界广泛关注的一个问题。从农田水利设施的公共品属性出发可以看到，农田水利设施是一类具有非排他性和竞争性的准公共物品，一方面要求中央政府和地方政府对其公共品部分进行投资，另一方面也要求水利设施的直接受益人农户有一定的投入。尤其是在现今建设水利设施资金需求较大，但中央财政和地方财政又没有足够财力对其进行支持的情况下，更需要我们将农田水利设施的投资主体多元化。从本质上看，农田水利设施的投资需要"集体行动"，也就是说，只有进行广泛的社会资源动员，才能保障农田水利设施所需的资金投入。

但是，在我国的许多地方，乡村负债的存在极大地限制了基层政府的社会资源动员能力。

我国的乡村基层政府是组织农田水利设施建设、投资、管理和维护的主体，在"两工"取消、"一事一议"还不完善的情况下，它理所当然地承担起直接进行社会资源动员的任务。目前，除了部分依赖于水利设施解决生存问题或者能够通过良好的水利设施获取丰收经济收益的地区外，我国其他地区水利设施投资的社会资源动员工作都十分困难，需要基层政府有更高的威信以及更灵活多样的方法来开展社会资源动员工作，引导农民、社会共同参与水利设施投资。

然而，由于基层政府的偿债能力差，严重影响了政府的信用，其丧失了对农民以及社会组织或个人的号召能力，造成农田水利设施的投资主体缺失，最终使以农田水利设施为代表的乡村公共事业投资难以为继。

5. 弱化基层政府进行水利设施投资的动机

投资动机是保证基层政府作为农田水利设施建设的主体，充分利用其信息优势，根据农民需求和设施运行情况作出正确投资决策的先决条件。然而，巨额的乡村公共负债及其引发的众多问题，从客观和主观两个方面弱化了基层组织对于农田水利设施的投资动机，使得基层政府既没钱投，也不愿投，水利设施的投资建设工作陷入停顿之中。

第一，主观投资动机的弱化，即基层组织本身不愿意投资。由于乡村负债数额庞大且乡村基层组织的偿债能力较弱，许多负债的乡村政府疲于应付讨债人，严重干扰了政府的正常工作，使其丧失履行其基本职能的意愿，更不必说致力于农田水利设施的投资建设了。以吉林省洮南市福顺镇为例，在免征农业税后的乡镇合并过程中，该镇多年积攒的债务也整合到了一起，导致讨债高峰的出现。近两年来，该地镇政府干部不断接到法院的传票，许多干部年关集体躲债、被迫"假辞职"，甚至是与讨债人发生暴力冲突，使得该镇的日常管理处于"真空状态"，镇干部主观工作意愿很低，以保障农民基本生产为目标的公共基础设施投资也陷于停顿之中。

第二，客观投资动机的弱化，即基层组织没有的资金进行投资。基层政府的收入主要包括预算内收入、预算外收入及自筹资金三个部分①，这里我们暂且抛开税费改革对基层收入的影响不论，单从负债角度看基层组织的资金来源问题发现：乡村负债的一个重要特点，就是债务和债权数额都十分巨大，但两者往往不能相抵。

6. 导致农村基础设施投资方向偏移

许多地方政府试图通过加快发展经济的方式筹措资金，填补乡村负债造成的漏洞。但即使是这样的"合理目标"，也可能导致本该用于农村基础设施的投资转向回报率较高的生产部门，政府公共投资不足。

在我国许多地方，包括市县一级政府在内的基层政府对乡村负债问题十分重视，一般有较强的意愿或者至少被迫有较强的意愿来化解乡村负债。因此，这些地方政府会尽可能地通过合理合法的手段来尽快筹措资金，填补乡村负债造成的漏洞。然而，地方政府的这一"合理目标"却很可能与中央政府加强农村基础设施及公共服务投入的意图相背离，从而导致农村基础设施投资方向偏移。

具体来说，一方面，化解负债需要大量的资金；而另一方面，政府基础设施等农村公共品的投入耗资大、收益低、见效慢，加大了农村公共品建设无法解决庞大的乡村负债问题。因此，大部分地方政府倾向于首先将资金投向回报率较高的部门，从而尽快地发展经济，增加财政收入，最终解决乡村负债。谭秋成（2006）的研究也指出，基层政府倾向于进行越权的、风险和收益都比较大的经

---

① 陈锡文指出，预算内收入主要包括预算内的专项税费收入；预算外收入则包括各种地方性收费、基金、捐资等，名目繁多；而自筹资金则比较混乱，所谓的"三乱"多源于此。

济活动。这样一来，资金大量集中在少数盈利性较好的部门，使得该部门资金边际贡献率极低，而基础设施投资却明显不足，从而产生投资偏移和资源不合理配置等多方面的问题。

另外，虽然收益较高的部门可能为解决乡村负债赢得机会，但由于高收益部门同时伴随着高风险，如若投资不慎，更会引发新一轮负债，从而使得乡村负债对农田水利设施投资的影响陷入恶性循环之中。

二、支农配套资金制度对我国乡村负债的影响估算——以中西部地区贫困乡村为例

配套资金制度①，是我国政府为减轻中央财政投资负担，同时强化地方政府发展当地事业的主体责任而制定的一项财政资金下拨制度，它对乡村负债的影响主要表现为乡村建设性负债。近年来，由于配套资金任务的安排没有遵循"农民本位"的基本原则，脱离了农民的真实需求，导致基层政府配套任务过重，许多地方基层政府，尤其是中西部贫困地区基层政府被迫大量举债，一方面恶化了乡村负债的状况，另一方面阻碍了农村各项建设的进行，制度改革迫在眉睫。

由于配套资金制度是我国目前支农投资的主要模式，它的缺陷并没有引起足够的重视。因此，深入研究配套资金制度对乡村负债的影响机制，量化配套资金的影响程度，并最终完善我国支农配套资金制度，是我们当前迫切需要完成的任务。

（一）配套资金制度对乡村负债的影响机制

财政部于 2004 年下发的《农业综合开发财政资金配套保障试点办法》指出，财政配套资金指标一般坚持上限控制、实事求是、量力而行的原则。首先，国家相关部门计算确定应分配各省相关农业发展项目的中央财政资金规模，以此作为分配各省中央财政资金的上限；其次，各省财政部门参照国家下达的中央财政资金指标上限，安排落实地方财政配套资金（包括省、地、县三级），并据实上报当年地方可筹措的财政配套资金。国家相关部门以此为依据，测算确定应分配各省的中央财政资金投资指标。同时，该办法还提到："凡是发现虚假上报配套资

---

① 所谓配套资金制度，是指中央财政在针对地方的各种项目进行资金投入的同时，要求地方财政提供一定比例项目资金的一项制度，在农业方面，需要配套的项目主要包括农业综合开发项目、农业基础设施投资项目、"普九"、"两基"、"新农合"等科教文卫事业项目。总的来说，这项制度的目的有两个：其一，是减轻中央财政在投资地方建设时的负担；其二，是强化地方发展当地事业过程中的主体责任，强调"谁受益，谁负责"。

金规模套取中央财政资金的，按上报数与实际落实数的差额两倍扣减该省下年中央财政农业综合开发资金指标。对能够超额落实配套资金的，在安排下年中央财政资金时给予一定奖励。"

可见，地方必须筹足配套资金，才可能获得国家的资金补助。另外，配套资金筹措的好坏将直接影响地方政府的政绩。

配套资金制度在执行的过程中还存在很多问题，主要表现在以下的几个方面：

第一，"钓鱼工程"（段应碧，宋洪远，2006）现象严重，引发负债风险。所谓的"钓鱼工程"，一方面表现为相关项目立项后，上级政府出小头，下级政府出大头，甚至是"上级出点子，下级出票子"；另一方面表现为"奖励钓鱼"机制，即上级政府首先承诺对超额完成或优先完成配套任务的基层政府予以奖励，在基层政府不惜举债凑齐配套资金后，上级政府的奖励就成了空头支票，负担只能由基层政府自己来背。可见，配套资金制度实际上是给了上级政府一条合理合法的，将自身责任通过行政体制下移给基层的途径，给基层政府造成了很大的负债风险。

第二，"一刀切"现象依然普遍存在，直接增加负债。目前我国依然存在不考虑地方的实际经济情况，不考虑项目具体情况的"地区一刀切"和"项目一刀切"现象，给中西部地区，尤其是中部地区[①]"吃饭财政"的县造成了很大的负担，直接增加了负债。

第三，"行政软强制[②]"作用依然难以忽视，导致负债刚性增长。虽然中央并没有强制地方要配足限额，却说"配多少，给多少"，而在中国的行政体制下，这样的规定无异于"软强制"。省市政府出于自身政绩、面子等问题的考虑，也必然会进一步要求基层政府筹足配套资金，来完成相应的建设任务。因此，上级行政力量的强制干预使得配套资金制度发生了扭曲，基层政府在很大程度上受制于上级的要求或者是"期望"，造成乡村负债刚性增长。

由上可以看出，处于行政性下压体制底层的基层政府，财权不足，事权过重，争取配套资金就成为它们完成任务、提升政绩的"救命稻草"，而配套资金制度本身在设计和执行过程中存在的问题又使得基层财政不得不负债以获得配套资金，这种负债不但没有在获得配套资金后减轻，还面临着难以化解的危机及刚性增长的风险。

---

① 根据国家发改委颁发的《2007 年中央支农资金投资指南》，中部地区几乎没有任何政策优惠，且在大部分项目上都要承担 1∶1 以上的配套任务。

② 所谓的"行政软强制"，是指中央政府或地方各级政府在相关项目筹资文件中没有明确提出对下级政府筹资任务的硬性要求（如"配多少，给多少"），而实际上却通过隐性的话语暗示，用潜规则的方式强制下级政府完成配套任务。

（二）配套资金制度对乡村负债造成的影响估算

配套资金制度的存在可能直接引发一些处于"吃饭财政"状态的乡村新增负债增加，为了更加准确地分析配套资金制度对乡村负债造成的影响，本文将首先对估算的前提假设进行说明，而后就配套资金制度对乡村负债造成的影响进行估算。

1. 估算的前提假设

本文估算赖以建立的前提假设主要有如下几条：

第一，假设配套资金制度只对中西部地区"吃饭财政"县的乡村负债有影响。现有关于乡村负债的研究已经指出，不论是东部、中部还是西部的乡村基层组织都可能在进行公共品投资的过程中，为筹措配套资金而负债，甚至这种负债还表现为东、西部较高，中部较低的现象（陈洁等，2006），但东部整体状态比西部好很多，故本文估算的对象，只包括中西部地区的"吃饭财政"县的乡村负债，其中"吃饭财政"县用国家级贫困县代替。

第二，假设"吃饭财政"县的乡村没有偿债能力，且在没有省政府转移支付的条件下，其所负担的全部配套资金都将转变为新增负债。处于"吃饭财政"县的乡村，其全部财政收入只够用于支付工资及政府的日常管理开支，基本没有偿债能力，除了依靠负债，也根本无法拿出用于农村公共基础设施建设及发展科教文卫事业的配套资金。因此，"吃饭财政"县的乡村负债只会不断累积，而且如果不考虑省级政府的转移支付，其所负担的全部配套资金额也将等于其新增负债额。

第三，假设中央要求我国各地区提供的配套资金比例存在两种情况，一是各地存在明显的"一刀切"，即均为1∶1配套；二是根据各地发展水平差别配套。本课题组在重庆调研的结果发现，重庆市农田水利基础设施建设与维护项目配套比例即为1∶1。另外，根据交通部近年对农村公路建设成绩的相关总结我们也发现，该部"通达工程"中央计划投资资金为32.6亿元/万千米，而公路实际建设投资72.2亿元/万千米，虽然提到了对西部地区有政策倾斜，但并没有提出对中部地区有政策倾斜。因此，我们可以大致假设中西部地区存在1∶1的"一刀切"配套现象。另外，如前文所述，我们根据于永臻（2006）的研究成果，假设各地还存在差别配套的情况，配套比例为中部地区1∶0.5、西部地区1∶0.25，从高位估计和低位估计两种情况出发，分别对配套资金的影响进行估算。

第四，假设中西部地区"吃饭财政"县的乡村两级政府被迫全额分担国家分配到该乡村所属县的配套资金额。根据前文对配套资金制度的介绍可以看出，一般中央要求的配套责任只落实到县一级，乡、村两级政府所需负担的配套资金量由各县自己安排。由于"吃饭财政"县自身难以筹措相应的配套资金，只能全额摊派给乡镇。可见，在"吃饭财政"县，配套资金制度对处于行政下压体制最下端的乡村基层政府将造成十分严重的影响。

第五，假设中央支农资金的投入在未来几年内以年均 14％的速度增长。对于 2006 年以前中央支农资金的投入，都可以获得准确的数据，但是，对于 2007 年包括 2007 年以后的中央支农资金投入我们只能采用固定比例增长法进行估算。根据新农村建设的规定，国家每年用于农业投入的增长率不能低于当年中央财政经常性项目收入的增长率，且由于 2006 年国家支农资金的增长率为 14％，我们初步将国家支农资金中要求配套金额的增长率也定为 14％。

2. 估算的内容

本文要估算的内容包括 1994～2020 年这 26 年间配套资金制度对我国中西部地区贫困县乡村负债的影响情况。之所以选择这一时间段，是因为 1994 年是中央开始进行财税体制改革、上收财权、造成基层政府财力紧张的起始年份，而 2020 年是我国完成新农村建设、实现全面小康的结束年，研究这一段时间配套资金对我国乡村负债的影响具有较强的现实意义。从时间维度上看，我们要研究的内容可以分解为以下两个部分：

第一，1994～2004 年配套资金对乡村负债的影响。目前学术界对乡村负债存量的估算一般截至 2004 年，因此，通过这一部分的估算，我们可以解决目前乡村负债存量中由配套资金造成的负债比例问题。

第二，2005～2020 年配套资金对乡村负债的影响。这一部分主要是估算出在配套资金长期存在的情况下，乡村新增负债的情况。另外，在这一部分中我们还需要考虑的一个问题是这一时期配套资金引起的乡村负债可能只占全部乡村新增负债的一部分。因此，本文的估算结果必将低估未来几年乡村新增负债总额。

3. 支农配套资金制度对我国乡村负债的影响估算

1）估算方法说明

本部分估算的基本公式如下：

$$配套资金引起的乡村负债额 = 要求该乡配套的资金额 \times (1 - 转移支付率) \quad (1)$$

其中，

$$要求该乡配套的资金额 = 国家专项支农资金中要求配套的金额 \times (该地区贫困县个数 \div 全国县个数) \times 要求该地区配套比例 \quad (2)$$

对于上述公式在具体计算的过程中需要说明的有以下几点：

第一，式（1）中的转移支付率为各省（自治区、直辖市）的转移支付率。由于我国各地情况均不相同，为简化计算，这里参考陈锡文等（2005）的研究成果①，将正常情况下贫困县的转移支付率区间定为［1/3，61％］。也就是说，各县由于专项资金带来的乡村负债范围②，应该是［要求该乡配套的资金额×（1－61％），要求该乡配套的资金额×（1－1/3）］。

第二，式（2）中"该地区贫困县个数÷全国县个数"一项，参考目前最新的统计数据，即我国的 2862 个县中，592 个国家级贫困县，中部 190 个，西部375 个。对于 1994～2020 年这段时间内，中西部地区贫困县总量及相对比例的变动，本文忽略不计。因此，可知该指标中部地区为 190/2862＝0.066，西部地区为 375/2862＝0.131，中西部合计为 0.197。

第三，式（2）中"要求该地区配套比例"一项，按照本文基本假设部分的说明，分别按照中西部地区都为 1∶1 配套，以及中部地区为 1∶0.5，西部地区为 1∶0.25 配套两种情况进行计算。

在对本文的研究对象进行了详细界定及对估算方法进行必要介绍后，本文将以教育、道路、基础设施建设和医疗这四个不同项目的专项资金投入，分类估算所有贫困县分别新增了多少负债及其相关影响。

2）义务教育资金配套新增负债估算

见分报告，这里省略。

3）县乡公路③支出配套所带来的新增负债估算

见分报告，这里省略。

4）农业基础设施建设资金配套新增负债估算

A. 基础设施建设总配套资金引发乡村负债估算

农业基本建设资金投入主要包括用于农业、林业、水利、气象行业的重大基础设施项目建设，是我国新农村建设中十分重要的一环。然而，由于国家在进行基础设施投资时也多采用项目的形式，一般要求地方政府提供相应的配套资金。原本意在加强地方政府对基础设施管护责任的措施，却给中西部地区"吃饭财政"县带来了高额的负债。具体来说，农业基础设施建设配套资金引发的乡村负债如表 7 所示。

---

① 陈锡文在《中国农村公共财政制度》（第 23 页）中提到：1999 年，平均来看，县级总支出的 1/3是由转移支付提供的资金，在国家级贫困县中，转移支付资金占其总支出的比重有的竟高达 61％。

② 当转移支付率＝61％时，新增负债取最小值；当转移支付率＝1/3 时，新增负债取最大值。

③ 县乡公路是连接国道、省道干线公路通往乡镇的公路，是沟通城乡物资、经济、技术和文化交流的纽带。

表 7 1994~2020 年农业基础设施建设配套资金对乡村负债的影响（单位：亿元）

年 份	中央用于农业基础设施建设支出	基础设施建设配套资金引发的乡村负债额度					
		"一刀切"配套		按经济发展水平配套			
		中西部地区		中部地区		西部地区	
		最大值	最小值	最大值	最小值	最大值	最小值
1994~2004	3 724.78	489.19	286.17	81.95	47.94	81.32	47.57
2005	618.29	81.20	47.50	13.60	7.96	13.50	7.90
2006	704.85	92.57	54.15	15.51	9.07	15.39	9.00
2007	803.53	105.53	61.74	17.68	10.34	17.54	10.26
2008	916.02	120.30	70.38	20.15	11.79	20.00	11.70
2009	1 044.27	137.15	80.23	22.97	13.44	22.80	13.34
2010	1 190.47	156.35	91.46	26.19	15.32	25.99	15.21
2011	1 357.13	178.24	104.27	29.86	17.47	29.63	17.33
2012	1 547.13	203.19	118.87	34.04	19.91	33.78	19.76
2013	1 763.73	231.64	135.51	38.80	22.70	38.51	22.53
2014	2 010.65	264.07	154.48	44.23	25.88	43.90	25.68
2015	2 292.14	301.03	176.11	50.43	29.50	50.05	29.28
2016	2 613.04	343.18	200.76	57.49	33.63	57.05	33.38
2017	2 978.86	391.22	228.87	65.53	38.34	65.04	38.05
2018	3 395.91	446.00	260.91	74.71	43.71	74.14	43.37
2019	3 871.33	508.43	297.43	85.17	49.82	84.52	49.45
2020	4 413.32	579.62	339.08	97.09	56.80	96.36	56.37
2005~2020	31 520.67	4 139.71	2 421.73	693.45	405.67	688.20	402.60
总计	35 245.45	4 628.90	2 707.91	775.40	453.61	769.53	450.17

注：①1994~2004 年中央财政用于农业基础设施建设支出数据来自《中国统计年鉴 2006》；②其余方法与估计义务教育配套资金影响时的方法相同。

如表 7 所示，以 2005 年为例，如果国家对中西部地区的配套资金筹措工作采取"一刀切"政策，农业基础设施建设配套资金引起的中西部地区乡村负债最大值 81.2 亿元，最小值为 47.5 亿元，平均到每个县为 800 万~1400 万元。另外，在此情况下 2005~2020 年，基础设施建设配套资金还将引起中西部地区乡村新增负债最大值为 4139.71 亿元、最小值为 2421.73 亿元。

但是需要注意的是，由于新农村建设的重要目标之一，就是大力加强农村基础设施建设，因此，基层政府的基础设施建设工作受到上级的行政压力最大。而且，基础设施建设盈利性差，难以吸引社会资源投入，是地方基层政府的刚性支出，很容易引发乡村负债。

B. 农田水利基础设施建设配套资金引发乡村负债估算

近年来，我国各地农田水利设施纷纷出现主干渠堵塞淤积、末级渠系瘫痪、病险库众多等问题，严重影响了农业的正常生产及农民的正常生活。尤其是

2005 年的川渝大旱，更是彻底暴露出了农田水利设施年久失修、缺乏管理和维护造成的问题，农田水利设施建设工作已经迫在眉睫。然而，根据国家自然科学基金应急项目"新农村基础设施建设与管理研究"课题组在重庆市的实地调研发现，国家要求重庆市筹措的水利设施建设配套资金，不仅严重制约了当地水利设施投资工作，还引发了当地基层政府的负债风险。因此，在这一部分中，本文将就农田水利基础设施建设配套资金引发的乡村负债进行单独估算。

水利支农①在农业基本建设支出中占很大一部分，其投资主要来源于三个方面：一是水利基本建设投资（灌溉除涝工程等）；二是水利专项资金，如农业综合开发资金、国家商品粮基地县建设资金、发展粮食专项基金、小型农村公益设施建设资金、国家特大防汛抗旱补助等专项投资中的水利投资；三是水利事业费，主要是小型农田水利经费。由于水利部的官方数据不透明，水利支农的直接数据难以获取，本文只能试图将水利支农资金从农业基本建设支出中分离出来，间接获取近似数据。

考虑到我国财政用于农业基本建设的支出主要来自农业国债资金②和国家财政预算内投资，而且其中农业国债资金一直占年度农业基本建设投资的70% 以上，因此，我们假设农业国债资金中用于农田水利设施投资的资金比例就是国家农业基础设施总投资中用于农田水利设施投资的比例。根据陈锡文等（2005）的研究成果，可知国债资金中用于农田水利设施投资的资金占总资金的72%，按照这一比例，农田水利设施投资引发的乡村负债数额如表 8 所示。

表8　1994～2020 年农田水利基础设施建设配套资金对乡村负债的影响（单位：亿元）

年　份	中央用于水利基础设施建设支出	农田水利基础设施建设配套资金引发的乡村负债额度					
		"一刀切"配套		按经济发展水平配套			
		中西部地区		中部地区		西部地区	
		最大值	最小值	最大值	最小值	最大值	最小值
1994～2004	2 681.84	352.21	206.05	59.00	34.52	58.55	34.25
2005	445.17	58.47	34.20	9.79	5.73	9.72	5.69
2006	507.49	66.65	38.99	11.16	6.53	11.08	6.48
2007	578.54	75.98	44.45	12.73	7.45	12.63	7.39
2008	659.54	86.62	50.67	14.51	8.49	14.40	8.42
2009	751.87	98.75	57.77	16.54	9.68	16.42	9.60

①　本文所用的水利支农资金仅指国家财政在宏观层面上给各地的水利支农资金之和，并不包括微观层面上因洪涝灾害国家给某地区的特殊拨款，也不包括地方省或地区给地方县的任何水利拨款。

②　农业国债资金，主要用于水利、林业、农业、气象等方面的重大基础设施建设项目，以及重点地区生态环境建设项目，自 1998 年开始发行。

续表

年　份	中央用于水利基础设施建设支出	农田水利基础设施建设配套资金引发的乡村负债额度					
		"一刀切"配套		按经济发展水平配套			
		中西部地区		中部地区		西部地区	
		最大值	最小值	最大值	最小值	最大值	最小值
2010	857.14	112.57	65.85	18.86	11.03	18.71	10.95
2011	977.14	128.33	75.07	21.50	12.58	21.33	12.48
2012	1 113.93	146.30	85.58	24.51	14.34	24.32	14.23
2013	1 269.89	166.78	97.57	27.94	16.34	27.73	16.22
2014	1 447.67	190.13	111.22	31.85	18.63	31.61	18.49
2015	1 650.34	216.74	126.80	36.31	21.24	36.03	21.08
2016	1 881.39	247.09	144.55	41.39	24.21	41.08	24.03
2017	2 144.79	281.68	164.78	47.19	27.60	46.83	27.39
2018	2 445.06	321.12	187.85	53.79	31.47	53.38	31.23
2019	2 787.36	366.07	214.15	61.32	35.87	60.86	35.60
2020	3 177.6	417.32	244.14	69.91	40.90	69.38	40.59
2005~2020	22 694.92	2 980.60	1 743.65	499.29	292.08	495.51	289.87
总计	25 376.76	3 332.81	1 949.70	558.29	326.60	554.06	324.12

注：①水利支农资金＝国家财政用于农业基本建设的支出×72％；②其余方法与估计义务教育配套资金影响时的方法相同。

　　如表 8 所示，以 2005 年为例，如果国家对中西部地区的配套资金筹措工作采取"一刀切"政策，农田水利基础设施建设配套资金引起的中西部地区乡村负债最大值为 58.46 亿元、最小值为 34.20 亿元，平均到每个县为 600 万～1000 万元。另外，在此情况下 2005～2020 年，基础设施建设配套资金还将引起中西部地区乡村新增负债最大值为 2980.6 亿元、最小值为 1743.65 亿元。

　　对于中西部地区的"吃饭财政"县来说，配套资金制度引发的新增负债加剧了农田水利建设的供求不平衡。而且，不论是中央还是地方，都倾向于将大部分水利设施建设资金用于大江大河治理或营利性水库建设，与农民切身利益最为密切相关的农田小型水利设施建设却往往被忽略。赵阳等（2005）在福建、湖北和陕西调研发现，即使在这些水资源较为充裕的省份，2004 年调研点仍有 27.6％的农户认为农业用水严重不够，认为足够和基本够的农户只占 41.9％。另外，由于上级财政的投资偏差以及县乡政府债务负担重、权责不明确等原因，农田水利设施管理和维护基本陷入停滞，巨资兴建的大量农田水利设施不能正常运行，影响了农户的正常生产和生活。

　　5）农村医疗资金配套新增负债估算

　　见分报告，这里省略。

　　6）四大资金配套项目引发的综合负债

　　通过对义务教育、乡村公路建设、乡村基础设施建设以及农村医疗四项支农配套资金引发的乡村负债的估计，本文将最终结果汇总，见表9。

表9　1994～2020 年我国农村四大建设项目配套资金对乡村负债的影响汇总情况

（单位：亿元）

项　目	年　份	配套资金引发的乡村负债额度					
		"一刀切"配套		按经济发展水平配套			
		中西部地区		中部地区		西部地区	
		最大值	最小值	最大值	最小值	最大值	最小值
农村义务教育	1994～2004	43.97	25.72	7.37	4.31	7.31	4.28
	2005～2020	353.93	207.05	59.29	34.68	58.84	34.42
乡村公路建设	1994～2004	1 945.54	1 138.14	325.90	190.65	323.43	189.21
	2005～2020	12 426.18	7 269.31	2 081.54	1 217.70	2 065.77	1 208.48
基础设施建设	1994～2004	489.19	286.17	81.95	47.94	81.32	47.57
	2005～2020	4 139.71	2 421.73	693.45	405.67	688.20	402.60
农村医疗投资	1994～2004	102.17	66.91	20.02	14.11	25.54	19.68
	2005～2020	930.95	619.82	186.53	134.41	244.92	193.20
合计	1994～2004	2 580.87	1 516.94	435.24	257.01	437.6	260.74
	2005～2020	17 850.77	10 517.91	3 020.81	1 792.46	3 057.73	1 838.7

注：①1994～2004 年义务教育数据引自曾以禹《农村义务教育财政投入研究》第 29 页，为实际数据，2005～2020 年数据按平均增长率 14%推算而来。②1994～2004 年县乡公路支出数据由《中国统计年鉴 2006》中国内生产总值推算而来，根据本课题总报告中对公路投资的说明，国家财政用于县乡公路支出＝国内生产总值×1.4%，2005～2020 年数据由近年我国 GDP 平均增长率 10.7%推算而得。③1994～2004 年中央财政用于农业基础设施建设及农村医疗支出数据均来自《中国统计年鉴 2006》，为实际数，2005～2020 年数据按平均增长率 14%推算而来。④由于 2003 年后考虑了合作医疗的影响，农村医疗配套资金造成的负债在考虑自然增长的条件下还要加上新型农村合作医疗的影响，也就是说，该项指标在上文估算方法所述的公式上，又加入了：新农合引发的配套资金＝3 元/人×50 万人×该地区贫困县数量×通货膨胀率调整，具体说明见项目总报告。⑤其余项目计算详见估算方法中的说明。

从表9可得：

第一，在"一刀切"配套的情况下，四大建设项目配套引发的中西部地区乡村存量负债为 1516.94 亿～2580.87 亿元，按 2004 年 10 000 亿元总负债存量估算，配套资金的作用至少达到了 15.2%～25.8%，影响不容忽视。

第二，配套资金制度对乡村负债的主要影响，在于引发 2005～2020 年这段新农村建设的关键时期内巨额的乡村新增负债。据估算，2005～2020 年支农配套资金最高可能引发 17 850.77 亿元乡村新增负债，较目前中位估计值为 8000 亿元的乡村负债存量翻了两番多。另外，如果中央继续实行"一刀切"的配套资金政策，至少还会造成 10 517.91 亿元的乡村公共负债。但是，在调整配套比例后，中西部地区新增负债将降低 66.62%，维持在 3631.16 亿～6078.54 亿元。

第三，乡村公路建设要求的配套资金对乡村负债的影响始终占最大比例，达到 65％以上①。但是，随着新农村建设的推进，其影响明显减弱，而基础设施建设配套的影响则明显增强，从 18.95％提高到了 23.19％。这说明，基础设施建设作为新农村建设的重点投资领域需要重点控制。

最后还需要指出的是，配套资金制度不仅会进一步增加乡村负债，还可能给部分政府官员提供寻租的空间，从而滋生腐败，助长政府官员不良的官僚习气。根据我们的调研发现，许多地方的基层政府官员靠吃饭喝酒来减轻上级政府派给的配套任务，常常是"喝一杯酒，少一百万"，"酒桌政治"十分普遍，对我国支农资金的投资工作产生了十分恶劣的影响。

4. 估算误差分析

由于本文在估算方法以及数据来源等许多方面都受到限制，难免产生一些估算误差。具体来说，本文的估算误差表现在如下几个方面：

第一，可能对配套资金引起的乡村负债存在低估效应。首先，本文只估算了义务教育、乡村公路建设、乡村基础设施建设以及农村医疗四项支农配套资金引发的乡村负债，忽略了其他项目可能引发的负债；其次，本文简单地假设中央支农资金以 14％的年平均增长率增长，而实际上按照中央要求，这一比例应该是不断增加的；最后，本文没有考虑配套资金引起的负债中，因为"新账换旧账"产生的利息负债。因此，本文可能会对配套资金引发的乡村负债有所低估。

第二，难以完全将县级负债和乡村负债区分开。由于本文假设中西部地区"吃饭财政"县的乡村两级政府被迫全额负担其所属县的配套资金，而且，在数据的计算上，也是以县为基本单位来计算配套资金对乡村负债的影响。因此，本文估算的结果实际上很难把县级负债和乡村负债完全地区分开，可能把部分县级负债也算作乡村负债，从而高估乡村负债的额度。但是依然需要说明的是，本文尽管存在将县级负债与乡村负债混同的问题，但并不影响最终的结论，即中央配套资金制度对基层政府负债存在十分严重的负面影响。

第三，数据来源受限，存在无法控制的估算误差。由于难以获得一手的数据，本文只能通过借鉴许多学者现有的研究成果进行估算。因此，本文使用的数据多为二手数据或是三手数据，无法控制这些数据的真实性和准确性，产生了难以避免的估算误差。

（三）启示

根据上述分析，本文具体提出如下三方面政策建议：

---

① 公路建设配套之所以会引发较高比例的负债，主要是因为公路建设不是一次性投入的，每年还需要不断进行维护、改造。另外，公路建设只对西部地区有政策倾斜，因此对中西部地区整体的乡村负债影响在四大配套项目中相对较大。

第一，根据各省区实际情况不断降低我国不发达地区，尤其是中部地区基层政府的配套资金负担，提高中央支农资金的投入效率。

第二，坚持基层本位、农民本位的基本原则，改变配套资金制度中由中央给定配套资金指标上限，地方政府安排配套的"行政软强制"制度①，由下至上地制定中央的建设计划和补助政策。

第三，建立上至中央、下至地方省市的配套资金制度运行的监督机制，加强配套资金使用的透明度，明确各级政府和不同机构之间的权力与职责，规范支农资金管理，防止配套资金在执行过程中出现政府行为异化问题。

三、本部分结论及启示

乡村负债量大、面广，且在中西部不发达地区尤为严重。由于乡村负债具有较强的难以化解性，且存在继续膨胀的压力，在一些地区县级政府代替乡村政府成了一个"万能政府"。然而，本已承担起教育和医疗 90％以上投资的县级财政状况也并不乐观，如果继续加大县级财政的支出压力，势必引发县级负债的急剧增加。

乡村负债可能迫使基层政府挪用国家农田水利投资资金，引发尖锐的基层干群矛盾，制约农田水利设施投资，滋长基层政府集体套取国家基础设施投资资金的腐败行为，弱化基层政府进行水利设施投资的动机，导致农村基础设施投资方向偏移等。如何解决这些问题是未来面临的一个严重挑战。

配套资金制度是我国政府为减轻中央财政投资负担，同时强化地方政府发展当地事业的主体责任而制定的一项财政资金下拨制度，配套制度在中西部贫困地区引发不少新的乡村建设性负债。在"一刀切"配套的情况下，四大建设项目配套引发的中西部地区乡村存量负债为 1516.94 亿～2580.87 亿元，按 2004 年 10 000 亿元总负债存量估算，配套资金的作用至少达到了 15.2％～25.8％，影响不容忽视。配套资金制度不仅会进一步增加乡村负债，还可能给部分政府官员提供寻租的空间，从而滋生腐败，助长政府官员不良的官僚习气。未来这种"行政软强制"的配套制度应该根据实际情况来改革。

参 考 文 献

陈东平，褚保金. 2004. 我国村级债务成因辨析. 农业经济问题，（2）

陈东平. 2003. 高额村级债务的主要原因与主体责任——对村均债务 25 万元以上 72 个地市数据的解析报告. 南京农业大学学报（社会科学版），（3）

---

① 详见上文"配套资金对负债影响机制"中的说明。

陈洁，赵冬缓，齐顾波等. 2006. 村级债务的现状、体制成因及其化解. 管理世界，（5）

陈锡文，韩俊，赵阳. 2005. 中国农村公共财政制度——理论、政策、实证研究. 北京：中国发展出版社

段应碧，宋洪远. 2006. 中国乡村债务问题研究. 北京：中国财政经济出版社

樊宝洪，王荣，张林秀等. 2006. 基于乡镇财政视角的农村公共产品供给状况及分布特征. 江苏社会科学，（6）

韩俊，崔传义. 2003-06-05. 乡村负债是急需治理的一大隐患. 中国经济时报，第 5 版

贺雪峰. 2005. 论村级负债的区域差异——农民行动单位的视角. 中国农村观察，（6）

李景耀. 2005. 乡镇债务动因及效应：重庆的案例. 改革，（6）

牛竹梅. 2001. 税费改革与乡村债务互动关系研究. 山东农业大学学报（社会科学版），（3）

宋洪远，谢子平，张海阳. 2004. 乡村债务的规模、结构、风险及效应分析. 农业经济问题，（6）

宋洪远. 2004. 中国财政与公共管理研究. 北京：中国财政经济出版社

苏雪燕，刘明兴. 2006. 乡村非正式关系与村级债务的增长. 中国农村观察，（6）

谭秋成. 2004. 财政考核、制度租金榨取与乡镇债务. 中国农村观察，（6）

王润雷. 2004. 全国村级债务形成的几个阶段及成因. 中国农业会计，（4）

徐玲，阮文彪. 2003. 村级债务问题探讨. 安徽农业大学学报（社会科学版），（5）

杨发祥，赵文远. 2006. 近年来中国乡村债务问题研究综述. 中州学刊，（1）

于永臻. 2006. 深化财税体制改革　加大新农村建设财政投入力度. 求实，（11）

张海阳，宋洪远. 2004. 村级组织债务问题研究. 管理世界，（9）

周庆行，孙慧君. 2005. 我国乡镇债务规模、结构及风险的实证研究——以重庆市三县六镇为例. 经济纵横，（10）

朱钢，张立承. 2006. 县乡政府职能转变与社会主义新农村建议. 调研世界，（1）

第三节　基于产权制度与管理体制改革视角的 小型农田水利建设管理问题研究①

一、引言

　　当前，尽管影响小型农田水利基础设施建设与管理的因素有很多，既包括政府和集体投入不足，农民筹资筹劳困难，"大"水利与"小"水利的矛盾（小水利遍地开花，影响了大水利效益的发挥），也包括降雨量减少，湿地减少，植被破坏，地下水位严重下降，社会治安差，电价高，油价高等问题，等等，但产权制度和管理体制却始终是两个根本性的影响因素。

　　小型农田水利基础设施具有一定的"公共性"，从经济学的角度看，公共品有

---

　　① 课题主持人：宋洪远（农业部农村经济研究中心）。

两个重要特性：一是公共品的公共性；二是公共品的层次性。对于公共性（非竞争性和非排他性），它本质上涉及的是政府与市场的分工问题，即公共品的提供是应该由政府财政和集体资源来满足，还是应由市场社会资源来满足，或是由政府与市场合作满足。对于层次性，它本质是涉及的是政府系统内部不同级别政府之间的分工问题，即公共品的提供是应该由哪一级政府财政资源来满足，还是由某几个级别政府共同满足。小型农田水利基础设施产权制度改革，试图解决公共品的公共性问题，解决是由政府还是由社会（市场）来提供资源的问题，即资源配置效率问题，其改革标的物是"物"，它主要是一个经济问题。小型农田水利基础设施管理体制改革，试图解决层次性问题，解决由一级机构来提供公共品，机构的提供效率问题，即 X-效率问题，主要改革标的物是"人"，它主要是一个政治问题。本课题试图从产权制度和管理体制改革的角度来研究小型农田水利基础设施建设与管理问题。

（一）研究对象

从研究对象看，本课题研究将农田水利基础设施分为水源系统和水运输系统。其中，水源系统主要包括水库、机井、池塘等，水运输系统主要包括排灌站、水渠等，如表 10 所示。

表 10　小型农田水利基础设施的类型

研究对象	小型农田水利基础设施	
类型	水源系统	水运输系统
具体项目	水库、机井、池塘等	排灌站、水渠等

（二）一组重要概念

小型农田水利基础设施建设和管理是一个比较笼统的概念，由于研究的需要，本课题将"建设和管理"进一步细分为"建设、维修、经营、管理"，具体内容如下：

（1）小型农田水利基础设施建设，指农田水利基础设施的新建、改建和扩建，需要投入资金和劳动等。

（2）小型农田水利基础设施维修，指小型农田水利基础设施损坏、折旧后的恢复，需要投入资金和劳动等。

（3）小型农田水利基础设施经营，指小型农田水利基础设施的使用，用以取得收益。

（4）小型农田水利基础设施管理，指小型农田水利基础设施的日常管理和看护，主要是投入劳动。

（三）研究内容、研究角度和研究框架

本课题从产权制度和管理体制的角度，对小型农田水利基础设施（包括水源设施（包括水库、机井、池塘等）、水运输系统（包括排灌站、水渠））的建设、维修、经营和管理等问题进行研究。

产权制度涉及所有权、经营权、受益权等的划分。管理体制改革主要涉及两个方面：一是管理组织体系（主要包括乡镇水利管理站、灌区管理所、村委会、用水户协会）；二是财政资金来源体制和项目决策体制。研究对象和研究内容如表 11 所示，研究框架如图 4 所示。

表 11　小型农田水利基础设施建设管理的具体内容

研究内容	小型农田水利基础设施建设和管理				
具体对象	水库	山塘	机井	排灌站	水渠
具体内容	建设 维修 经营 管理	建设 维修 经营 管理	建设 维修 经营 管理	建设 维修 经营 管理	建设 维修 经营 管理

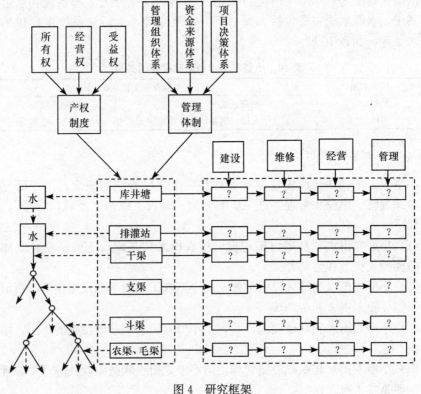

图 4　研究框架

（四）调查研究方法

由于本课题主要不是理论研究，而是应急性、对策性研究，侧重于发现问题，提出解决问题的政策建议，因此，本课题从理论角度进行分析论证相对较少，而主要是经验、实证研究，主要采取实地调研的方式，共调研了 5 个省 10 个县市，样本分布情况如表 12 所示。

表 12　样本分布

省　份	吉　林	河　北	湖　南	湖　北	山　东
县市	东辽县 梨树县	枣强县 蒿城县	邵阳县 茶陵县	汉川 麻城 新洲	费县

案例研究中要采用多种渠道进行信息数据收集，以形成证据三角形或完整的证据链，从而增强证据之间的相互印证。本案例研究采取了三种方法：

一是运用访谈法收集数据信息。访谈法是本案例研究的主要信息数据收集方法。访谈对象包括与小型农田水利建设和管理相关的县市有关部门、乡镇有关部门、村委会、用水合作社或协会、村民等，特别是产权制度和管理体制改革的相应人员。在访谈中我们采用的是开放式的问答方式，在访谈中进行连续的追问，以进行深度的信息挖掘。

二是针对档案（和文献）记录的文献分析法，即通过查阅档案记录、文件以及有关文献来获取有关信息。

三是使用直接观察法了解实际经营状况。我们对小型农田水利工程进行实地考察，了解其建设、维修、经营、管理现状。通过现场考察对访谈资料和有关档案资料进行验证。

在大量案例调查研究的基础上，每个调查县市形成了一份调查研究报告，共 10 份调查研究报告，约 11 万字。在 10 份调查研究报告的基础上，经过归纳演绎、分析综合、总结提炼，形成了本报告。

二、产权制度和管理体制改革与小型农田水利基础设施建设管理——背景、措施、成效与问题

（一）产权制度和管理体制改革的背景

1. 新中国成立以来小型农田水利基础设施产权制度、管理体制和投资体制的变迁

新中国成立以来，小型农田水利基础设施产权、管理体制和投资体制的制度变迁大致可划分为三个阶段。

第一，计划经济时期。从产权安排看，小型农田水利基础设施实行集体与政府所有；从投资体制看，实行集体与政府投资投劳；从管理看，实行政府或集体组织统一建设管理。这种投资体制、产权制度和管理体制相辅相成，在很大程度

上遵循了小型农田水利基础设施作为"公共产品"的经济特性，实际运行效果也比较好。这种机制存在的基础有三方面：一是经济的集体所有和国家所有；二是高度的政治热情；三是政府的强制性制度安排。

第二，改革开放以来至小型农田水利基础设施产权制度和管理体制改革以前。尽管计划经济时期上述小型农田水利基础设施运行效果良好，但是计划经济运行的局部有效率（如在水利基础设施运行方面的有效率）并不能弥补经济整体的低效率（如农民劳动积极性低、农业生产率低等），农村经济困境迫使计划经济在农村被率先突破，"统分结合"的双层经营体制取代了"政社合一"的经营体制。简单地说，"统分结合"根据"宜统则统、宜分则分"的原则，对土地等实行承包分散经营，对小型农田水利基础设施等仍实行统一经营，这种制度安排体现了市场经济"私人品由私人提供、公共品由政府提供"的逻辑。这个时期的农田水利基础设施名义上仍由集体与政府统一所有、统一投资、统一管理。就投资而言，来源渠道有三个方面：一是政府财政资金；二是集体自有资金；三是农民筹资筹劳。但是，实际的结果是，"土地"的"私营"运作和"水利设施"的"公营"运作很难兼顾，随着时间的推移和经济形势的不断变化，许多地区特别是相对落后的贫困地区，政府资金基本没有，集体经济日渐衰弱，承包经营使农民对共同受益的小型农田水利基础设施缺乏热情，农民筹资筹劳难度很大。其结果是，组织管理主体缺位，新增投资投劳建设缺乏，原有小型农田水利基础设施过度使用与维护不足，农民对土地的精耕细作与对水利设施荒废的熟视无睹形成巨大的反差。在产权安排没有明显变化的情况下，农村税费改革也对小型农田水利基础设施投资体制和管理组织的变化带来不利影响：不得对农民强制性集资或征收水费；取消"两工"，代之以对村级公共事务实行"一事一议"。但"一事一议"运行效果不太理想，使得投资投劳不足和组织管理主体缺位问题更严重。农村税费改革使具有公共产品和公共资源特性的小型农田水利基础设施的建设管理问题更加突出。

第三，实施产权制度和管理体制改革后。农村小型农田水利基础设施建设管理模式发生了较大变化，下文将具体介绍。

2. 小型农田水利基础设施供给——生产要素投入、产权制度和管理体制的现状与问题

从新中国成立以来小型农田水利基础设施产权制度、管理体制和投资体制的制度变迁可以发现，农村改革通过承包经营方式实现了作为基本生产资料——土地经营权的私有化，但作为共同生产条件——小型农田水利基础设施总体上仍然是公有公营。同时，作为公有公营的基础，政府财政、集体经济、农民投资意愿与能力、政府与集体的组织动员能力等又非常薄弱。具体表现为三个方面。

1) 产权制度缺乏激励作用

一项产权制度是否有效率，表现为其能否实现激励相容。小型农田水利基础设施的公有性质产权具体表现为水库、塘坝、排灌站、机井、渠道仍为政府或村组公共所有，这一产权制度安排表现出与其他制度的不相匹配性。一是与土地制度的不相匹配。随着土地分配到户，由农户自由经营，农民集体意识淡化。但是，实行家庭联产承包责任制以后，"投入大锅饭、使用大锅水"的情况并没有发生根本的变化，主要表现为农田水利工程归政府或集体所有，从某种意义上说，"地"已经"私"有化了，土地出现了精耕细作，但"水利设施"却仍是"公"有的，水利设施出现了粗放经营，土地的私有性质产权与水利设施的公有性质产权不能对接，导致农民对水利建设没有积极性。二是与政府财政和集体经济投入能力等不相匹配。作为公有资产，政府或集体应该承担起小型农田水利基础设施建设管理的责任，但在政府财政资金和集体资金不足的情况下，小型农田水利基础设施建设和维修等仍旧难以进行。

2) 管理体制运行效率低下

管理体制主要涉及组织管理机构、资金来源和项目决策体制等。其问题主要表现在以下方面：一是组织管理机构人多、钱少、事少，人浮于事。就水利行政和准行政管理组织而言，除县水利局从事县域内宏观管理外，具体从事小型农田水利基础设施水利管理的管理组织有灌区管理所、乡镇水利管理站、村组集体组织。灌区管理所主要依托大型的水利工程——主要是大中型水库及其配套工程设施，水利管理体制改革后其成为独立的自收自支的事业单位。乡镇水利管理站主要管理小（Ⅰ）型水库、小（Ⅱ）型水库、大中型泵站、干支渠，改革后多数是实行差额预算管理的事业单位。村组集体组织主要管理小（Ⅱ）型水库、塘坝、机井、小泵站、末级渠系等。组织管理机构的问题主要表现为灌区管理所和乡镇水利管理站、灌区管理所和乡镇水利管理站都存在人多、钱少、事少、人浮于事等典型问题，工资和管理费主要来自两个渠道——财政差额拨款和收费（包括水费、发电费和承包费）。收取的有关"费用"本应该用于小型农田水利基础设施建设、维修和管理，但实际上都是用于发放工资和福利以及用于行政办公费用，水利基础设施似乎已经不再作为农业农村生产生活服务的基础设施，而是已经蜕变成赚钱养人（灌区管理所和乡镇水利管理站的工作人员）的手段。二是财政资金来源和项目决策中的多头决策、多头管理、缺乏协调，整合支农资金是当前亟待解决的问题。被调查县的财政局长普遍反映，目前县财政收入只能保证机关工作人员工资和办公费，基本就是"吃饭财政"，根本解决不了小型农田水利基础设施建设，没有资金支持小型农业基础设施建设，基础设施建设投入主要靠上级财政。事实上，小型农田水利基础设施建设和管理资金主要来源于上级财政的专项资金，基本上都是"条条"管理，哪个职能部门从其上级对口部门争取到资金，资金使用和项目决策就归哪个部门。资金项目的申报和审批的流程是，项目资金经历"县—省—中央审批—指定项目—项目实施"这样一条途径进行项目层层上报、层层审批。资金是通过财政渠道下来的，进行专户管理、专款专用。这种管理体制导致政府资金的多头决策、多头管理，各部门各干各的事，项目多，随意性大，缺乏协调，水利建设整体规划缺乏，发挥不出项目的整体效率。调查表明：以水渠建设管理为例，有国土地局、农业局、水利局、烟草局、发改委、农业综合开发办、扶贫办、财政局、林业局等9个部门在做这项工作，相互之间没有协调。从主渠到毛渠如何规划、如何与机械化配套，没有规则，无人考虑。多头管理、资金分散是目前面临的主要问题。地方反映：必须整合支农资金，由当地政府统一安排，水利部门统一规划，各部门按规划实施。应该建立项目库，最好不要"戴帽"，代替资金决策。三是财政资金的用途和项目决策随意性大，监督缺乏，使用效率低。存在的突出问题是搞形象工程，马路边显眼的地方有人管，山区偏远的地区无人管。钱跟着领导走，谁有权谁用钱，领导关心的地方有人管，没有关系、没有人情的地方没有人管，各村各乡发展不平衡。此外，尽管中央下拨的资金的管理程序是有明确规定的：通过财政上报—经省级批准上报—中央审批—下拨到省—县级财政（具体到项目内容、项目地点、建设费用等实行专款专用）—施工单位，但在实际执行中，体制内的财政监督和审计监督流于形式。由于资金使用不透明，应该有多少资金用于工程建设管理，实际上有多少资金真正用在工程设施建设上，农民普遍一无所知，使得体制外的社会监督根本没有。

3）生产要素投入不足

小型农田水利基础设施建设管理需要大量而持续地投入生产要素，但农村的一些改革措施却使得生产要素的投入动力不足。具体表现为小型农田水利基础设施建设和管护面临劳动闲置、资金短缺和组织动员乏力等普遍而严重的问题。

A. 劳动闲置

一是计划经济时期，土地所有权和经营权归集体所有，生产资料公有，劳动力的劳动公有，实行统一生产和统一经营。生产队、生产大队、人民公社可以统一调动劳动力，从事农村农田基础设施建设。一般不会出现小型农田水利基础设施建设与管护无人负责和农村劳动力大量闲置。二是实行家庭联产承包责任制以后，实现统分结合的生产经营体制。具体表现为：土地所有权归集体所有，土地经营权归私人所有，生产资料归私人所有，劳动者的劳动归私人所有，农村农田水利基础设施集体共有。生产经营决策由农户自己决定，农田水利等共同生产设施实行集体经营，由集体统一组织劳动和筹集资金进行建设和管护。但同时引发的问题是，农田基础设施的受益是共同的，具有典型的公共产品特性和外部性，就投资建设决策而言，难以实现"谁投资、谁决策、谁受益"，导致投入不足，出现典型的"公共产品"提供难题；一旦完成建设，又会出现"公共地悲剧"，有人使用却没有人维护，管理主体缺位。由于成本与收益的不对称性，最终的结果是无人愿意投入劳动和资金，唯恐自己付出成本，而别人受益。而且很多地方逐渐对"两工"失去兴趣，对"钱"感兴趣，倾向于将"两工"折资，导致劳动力闲置。三是农村税费改革以后。与农村税费改革前相比，一个不容忽视的变化是：为了减轻农民负担，取消了"两工"，代之以对村范围内的公共建设实行"一事一议"的筹资筹劳。但是由于筹资筹劳操作上的困难，这种替代方式并没有达到预期的效果，加之"对于规模以上的工程建设与管护必须使用机械，不得实行'人海战'"等规定，大多数地方的实际情况是没有进行筹资筹劳搞小型农田水利基础设施建设，劳动力闲置更严重。

B. 资金匮乏

一是计划经济时期，农村水利基础设施作为一项集体财产，其建设基金来源于集体经济和政府财政资金。实际上，由于整个国家的经济水平不高，小型农田水利基础设施建设主要表现为劳动投入即"人海战"，其次才表现为资金投入。计划经济时期实际上采用的是"劳动"替代"资金"的战略，尽管资金缺乏，但并没有影响农田基础设施建设高潮。二是实行家庭联产承包责任制以后，农户经济与集体经济的相对分离，小型农田水利基础设施资金来源多样化，建设基金原则上来源于集体经济、政府拨款、向农民收取的"共同生产费用"以及"三提五统"的部分资金。但是由于集体经济的日渐衰弱，国家财政向城市倾斜，小型农田水利基础设施建设与管护资金实际上更多地来源于"共同生产费用"以及"三提五统"的部分资金。而且，由于上级政府不断地给基层下达各种达标计划，将各种本应由上级政府承担的各种公共产品的成本转嫁给地方政府，使得地方也将有限的"共同生产费用"以及"三提五统"的部分资金挪作他用，再加上基层工作人员的腐败，实际上只有很少资金被用来搞小型农田水利基础设施建设。很多地方"两工"折资后，折资后的资金也被挪作他用。三是实行税费改革以来，取消了面向农民不合理收费，取消了"两工"，对于村集体范围内的建设，实行"一事一议"的民主筹资筹劳制度。理论上，小型农田水利基础设施建设基金来源于集体经济、政府拨款以及通过"一事一议"筹集的水利建设资金，但实际结果是资金更加短缺。

C. 组织动员乏力

一是计划经济时期，农田水利基础建设的组织者是生产队、生产大队、人民公社。由于生产资料和劳动的公有性质，加上高度的政治热情，基层干部组织农民从事小型农田水利基础设施建设的积极性很高、号召力也很强，农民参与的积极性也很高。组织效率非常高。二是实行家庭联产承包责任制以后，小型农田水利基础设施的建设主体主要是村民小组、行政村、乡镇政府。对于村级而言，其制度基础是统分结合的双层生产经营制度。统分结合的双层经营制度的主要特点表现为：一是重要生产资料的经营权发生了变化，土地等实行家庭承包经营，农田基础设施等实行集体经营；二是农户的劳动也一分为二，即分为私人劳动（在自家承包地上的劳动）和集体劳动（积累工和义务工）。理论上，私人劳动是用在农户家庭承包经营土地上的，集体劳动是用在农田基础设施建设等上的，但实际上，农户在自家承包地上辛勤耕种，对农田基础设施建设与管护动力不足。这除了上面提到的农户感到成本收益不匹配外，还有一个极其重要的原因就是组织缺乏：乡镇干部、村干部、组干部大多数没有组织农民进行农田基础设施建设的动力。原因在于：①农民思想变得相对分散，组织难度大大增加；②上级的考核指标不在农田基础设施建设和农业生产上，而在于税费上交任务、义务教育、计划生育等各种指标的完成情况。三是农村税费改革以来，小型农田水利基础设施的建设者仍然主要是村民小组、行政村、乡镇政府。"两工"取消后，对村内公共事务的处理方式代之以"一事一议"的民主决策方式，农民似乎应该能被充分地调动起来搞农田基础设施建设；对乡村干部而言，其工作任务大大减轻，工作难度大大降低，似乎乡村干部应该转向关心农业和农村经济社会的发展，组织农民搞小型农田水利基础设施建设。但调查表明，干部说农民各顾各，难以组织，"一事一议"难以实施；农民说干部私心太重，只顾自己，没有责任心，对基础设施建设不感兴趣，根本没有组织"一事一议"。这表明，缺乏强有力的组织动员是问题的关键。

　　3. 小型农田水利基础设施供给——水库、机井、排灌站、塘坝、水渠的现状与问题

　　农田水利基础设施建设具体表现为新建、加固、修整、清理水库、排灌站、塘坝、水渠道，购买与更新泵站机电设备等，有些以投资为主，有些以投劳为主。调研发现，由于县、乡、村三级财政财务困难，"一事一议"组织困难和筹资筹劳上限控制，农民集体意识淡薄和干部责任心不强，导致劳动闲置、资金短缺和组织缺乏问题突出，农田基础设施处于"农民管不了、集体管不好、国家管不到"的"三不管"境地，特别是农村税费改革以来问题更加突出。另外，还有社会治安等方面的原因，使得当前水库、机电泵站、塘坝、水渠等的建设、维护和管理方面存在许多问题，危及农业综合生产能力。

　　1）水库的问题

　　一般情况下，小（Ⅱ）型水库由受益村或受益组管理，平时一般无人过问。小（Ⅰ）型水库由受益乡镇派出的水库管理所管理，有的多达 40 余人；大中型水库由市县派出的水库管理所管理，水库管理人员多少不一，有的多达 100 余人。由于水库管理所人员过多，运行经费不足，每年不分是否用水都收水费，但收取的水费不是用于水库维护，主要是用于发放工资和其他用途，部分工作人员由于工资太低而离岗外出打工，导致水库设施长年没有维护，淤塞严重，蓄水量大大下降，溢洪道、大坝毁损严重，病险水库数量特别多，有的水库甚至已经闲置。

2）机井的问题

机井的特点是"就地取材"，所取的水向四面辐射，每个机井平均灌溉一定亩地，由于地下灌溉管道的特点是一次性投资大，投资建成后，除非老化需要更换，管理相对容易。但机井本身及其配套设施（包括井管、泵、变压器、电线等）在运行中经常会出现问题，运行管理投入也非常大。而且部分调查地方反映，水资源问题，而不是水利基础设施问题已成为农业灌溉的头号问题，地下水位严重下降使得机井建设和管理成本费用大大增加。

3）排灌站的问题

泵站相关设备有动力机设备、水管、机房、变压器等，变压器一般是在室外露天放置。泵站以中小型泵站为多，多数由村组管理，少数由乡镇和县市管理。对于自然村组的泵站，一般来说比行政村或乡镇管理的泵站管理得好，不用时为防盗将动力设备抬回家，用时又抬回原位安置，运行抽水时请懂技术的农民来负责，按天数支付工资。收取的水费主要是用于支付电费、工资和简单维修。对于行政村管理的泵站，平时请人守护管理，每月付工资，主要是为了防盗，需要抽水时请懂技术的农民来负责，按天数支付工资。收取的水费也主要是用于支付电费、工资和简单维修。它们面临的共同问题是，泵站多数建于 20 世纪 60～70 年代，机械电器设备、泵房等相关设施老化失修严重，很多机械电器设备已经停产，损坏后很难买到配件。泵站带病运行，有效排灌能力大打折扣，多数只有设计能力的 40% 左右，亟待更新换代。另外，变压器由于体积大、重量大、拆装困难，不用时也放在原处，由于社会治安状况差，调查地方都发生过泵站的变压器被盗。许多泵站事实上处于瘫痪状态。

4）塘坝的问题

一般情况下，塘、坝堰由受益村或受益组管理，平时一般无人过问，多数长年没有维护，淤塞严重，蓄水量大大下降，塘埂毁损严重，有的已经废弃。

5）渠道的问题

农村改革开放以来基本没有新的水渠建设，现在主要是啃老本。渠道疏通清淤工作量非常大，特别是农村税费改革以来，基本没有对渠道清淤，渠道淤塞严重，过流量非常之小，对排水和灌水的影响都很大。此外，由于年久失修，多数楼道、涵闸损耗严重，跑、冒、漏、滴现象非常严重，既不利于排涝，又不利于灌溉。

小结

新中国成立以来，小型农田水利基础设施产权制度、管理体制和投资体制演变大致经历了三个时期：计划经济时期、家庭联产承包经营至小型农田水利基础设施产权制度和管理体制改革之前、小型农田水利基础设施产权制度和管理体制改革以来。如表 13 所示，总的来看，产权制度缺乏激励作用，主要表现为与土地制度的不相匹配和与政府财政和集体经济投入能力等不相匹配。管理体制运行效率低下，主要表现，一是组织管理机构人多、钱少、事少，人浮于事；二是财政资金来源和项目决策中的多头决策、多头管理、缺乏协调，整合支农资金是当前亟待解决的问题；三是财政资金的用途和项目决策随意性大，监督缺乏，使用效率低。三者的综合作用使得小型农田水利基础设施建设和管护的生产要素投入不足，具体表现为面临劳动闲置、资金短缺和组织动员乏力，使得小型农田水利基础设施陷入"农民管不了、集体管不好、国家管不到"、"有人用、无人管"的困境，水库、机井、排灌站、塘坝、水渠等毁损严重，灌溉能力和覆盖范围远远不能适应农业发展的需要。

表 13　不同时期的土地制度与小型农田水利基础设施的产权制度、管理体制和投入体制

		计划经济时期	家庭联产承包经营到产权制度和管理体制改革时期	产权制度和管理体制改革以来	存在的问题
土地产权制度	所有权	集体	集体	集体	土地的细碎化经营不利于小型农田水利基础设施建设理
	经营权	集体	农户	农户	
	受益权	政府、集体	政府、集体、农户	农户	
小型农田水利工程基础设施产权制度	所有权	政府和集体	政府、集体	政府、集体、农户	与土地制度的不相匹配，与政府财政和集体经济投入能力等不相匹配。产权制度缺乏激励作用
	经营权	政府和集体	政府、集体	农户	
	受益权	政府和集体	政府、集体、农户	农户	
小型农田水利工程基础设施管理体制	组织管理机构	乡镇水管站水库管理所村组集体	乡镇水管站灌区管理所村组集体	乡镇水管站灌区管理所村组集体	组织管理机构人多、钱少、事少，人浮于事；多头决策、多头管理、缺乏协调，监督缺乏，亟待整合
	财政资金来源		"条条"垂直	"条条"垂直	
	项目决策		"条条"垂直	"条条"垂直	
小型农田水利工程基础设施建设管理投入	资金投入	政府和集体	政府和集体农户筹资	政府和集体	资金缺乏劳动闲置组织动员不力
	劳动投入	政府和集体	政府和集体农户筹劳	政府和集体	
	组织动员	政府和集体	政府和集体	政府和集体	

（二）产权制度改革模式——措施、成效与问题

如上所述，由于生产要素投入不足，小型农田水利基础设施建设管理问题重重，远不能满足农业发展的需要。而生产要素投入不足在很大程度上归因于产权制度的低效率。针对这种情况，一些地方对小型农田水利基础设施产权制度进行

改革，主要目的是试图通过市场机制引入社会资源参与小型农田水利基础设施建设管理，进而加强对小型农田水利基础设施建设管理。依据建设、维修、经营、管理的权利和义务的划分，以及所有权的归属，我们将调查了解到的各种类型小型农田水利基础设施产权改革原理和模式分类抽象归纳如下。

1. 水库的产权改革

目前水库的产权模式可大致分为如下四种模式。

1) 政府或集体负责建设、维修、管理，承包者经营——改革后模式之一

这种模式的标的物是计划经济时期建成的水库。改革的实质是进行简单的水面承包，承包人每年交一定的承包费，承包人除此之外没有其他的义务，承包人的收入主要来自于养鱼，但这项收入并不是承包人的主要收入，大多数只是承包人的副业收入。水库建设、维修、管理等责任基本上仍全部归村集体所有。

案例一：茶陵县枣市镇良塘水库——水面承包

改革背景。良塘水库是计划经济时期主要由农民出工兴建的，产权属于村集体。该水库水面面积38亩，地理位置偏僻，水库周围三面环山，且周围的山地都是集体的，只有一面有狭窄的田埂路可通。由于交通极其不便，没有人来投资，村集体无人也无资金进行维修、经营和管理。为了取得一定的收益和加强日常的看护管理，决定对水库进行出租。

权利义务的划分。2000年开始采取水面出租的方式将水库承包，承包人每年交2100元的承包费给村里，并负责日常非常简单的看护，承包人除此之外没有其他的义务。水库建设、维修、管理等责任基本上仍全部归村集体所有。

成本收益核算。承包人利用水库水面养鱼，收入主要来源于卖鱼。向水库下边的水田收取的水费全部交到附近的长安水库灌区管理所，28元/亩，不归村所有，也不归承包人所有。即使如此，承包人一般不会亏损。

效益评价。村民反映，尽管只是简单的承包，也比不承包时完全没人管理强，毕竟还有人（承包人）在降雨或洪涝时会看护，进行蓄水和放水。

2) 政府或集体建设、维修，承包者经营、管理——改革后模式之二

这种模式的标的物是计划经济时期建成的水库。产权改革基本方式是拍卖经营权。改革的主要内容是：政府或集体负责水库的建设和维修，承包人拥有水库的经营权利，每年交一定的承包费，并负责承包水库的日常管理。承包人的收入主要来自水库养鱼和对外卖水，但这项收入并不是承包人的主要收入，大多数只是承包人的副业收入。

案例二：费县大田庄乡黄土庄村小水库——集体建设、维修，承包者经营、管理

改革的动因。当时的改革主要是因为，一方面村里农户家家都是种果树，种

果树的收益也很高，而且没有其他的收入来源，种果树的用水需求量大，因此农户用水愿望都很强烈，对水的需求量加大，无人协调管理，争水抢水问题突出；另一方面是平时无人"养水"，原有水利基础设施无人维护，更不用说修建新水利设施，导致水资源非常紧张。如果维持原有状况，最终结果是家家都没水用，家家都受损，一旦果树受损，村民的日子就非常不好过，这是各家各户都不愿意看到的。这迫使村民坐下来商讨解决的方案，于是就出现了对村里的小型农田水利基础设施进行产权改革。

产权改革的主要操作方式。1992 年，征得乡里同意，黄土庄村召开村民大会，决定对村里小水库实行产权制度改革，基本思想是"承包拍卖"。步骤如下：

（1）召开村民大会，说明小型农田水利基础设施产权改革的目的、方式和程序，讨论确定改革的基本程序和方案。

（2）讨论确定甲（村集体）、乙（竞拍成功者）双方的权利和义务。

（3）召开村民大会，结合村里各个塘坝、河坝等的实际情况，决定每个塘坝的最低拍卖价格。如果所有投标者对某个标的物的出价都低于这个最低价，则针对这个标的物的拍卖失败，重新讨论确定该标的物的最低价。

（4）公布产权改革方案，征求村民意见，根据反馈的意见重新讨论修改方案，直到讨论通过。

（5）召开村民大会，对本村所有拍卖的塘坝、河坝实行公开的暗竞标。将所有拍卖的塘坝、河坝按顺序编号，所有竞标者将所竞标的标的物的编号写好，连同自己的姓名和出价（现金）一起放在一个密封的信封内，所有的投标信封都放在一起，所有的人无异议后，公开亮标，每个标的物的出价最高者中标。中标者不得反悔，反悔者投标资金当场充公，并以出价次高者中标。

（6）公布竞标结果。

（7）甲乙双方签订有关合同。

（8）执行合同。

权利与义务的划分。基本内容是村集体拥有水利基础设施的所有权，负责大型的维修，定期收取承包费，并监督承包人按规定使用水库，并在合同期（20 年）内不得干涉承包人的合法经营。乙方拥有使用权、收益权，包括利用水面养鱼和卖水取得的收入，并负有维护管理、定期交纳承包费的义务。

经营上的财务可持续性。承包户收入主要来自卖水和养鱼。水费由承包户决定，雨水多时，6.5 马力的抽水机，6 元/小时；雨水一般时，6.5 马力的抽水机，9 元/小时；雨水少时，用水紧张，6.5 马力的抽水机，15 元/小时；雨水特别少时，如人畜饮水困难时，6.5 马力的抽水机，15 元/小时，而且限量供应。每个小水库事实上负责灌溉一片土地，水库与水库之间，也就是承包户与承包户之间其实也没有竞争，但也不会去恶意提高水价，乡里乡邻间，大家一般不会这样做。因为在什么条件下应该收取什么价格，其实大家都很清楚。现任的村支书承包了一口塘坝，承包价2600元，这个价格保持到现在不变。这个水库蓄水量1500万立方米，现在正常年景能盈利1000元；雨水充足年份卖水少，亏损约500元。但如果加上养鱼收入，以及自己用水所应支付的水费，一般都会盈利。

对产权改革效果的评价。①村支部书记的评价。1992年村里的改革当时完全是自发的，并征得了乡里的同意，但县里不知道。由于改革后的运行效果比较好，1994~1995年得到县里认可，1996年在费县大规模推广，2002年9月5日在临沂市召开全国小型农田水利基础设施产权制度改革现场会，向全国介绍经验。现在村里小农水运行状况很好，没有争水抢水问题，水利设施管理维护得很好，水价由承包人和用水户自主协商决定，村里不干预，没有发生什么矛盾，运行得非常好。②承包户的评价。当时承包的目的主要不是为赚钱，而是为保住自己地里的果树，如果自己家里果树死了，那亏损可就大了。顺便再经营点别的，如养鱼，一般也不会亏损。我们的责任主要是负责维护管理，其实这也不用花很多时间，因自然灾害而出现的不可抗破坏不算我们的责任，我们主要是进行日常简单的管护，有了这些日常的管护也就够了。现在没有明渠，基本上都是水管，水管将水引到自家田里后，通过自家地里的渠道灌溉，地里的渠道由各家自己管理，与我们无关。我们主要管理水库。③农户的评价。没有拍卖前，所用的水利设施都是计划经济时期建的，水利设施无人管理、无人维护，还经常发生争水和抢水问题。实行拍卖以后，日常管理和维护落实到具体的户，老水利设施能较好地发挥作用，水量相对充足一些，用水也不会抢。水费一般由承包户确定，还是比较合理的，能够接受。

3) 政府或集体建设，承包者扩建、维修、经营、管理——改革后模式之三

这种模式的标的物是计划经济时期建成的水库和水库周边的荒山、荒坡、荒地等。改革的主要内容是：政府或集体负责水库的建设和维修，承包人拥有水库和水库周边的荒山、荒坡、荒地的经营权利并负责水库的日常管理。承包人每年交一定的承包费，也积极承担水库的维修责任。承包人收入主要是来源于水库养鱼、卖水以及利用水库周边的荒山、荒坡、荒地搞多种经营。

案例三：东辽县仁和水库——集体建设，承包者扩建、经营、管理、维护

产权改革背景。仁和水库属于小（Ⅱ）型水库，建于1958年，属于村里的集体资产，水库设计时有50万~80万立方米库容。后来，由于国家对小型水库无政策扶持，村里和地方上又无资金支持，造成水库常年淤积严重。到2000年范金祥承包前，水库已经闲置，库容减少10万立方米，预洪道也闲置了。

当时，仁和水库周边的荒山没人管理，政府急需招商引资，希望能改善环

境、发展经济。承包人范金祥早已看准了农业具有长久的开发价值，2000 年开始承包废弃的荒山，当时的动机就是为了从事农业综合开发，将重点放在农副业经营上，并承包了水库。

权利义务的划分。水库产权仍旧归集体，范金祥只是承包了水面，承包期为 30 年。整个荒山的承包期为 50 年。范金祥对仁和水库进行承包时，承包费为一次性 20 万元，承包费中已经含有灌溉费的收取权，定为每亩每年 30 元。政府或集体负责水库的建设和维修，承包人拥有水库和水库周边的荒山、荒坡、荒地的经营权利并负责承包水库的日常管理。承包人也积极承担水库的维修责任。

经营上的财务可持续性。2000 年 5 月至 2006 年 10 月，个人总共投资了 600 万（县水利局帮助仁和水库向上级争取的项目包括小流域治理、大坝护坡、闸门改造、御洪道建设等资金共计 65 万元）。具体的项目包括：①投资 92 万元对水库进行清淤，共清淤 11 万立方米；修路、筑坝，将库容重新增加到 80 万立方米。②260 万元用于综合楼、民族小木屋建设，目的是搞生态旅游。③花费 50 万元建立了 3600 平方米的养鹿场。④投入 16 万元用于植树造林，建造经济林（樟子树、其他落叶树木等）240 亩，还建造了果园、生态林等。目前，果树品种已有 12 种之多。⑤进行植被建设。在路边栽树、铺草坪。⑥进行沟壑治理，修了鱼塘（一个为 2000 平方米，另一个为 3500 平方米）。这两个池塘的平均水深为 2 米，总共能养鱼 10 万斤，年效益 3 万元。目前，水库中库存的 10 万斤鱼都是新品种，如日本的草鲤子，这种鱼呈金黄色，既能观赏，又能食用，每斤能卖 15 元。每年产量能有 2 万斤。⑦饲养了 600 头鹿，连养带喂总共成本为 60 万元。⑧道路修缮、改造花费 7 万元。⑨从镇上到仁和水库的农村公路建设花费 12 万元。目前，水库的收益包括生态旅游等，年收入有 30 万元；其他还包括养牛、养鱼、养鹿等的收入。

效果评价。在承包之前，水库下游有 420 亩田地由于无水灌溉，80% 的田地"水改旱"。但是，有些田地比较凉，不适合种苞米，农民们急需改为水田。2001 年，水库治理完毕，下游的 400 亩水田得以恢复，又在这个基础上新增了 200 亩水田。原本每亩水田每年可以收取灌溉费 30 元，但是范金祥已经连续 5 年没有向农民收取灌溉费了，减轻了农民负担。

4）农户联户建设、经营、管理、维修——改革后模式之四

这种模式的基本特征是：联合起来的农户共同负责水库的建设、维修、经营、管理，实行"联户建设、联户管理、联户受益"的"三联农水合作社"建设与管理模式。受益主要表现为解决农户自己的农业灌溉用水和人畜饮用水等问题。

案例四：费县大田庄乡黄土庄村青龙崮小（Ⅱ）型水库

建设青龙崮小（Ⅱ）型水库的动因。1992～1993 年，黄土庄村对计划经济

时期的小型农田水利基础设施都通过拍卖实行了改革，极大地提高了水利设施的利用效率。但在雨水少的年份，如下两个问题依然特别突出。一是人畜饮水问题；二是农业灌溉用水不够。黄土庄村决定通过新建水利设施解决这两个问题，建设的主要目的是解决部分农业用水问题，其次是解决人畜饮水问题。

青龙崮小（Ⅱ）型水库的产权设置与投资模式。黄土庄村为了充分利用自然资源，2002 年在乡水利站和县水利局的技术指导下，决定在青龙崮建一个小（Ⅱ）型水库，水库的受益面涉及黄土庄村和罗圈崖村两个自然村，需要两个自然村的农户参与。

于是由黄土庄村村委会牵头，号召两个自然村农户参与建设，共同受益，但由于担心水库建成后的归属问题，开始时很多农户不参与，特别是罗圈崖自然村，由于离水库相对较远，多数农户不愿参与。更多的农户参与，一方面可以加快工程进度，且减少每户的负担量；另一方面可以尽量扩大受益面，减少建成之后用水的矛盾。因此村委会牵头，在施工现场召开了两次现场会，口头决定建成后"谁参与建设谁有份，谁不参与建设谁没份"，并通知到每家每户。

整个工程量集中在建一个高 20.6 米、长 80 米、总工程体积 3986 立方米的拱形坝，设计蓄水量 100 000 立方米。投资投劳 75 万元，其中农户投工投劳折合人民币 40 万元，上级政府部门提供水泥与钢筋等折合人民币 30 万元，购买砂石投入人民币 5 万元（形成债务），上级政府部门投资引水管道（饮水管道和浇地管道）等配套投资 25 万元。参与投工建设的农户，饮水管道安到家门口，并安上水龙头；没有参与投工建设的农户，也安置饮水管道，但没有安置水龙头，他们目前没有用水，也没有决定他们如果用水怎么样处理。总计投资 100 万元。投工投劳折算成资金，按每个劳工日计算，形成每个农户的股份，并张榜公布。

青龙崮小（Ⅱ）型水库的管理模式。青龙崮小（Ⅱ）型水库建成后，就针对该项目成立了个合作组织——三联农水合作社，合作组织负责水库的管理和维护工作。财务管理方面："三联农水合作社"的财务与村的财务分开，独立运行，独立核算，财务上实行股份化管理。村民和社员用水，一律按规定收取水费，投工投劳折合人民币 3000 元以上的，全年饮用水免费；投工投劳折合人民币 2000～3000 元的，全年饮用水 40 元/户；投工投劳折合人民币 1000～2000 元的，全年饮用水 60 元/户，投工投劳折合人民币 1000 元以下的，全年饮用水 120 元/户。农用水按 0.7 元/立方米，分水闸之后的引水管道自备，按照"先买水，后浇地"的原则，用水户必须按照全体社员大会讨论通过的水价按时到财务组缴纳，逾期不缴的，由社长召开管理委员会会议取消其用水资格，是社员的取消其分红权利。年终"三联农水合作社"根据工程收益情况，扣除管理维修费用后，所剩部分由合作社社员按投资多少分红。对于社员投工投劳折合资金，形成社员股份，年终参与分红；对于上级各级政府部门扶持的资金，作为村集体份额，与社员一样参与分红，红利为集体收入，用于公益事业的发展。遇到丰水年，农业灌溉少，水费总收入达不到 2 万元的情况，当年就不再分红，把收入结转下年，形成"滚动式"发展的良性轨道。社员和村集体所持有的投资本金允许买卖、转让，鼓励支持村民一次性买断或购买部分村集体投资本金，但必须经管理委员会同意，办理有关手续，购买者享有合作社社员的一切权利和义务。每个投资建设者都成为合作社的社员，每个社员都是大坝的拥有者和受益者。所有参与工程的建设者和投资者都是受益分红的主体，以户、以元为核算单位进行分红。所得利润的 8％作为管理费，其他 92％作为所有社员和村集体的红利，年底召开分红大会进行一次性兑付。治理结构方面：把社员投入的工、料、机械台班、现金按统一标准折算成本金，在自由组合、自愿联户的基础上，总投资金额达到 4 万元的，推出一名代表，组成合作社管理委员会，即为管委会委员。从管委会中产生 1 名社长、1 名副社长、1 名秘书长来领导管委会开展工作。主要职责是负责制定工程的管理、维修、水费征收及标准、财务管理办法，年度收益分红方案、抗洪防汛和其他规章制度。

"三联农水合作社"管理委员会是合作社的管理机构，具体负责合作社的全面工作，"三联农水合作社"管理委员会任期三年，届满社长、副社长、秘书长可以连任，其组建和换届，在村党支部、村民委员会主持下进行。该合作社本着利益共享、风险共担的原则，制定章程，完善管理机构，明确管理人员及社员的职责，制定明确的水价执行标准，"三联农水合作社"全体社员必须服从管理委员会的管理，遵守各项规章制度，同时发挥主人翁精神，积极向管理委员会提出合理化建议，提高水资源的利用率，实现节约用水、节约灌溉。每个投资建设者都成为合作社的社员，每个社员都是大坝的拥有者和受益者，所有参与工程的建设者和投资者都是受益人。

青龙崮小（Ⅱ）型水库运行效果评价。村民认为现在用水便宜、方便，丰水年份，使用自家地里水窖里的水，当自家地里水窖里的水不够用时再到邻近的塘坝买水，当邻近塘坝里没水时，再到青龙崮小（Ⅱ）型水库买水，以前当邻近塘坝里没水时，必须到邻村水库去买水，全程长 2 千米，共需五级提水，平均灌溉成本为 200 元/亩·次，现在到青龙崮水库买水，距离大大缩短，平均灌溉成本为 30 元/亩·次。

2. 机井的产权改革

机井产权改革的地区一般都是降雨量少、水资源短缺、使用地下水的地区，而且机井的使用频率比较高。

1）集体建设、维修、经营、管理——改革之前的模式

其实质是没有进行产权改革，维持公有公营的模式，通过电费（水费）附加

的方式收取一定的管理费，用于维护管理支出。

案例五：河北省枣强县马屯镇北仓口村机井——集体所有、集体经营

机井建设管理模式。全村共有5口井，其中3口井是计划经济时期打的，1口用于吃水，4口用于浇地，每度电提2分钱用于看井人费用。目前井的水位以每年7米的速度下降。现在，政府财政对机井没有任何财政投入，机井与政府没有关系。农民认为，水不够用时，应该由村集体打井。

管理人员和村集体权利义务的划分。本村的机井实行集体所有、集体管理、集体付费。村里有一个村干部专门负责管理机井。4口机井，每口井一个管理人员，管理人员的具体工作是开闸、放水、收电费。浇地不紧张时，由管理人员安排浇地；紧张时由集体安排放水。小型维修时，每个管理人员自己管自己的，大型维修时，4个管理人员搭伙一起工作。

管理人员（刘起为）说，总的来说没有什么责任，出了问题由村里负责，主要任务：一是每天去井上，听电机是否有故障、电路是否有故障。二是防渗管道出口盖丢失，做个木盖盖上。三是通知农户浇地。四是按月收电费（56.2分，59.1分），现在插卡，由农电管理站收取。五是不浇地时把变压器、电线、电缆补偿器拉回。曾经出现过的问题：一是超负荷运行，又赶季节，烧坏了变压器；二是失盗，被批评，村里解决；三是出了毛病找村干部；四是浇地紧张时，问题村里解决。

刘起为管理的井大约浇地300亩，平均小麦浇地3次，玉米浇地1次，25~30元/亩·次。棉花用水少，有时用河水浇地，有时用浅井水。管理费按2分/度，村里没有提管理费（但农民说村里提了管理费）。原来一口井2个人管理，也是提2分，1995年改为1个人管理，有的是村里决定的，有的是自己不愿意管的（浇地的农户捣乱、管理人员顺序管理不好），管理费的标准一直没有变，现在每个管理人员每年的管理费为600~700元。

没有拍卖或承包的原因。一是群众接受不了。群众担心承包人想多浇地、多收钱，提高水价，群众难以接受，天旱的时候问题更严重。二是假如井坏了，承包人没有钱修理，集体又管不了，影响浇地。

经营上的财务可持续性。成本表现在：不出毛病、不丢东西时，每年大概1000元的维修费用。出毛病时，电机一上一下的维修费用200元，现在一上140元，另加人工费用。但现在失盗一年比一年厉害。平均下来，4口井维修费用为2万/年，具体包括泵的维修、井的维修、打捞费用、丢失、管道的购买维修。农民嫌水价高，但土地30年不变，打井的地方难选择。存在的问题：一是井的利用率并不高，种植了棉花1000亩，用水减少，一年干不了100天，集中在短时间内使用，没有绝对不行，但利用率又不高。二是变压器、补偿器、电线电缆

丢失是共性的、普遍性的问题。三是井的毁坏、塌方导致整个井管掉到井里,打捞费用很高,再有是人为损坏。四是收取的管理费不多,每口井一个人,不够管理人员的开支。五是管理人员之间存在竞争。六是对集体资产关心不够,水压太大,存在毁井现象,超负荷运行。

2) 集体建设,承包者维修、经营、管理——改革后模式之一

这种模式的基本特征是:承包人拥有机井的经营权利,并承担机进的日常管理和维修。承包人的收益来自卖水的收入,但这项收入并不是承包人的主要收入来源,大多数只是承包人的副业收入。

案例六:枣强县唐林乡李进伯村机井——集体所有、拍卖经营

改革背景。枣强县唐林乡李进伯村全村 1700 亩地、560 口人、132 户、3 口深机井,都是 20 世纪 70 年代大集体时代打的。1981~1982 年,联产承包到户以后,地全部分到户,井仍然是集体的,实行集体管理、集体经营。与集体时代一样,管理上仍然存在如下问题:一是有专门的维修管理人员,但管理人员责任心差,水泵经常出问题,每天有效工作时间很少。有的是水泵本身确实有问题,有的是管理人员故意弄出问题,以便进行维修等捞个人好处。由于耽误了浇地时间季节,3 口井每年投入 3 万多元,用于水泵、电器、井管等的维修和支付专业维修管理人员工资,花钱不办事,大家自然意见大。二是农民节水意识差。浇地时,跑、冒、漏、滴水非常严重,水使用效率低,浇地少。三是耗电量大。由于经常出问题,加上水浪费严重,耗电量也非常大,支付的电费也非常高。

另外,地是私人的,使得农民对水的需求愿望非常强烈;井是集体的,使得集体供水方式的供水效率非常低。公、私产权的不匹配引发了很多问题:水的供求矛盾争水、抢水问题特别多、公共资源被过分使用、"公共地悲剧"等。这已经成了一个普遍性的问题。

1998 年,县里召集县、乡、村三级干部会。县委书记说,地是个人的,井是集体的,结果是花了钱,办不了事,老百姓还有意见,这种方法不好,要想办法按商业模式对待井,可采取拍卖等方式承包到户。有了这个精神,村"两委会"开会讨论井的管理问题,决定进行拍卖。之后,全体党员会、群众代表会共同分析情况,大伙一致同意拍卖,并根据村里的情况向县里写了报告,县里审批同意。于是,村里酝酿对 3 口井进行拍卖,每个井规定最高价和最低价。1998 年 6 月 1 日,拍卖时,县领导、乡、县水利局有关领导到现场,全村农户参与投标,3 口井一共拍卖了 6.66 万元,用此款打了一口 8 万多立方米的吃水井,剩下的村补贴。

李留所、李国营和宋福生共同承包了其中的一口井。其中,李留所 40 岁,

种地 20 亩（自家地和承包地），还养几头老母猪；李国营 38 岁，种地 18 亩（自家地和承包地），还搞电焊；宋福生 44 岁，种地 20 亩。都是兼业农民。

权利和义务的划分。井眼属于集体的，由于不可抗的原因损坏，由集体负责；由于管理不到位的原因损坏，由个人负责。水泵和电机属于个人的，损坏由个人负责。2005 年冬天，有一眼井漏沙了，经鉴定是由于机井寿命的原因，集体出资 2 万元进行维修。

承包后的产权问题。井眼等资产所有权归集体，使用权、管理权归承包户，维修管理从电的使用上扣除。变压器等其他归承包人，相关设施被盗由承包人负责。2003 年以前，变压器维修和被盗由承包人自己负责；2003 年以后，变压器被盗仍由承包人负责，但维修则由电力部门负责，维修费用也由电力部门出。除此之外，政府财政和村集体没有钱投入。

经营上的财务可持续性。承包之前，雇用专门的管理人员管理，每度电收取 0.4 元，维修费用来自两部分：一是按田地面积分摊收取的费用；二是村集体收入。承包人李留所告诉我们，承包后，收益主要是水费。前三年还可以，高峰期每年 4 万度电。小麦 20～30 元/每次·亩，玉米 140 元/每次·亩。按一年 20 000 度电计算，收益 3000 元一年。成本主要体现在如下几个方面：一是浅井泵因腐蚀老化维修更新，换一次 1300 元。二是深井的维修，三年维修一次，换一个轴承 140～150 元。深井维修过两次，花了 1000 元。三是电闸保险维修，20～30 元/次。四是保护器维修，40 元/次。五是变压器维修，人为损坏由自己负责，自然损坏由电力局负责。六是投入的劳动和时间。小麦灌溉 3 次，玉米灌溉 2～3 次，变压器及相关设施不用时拿回家。七是电的单价上涨，改制前一度电 4 角，现在一度电 5 角 5 分。按用电来收费，每度电 0.5 元。每年每口井用电 3 万多度电，每度电提取 0.15 元，合计每年收入大约 30 000×0.15＝4500（元）[这种算法值得怀疑，全村 1700 亩地，3 口井，每口井平均灌 550 亩，每亩地平均浇 5 次水，每次 25 元，每口井的毛收入＝550×5×25＝63 750（元），提取收入＝63 750×0.25（1/4）＝15 937.5（元）]。但现在出现的问题是，现在一年几千度电，深井一亩一次 30～40 元，浅井浇棉花一亩一次 10 元多，收益更少。用电减少的原因主要：一是村民嫌水价高，2002～2003 年开始一些村民又自发地出现了打浅井，深井浇地减少。其优点是水价低，缺点是浅井的水是咸水，不能大量使用，只能部分替代深井的水，但即使这样，也导致承包人的收入下降。二是棉花种植面积扩大，用水减少。

效果评价。遵循"谁浇地、谁出钱"的原则，用水效率高了，排队有序，没有争水抢水现象发生，管理人员责任心也强。每年腊月三十，承包管理人员要到承包的井旁边烧香、上供品，求神仙保佑不要出问题。改制前，村里聘用专门人员管理机井，每年支付工资、买煤、买床等，机井经常出问题，耗电量大，浇地少，还经常耽误季节。承包以后，即从 1998 年以来，机井没有出现什么大问题，没有耽误浇地，没有耽误季节，而且用电量少，浇地多，用水效率高，排队有序，不再优亲厚友。2000 年，有一个机井的变压器被偷过一次，电力部门不管，承包人自己拿 3000 元钱买了一个变压器。按用电来收费，每度电 0.5 元。曾经出现三家竞争，都想多浇地，后来三家划片，基本平，共 1200 亩地，平均 400 亩一个井。1999 年，有两家井向外村卖水，本村老百姓有意见，最后村支书出面协调，只有本村不用了，才能对外卖水且比卖给本村要贵一些。总的来看，10 多年来，泵一次也没有坏过，承包人还种地，不耽误家里农活。

3）农户建设、政府资助，承包户维修、经营、管理——改革后模式之二

这种模式的基本特征是：农户打机井，政府资助，产权归农户所有，农户负责建设、维修、经营、管理。农户主要是种植经济效益较高的经济作物，且种植面积很大，种植业收入是承包人的主要收入来源，部分收益来自卖水的收入。

案例七：梨树县十家堡镇铁岭窝堡村集体承包果园机井
——农户建设管理、政府资助

打井背景。李春林承包铁岭窝堡村集体果园，共 19 垧地，承包当时全部是果树，支付了村的投资 1.8 万元。承包期为 1994～2024 年，共 30 年，共分三个阶段：第一阶段是 1994～1999 年，共 5 年，每年支付承包费 800 元/年·垧，共支付 800×19×5＝76 000（元）；第二阶段是 1999～2004 年，共 5 年，每年支付承包费 1300 元/年·垧，共支付 1300×19×5＝123 500（元）；第三阶段是 2004～2024 年，共 20 年，每年支付承包费 2500 元/年·垧，共支付 2500×19×5＝237 500（元）。

果园旁边有条河，河的上游有几家工厂，工厂在果园承包之前就有，刚开始污染并不严重，以后污染逐渐严重。1997 年都在河里提水灌溉，1998 年不旱，1999 年干旱，果园因此造成损失 3 万元。此时河水已经污染，会导致果树坏死，不能用，如果打井，遇上天旱，每年挽回损失 3 万元，10 年就是 30 万元，由此他决定打井。

机井的产权制度和管理体制。当时申请的是打两口浅井，50 米深。结果打了一口浅井，50 米；一口深井，150 米。两口井的产权全部是个人的。其中，浅井是 2000 年 6～7 月，李春林自己请私人打井队打的，50 米深，共用了 20 天时间，花费 4 万元，其中打井费用和井管费用共 3 万元，水泵和电线共 1 万元。另一口井得到农业综合开发项目的资助，由政府部门负责请打井队钻井，钻到 20 米时，钻井队说钻不了，没有水，又钻了 50 米，钻井队说没法钻了，承包不愿意钻了，要求退钱，政府部门不同意，没有退钱。承包人要求自己请私人钻井

队，经与政府部门协商后统一。之后，最后钻到 150 米深，共耗时约 2 个月，私人投资约 10 万元，包括打井眼和井管花费约 7 万元，水泵和电线约 1.5 万元，灌溉设备约（水管等）200 米×96 元/米＝19 200 元，喷灌架 3000 元。由于是农业综合开发项目，县财政报销了 2 万～3 万元。由于是县财政直接给打井队的，承包人没有经手，资金确切数目不清楚。

经营上的财务可持续性。从收入看，每年纯收入约 10 万元，毛收入 13 万～14 万元。其中有 5 垧地果树，5 垧地玉米。其中，玉米产量是 2 万市斤/垧，价格是 0.6 元/市斤，毛收入是 2 万市斤/垧×0.6 元/市斤×5 垧＝6 万元。玉米是由于前几年果树冻死后，改种玉米，现在承包人也没有想过要恢复果树，一方面是由于恢复不起；另一方面是粮价高，水果价低，恢复也没有意义。此外，这两口井除了给自家供水用外，也给其他农户供水，有的水管直接接到地里，一般是按时间收费，30 元/小时。有的水管不能接到地里，就用水车拉水，一般是每车（7～10 吨）5 元。承包人说，对外供水没想过赚钱，乡里乡亲的，不亏本就行。

从管理看，除 2004 年由于输电线路问题，3 相电变成 2 相电，两个水泵的电机全部烧坏，花了 2000 元，其他没啥费用。如果不是电流掉相，估计 10 多年也不出故障。目前的主要问题是电价太高，这里是按普通工业用电价格收取电费，希望能按农业灌溉电价收取。农业用电上半年为 0.465 元/度，下半年 0.489 元/度，工业用电 0.8 元/度，实际支付电费价格为 434.77 元/(560＋17) 度＝0.7535 元/度。2006 年 9 月 1 日，实际支付总费用为电费 434.77 元、库区基金 3.08 元、还贷基金 11.2 元、三峡基金 2.24 元、能源附加 0.56 元，总费用 451.85 元。

存在的问题。这里像这样自己打井的很少，不具有普遍性和代表性，主要原因是地少，人均 3 亩（标准亩 4.5 亩）承包地，一家 3 口人共 13.5 亩地，一家一户打井根本不合算。

4）联户建设，联户维修、经营、管理——改革后模式之三

这种模式的基本特征是：农户联合打机井，政府资助，产权归农户共同所有，农户共同负责建设、维修、经营、管理。有的农户主要是种植经济效益较高的经济作物，且种植面积很大，种植业收入是承包人的主要收入来源，部分收益来自卖水的收入。有的农户是收益部分来自卖水的收入，但这项收入并不是承包人的主要收入来源，大多数只是承包人的副业收入。联合起来的农户共同负责建设、维修、经营、管理的权利和义务，实行"联户建设、联户管理、联户受益"的建设与管理模式。

案例八：枣强县马屯镇北仓口村机井——联户投资、共同管理

投资打井的背景。现在全村总共有 9 口井，其中集体所有的井 7 口，都是集

体时代打的，已经报废 3 口，1 口用于饮用水，3 口用于农田灌溉；1 口合伙集资打的；1 口是一家单独打的；实际上用于农田灌溉的是 5 口井。该井系三户集资建设，220 米深，总共投资 8 万多元，有效灌溉面积 300 亩。当时投资建井主要是因为那块地没有水浇，又不愿放弃土地，所以三户联合建井。投资人之一李连芝，一家 4 口人，共 7 亩地，以种地为主，农闲时外出打工。投资人之二张留安，一家 5 口人，2001 年共有 11 亩地，2006 年 8 亩地，以种地为主业，以前还做液化气配件生意，现在开火葬车。大约在 1990 年，投资人打井所在的位置没有井，水利条件差，集体又没有钱打井，政府财政没有资金投入。其他井的供水量有限，且由于距离的限制而浇不到这里来，完成靠天吃饭。降雨量充足就有收成，天旱时大面积浇不上水，土地撂荒多，没有收成。在这种背景下，三家决定联户投资打井。

产权和管理制度。投入主要包括三块：一是资金投入，共投入 80 200 元，资金由三家平摊；二是劳动工的投入，有人出人，没有绝对平均，比较灵活；三是施工机械设备的投入，除施工用油的成本费用外，机械设备折旧等没有单独计算费用。这种合作方式没有任何书面上的东西，全凭相互之间的信任关系。

由于所有的投入全都由三家共同承担，产权自然归三家共同所有，由三家共同管理。实际的管理方式是三家轮班，每家管理一年，主要是由男的管理，每年的运行和管理费用以及收益都由三家平分。

经营上的财务可持续性。收入收益：运行收益主要来源于收取的水费。水费按用电量收取。对于村集体所有与管理的井，以前的电价是 0.59 元/度，现在调整为 0.662 元/度。该井现在的电价是 0.9 元/度，差价为 0.338 元/度。按照承包人的说法，每年用电约 2 万度。照此计算，毛收入约为 30 000 度×0.338 元/度＝11 040 元，三家平分，每家约 3380 元。成本费用：运行过程中的成本费用主要表现为人工投入和维修费用。三家轮流，每家管理一年。按承包人的说法，就人工投入而言，到了浇地时节，承包人必须到场提水灌溉，几乎不能干别的事，按小麦浇 2 次水（有时浇 3 次水）、玉米浇 1 次水计算，每年人工投入约 3 个月，大约 100 个劳动日。就维修费用而言，一是泵的维修，不算人工费用，从井里提泵和下泵一个来回的费用为 200 元，如果泵损坏维修则需花费 2000 元；二是井管的损坏费用更高；三是有关设备的被盗，承包人反映 2004 年秋季、2005 年春季和 2005 年秋季，高压引线（铜线）被盗过 3 次。按承包人的说法，每年的维修费用平均为 5000～7000 元，每家每年平均分摊 1700～2300 元。村干部说，村集体管理的 4 口井，每年的维修费用约 20 000 元，照此计算，每口井的维修费用约 5000 元，与承包人的说法相差不远。但我们有另外一种推算方法：该井有效灌溉面积 300 亩，每亩的平均浇灌费用为 25～30 元/亩·次，每年按小麦和玉米 2 次计算，其中小麦平均每年浇 2 次水，玉米浇 1 次水，据此计算，水费收为

300 亩×3 次×(25~30) 元/亩·次＝22 500~27 000 元，三家平分，每家 7500~
9000 元。用我们的算法得出的结论与承包人的说法相差较大，村干部认可我们的
结论，并说承包人的数据没有说实话。比较成本和收益，该井的平均纯收益为
(22 500~27 000 元－5000~7000 元)＝1700~20 000 元，三家平分，每家 5500~
6600 元。

3. 灌溉站产权改革

泵站总体上分为两类：一是用于排涝；二是用于灌溉。就我们所调查了解的
情况看，进行产权改革的主要是浇灌站，其原因是能相对明确地区分受益对象。
使用灌溉站的地区一般都是降雨量相对较多、水资源丰富、作用地表水的地区。
与机井相比，灌溉站的使用频率比较低。具体的产权模式有如下几种。

1) 政府或集体建设、维修、经营、管理——改革之前的模式

其实质是没有进行产权改革，维持公有公营的模式。

案例九：茶林县下东乡小车村大河电灌站——政府或集体建设、维修、经营、管理

大河电灌站基本情况。该站修于 1964 年，那时只有 300 亩水田，动力机前
身是柴油机，1973~1974 年，搞园田化，农业学大寨，把沙土旱地改为良田，
水田面积增为现在的 700 亩，柴油动力机改为现在的 2 台电力动力机，分别为
28 千瓦和 30 千瓦，用水量大时，2 台动力机轮流作业。泵房是比较简单的瓦房，
1976 年发大水，泵房被冲垮，1977 年改为建现在的水泥和砖结构泵房。以前的
水渠是用石头、沙子和石灰做的，主要是村集体出资出劳，资金主要用于购买石
灰，用工主要是队里派劳动力，记工分。土渠维修出工队里记工分，机手抽水也
记工分。1982 年以后，水渠逐年硬化，资金主要来源于电费（水费）结余，已
硬化约 4000 米，又有 1/5 约 1000 米没有硬化。渠道从最初修建到现在一直是
村里在管理。电费自 1982 年以来，一直由村里分摊，按水田面积，由组交到村，
由村交到电管站。

管理者的权利和义务。专门有一个机手，1982 年到现在一直是这个机手，其
责任心强，业务能力过硬，1982 年的年工资是 500 元，1991 年的年工资是 800 元，
1996 年的年工资是 1000 元，2004 年的年工资是 1500 元。有关维修费用全部由村
里负责，电费最多的 65 元/亩，最少的 15 元/亩。1999~2001 年是 65 元/亩。
2006 年的水费是 40 元/亩，其中电费是 30 元/亩，全村 700 亩水田，总收入是
10×700＝7000 (元)，除掉机手工资 1500 元，还剩 7000－1500＝5500 (元)，
用于机器设备、渠道的维修和硬化。

机手的责任主要是负责开闸、开动机器、保持机器正常运转、负责维修，但

机器设备老化、被盗、因维修而产生的费用，机手都不负责，都由村里负责。简言之，机手只是一个领取固定报酬的雇佣工人，一切风险和损失都由村里承担。

没有承包的原因。一是把变压器、动力机抬回家非常困难；二是水费收缴困难，有的地方是先交水费，后灌田。收水费难的原因有的是确实交不起，有的是尾水量少时间长（浇水是按距离远近，没有抓阄），有的是干脆没有浇到水。三是渠道没有硬化，维修没有资金。四是失盗现象严重，本泵站的启动器近期被偷过两次，偷走其中的铜线圈，分别是2004年、2006年，每次失盗后需要980元维修，沿河的几个泵站，离村越远，失盗越严重，本村沿河的另外两个泵站，电排被偷过两次。五是机电设备老化，1973年制造的设备，到现在还在运行，厂家已经停止生产该设备，配件都买不到，需要时只好到就近的机械厂家单件加工，凑合着用，急需更新改造。六是电价问题。1982年照明电价是22分/度、抽水电价是8分/度，抽水电价低于照明电价。此后，抽水电价一路上升，分别为10分/度、14分/度、20分/度、30分/度，2002年达到37分/度。2002年实行农村电网改造，实行城乡同网同价，2003年到现在，照明用电54.8分/度，抽水用电43.7分/度。每亩地约消耗30元的电费。七是水费收取困难，由村里分解到组，组里分解到户。欠缴的水费，如果组里有钱，则组里垫付，组里没钱则挂账，村里欠电站的电费，电力局背包袱。20世纪90年代中期欠水费的较多，2000年以后欠水费的较少，主要原因是种田的少，打工的多。

2) 政府或集体建设、维修，承包户经营、管理——改革后模式之一

这种模式的主要内容是：政府或集体负责灌溉站的建设，承包人拥有灌溉站的经营权利，并承担水库的日常管理和维修。承包户收入部分来自卖水的收入，但这项收入并不是承包人的主要收入来源，大多数只是承包人的副业收入。

案例十：茶林县下东乡光辉村东江电灌站——政府或集体建设、维修，承包户经营、管理

东江电灌站基本情况。都是20世纪60年代修的，6寸管柴油机，15马力。1968年发大水，电灌站被冲垮，重修，动力机由柴油机改为电动机，功率为22千瓦，灌300亩水田。1978年搞园田化，水田面积增为600亩，动力机改为28千瓦。1992年发洪水，泵房又被冲垮，泵房进行了重修，动力机改为30千瓦，一直到现在。同时本村在县城边缘，城镇（县城）建设占地较多，现在只剩下350亩。1981年开始承包，其中，1999～2000年的承包人是陈狗狗，2001～2003年的承包人是颜政伟，2004年到现在的承包人是张运明。

承包管理人的权利和义务。收取电费：13元/小时（30千瓦）+2元（承包工资）+1元（维修费）=16元/小时（266小时50分×16元=4125元，266小时

50 分×16 元＝4432 元），承包人不交承包费，村里也不对其进行补贴。支出方面，一是 200 元以下的维修费用由承包人自己负责，200 元以上的维修费用由村里负责。其存在的问题是承包人倾向于夸大损失，把小问题弄成大问题。二是如果发生了失盗，由村里负责。三是承包人不向村里交承包费，村里也不给承包人补贴。

水费：70 元/亩·年，每组一个管水员，管水员的工资 2005 年是 700 元/年，2006 年是 800 元/年，管水员的工资按面积分摊到户。按照老传统，先交钱后放水，一年两次，以组为单位，交钱开票，凭票放水。6 个组放水的顺序是抓阄，轮到哪个组放水，哪个组的管理员就来管理放水。

存在的问题。一是变压器被偷过两次（分别是 1999 年、2000 年），因为户内放置变压器，操作麻烦，按照技术规范，操作需要电力局工程车，成本高。二是承包人更换频繁，缺乏工作的连续性，技术上存在问题。三是承包人都是兼职。四是电机烧坏了，村里负责。五是管理人员责任心不强，开闸后走人，泵头堵塞，出水量少，水费电费多，赚钱多。

能实行承包经营的原因。别的村实行集体管理，主要原因是选择机会不多；而本村实行承包经营，主要原因是机会多，主要来源于打工等其他收入。电灌站的效益下降，田少了，抛荒多了，成本高了，外出劳动力多了，荒田能渗透得到水。全村 360 人，60 亩地，人均 60/360＝1.7（分地）。

3）政府或集体新建，集体维修、经营、管理——改革后模式之二

其实质是政府或集体新建，并维持公有公营的模式。

案例十一：新洲区辛冲镇江禹泵站——政府或集体新建，集体维修、经营、管理

江禹泵站变化情况。江禹旱涝大站最早建于 20 世纪 60 年代，排涝和抗旱两用，但主要用于抗旱。泵站有 2 台动力柴油机（55 马力）、2 套水管。当时的设备全部是政府和集体投资，集体管理。计划经济体制下，主要为江禹大队、朱岗大队、高湾大队三个大队服务，由辛冲人民公社负责管理，在当时的体制下运行较好。泵站的渠堤工程全部是由人工一担担挑土垒起来的。

实行家庭联产承包责任制后，实行撤社建乡镇，集体经济逐渐衰落。由于该泵站的受益对象主要是朱岗村、江禹村和高湾村，该泵站逐渐由乡镇下放到三个行政村，由其共同管理，管理费用由三个村轮流负担，每个村负担一年，这个负担主要表现为雇一个人专门看护泵站。

由于辛冲镇属于苏区，20 世纪 80 年代下半期，其对口扶贫单位武汉市硚口区出资对泵站进行改造，将 2 台柴油动力机改为电动机，并在泵房边安装了变压器，雇用一个人负责看管设备。90 年代初，由于旱涝严重，各行政村用水量加

大，加上乡镇不介入泵站的相关事宜，即便介入，协调能力也远不能与计划经济时期的人民公社相比，各村之间的矛盾主要由三个行政村村委会的相关负责人进行协调，可以想象其协调能力、其权威已大大减弱。由于一些难以协调的矛盾，三个行政村中水源条件相对较好的高湾村于 20 世纪 90 年代退出，通过在本村自行筹资和向上级争取资金，自行在本村附近修建了一个泵站，仅供本村使用。江禹村和朱岗村则继续共同使用和管理江禹泵站，相应责任由两村轮流负担。

随着改革的深入，一方面经济发展了，外出打工的逐渐增加，对打工经济的依赖逐渐增强，对农业的依赖逐渐削弱，农民逐渐富起来；另一方面则是农民的集体意识逐渐淡化，用农民自己的话说就是"各顾各"，对自己受益的集体资产漠不关心，集体责任感差。20 世纪 90 年代以来，连续发生泵站的变压器等资产被盗情况。对于变压器被盗，村集体和当地治安管理部门也没有对其进行深入追究，不了了之。最近一次的变压器被盗是 2003 年下半年，村没有人去深入追究，也无法追究，派出所也不管。之后又发现了电动机被盗，依然无人深入追究，听之任之。2004 年由于风调雨顺，泵站虽然无法运行，却也没有引起大的问题。

新泵站产权制度和管理体制。朱岗村和江禹村都无力单独重修泵站，也不愿单独重修泵站。它们也知道两村即使共同重新修好泵站，还会发生泵站被盗的问题。2005 年 3 月，水源条件相对较好的江禹村决定退出，在自己村另建一个泵站，并邀朱岗村加入，但朱岗村当时没有加入，江禹村决定单干，主要服务于本村。

江禹村泵站建设资金来源：一是集体资产变卖收入，农村税费改革前，该村存在大量的土地撂荒现象，为了不致使土地撂荒，同时为了应付上级检查，村委会决定在荒撂的土地上种杨树，现在杨树已长大，村里将这片树木卖给了林业局，价值 9 万元；二是村里先富起来的包工头捐款；三是负债。

建设开支表现为如下几个方面：一是购买设备支出，包括变压器、管道、水泥、沙子、砖等；二是劳务支出，主要是用于支付农民工的工钱等劳务支出；三是补偿支出，包括占用耕地的青苗补偿支出，卖林地的土地承包户的补偿支出。

新泵站运行情况。运行管理收入主要是收费。该泵站主要服务于本村，运行收费实行实耗实销原则，每年耗用电费、管理人员工资、折旧费全部加总后，按实际受益面积分摊。该泵站筹建阶段曾邀请朱岗村加入，由于组织困难，朱岗村没有加入，泵站建成后朱岗村要求通过分摊费用加入，但遭到江禹村的拒绝。2006 年由于旱情严重，朱岗村要求到该泵站买水，实行差别水价，支付的水价明显高于江禹村本村的水价——估计为 5～6 元/亩。

江禹村村民们反映，2006 年水价到底定多少还不知道，因为还没有最后结账，包括总投资共用了多少钱，欠了多少债，如何对受损农民进行补偿，都还没有公布，对朱岗村的供水，听说是 10 元/亩。但朱岗村的村民反映，江禹村向朱岗村收取的水价是 30 元/亩，到底是多少，具体情况不得而知。即使如此，江禹村的村民还是反对卖水给朱岗村，他们担心现在赚朱岗村的钱，会导致泵的损耗折旧过快，使用寿命缩短，影响江禹村以后的使用。现在实行的协调机制是，朱岗村村民提出买水要求→村小组负责人向朱岗村村支书反映→朱岗村村支书与江禹村村支书协调→江禹村泵站供水。

收费机制是实行先付费后供水：村民将水费交给村小组负责人→村小组负责人将水费交给朱岗村村支书→朱岗村村支书将钱交向江禹村。

运行支出管理：一是用于支付电费；二是支付管理人员工资；三是维修保养；四是用于偿还债务。

4. 排涝站产权改革

就排涝而言，水首先是从高处流向低处，即从田地里→二级支渠→一级支渠→主干渠主要是依靠水的落差，通过水的自流完成，基本不需泵站；然后从一级支渠→河湖，二级支渠→河湖、主干干流→河湖则需要泵站，因而很难准确地界定谁是真正的受益者及其受益的程度，收费就非常困难，计量也难。此外，排涝站的使用频率和使用程度都不高，经常是几年都不排涝，收取排涝费的难度更大，获取收益也难，因而也就很难进行产权制度改革。如汉川市的基本特点是大排大灌，基本没有对排涝站进行产权改革，还有吉林省梨树县的排涝站，也没有进行改革。

5. 水塘的产权改革

水塘的基本特征是水容量小，卖水收入和养鱼收入都非常有限，基本上维持政府或集体建设、维修、经营、管理的公有公营模式，实际上没有人管理。少数塘坝实行水面出租，即承包人出一点租金购买水塘的水面使用权，主要是用于养鱼、保障养鱼收益的需要，附带管理水塘，但这种管理不是合同硬性规定，因而也不是承包人的必然义务。

6. 水渠产权改革

水渠产权改革。水渠可分为干渠、支渠、毛渠，也可分为明渠和暗渠（管道）。作为水运输系统，水渠基本是难以有独立收益的，因而难以独立进行产权制度改革，以引入社会资源进行建设管理。对于干渠，现实中很少有单独的水渠产权改革。但调查发现个别地方将储水设施（水库）和水运输设施（水渠）打包改革的情况，将水费的收取权给予产权承接人的同时，产权承接人负责渠道的维修管理。但多数水渠没有进行产权改革的渠道，其责任仍由灌区管理所、乡镇水利管理站、村组负责维修管理，但实际上不负责，收了水费，也没有用于修渠道。对于支毛渠，主要由村组负责，没有产权改革。村组为了解决劳动力外出对农田基础设施建设带来的不利影响，组织未外出劳动者从事农田基础设施建设，合理分摊建设和维护成本，一般在村组在村组范围内实行"有劳出劳、有钱出钱、以资代劳"。为完成既定工程量，村组召开村民会议，愿意出劳动的出劳动，并确定每个劳动日的价格，不愿意或不能出劳动的出钱。工程完工后，计算出共用去的劳动日，没有出足应出劳动日的农户出钱补足，多出劳动日的农户获取相应的补偿金，用以平衡不同农户。

7. 没有进行产权制度改革或产权制度改革不彻底及其原因

但是，调查还发现，一些地方没有进行产权改革或产权改革不彻底，即使有承包的水库、塘，但承包商户承包的目的是通过养鱼赚钱，而不是为了提供农田灌溉服务。究其原因，各相关利益主体的看法如下：

一是从农民的角度看，本地降雨量较多，农民并不认为水是稀缺品，没有水就是商品的意识，认为水库、塘、堰和渠道是自己修的，水是天上下的，不存在买水的问题，把小型农田水利设施承包给别人让别人盈利不合理，因为承包人可能会为了自己的收益而不顾农民的利益。水库等储水设施承包后，承包人会养鱼等，到抗旱时会发生灌溉用水与养殖等其他用水的矛盾。

二是从承包人的角度看，没有人愿意承包为农户提供农田灌溉服务而赚钱。原因有二：一是收费困难。降雨量多时，丘陵地区可实现自流灌溉，平原地区各家各户可用抽水机在自家田地附近的塘、堰抽水灌溉，或者付费使用抽水专业户的抽水设备灌溉。在这种条件下，抽水是比较方便的，没有产权改革的动力；天旱时，一般使用水库的水灌溉，或通过泵站从河流提水灌溉，使用水库的水灌溉，原则上要按灌溉面积支付水费，但由于涉及用水户较多，很多用户由于各种原因不愿意支付水费，收水费非常困难。承包前，水费一般是由村组从用水户收取，交到乡镇或交到水库管理处。一旦承包，水费是按老办法征收，还是由承包户自己征收？如果由自己征收，难度更大。二是即使承包，收益也不稳定。雨水丰富的年份，水库里的水基本没用，也无须从河流里提水灌溉，水库和泵站就很难从收取水费中取得收益。

三是从政府相关管理部门的角度看，第一，民营产权改革的一个重要前提是要盈利，但从收益角度看，现有泵站的设备老化，效率非常低，能耗非常高，一次性投资更新难度大，产权改革的前提是必须进行更新，否则无人承包，也无人对其进行投资更新，没有人愿意承包一个老化不能工作的泵站，而且能否有收益取决于"天"。另外，要想盈利，势必提高水费标准，按现在的收费水平不能盈利。一旦发生用水户和承包户之间的矛盾，协调起来将非常麻烦。第二，收水费难使得水库不适合承包。以前有的农户交齐了水费，有的农户欠交水费，如果不清缴欠交的水费，已交齐水费的农户觉得吃了亏、不公平，用水后也不愿交水费，拒交水费心理很严重。降雨量多的年份，农户用水很少甚至不用水，收水费就更加困难。收水费难使得无人愿意承包受益面大的水库。小的塘堰承包收益不大，即便承包也是为了养殖，不是为了收水费，也不愿承担维护和管理的责任。第三，产权改革是试图解决小农水的管护和建设问题，但就泵站而言，私人投资主体不会就泵站的更新换代进行投资，因为一次性投资太大，收益也不稳定。即使政府对设备进行更新换代，也难免出现在承包期内拼设备、吃老本的行为，管护同样也是一个问题。第四，有的地方农田基础设施的布局特性不适合由私人来经营，如汉川市的基本特点是大排大灌。从成本角度看，就排涝而言，从田地里→二级支渠→一级支渠→主干渠主要是依靠水的落差，通过水的自流完成，基本不需泵站，从一级支渠→河湖，二级支渠→河湖、主干干流→河湖则需要泵站，因而很难准确地界定谁是真正的受益者及其受益的程度，收费就非常困难，计量也难。就灌溉而言，水是逆向流动的，主干渠的水几乎使全市受益，几乎是一个完全的公共品，如果采取由承包户收费的方式，操作成本非常高，不如采取由政府强制收取的方式。二级支渠、一级支渠的水同样受益面积大，同样面临上述问题。第五，如果遇到降雨量特别多的年份，汛情严重，水利设施防汛除险的责任难以界定、难以落实，安全无法保障，政府也不放心。天旱年份，通常会发生农业灌溉用水与养鱼用水的矛盾，也不好协调。

　　总的来说，承包人没有收益或获取收益困难，承包人与农民的利益协调难等，是没有进行产权改革的主要原因。

　　8. 小结

　　1）产权制度的基本模式

　　从建设责任、维修责任、经营权利、管理责任、所有权归属、受益形式等六个方面总结归纳各地小型农田水利基础设施产权制度模式，得到表14。

表 14　小型农田水利基础设施产权模式与社会组织的收益形式

项目		建设责任	维修责任	经营权利	管理责任	所有权归属	产权承接人收益形式
水库	改后模式之一	政府或集体	政府或集体	承包人	政府或集体	政府或集体	养鱼
	改后模式之二	政府或集体	政府或集体	承包人	承包人	政府或集体	养鱼、卖水
	改后模式之三	政府或集体	承包人	承包人	承包人	政府或集体	养鱼、卖水、多种经营
	改后模式之四	联合农户	联合农户	联合农户	联合农户	联合农户	共同灌溉、饮用
	改革之前模式	政府或集体	政府或集体	政府或集体	政府或集体	政府或集体	

续表

项目		建设责任	维修责任	经营权利	管理责任	所有权归属	产权承接人收益形式
机井	改后模式之一	政府或集体	承包人	承包人	承包人	政府或集体	卖水
	改后模式之二	承包人和政府	承包人	承包人	承包人	政府或集体	自用灌溉、卖水
	改后模式之三	联合农户	联合农户	联合农户	联合农户	联合农户	自用灌溉、卖水
	改革之前模式	政府或集体	政府或集体	政府或集体	政府或集体	政府或集体	
灌溉站	改后模式之一	集体	集体	集体	集体	集体	共同灌溉受益、卖水
	改后模式之二	政府或集体	承包人	承包人	承包人	政府或集体	卖水
	改革之前模式	政府或集体	政府或集体	政府或集体	政府或集体	政府或集体	
排涝站	改革后模式	基本没有改革					
水塘	改革之前模式	村组	村组	村组	村组	村组	
	改后模式之一	村组	村组	承包人	承包人	村组	养鱼
水渠	改革之前模式	村组	村组	村组	村组	村组	
	改后模式之一	与水库打包	与水库打包	与水库打包	与水库打包	村组	无特别收入

2）产权改革的基本原理

综合表 5 中的具体的改革方案，现实中产权改革的基本原理可概括为如下两种：

原理一，义务置换权利。这种思路主要适用于原归政府或集体所有并管理的小型农田水利基础设施。对政府或集体管理不善或管理不了的既有小型水利基础设施，多数都是通过产权改革引导民间力量参与日常管理，根据权利义务对称原则，将小型水利基础设施的相关权利转移给产权承接人，产权承接人同时承担一定的义务，权利越多，义务也越多。如水库的"管养分离"的方法。水库的产权归国家所有，只将水面的经营权承包出去，用于养鱼等方面，承包者交纳承包费，不负责水库的维修义务，多数无权收取水费，并负责日常的管理；水库维修费用由国家财政或集体集体资金拨付。区分不同的水利基础设施，盈利能力强的水利设施，转移的权利越多，承担的义务也越多；盈利能力弱的水利设施，转移的权利也越少，承担的义务也越少。

原理二，"谁投资、谁所有、谁受益"。坚持"谁投资谁拥有，谁经营谁管理，谁投资谁收益"的原则，引入民间资金新建小型农田水利基础设施。具体做法是，放开水利建设权，走民建、民有、民管、民营的发展之路，鼓励农户通过联户或合作组织的方式，实行多元化投入办水利，县乡投入"以奖代补"启动资金，给予一定数量的资金或物资无偿扶持鼓励农户、联户和其他经济主体从事农田水利基础设施建设，调动农民和社会投资办水利的积极性，逐步形成"联户建设、联户管理、联户受益"的"三联农水合作社"的农村合作组织建管模式，解决一家一户干不了的难题。

3）产权制度改革的广度和深度

产权改革试图解决农田基础设施建设投入不足和管理主体缺位问题。但是，调查发现，如表 15 所示，进行了产权制度改革的主要是水库、机井、灌溉站，排涝站、水塘、水渠则基本没有进行改革。而且，并不是所有的水库、机井、灌溉站都进行了产权制度改革。进行了产权制度改革的水库、机井、灌溉站大致有如下一个或几个有利条件：

一是水库库容量大，水库基础条件好，库容大，地理位置好，交通方便，水库周边有荒山、荒地等，能建成集养殖、种植、垂钓、餐饮、停车、休闲为一体的休闲山庄，搞多种经营。

二是机井所在地水资源紧张，特别是地表水紧张，主要以地下水灌溉为主，而且地下水位较深，每眼机井灌溉面积较大，机电设备基础条件较好。

三是灌溉站所在地水资源比较紧张，以地表水灌溉为主，土地地势较高（高于水源），灌溉站的灌溉面积较大，机电设备基础条件较好。

四是塘坝虽然蓄水量小，但却有一个比较稳定的养鱼收入，即使亏损，也不很严重。

表 15 产权改革的基本原理

		改革的基本原理	产权承接人的特征
水库	增量（新建）	谁投资、谁所有、谁受益	企业家，非常有经济头脑
	存量	管理义务置换经营权利	农民，比较有经济头脑
机井	增量（新建）	谁投资、谁所有、谁受益	集体或农户联合体
	存量	管理义务置换经营权利	主要在农村从事多种生产经营
灌溉站	增量（新建）	谁投资、谁所有、谁受益	集体或农户联合体
	存量	管理义务置换经营权利	主要在农村从事多种生产经营
排涝站	增量（新建）	基本没有新建	
	存量	没有改革	
水塘	增量（新建）	基本没有新建	
	存量	管理义务置换经营权利	主要在农村从事多种生产经营
水渠	增量（新建）	基本没有新建	
	存量	基本改革	

如表 16 所示，不同类型的小型农田水利基础设施的产权改革广度和深度有很大区别。

表 16　产权改革的广度和深度

		改革的方式
水库	广度	改革面很大。原因是水库蓄水量较大，至少可承包水面养鱼，不会亏损
	深度	改革深度有差异。库容越大、交通越便利、多种经营越方便，盈利能力越强，改革越彻底
机井	广度	华北地区改革面较大，其他地区改革面很小。原因是华北地区地下水位低、地表水少、规模经营多，盈利能力强
	深度	华北地区改革深度大，其他地区改革深度很小。原因是华北地区地下水位低、地表水少、规模经营多，盈利能力强
灌溉站	广度	改革面较小。主要原因是收水费（使用者付费）困难，其次是使用频率不高，盈利能力弱
	深度	改革深度很小。主要原因是收水费困难，其次是使用频率不高，盈利能力弱
排涝站	广度	基本没有改革。主要是由于收水费（使用者付费）特别困难
	深度	
塘坝	广度	改革面很大。承包水面有一个相对稳定的收入
	深度	改革深度很小。水容量小，收入也很小，也不能搞其他多种经营收入
水渠	广度	基本没有改革
	深度	基本没有改革

4）产权制度改革的成效

总的来说，产权制度改革取得了一些效果。具体表现，一是理顺了产权关系，明确了工程权属，发挥了工程的效益。通过产权制度的改革，加快了水利设施建设步伐，水利设施增加，提高了灌溉设施的完好率和使用率，增加了蓄水量和灌溉面积，水利条件得到了改善。同时，工程购买户对工程像自己的家产一样精心管理，细心经营，使水利工程的效益得到充分发挥。二是促进了水利投入机制的转变，调动社会力量兴办水利的积极性。小型水利工程产权改革实现了责、权、利的紧密结合，使农民群众成了工程的直接受益主体，通过放开小型水利建设权，农民真正成了投入主体，改变了过去"等、靠、要"的依赖思想，形成了多元化的投入机制，使水利建设逐步走向民建、民有、民营、自我积累、自我发展的路子，促进了全民办水利、社会办水利的整体意识的提高，农田基础设施建设有了很大的发展。

5）产权改革是有条件的

总结已有产权制度发现，地理条件好、交通方便、水容量大、基础条件好的设施，产权改革相对容易。同时不难发现，除了社会力量"自己投资、自己所有、自己管理"的新建水利基础设施外，对于原归政府或集体所有的基础设施，产权改革是不彻底的。主要表现为：政府或集体并没有从小型农田水利基础设施建设和管理中解脱出来，政府或集体仍然承担着建设和维修的责任，只不过是将管理义务置换经营权利，同时将建设和维修责任留给了原产权所有人。而且很多水利基础设施没有进行产权制度改革。

事实上，作为"固定资产"的小型农田水利基础设施不能自由处置时，其价值不是按历史成本法确定，也不是按现值法确定，而是按收法确定。因此，所有权重要与否，取决于该物能否带来净的、正的收入流。理性的经济人所关心的收入流，如果能带来净的、正的收入流，那么所有权是有价值的；如果带来的是负的收入流，那么所有权是没有什么价值的。产权改革主要是一种经济行为，是以利益为导向的，也主要是一种诱制性制度变迁，是有条件的。具备改革条件（存在获利空间，能带来正的收入流）的水利工程事实上多数是通过市场（社会）自发地改革，不具备改革条件（不存在获利空间，不能带来正的收入流）而由政府强制推动改革的水利工程，其改革成果不具有稳健性，存在反弹的压力。小型农田水利基础设施作为公共产品，不应简单地通过产权改革将政府的相应责任转移给社会。区分不同的小型水利基础设施，政府仍然应承担相应的、不同的责任。

(三) 管理体制改革措施与成效

管理体制改革原则上主要包括管理组织机构改革、财政资金来源与管理体制改革、项目决策体制改革等三个方面，但就实际实施的管理体制改革看，主要是管理组织机构改革，财政资金来源管理体制和项目决策体制没有大的改革措施。组织管理机构改革又主要集中在灌区管理所改革、乡镇水利管理站改革、引入合作组织三个方面。

1. 水库管理所的改革

改革的主要措施是将灌区管理所改革为自收自支、企业化经营单位，精简机构和人员。但改革后机构设置基本没什么变化，只是人数上进行了调整，水库裁员将近一半。水库灌区管理所员工的工资一部分按社保、低保分配，另一部分为自己创收。在这种情况下，随着水库改革的进行，水库裁员将近一半。

案例十二：茶陵县龙头灌区管理所

龙头灌区管理所事业性质，企业化管理，有干渠 50～60 千米；支渠 37 条，70.59 千米；各种附件物（闸门）153 座。多数都是 20 世纪 70 年代动工，80 年代防渗。灌溉何田等 3 个乡镇、22 个村、122 个小组，将近 4 万亩农田，实际收取水费的面积为 2 万亩，实际倒位水费 22 万～23 万元，包含上交到水利局的 3.6 万元专款专用款，龙头灌区管理所实际可用水费 18 万～19 万元，发电收取电费 30 万～35 万元，水库水面承包收取承包费 2 万元，总共 50 万～56 万元。

龙头灌区管理所目前处于人员多、资金少、无法运转状态。财政没给一分钱，人员多，总共 75 个员工，其中退休 7 个，内退 8 个，20 人外出打工，另外40 人上岗。上岗的 40 人中，9 人全年上岗，其余的 31 人半年上岗。20 个外出打工的和 31 个上半年班的，共 51 个人，每月发工资 100 元。退休的 7 个人员到社会保障部门领取有关资金，内退的 8 人，局里规定发起 60% 的工资。支出方面，养老保险支出 15 万元（含内退人员 8 万元），剩余 30 多万元。其中，办公、差旅、维修费用 15 万元，20 多万元用于人员工资。鼓励自谋职业，用压岗、压工资的办法挤出资金搞维修，没有医疗保障等其他方面福利。

当前存在如下四个难题：①工资来源无保障；②整个灌区设施老化，没有落实改造资金，对于末级渠系，农业综合开发项目资金，修得比较好，但末级渠系以外的部分没有修好；③防汛、水库、渠道和抗旱任务非常重；④改革没有实质性动作，人仍然太多。

案例十三：东辽县营场水库管理所

在改革前的机构设置中，水库是由县水利局下属的水库管理事业单位——水库灌区管理所进行管理的。水库灌区管理所下设四个部门：后勤组（包括会计 1 名、出纳 1 名、服务人员 5～6 名）；工程管理组（包括工程技术员 1 名、负责日常维护工作的工程管理员 2 名）；灌区管理组（按大小分情况而定，大的管理组有技术员 4～7 名，小的管理组有技术员 4 名左右）；水产组（按大小分配人员：大的水产组有人员 5～6 名，小的水产组有人员 2 名左右）。

改革以后，机构的设置不变，水库灌区管理所员工的工资一部分按社保、低保分配，另一部分为自己创收。在这种情况下，随着水库改革的进行，水库裁员将近一半。

案例十四：梨树县水库管理所

梨树县有 6 座小（Ⅰ）型水库。6 个小（Ⅰ）型水库中，其中 4 座是国家管理，主要是由乡政府管理，由乡镇政府设立的 4 个水利管理所管理，水利管理所是独立的事业单位，每个水利管理所都有 30 多人，都有 1 正、1 副两个主任，下设抢险组、维修组、捕鱼组和后勤组。4 个水库目前都是三类水库，急需除险加固，3 个已经急报省发改委，只有 1 个目前仍在蓄水。4 个水库目前的情况分别是：秦树水库没有蓄水，有 40 多亩养鱼池，主要靠此；共青水库没有蓄水，有 42 人，库区内有淹没地，主要靠分种库区内淹没地；玻璃水库没有蓄水，有 33 人，库区内有淹没地，主要靠分种库区内淹没地；民兵水库蓄水，有 14 人，出租承包水面，每年收取承包费 5 万元。

2. 乡镇水利管理站的改革

主要改革措施是，撤并乡镇水利管理站，精简人员，实行财政差额预算，部分乡镇水利管理站由县市水利局直接管理，部分乡镇水利管理站仍由乡镇管理。

案例十五：东辽县渭津镇水利管理站

在 1991～1997 年，渭津水管站由 3 人组成，1 名站长，2 名水管员。1997年，由于上级要求，渭津水管站增加到 4 人。1998 年，增加为 5 人。2000 年，水管站增加为 6 人。具体组成为：站长 1 名；出纳 1 名；水管员 4 名。目前，水管站共有 6 名员工，负责管理小（Ⅰ）型水库，主要是给予水库承包着技术支持、业务指导、水产指导。水管站属于事业单位。员工的工资 70% 归财政下拨，30% 靠创收。水管站对进行自流灌的水田不收费。

渭津水管站目前的经费来源。水管站属于事业编制，人员工资分为两部分：70% 来自于财政拨款，大约每人每月 300 多元；另外 30% 来自于自己的创收。其中创收收入包括两部分：一部分来自水库承包收入，大约每年有 14 000 元；另一部分来自于河道沙厂上交的管理费，每年 3000～5000 元。水库的岁修由水利局承担，稻田水费由水管站收取的，如果灌溉面积减少或者无法灌溉，就减免水费。灌溉费用归县水利局下属的乡水利管理站收取。大概每亩 10 元。渭津水管站的支出部分包括招待费、差旅费、办公费、取暖费、买煤费用、防汛费用、抗旱费用。

案例十六：茶陵县枣市镇水利管理站

枣市镇水利管理站有 5 个编制和 1 个临时工，共 6 个人，其中财政负担 1 个编制费用，另 4 个编制的费用由水费支付。完成既定的工作，有 2 个即足够。全镇共有 2.3 万亩灌溉面积，实际灌溉的面积为 1.5 万亩。4～9 月，防汛、灌溉管理时期，工程管理任务特别重。

经费来源：财政拨款 1 万多，收取水费 35 万元。这 35 万元中，30 万元上交到龙头灌区管理处，剩余 5 万元留给乡镇水利管理站。水费收取标准是 28 元/亩（3 元/百方）。财政给每个乡镇管理所 1 个编制的基本工资，从支农资金中拨出，与乡镇干部一样，其他一部分没有办法上班。有的乡镇水利管理站还上班，主要原因是水费加码（水管单位加码，差额部分留作自用，加码标准大约为 3 分/立方米，折合 12 元/亩，300～400 立方米）。其他乡镇水利管理站没法上班，有些乡镇水利管理站有多少人都不清楚。目前水管员面临如下问题：退休问题，财政拨款只拨到岗位，不拨到个人，退休时工资无法解决，到退休时，账划到水利局，费用从办公费中解决。人员管理是双重双口管理，由水利局和乡镇政府管理，在工作方面，两边都管理；在养老、医疗方面，两边都不管，没有政策，没有谁交。例如，合作医疗方面，乡镇水利管理工作人员似农非农，交合作医疗参合费，没有地方收。

案例十七：梨树县水利管理站

关于乡镇水利管理站，2002 年农村税费改革以前，收入主要来源于两块：

一是财政补贴；二是收取的水费（涝区），管理站还能正常运行。税费改革以后，乡镇水利管理站进行了合并改革，合并后有22个站，共203个人。大的水利管理站30多人，小的水利站3个人，实行财政差额预算，工资水平是332元/人。

3. 引入专业合作组织管水模式

水利设施建成后，如何管好管活至关重要。通过合作社管水，有效地解决了重建轻管、水利设施效益低的问题。费县方城镇农业综合开发节水农业示范项目为了管好用好项目、提高农民组织化程度，积极探讨项目管理运营新机制，建立了"节水农业合作社"。大田庄乡黄土庄"三联农水合作社管理委员会"是合作社的管理机构，具体负责合作社的全面工作。合作社走进项目区，闯出了一条以社管水新路子。

案例十八：费县方城镇农业综合开发项目——节水灌溉工程引入非政府的社会合作组织

费县方城镇农业综合开发节水农业示范项目是国家和省、市农业重点开发项目，于2002年开工建设，2003年春正式投入使用。为了管好用好项目、提高农民组织化程度，探讨项目管理运营新机制，建立了节水农业合作社。合作社拥有集体社员19个，农户社员4650个，总面积1.12万亩，其中耕地1万亩，合作社集排灌服务、高效农业技术开发指导、物资供应和产销服务于一体的综合性合作经济实体。

节水灌溉项目的投资建设和产权设置。方城镇1980年实行土地承包到户，在1980～1993年，主要种植小麦、玉米、花生、地瓜等作物，而且靠天吃饭，加上重复种植导致地力下降，作物容易生病，效益非常低。大约在1992年，村里发现另一个村在搞大棚，效益比较高，村里就有人去该村看，并派人到外地考察，发现经济效益确实高，于是部分农民自己开始搞大棚，当时主要是种西瓜、辣椒和茄子，但由于没有掌握技术，效益并不好，农户又不想种。当时乡干部又要求农户种，请来技术人员帮助解决技术问题，解决了技术问题，效益就上来了，这大概是在1996年。随着种植农户不断增加，规模越来越大，销售问题又特别突出，于是跑上海、南京找市场，"春节"和"五一"也不闲着，终于解决了市场销售问题，这反过来又促使生产规模进一步扩大，对水的需求急剧上升。搞大棚对水的需求特别大。1996～2002年，开始水主要来源于几里外的一个中型水库，引水渠道都是明渠，跑、冒、漏、滴现象严重，还定期要付钱清淤，争水、抢水、偷水时常发生，干旱年份无法满足大棚生产的需要。接着出现了联户在地里打井，一般4～5户打一口井，但是井容易储藏病毒，还导致地面水下降。2002年，上级领导了解到大棚很多，水不够用，就为村里争取到一个农业综合开发节水灌溉项目，投入资金809万元，村集体投资115万元，主要用于地下引水管道、灌溉区内道路、绿化等建设，农户自己则主要是投工投劳，并折算成人民币。

节水灌溉项目管理体制。项目建成后，所有权属政府，由水利站管理，使用权归全体农户，由农户组成的合作社组织管理。财务管理方面，合作社实行独立经营、自负盈亏的财务核算体制，并配备具有一定专业水平的财务人员。收取的水费主要用于四个方面：水资源的建设、水库和管道的维修、人员工资（4～5人）、扩大灌区范围。节水农业合作组织的治理结构方面，一是选举产生合作社管理机构：结合县委提出的党政机关、事业单位轮岗的要求，由镇派出3名同志代表行使国家的管理权，但不参与利益分配；项目区内集体投资的12个村为集体社员，每村1名负责同志为理事，代表集体会员行使管理权，组成理事会；本示范项目区的每个农户都是会员，按灌溉片划分为62个用水小区，各用水区内的社员选举本小区内1名代表，参加合作社代表大会，闭会期间负责本小区的用水管理，参与合作社管理。二是每年召开一次代表大会，由理事会召集，研究制定水费收取标准（价格），管道维修、扩建，财务管理和收益分配等重大事项。三是理事会代表大会执行决议并组织实施，切实保证示范带动、科技培训作用，实现灌溉设施民主管理，保值增值，滚动发展，运转良好，长期发挥效益。

效果评价。合作社走进项目区，走出一条以社管水，促进项目区农业产业结构调整、区域化种植、农业综合开发的新路子：第一，通过节水农业合作社，社员用水交纳水费，合作社用水费收入维护项目正常运转，提高了合作社为社员服务的水平，实现了示范项目区的良性运转。第二，合作社明确了农民参与管理、维护利用的权利与义务，每个社员都享有平等的参与管理的权利，充分调动了广大社员的积极性，项目区生产条件得到极大改善，制约农业发展的主要障碍得到排除，水资源利用率显著提高，每亩土地节约灌溉成本60元，降幅达70%。第三，合作社在党委、政府的扶持和各级农业部门的帮助指导下，积极引进新品种，进行示范种植。通过小面积试验确定品种质量和效益，在取得成功的基础上，进行大面积推广，解决了长期困扰大棚瓜菜品种更新慢、盲目更新、效益低的问题，增加了农户的市场竞争力。第四，农民加入合作社后，农业生产用水得到保障，调动了广大农户投资修建高标准大棚、购买微调灌等先进设备的积极性，提高了劳动效率，实现了集约化经营、规模化生产。社员自发投资360万元，投工16万个，在节水农业合作社的示范带动下，示范项目区周围群众积极调整农业种植结构，合作社因势利导，农业结构调整速度加快，全镇粮经比例达到1∶9，可新增产值1800余万元，主要农产品率达到90%，合作社社员年增收139万元，人均增收300元。第五，合作社成立后，项目区生产条件得到极大改善，制约农业发展的主要障碍得到排除，水资源利用得到显著提高，农业产业结构调整明显加快，粮经比达到1∶9，可新增生产能力1620万千克，新增产值

1800余万元。经济、社会、生态效益十分显著，切实解决了重建设轻管理问题，为项目开发，科技示范、水利工程合理利用，实行合作化管理、市场化运作、流动式发展创出了一条新路子。

4. 管理体制改革不彻底及其原因

由于管理体制改革是对"人"的改革，它本质上是一个行政管理改革问题，实际上是一个政治问题，在中国这样一个高度集权的国家，企望通过地方及基层政府来完成这项改革是不可能的，只能由中央政府来完成。财政资金来源与使用体制和项目决策体制没有明显的变化，组织管理机构的解决也主要是进行了机构和人员的撤并，效果非常不理想。

小结

管理体制改革的主要措施是，将灌区管理所改革为自收自支、企业化经营单位，精简机构和人员，但改革后机构设置基本没什么变化，只是人数上进行了调整。乡镇水利管理站主要改革措施是，撤并乡镇水利管理站、精简人员、实行财政差额预算、部分乡镇水利管理站由县市水利局直接管理、部分乡镇水利管理站仍由乡镇管理。组织管理机构改革主要是进行了机构和人员的撤并，并没有促进小型农田水利基础设施建设，效果非常不理想。资金来源与使用体制和项目决策体制没有明显的变化，没有触及财政资金"多头来源、多头管理、多头决策"问题，没有实行财政资金的整合。

专业合作组织从事小型农田水利基础设施建设管理（表17），闯出了一条"以社管水"的新路子，引入了市场机制，实行市场机制与行政机制的结合，有效地动员了社会资源参与小型农田水利基础设施建设管理，也提高了财政资金的使用效率。引导专业合作组织参与小型农田水利基础设施建设管理是未来加强小型农田水利基础设施建设管理的重要途径。

表 17　管理体制改革的内容和存在的问题

		改革的具体内容	存在的问题
组织管理机构	灌区管理所改革	事业单位，企业化经营，工资和办公费用来源于创收；裁员	人员多，工资和办公费用无保障；无资金用于小型农田水利基础设施建设管理
	乡镇水利管理站改革	事业单位，差额预算管理，工资和办公费用来源于财政拨款和创收；裁员	人员多，工资和办公费用无保障；无资金用于小型农田水利基础设施建设管理
	引入合作组织	负责用水管理，制定水费标准（价格），管道维修、扩建，财务管理和收益分配等	
财政资金来源与使用体制		无明显变化	多头决策，多头管理，缺乏协调，监督缺乏，亟待整合
项目决策和运行体制		无明显变化	

三、产权制度、管理体制与小型农田水利基础设施建设与管理：两个基本判断

（一）公共性、盈利能力、产权改革、社会资源介入与公共基础设施建设管理

1. 小型农田水利基础设施是一种具有排他性和一定范围内非竞争性的准公共品

小型农田水利基础设施的排他性。对于小型农田水利基础设施，排除某个农户对它的使用是相对容易的，因而具有明显的排他性。小型农田水利基础设施一定范围内的竞争性，如图 5 所示。假定 OB 是最大供水量，当对水的需求量未超过最大供水量 OB 时，增加消费者不会导致拥挤；但当对水的需求量超过最大供水量 OB 时，增加消费者会导致拥挤成本，因此，小型农田水利基础设施存在一定范围内的非竞争性。如表 18 所示，排他性使小型农田水利基础设施产权改革具备了前提条件；一定范围内的非竞争性使得有些水利工程设施能够进行产权改革，有些不能进行产权改革。

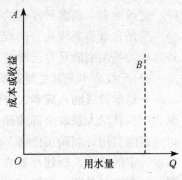

图 5　小型农田水利基础设施的排他性和一定范围内的非竞争性

表 18　小型农田水利基础设施的经济特性

	排他性	能够明确区分受益对象并收费，具备了产权改革的前提条件
小型农田水利基础设施	一定范围内的非竞争性	"一定范围内"决定了消费量的上限，限定了最大盈利（收入）空间
		"非竞争性"决定了在既定用水范围内，水是低（零）成本供给

2. 小型农田水利基础设施的盈利能力——产权承接人的收益成本分析

根据诱制性制度变迁原理，能够带来一定净收益是导致小型农田水利基础设施产权制度改革得以实行和巩固的前提。明晰产权除了规定成本如何分摊外，更重要的还在于规定了收益如何分配。产权改革保证了"有投资就有回报"，体现了"谁投资、谁受益"，产权明晰度直接关系到小型农田水利基础设施建设和管理问题。产权承接人基本上都是兼业的（从事多种经营），经营小型农田水利基础设施所取得的收入只是其全部收入的一部分，小型农田水利基础设施成本收益如表 19 所示。

表 19　产权承接人的收益与成本

收益	成本
使用者付费	建设或购入成本、维修成本
多元化经营收入	经营成本、管理成本（运行成本和维护成本）
自营收入	或有成本
	交易成本

1) 产权收益及其主要影响因素

一是向使用者收取的水费（使用者付费）。水利基础设施的灌溉能力越强，可供灌溉的土地面积越大，收取的水费越多；灌溉能力越弱，可供灌溉的土地面积越小，收取的水费越少。

二是利用小型农田水利基础设施从事其他多元化经营所取得的经营性收益。就水库而言，水库越大（水面面积和库容），地理位置越优越，水库周边资源越好，交通便利，搞多种经营的可能性越大，收益越多。

三是自营业务收入。产权承接人收入来源除了使用者付费和多种经营收入外，有的是用来满足自己种植的用水需求。

2) 产权成本及其主要影响因素

一是建设或购入成本、维修成本。因获取全部或部分产权而支付的成本，表现为产权获取人获取全部或部分产权一般要向原产权拥有人一次性或经常性地支付一定的费用，如购买价格、承包费、租赁费等。当然，少数情况下也会表现为获取一定的补助。新建小型农田水利基础设施建设既需要投工投劳，还需要投资，投资主要是购买钢筋、水泥、砂子和炸药，机构搬运，技术设计与勘测等，政府财政在经济上的支持可直接降低社会的投资成本。

二是经营和管理成本（运行成本和维护成本）。灌溉面积越大，电、油价格越低，机电等硬件设施越陈旧，管理人员效率越低，经营管理成本越高。

三是或有成本。即因自然灾害难以抵御、外部性难以克服而带来的损失。由于不可抗拒的自然灾害，如大旱年份，政府会要求强制供水，给养鱼等造成损失；大涝年份，还会造成水库、水塘、渠道溃决，也给养鱼和其他经营造成损失。

四是交易成本，包括信息成本、组织协调成本、鉴约成本、监督执行成本、违约成本等。交易成本由如下几个方面决定：①收费的难易程度。收费难度越大，交易成本越高。②农业对水的需求程度。农业对水的需求量增加，导致农业对"水"和"水利设施"的需求大大提高，使得农民有积极性对小型农田水利基础设施进行投工投劳建设和产权改革，有利于降低交易成本。③水的"稀缺"程度。水的"稀缺"导致水"贵"，水"贵"导致"商品"意识增强，降低交易成本。④相关主体的组织、协调能力。产权改革本身也是要付出组织成本的，包括倡导改革所冒的风险、制定改革方案的成本、与利益相关各方协调所付出的成本等，一般来说这是产权改革的直接相对人所不愿考虑的，需要特定的组织来实施，这些组织通常就是村民小组、村委会、乡镇或县市行政组织。水利局、乡镇水利管理站和村委会的组织动员能力能力越弱，成本越高。调查研究表明，农田水利基础设施建设投工投劳和产权改革搞得好的地方，都是组织效率高的地方。⑤土地规模经营程度。土地规模经营程度越高，收水费难度越小，组织成本也越小。

3. 盈利能力、产权改革、社会资源介入与小型农田水利基础设施建设管理

依据预期收益大于成本→产权制度改革→激励社会资源介入→小型农田水利基础设施建设管理的逻辑，能带来一定的经济效益是小型农田水利基础设施产权制度改革得以进行的前提。盈利能力越强，产权改革越彻底；盈利能力越弱，产权改革越不彻底；随着经济效益程度的增加，原属国家或集体所有的小型农田水利建设设施的产权制度转让的次序依次是经营和管理、维修、建设。现实中，多数产权改革不彻底，转让的多数都是经营和管理，保留下来的是建设、维修。换言之，实际上是将工程设施的经营收益权利置换日常管理责任，建设和维修责任依然由原产权所有都承担。现实中，按产权制度改革的彻底程度，总的来看，由强到弱的顺序依次是水库、机井、泵站、山塘对于已经进行产权制度改革的水库、机井、灌溉站、塘坝而言，其成本收益的差别如图6至图8所示。从一般情况来看，比较不同类型小型水利基础设施产权承接人的成本和收益，水库的收益大于机井和灌溉站的收益，机井和灌溉站的收益大于塘坝的收益；水库的成本大于机井和灌溉站的成本，机井和灌溉站的成本大于塘坝的成本；但比较净收益，

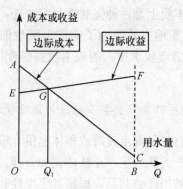

图 6　水库的成本与收益

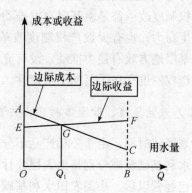

图 7　机井或灌溉站的成本与收益

水库的净收益大于机井和灌溉站的净收益，机井和灌溉站的净收益大于塘坝的净收益。相应地，比较产权改革的深度和广度，水库产权改革的深度和广度大于机井与灌溉站的，而机井和灌溉站的大于塘坝的。排涝站和水渠则因为难以有明显的、独立的、正的净收入，基本没有进行产权改革。因此，小型农田水利基础设施作为公共产品，不应简单地通过产权改革将政府应负的责任转移给社会，区分不同的水利基础设施，政府仍然应承担相应的、不同的责任。

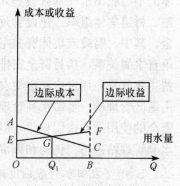

图 8　塘坝的成本与收益

4. 产权制度变迁的性质与新产权制度的稳定性

事实上，作为"固定资产"的小型农田水利基础设施不能自由处置时，其价值不是按历史成本法确定，也不是按现值法确定，而是按收法确定，因此，所有权重要与否，取决于该物能否带来净的、正的收入流。理性的经济人所关心的收入流，如果能带来正的净收入流，那么所有权是有价值的；如果带来的是负的收入流，那么所有权是没有价值的。产权改革主要是一种经济行为，是以利益为导向的，也主要是一种诱制性制度变迁，是有条件的。具备改革条件（存在获利空间，能带来正的净收入流）的水利工程事实上多数是通过市场（社会）自发地改革，不具备改革条件（不存在获利空间，不能带来正的净收入流）而由政府强制推动改革的水利工程，其改革成果不具有稳健性，存在反弹的压力。小型农田水利基础设施产权改革涉及农田水利基础设施建设和管理成本如何重新分摊、收益如何重新分配，实际上就是利益格局的重新调整。如果产权制度改革利益相关人不能实现成本与收益的匹配，不能实现收益大于成本，那么产权改革是难以实施的，或者即使勉强实施，也难以持久。调研结果表明，大多数小型农田水利基础设施产权制度改革都是由基层自发推动的，本质上是一种强制性制度变迁，具有持久的生命力；也有少数产权制度改革是由于地方政府为了响应上级政府的要求，由基层地方政府强力推动，没有充分考虑产权承接人的成本收益匹配问题，这样的产权制度存在明显的不稳定性。

（二）政治压力、管理体制、公共资金使用效率与公共基础设施建设管理

计划经济时期，由于公私产品不分，所有产品都由政府或集体提供，根据小型农田水利基础设施分别是由人民公社、生产大队或生产小队建设和管理。实行家庭承包经营以后，小型农田水利基础设施被当作公共品，根据其层次性和受益范围，就水利行政管理组织而言，除了县水利局从事县域内宏观管理外，从事具体的小型农田水利基础设施水利管理的管理组织有灌区管理所、乡镇水利管理站、村组集体组织。建设管理资金主要来源于收取的相关费用和财政或集体资金。其中，财政或集体资金主要就是上级财政项目建设资金，则根据"条条"的垂直隶属关系，项目资金安排和项目决策由"条条"所对应的职能部门支配；收费主要就是向用水户和小型农田水利基础设施承包户收取的相关性费用，也主要由灌区管理所、乡镇水利管理站、村组集体组织自收自支。尽管管理体制与公共资金的使用效率密切相关，但目前的管理体制改革主要是针对水库管理所和乡镇水利管理站进行"机构和人事"改革，并没有对资金的使用方式进行改革。

1. 小型农田水利基础设施建设管理相关主体缺乏改革的内在激励

能够获取一定的净收效益是水库管理所和乡镇水利管理站推动小型农田水利

基础设施产权改革的内在动力。但依据成本收益分析法，现行管理体制改革方案并不能实现水库管理所和乡镇水利管理站获取净收益。

一是水库管理所和乡镇水利管理站的成本收益分析。水库管理所和乡镇水利管理站主要依托小型农田水利基础设施，收入主要来源于收取水费、发电费、养殖等收入，还包括财政差额拨款和上级来的水利工程款；支出主要是工资和办公费用，此外还有社会保障的压力。从监督机制上看，乡镇水利管理所都是在一种信息不对称的环境下工作，上级部门和农民都缺乏对其进行监督的激励，有可能实施有利于自身利益而有害于公共利益的行为。从财务上看，乡镇水利管理站和水库管理所都不能实现财务上的可持续性，势必一方面通过各种途径增加支出，另一方面压缩支出，特别是压缩建设和管理支出。事实上，由于管理所内部机构多、人员多，特别是工资支出压力大，收支差额较大，上级来的水利工程款、水费等有限的收入基本上都用于发工资，收取的水费并没有用于水利工程的建设和维修，除了承担强制性的防汛责任外，水库管理所和乡镇水利管理站实际上并不是一个为农业服务的事业单位，而是演变成为一个依靠水利工程获取利益而生存的食利者阶层，存在"两头吃"，一头吃从农民收取的水费，另一头吃上级财政下拨的项目建设管理资金。水利工程的毁损与折旧导致灌溉条件越来越差，水费越来越难收，形成恶性循环，生存更加困难。

水库管理所的改革是实行精简机构和人员、企业化经营、自收自支；乡镇水利管理站的改革是精简机构和人员、事业单位、差额预算。对水库管理所和乡镇水利管理站而言，其成本表现在企业化经营、自收自支、差额预算等改革导致财政拨款减少。精简机构和人员直接触及每个人的切身利益，被精简人员利益将直接受到损失，改革方案的执行者——乡镇水利管理站和水库管理所的负责人自然就成为"恶人"。其成本表现在因人员减少而可能导致在岗人员工资的略微增加。比较成本与收益，乡镇水利管理站和水库管理所自身显然缺乏改革的内在激励，要改变这种状况，必须依靠自上而下的政治压力。

总之，相对于所承担的事权而言，人员严重过剩是灌区管理所和乡镇水利管理站面临的共同问题。改革的方向不是从财政的角度加大对灌区管理所和乡镇水利管理站的预算支出，而是继续精简机构、精简人员，从而有利于将责任落实到具体的人，强化水利工程的建设和管理。但是，对于作为"经济人"的乡镇水利管理站和水库管理所而言，它们所期望的是增加对它们的财政预算拨款，而不是机构改革和精简人员。显然，它们没有积极性进行改革。

二是政府相关职能部门成本收益分析。政府相关职能部门与小型农田水利基础设施建设管理的关系主要表现在上级财政专项资金使用上。由于财政的高度集权，县乡财政困难，小型农田水利基础设施建设管理资金主要来源于上级财政资金，资金下达程度主要是通过上级财政部门的专项转移支付，项目决策权主要掌握在各职能部门（特别是中央各部委），各职能部门追求各部门自己的利益最大化，不会轻易放弃自己的权力。因为将本职能部门从财政部门争取的资金转由其他部门支配，则政绩表现在其他部门，这显然也是各职能部门不愿意的。政府相关职能部门同样缺乏改革的内在激励。

2. 自上而下的政治压力是管理体制改革的现实原因

管理体制具体涉及组织管理机构、财政资金来源与使用体制、项目决策体制，因而管理体制改革更重要的是一个政治问题，而不是一个经济问题。原则上说行政组织不能以营利为目的，缺乏改革的内在激励，小型农田水利基础设施管理体制变迁的形式是一种强制性制度变迁。事实上，灌区管理所的改革压力主要来自于国家水利行政主管部门的有关规定，乡镇水利管理站的改革压力主要来自于乡镇机构改革和农村综合改革的有关要求。相反，尽管项目决策的分散性紧紧依附于项目资金来源渠道的多样性，整合财政资金是提高财政资金使用效率的必然途径，但由于没有上级政府部门的明确规定，政府财政资金来源使用体制和项目决策体制没有大的变化，提高财政资金使用的透明度应引起高度的重视。

3. 体制内的管理体制改革并没有提高公共资金的使用效率和促进小型农田水利基础设施建设管理

水费和财政专项资金的使用效率是与管理体制密切相关的两个问题，管理体制改革的重要目标之一是提高财政集体资金的使用效率。但体制内的管理体制改革并没有提高公共资金的使用效率和促进小型农田水利基础设施建设管理。首先是水费。水费的经济属性、归属和收取的必要性是一个需要深入探讨的问题。水费收取困难是一个普遍性的问题，许多问题都是围绕水费引发的。水费的经济属性是什么？为什么要收取水费？这在实践中似乎还是一个不甚明确的问题，有的认为是水资源的价格，有的认为是水利基础设施运行的收益。如果认为是水资源的价格，那么水费归政府所有，并不是必须用于农田水利基础设施建设。如果认为是水利基础设施运行的收益，则必须用于农田水利基础设施建设。调查中发现，农民普遍认为水费是农田水利基础设施运行的收益，应该用于农田水利基础设施建设，基层干部也这么认为，但实际上水费并没有用于水利工程建设。当前水费的归属有两种情况：一是水费归水利行政事业管理组织（乡镇水利管理站和灌区管理所）所有；二是归产权承接相对人所有。但主要是归水利行政组织所有，然而水利行政组织并没有将其用于水利工程建设，而是用于工资、福利、办公费用等。由于水费没有用于水利工程建设，农民意见很大，农民由此认为政府既然收了水费，就应该进行渠道清淤等，并由此拒交水费。其次是财政资金。多头来源、多头管理、多头决策现象并没有什么变化，资金运行透明度低、效率低是一个普遍的现象。

4. 深化体制内的管理体制改革和发展体制外的社会组织是提高公共资金的使用效率和促进小型农田水利基础设施建设管理的必然途径

（1）深化体制内的管理体制改革。目前管理体制改革的对象主要是水库管理所和乡镇水利管理站，其特点是：不增加甚至削减财政拨款，精简机构和人员。这种改革实质上仍然是停留在"机构改革"层面，是在没有解决水库管理所和乡镇水利管理站生存条件——收支平衡的条件下，要求水库管理所和乡镇水利管理站加强小型农田水利基础设施建设管理，这显然是不现实的。必须深化水库管理所和乡镇水利管理改革，解决其收支平衡问题。同时，要改革财政水利支农资金的支出管理方式。

（2）发展体制外的合作组织。农业专业合作组织是农田基础设施投工投劳建设和产权改革的重要参与者。调查发现，大田庄乡黄土庄村部分村民自愿以工、以料、机械、资金等多种形式参与工程建设，逐步形成了联合建设、联户管理、联户受益的"三联农水合作社"建设和管理模式；费县方城镇农业综合开发节水农业示范项目，通过合作社管水，有效地解决了重建轻管、水利设施效益低的问题。合作社闯出了一条"以社建管水"的新路子，也提高了财政资金的使用效率。这表明，发展社会民间合作组织，引入市场机制，实施社会市场机制与政府行政机制的结合，用社区动员机制替代行政组织动员机制，实行公共品提供与公共品生产的分离是一个提高政府财政资金使用效率的可能途径。

5. 管理体制变迁性质使新管理体制具有不稳定性

从上面的分析可以发现，管理体制改革可以分为两个方面：一是体制内的存量改革，主要表现为水库管理所的改革和乡镇水利管理站的改革，水库管理所和乡镇水利管理站本身没有进行对自身改革的激励，而主要是由自上而下的强制力推动的，更主要的是一种针对机构本身的改革，由于没有从根本上解决它们的工资和办公费用问题，从而没有达到加强小型农田水利基础设施建设和管理的目的，反而弱化了小型农田水利基础设施建设管理，强化了将小型农田水利基础设施作为获利的工具。特别是乡镇水利管理站工作人员，由于仍有"吃财政饭"的问题，改革后出现工作人员反弹的现象，因而体制内的改革是不彻底的，改革成果也就不具有稳定性。二是体制外的增量改革，主要表现为通过农民合作组织进行小型农田水利基础设施建设管理，是一种自下而上的自发改革，实现了市场机制与政府机制的结合、市场机制对政府机制的替代，极大地提高了财政和集体资金的使用效率，也较好地动员了社会力量参与小型农田水利基础设施建设，呈现出良好的运行态势。

小结

总结上面的分析，可以得出如下两个基本判断。

基本判断之一：小型农田水利基础设施是一种具有排他性和在一定范围内非竞争性的准公共产品。"排他性"使小型农田水利基础设施产权改革具备了必要条件；"一定范围内"的"非竞争"性使得有些水利工程设施能够进行产权改革，有些不能进行产权改革，具有一定的盈利能力是产权制度改革的充分条件，盈利能力越强，产权改革越彻底；产权制度改革越彻底，越能引导社会资源参与小型农田水利基础设施建设管理。从面上的一般情况看，水库的盈利能力最强，其次是机井，再次是灌溉站，最后是塘坝，水渠和排涝站很难盈利。相应地，按产权改革的广度和深度由强到弱排序，依次是水库、机井、灌溉站、塘坝，水渠和排涝站基本没有产权改革；按社会资源介入小型农田水利基础设施建设管理的程度，依次是水库、机井、灌溉站、塘坝，干支渠和排涝站基本没有社会资源介入，毛渠基本维持原有的村组建设管理模式。而且，现有的产权制度改革多数都属于诱制性制度变迁，是民间自发的，而不是由政府推动的；相反，对于那些盈利能力弱、不具备财务可持续性的小型农田水利基础设施，由政府强力推动的、具有强制性制度变迁性质的产权制度改革，多数都是不成功的。必须承认的是，由于小型农田水利基础设施的盈利能力非常有限，尽管产权制度改革的面（广度）比较大，但就产权改革的深度而言，都是浅层次的。因此，小型农田水利基础设施产权制度改革本质上是一种市场行为，要因势利导，政府不宜违背经济规律强力推动；产权制度改革在很大程度上加强了小型农田水利基础设施建设管理，但是，作为一种准公共性产品，政府也不能企望通过产权制度改革将其建设管理责任完全推向市场。

基本判断之二：小型农田水利基础设施管理体制主要涉及相关管理组织主体、项目决策体制和项目资金来源体制等。现行小型农田水利基础设施管理体制改革主要是对水库管理所和乡镇水利管理站进行的"机构改革"，但没有根本解决水库管理所和乡镇水利管理站机构臃肿、人员多、工作人员将主要时间放在搞兼业经营上、机构财务收支不平衡等问题，乡镇水利管理所都是在一种信息不对称的环境下工作，水库管理所和乡镇水利管理站实际上并不是一个为农业服务的事业单位，而是演变成为一个依靠水利工程获取利益而生存的食利者阶层，存在"两头吃"，一头吃从农民收取的水费，另一头吃上级财政下拨的项目建设管理资金，导致水利工程的毁损与折旧导致灌溉条件越来越差，水费越来越难收，形成恶性循环，生存更加困难。没有对现行小型农田水利基础设施建设财政资金和项目多头管理、多头决策、缺乏透明和监督等问题进行改革。因此，现行的管理体制改革并没有提高公共资金的使用效率和促进小型农田水利基础设施建设管理。另外，管理体制改革直接危及相关部门和人员的切身利益，因而他们都没有改革的内在激励，管理体制改革需要政府自上而下地强力推动，主要是一种政府行政行为，是一种强制性制度变迁。进一步管理体制改革的方向，一是深化体制内的改革，主要是进一步精简机构人员，加强对水费和财政资金的管理；二是引入民间合作组织，实现政府行政机制和社会市场机制的结合，这两个方面都需要政府特别是高级政府的强力推动。

四、政策建议

产权制度和管理体制无疑是影响小型农田水利基础设施建设和管理的重要因素。产权改革主要是一种经济行为，也是一种诱制性制度变迁，以利益为导向，改革的广度和深度主要取决于小型农田水利基础设施的盈利能力。小型农田水利基础设施作为一种具有排他性和在一定范围内非竞争性的准公共产品，具备改革条件——存在获利空间的水利工程事实上多数已通过市场（社会）自发地进行产权制度改革，不具备改革条件——不存在获利空间而由政府强制推动改革的水利工程，其改革成果不具有稳健性，存在反弹的压力。管理体制改革主要是一种政治行为，表现为水利组织管理机构改革，财政资金来源与使用以及项目决策体制改革，加大财政集体资金的透明度并加强监督，允许社会合作组织参与到资金使用和项目决策中来，等等，主要取决于自上而下的政治压力，本质是一种行政行为，一种强制性制度变迁，需要通过政府强制力推动管理体制改革，改革的广度和深度主要取决于决策部门自上而下的政治压力。此外，水费纠纷、水资源短缺、劳动力闲置、电价过高、社会治安差和土地细碎化经营等问题也是影响产权制度和管理体制改革的具体因素，进而影响到小型农田水利基础设施建设管理。为此，提出如下政策建议：

（1）政府仍应该承担小型农田水利基础设施建设和管理的大部分责任。能够盈利是产权制度改革的前提，且与产权改革深度和广度正相关，盈利能力越强，产权改革越彻底，盈利能力越弱，产权改革越不彻底。调查表明，尽管很多水利基础设施都进行了产权制度改革，但大多数小型农田水利基础设施产权改革是不彻底的、浅层次的，实质是经营权利置换管理责任，多数都是经营（盈利）权利置换日常简单的管理责任，真正需要投入大量资金和劳动的建设、维修等责任仍然留给了政府。此外，还有许多小型农田水利基础设施不具备进行产权制度改革的条件。因此，不能期望通过产权制度改革将小型农田水利基础设施建设管理责任全部推向社会（市场），政府仍然应承担小型农田水利基础设施主要的建设和维修责任。

（2）政府不宜直接动手操作产权改革，而是为推动产权改革创造有利条件，产权改革的具体方案则应交由市场决定。产权改革是经济利益导向的，更重要的是一种自下而上的自发行为和市场行为，政府不宜直接操作产权改革，而应是为产权改革创造有利条件，营造或扩大利润空间，诱导民间力量参与建设管理。例如，对于一些能实行多元化经营的水库，可通过开发利用水库中的水没地或周边荒山等，通过转让土地使用权来扩大产权承接人的利润空间，吸引社会资源参与小型农田水利基础设施建设管理。

（3）政府应大力推进乡镇水利管理站和水库管理所机构改革、精简人员编制。乡镇水利管理站和水库管理所由于机构臃肿、人员多，有限的水费和财政资金都用于工资和办公支出等。改革后依然没有解决机构臃肿、人员多问题，没有解决机构人员收支平衡的财务问题，导致小型水利基础设施演变成为赚钱养人的工具，而不是为农业农村服务的基础设施。应大力推进乡镇水利管理站和水库管理所改革，在精简机构人员的基础上，解决其财务平衡问题，促使乡镇水利管理站和水库管理所职能转变到加强小型农田水利基础设施建设管理上来。

（4）政府特别是高级次政府应整合财政专项资金，并加强监督监管。由于财政资金来源与项目决策实行自上而下的"条条"体制，透明度低，缺乏监督，用于小型农田水利基础设施建设管理的财政专项资金使用效率非常低。通过县市级政府集中统一使用各职能部门申请到的项目资金是非常困难的，整合财政专项资金，短期可考虑在县市级按"项目群"整合，将各职能部门所掌握的项目资金尽可能在某一地方或几个地方集中使用，形成"项目群"，发挥规模经济；长期应考虑改革县以上级次政府财政专项转移支付资金预算管理办法，在县市以上级政府部门整合财政项目资金，增加透明度，并加大对财政资金的财政监督、审计监督和社会监督。

（5）发展民间合作组织，建立新型社会资源动员机制。家庭承包经营使农户缺乏从事小型农田水利基础设施建设管理的积极性。农村税费改革后，"一事一议"组织实施困难，即使组织起来，所能筹集的资金和劳动有限，干不了什么事情。目前农村存在"劳动闲置"与"劳动投入不足"并存的悖论，一方面小型农田水利基础设施建设需要大量的劳动投入，另一方面是劳动大量的闲置。完全通过财政资金购买劳动从事小型水利基础设施建设管理是不现实的。应发展民间合作组织，建立政府与市场合作的新型社会资源动员机制，引导劳动等社会资源参与小型农田水利基础设施建设管理，并改善用于小型农田水利基础建设管理的财政和集体资金使用效率。

（6）明确水费的经济属性和水费的归属。水费的经济属性和水费的归属不清导致水费收取困难，水费没有用于水利基础设施建设管理，而是被乡镇水利管理站和水库管理所用于发放工资、农民由此而拒交水费，等等，是一个全国普遍性的问题。应明确现实中的水费是由工程折旧费、电费、管理费、水资源费等构成，并明确水费的归属，确定水费的用途，加强对水费使用的监督。有条件的地方，可研究并探索取消水费的可能性。

（7）重视水资源保护。由于湿地减少、降水量逐年减少、地下水位严重下降、农业用水增加等原因，水资源短缺制约农业发展，加大了小型农田水利基础设施建设管理成本。特别是在华北地区，20世纪80年代实行承包经营以来，地下水位逐年迅速下降，直接增加了机井的建设、运行成本，影响了社会资源打井的积极性，水资源问题，而不是水利基础设施问题，已经成为农业灌溉面临的头号问题，必须高度注意水资源的保护问题。

（8）推动土地规模经营。适度推进土地规模化经营，一方面能降低水费收取的难度，从而有利于推进小型农田水利基础设施产权制度改革；另一方面能直接提高用水户从事小型农田水利基础设施建设管理的积极性。

（9）改善社会治安和控制电价过快上涨。机井、排灌站等的变压器等机电设施失盗，导致机井、排灌站无法运行，是一个全国性的普遍现象，加大了小型农田水利基础设施的成本与损失；电价过高导致向用水户收取的费用过高，加大了用水成本，导致用水量减少，减少了小型农田水利基础设施的收益。这些都直接影响产权改革和小型农田水利基础设施建设管理，应改善农村社会治安状况和控制农业用电电价上涨。

第四节　农村基础设施需求测算[①]

一、国际上的基础设施需求测算方法

国际上对基础设施的需求测算一般是分部门进行，如对电力、公路、水利等各个部门进行回归分析，然后将这些部门的需求进行加总，得到总的基础设施需求信息（Estache，2001；Fay，2000；Fay，Yepes，2003）。其中，"需求"意味着基于预期的经济增长以满足消费和生产者所必需的投资需要，它并不是社会最优的。

下面我们对基础设施需求测算的国外主要相关文献进行回顾。

1. 多部门的基础设施估计

总的投资需求估计是年新增固定资产投资和年资本存量的重置投资之和，它们分别反映了对新增需求和保持既定资本存量的投资需求。年基础设施资本存量的变化以最佳单位成本来估算，资本重置需求估计体现为资本更新成本的某一比例。

---

① 课题主持人：贾康（财政部财政科学研究所）。课题参加人包括潘泽清、王志刚、孙洁、刘云辉等。

Fay（2000）、Fay 和 Yepes（2003）[①] 给出了人均基础设施需求公式，详见附录 1：

$$\frac{I}{P} = F\left(\frac{Y}{P}, \frac{q_I}{w}, Y_1, Y_2, A\right)$$

式中，P 为人口；Y_1、Y_2 分别为农业和工业部门的产出；A 为技术。Fay 和 Yepes（2003）采用了固定效应模型，控制了观测不到的总的基础设施价格 $\frac{q_I}{w}$（不随时间变化），并对拉美和其他多数国家进行了分析。

基础设施存量对下列解释变量回归：GDP、人口密度、城市人口比例、农业和制造业占 GDP 的份额、上一期基础设施存量。对每个部门（电力、公路、铁路、通信、水和卫生）采用面板数据的固定效应模型，控制了一些观测不到的隐变量如不同国家的投入要素价格，这些在短期内一般不随时间变化。此外，假设供给方没有约束。模型很好地预测了人均基础设施存量，这可以由可决系数大小体现出来。

据 Fay 和 Yepes（2003）估计，世界基础设施存量已经达到 15 万亿美元，其中 60% 分布在高收入国家，28% 分布在中等收入国家，13% 分布在低收入国家。相比之下，它们各自的人口比例分别为 16%、45% 和 39%。不同收入类别的国家基础设施的结构也不尽相同。低收入国家，主要是道路占基础设施存量的 50%；中等收入国家，道路的份额下降到 28%，电力占了将近 50%；高收入国家，电力和道路占 40%～45%。世界各地对公路和电力的投资占整个基础设施价值的75%～85%。随着收入的增加，水和卫生的重要性开始下降，通信的重要性开始增加（表 20）。

表 20　2000 年不同收入阶段国家基础设施存量结构

项　目	低收入	中等收入	高收入	世界
电力/%	25.6	48.1	40.1	40.4
公路/%	50.9	28.1	44.9	41.0
水和卫生/%	14.5	9.9	4.7	7.5
铁路/%	7.2	7.0	4.1	5.3
通信（固定）/%	1.3	3.2	2.4	2.5
通信（移动）/%	0.5	3.7	3.8	3.3
总的比例/%	100	100	100	100
总金额/10 亿美元	1 968	4 194	8 804	14 966

资料来源：Fay 和 Yepes（2003）。

[①] 他们的文章给出了具体的理论模型以及推导过程，大部分的需求估计都是基于一般均衡理论。

2. 交通和通信部门的基础设施估计

Randolph 等（1996）使用 1980～1986 年涵盖 27 个落后国家和中等收入国家的面板数据与时间序列数据研究了基础设施投资的决定因素。他们的被解释变量是政府在交通和通信上的支出（以 1980 年美元计算），涉及决定因素包括：除反映经济结构的指标如发展阶段（人均 GDP）、财政与国际收支平衡状况、贸易条件和制度等外，尤其强调了人口密度、城市化水平、城乡结构和劳动参与率的影响。结论是人均基础设施支出对经济发展阶段、城市化水平和劳动参与率最为敏感。

此外，Estache 和 Yepes（2004）采用了更为广泛的解释变量，包括当期的基础设施资本存量、人口密度、城市化比例、城市和农村的平衡、劳动参与率、人均 GDP、内部和外部的平衡、国外部门的规模、贸易条件的变化、债务、发展水平、国外基金的规模和结构、政府反贫困的程度。

3. 基础设施和政治制度因素

Evans（1992）发现，国家官僚的职业化是政府成为"发展型政府"的必要条件，发展型政府看起来会善意地做一些事情，积极且清廉地帮助私人部门提高生产率并进入国际市场。官员职业化抑制了政府对经济活动的负面影响，此外还能改善政府提供基础设施的激励。Rauch（1995）研究了美国在 20 世纪前 20 年政府支出中用于道路和供水这些收益周期较长支出的比重，结果发现实行文官制度的城市，其基础设施投资比高于没有实行文官制度的城市。此外，还发现政府任期越长，越有可能把更大比例的政府资源投入到基础设施项目中来。

二、以中部地区村庄为单位的估算案例[①]

现实中的需求测算不能像理论模型那样，新农村建设的基础设施领域很多，需要根据各地区发展的不同阶段和地区特点确立不同的基础设施项目以及各种基础设施的建设标准。现实的基础设施测算可以根据基础设施建设成本费用来估算，这有一个假设前提，那就是这些基础设施反映了当地居民的具体需求。

我们的测算思路如下：首先，根据一定的地理特征和经济发展阶段，结合调研的实际情况，详细区分几种典型的村庄类型和基础设施建设模式。其次，结合地方农民对基础设施的偏好，分别就各种类型的村庄确定一个最低基础设施服务标准（包括一揽子基础设施服务项目），这些项目的确定要结合当地的实际经济发展水平和农民的承受能力。有条件的地方可以一次多上几个，条件不具备的可以先上最基本的基础设施项目，以保证最基本的生产生活需要。最低标准就是基本的基础设施提供水平，对这个标准结合这些不同村庄比例，我们可以进行一个

---

① 附录 2 给出了详细的农村基础设施调研表。

加权平均得到全国性的或地区性的平均最低标准。在地区间最低标准确定时，一定要考虑地区间生活成本的差异。

　　2007 年 5 月我们调研了中部 A 省 B 县 15 个乡镇的 22 个示范村庄，得到它们具体的基础设施资金来源和投资项目。其具体投资项目包括如表 21 所示的几个部分。

表 21　A 省 B 县基础设施建设分类

基础设施建设的分类	
1. 基础设施建设项目	娱乐广场
道路建设	文化中心
下水道	敬老院
路灯	卫生室
绿化林木/株	农家店
自来水/户	其他
沼气池/个	3. 拆迁
其他	房屋/间
2. 社会事业	树木/株

资料来源：《B 县新农村基础设施建设统计》，2006 年。

　　这些项目共投入资金总额 1714.3 万元，其中投资资金来源结构如图 9 所示。

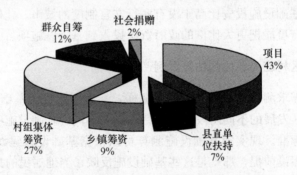

图 9　B 县 2006 年 22 个示范村资金投入结构

　　从图 9 中可以看出，资金比例从高到低依次为项目资金［包括村村通、沼气、扶贫、"体育健身工程"、"万村千乡市场工程"（超市）等，占绝大比例（43%）］、村组集体筹资（27%）、群众自筹（12%）、乡镇筹资（9%）、县直单位扶持（7%）、社会捐赠（2%）。

　　2005 年这 22 个示范村年均纯收入的平均值为 2122.13 元，对照统计局公布的数字，2005 年全国平均的农村人均纯收入为 3254.93 元，它明显低于这个平均值，属于比较落后的地区。如果我们来看 2005 年三个地区的农村人均纯收入数据的平均，东、中、西部地区分别为 5123.40 元、3029.16 元、2355.61 元。也就是说，该县这 22 个村的农村人均纯收入甚至低于西部地区的平均值，那么我们可以将这些基础设施投入作为一个全国的最低标准。因此，通过上面分析我们知道这 22 个村总的基础设施投入为 1714.3 万元，平均一个村大约需要 78 万元，照此推算全国 70 万个行政村共需的投入为 5460 亿元，这是一个较低水平的基础设施投入需求。

此外，我们对已有的调研资料中影响基础设施投入的相关因素进行相关分析，发现一些主要变量和基础设施之间存在下面的相关关系，我们对影响基础设施投入的几个因素画出相关图，如图 10 所示。

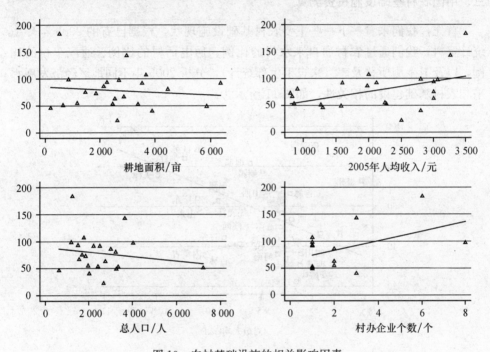

图 10　农村基础设施的相关影响因素

根据图 10，我们发现：①农民人均纯收入高的地区，其基础设施投入越高；②人口多的地方，基础设施投入反而少，说明基础设施具有一定的规模经济，这与以往多数的研究结论一致；③村办企业多的地方，基础设施投入高；④耕地面积多的地方基础设施投入反而较少，表明地理范围较大的地方需要的基础设施投入较多，已有的投入往往不足。

此外，根据国家计委的测算，按照 70 多万行政村有 300 多万自然村，如果把这些村落数量作为基数计算，要达到"十一五"规划所讲的饮水、安全、道路、交通等建设都做好，需要 4 万亿元人民币。林毅夫在 2006 年 3 月召开的"两会"上指出："社会主义新农村的建设作为一个目标提出，和建设社会主义新中国一样，是一个长期目标，作为一个阶段，应该是到 2020 年，到现在还有 15 年的时间，如果说4万亿元是完善村容整洁或提供完善的基础设施的需要，这15年中，平均每年的投入是2700亿。我们知道，2005年，中央政府对'三农'的支出，共是2975亿，但在这其中，用来支持农村公共基础设施的只有293亿，今年增加442亿，我想，这442亿当中也不会全用来作基础设施建设，因为当中有不少钱可能是用来支持现在农业税减免以后对乡镇政府支持的需要，对农村义务教育的需要。"

三、中国农村基础设施投资测算

首先，我们来看一下一些主要农村基础设施现状，根据已有的2005年环境统计资料，我们通过农村通自来水村的比例、通电话村的比例、通汽车村的比例，以及卫生厕所普及率（来自卫生部统计），分析2005年不同地区经济发展水平和农村基础建设的相关性，如图11所示。

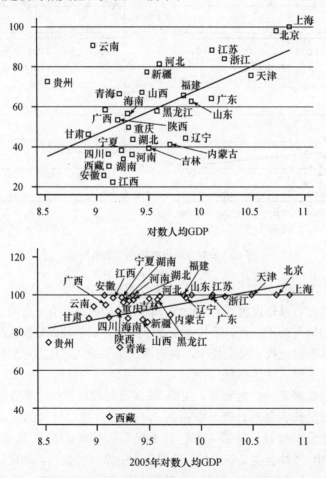

图11　2005年通自来水、通电话、通汽车和卫生厕所普及率（单位:%）

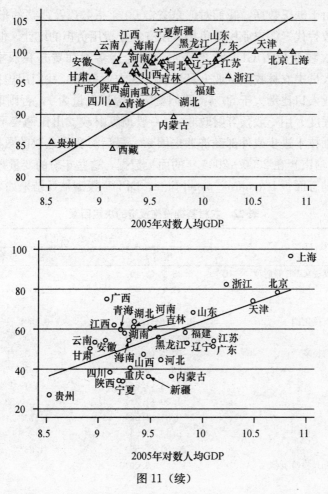

图 11（续）

图 11 清楚地表明，随着经济发展水平的提高，农村基础设施建设的成绩越显著，通水、通电话、通汽车以及卫生现状越好。

同许多国内外研究指出的那样，基础设施投资具有一定的周期性，以往的存量越多，需要的后期投入也越大，因此需要引入滞后变量（张军等，2007）。因此，我们采用动态面板计量方程，设定形式如下：

$$y_{it} = \alpha y_{i,t-1} + \beta X_{it} + \gamma_i + \varepsilon_{it}$$

鉴于数据可得性，被解释变量 y 为农村固定资产投资（包括个体经济投资和集体经济投资），占当年当地 GDP 的比例。解释变量 x 除了包含因变量滞后项之外，还包括下面的解释变量。

解释变量还包括：①对数人均 GDP，度量经济发展阶段。利用平减指数平减为实际人均 GDP，数据来自最新修订后的《中国国内生产总值核算历史资料 (1952～2004)》。②固定资产投资价格增长率。利用固定资产投资价格环比指数计算，其中由于缺乏数据，我们对广东省 2000 年指数以及西藏的指数采用商品零售价格指数替代。③农业税费负担。没有农业费用负担的统计，但是我们可以用农业税和农牧业税占 GDP 比例表示，因为许多附加费是在农业税上面的。④乡村从业人员中农林牧渔从业人员比例。⑤农业省份。我们用虚拟变量表示，如果该省农业人口比例大于 50%，我们就定义虚拟变量为 1，否则取 0。⑥该省的财政自给程度。用一般预算财政收入/一般预算财政支出比例表示。⑦时间虚拟变量，刻画技术进步或外部经济冲击因素。最后，我们选取的数据是 31 个省（自治区、直辖市）在 2000～2005 年的面板数据，这些年份的变量数据最全。

具体的动态面板（dynamic panel data，DPD）模型估计结果如表 22 所示。

表 22　农村基础设施投资的决定因素

项　目	估计系数（z 值）	
	模型 1	模型 2
农村固定资产投资/GDP 滞后项	0.38** (2.10)	0.29*** (5.04)
对数人均 GDP	−0.42 (−0.66)	−2.63*** (−9.06)
农业税负	−0.53 (0.57)	−0.53 (−1.38)
农林牧渔从业人员比例	−0.15 (−1.18)	−0.10*** (−8.99)
财政自给度	−0.09** (−2.46)	0.05*** (4.96)
固定资产价格增长率	0.04 (0.81)	1.33*** (5.23)
农业省份	−0.12 (−0.44)	0.76*** (4.10)
2001 年	1.48 (1.64)	1.19*** (5.08)
2002 年	1.00 (1.31)	0.33 (1.49)
2003 年	0.85 (1.82)	−1.12*** (−3.45)
2005 年	0.43 (1.35)	0.39* (1.68)
常数项	20.69 (1.55)	31.33*** (12.93)
Sargan（Hansen）检验 p 值	0.0010	1.00
差分误差项		
二阶序列相关性检验	0.88	0.32

* 表示显著性水平至少为 0.01；** 表示显著性水平至少为 0.05；*** 表示显著性水平至少为 0.1。

注：为了减少共线性，删去了 2004 年虚拟变量，省略的虚拟变量是 2000 年。模型 1 采用动态面板模型一步估计，采用了稳健（robust）标准差；差分后都没有相关性，而且没有通过 Sargan 检验，说明工具变量选取不合适，我们采取系统 SYS 广义距估计重新估计，见模型 2，对差分方程和水平方程的检验都通过，对工具变量验证采取了 Hansen 稳健检验。采用 Stata 软件中的 Xtabond、Xtabond 2 命令计算。

回归结果表明：

（1）农村固定资产投资具有一定的持续性。前一期的投资比例每增加 1 个百分点，第二期的投资比例会显著增加 0.29 个百分点。

（2）经济发展水平高的地方，已经具有很好的农村基础设施，因此对投资需求会降低。人均实际 GDP 每增加 1 个百分点，投资比例会显著降低 2 个百分点。

（3）农业税赋越高，对农业投资需求会受到抑制，农业税比例每增加 1 个百分点，投资比例会降低 0.53 个百分点。

（4）乡村从业人员中，农林牧渔从业人员比例越高，农民收入越低，对投资需求也较低，农林牧渔从业人员比例每增加 1 个百分点，农村投资比例会下降 0.1 个百分点。

（5）财政自给程度。财政自给程度越高，越有可能提供更多的投资，财政自给程度每提高 1 个百分点，农村投资比例会显著增加 0.05 个百分点。

（6）农业省份。农业人口多的省份，对农业投资投资比例较高，平均来说，农业省份会比非农业省份投资比例多出 0.76 个百分点。

（7）固定资产价格增长率。固定资产价格增长反映出价格因素对农村投资比例的影响，每增加 1 个百分点，会显著增加农业投资比例 1.33 个百分点。

（8）时间。有的年份显著高于其他，有的显著降低。

总的来说，较低的税赋、较高的非农从业人员比例、较高的财政自给程度都会促进农村固定资产投资。此外，农村固定资产投入具有一定的惯性；农业省份相对落后，与发达地区相比，对基础设施的需求更强烈；固定资产价格的增长也会虚增一部分农村固定资产投资额。

四、未来财政支农支出预测

支农支出的弹性分析

1）财政支农现状

这里我们从财政支出角度来分析农村基础设施投资增长态势，根据《中国统计年鉴 2006》提供的统计数据进行整理后，我们得到下面的财政支农数据，如表 23 所示。

表 23　各种支农支出历史和现状

年　份	合计 /亿元	GDP /亿元	占 GDP 比例/%	支农支出 /亿元	农业基本建设支出 /亿元	农业科技三项费用 /亿元	农村救济费 /亿元	其他 /亿元	用于农业支出占财政支出的比重/%
1978	150.66	3 645.2	4.1	76.95	51.14	1.06	6.88	14.63	13.43
1980	149.95	4 545.6	3.3	82.12	48.59	1.31	7.26	10.67	12.20
1985	153.62	9 016.0	1.7	101.04	37.73	1.95	12.9		7.66
1989	265.94	16 992.3	1.6	197.12	50.64	2.48	15.7		9.42
1990	307.84	18 667.8	1.6	221.76	66.71	3.11	16.26		9.98
1991	347.57	21 781.5	1.6	243.55	75.49	2.93	25.6		10.26
1992	376.02	26 923.5	1.4	269.04	85	3	18.98		10.05
1993	440.45	35 333.9	1.2	323.42	95	3	19.03		9.49
1994	532.98	48 197.9	1.1	399.7	107	3	23.28		9.20
1995	574.93	60 793.7	0.9	430.22	110	3	31.71		8.43
1996	700.43	71 176.6	1.0	510.07	141.51	4.94	43.91		8.82

续表

年　份	合计 /亿元	GDP /亿元	占 GDP 比 例/%	支农支 出 /亿元	农业基本 建设支出 /亿元	农业科技 三项费用 /亿元	农村 救济费 /亿元	其他 /亿元	用于农业 支出占财 政支出的 比重/%
1997	766. 39	78 973. 0	1. 0	560. 77	159. 78	5. 48	40. 36		8. 30
1998	1 154. 76	84 402. 3	1. 4	626. 02	460. 7	9. 14	58. 9		10. 69
1999	1 085. 76	89 677. 1	1. 2	677. 46	357	9. 13	42. 17		8. 23
2000	1 231. 54	99 214. 6	1. 2	766. 89	414. 46	9. 78	40. 41		7. 75
2001	1 456. 73	109 655. 2	1. 3	917. 96	480. 81	10. 28	47. 68		7. 71
2002	1 580. 76	120 332. 7	1. 3	1 102. 7	423. 8	9. 88	44. 38		7. 17
2003	1 754. 45	135 822. 8	1. 3	1 134. 2	527. 36	12. 43	79. 8		7. 12
2004	2 337. 63	159 878. 3	1. 5	1 693. 79	542. 36	15. 61	85. 87		9. 67
2005	2 450. 31	183 084. 8	1. 3	1 792. 4	512. 63	19. 9	125. 38		7. 22
平均增长 速度/%	10. 88	3 645. 2		12. 37	8. 91	11. 47	11. 35		

资料来源:《中国统计年鉴 2006》。

从表 23 中可以看出，在 1978~2005 年的 27 年间，财政对农业支出的年均增长速度为 10.88%，其中支农支出增长速度为 12.37%，农业科技三项费用年均增速为 11.47%，农村救济费年均增长为 11.35%，均高于总支农支出增速。而农业基建支出增速只有 8.91%。从结构来看，支农支出份额最大，其次为基建支出，农村救济费用和农业科技三项费用次之。但是，财政对农业支出占GDP 比例几乎是持续下降，到 2005 年仅为 1.3%，而 1978 年为 4.1%。

2）"十一五"支出预测

我们根据 1990~2005 年数据，通过五步的移动平均进行弹性预测，然后结合GDP 的名义增长率，推测未来支农支出数值。表 24 给出了总支农支出的弹性。

表 24　总支出弹性

年　份	总支出弹性	弹性预测	年　份	总支出弹性	弹性预测
1990	1. 56		1998	7. 33	1. 82
1991	0. 78		1999	−0. 96	1. 57
1992	0. 35		2000	1. 21	1. 67
1993	0. 55		2001	1. 78	1. 92
1994	0. 58		2002	0. 83	1. 84
1995	0. 32	0. 69	2003	0. 81	1. 83
1996	1. 26	0. 64	2004	1. 84	0. 92
1997	0. 88	0. 66	2005	0. 32	1. 13
"十一五"支农支出预测					
2006	2 723. 98	1. 12	2009	2 714. 47	1. 08
2007	2 683. 36	0. 95	2010	2 527. 66	0. 32
2008	2 692. 90	0. 99			

注：表中的预测值是低增长境况，低、中、高对比分别见表 25。

表 25　财政总支农支出（单位：亿元）

年　份	低	中	高
2006	2 723.978	2 751.34	2 778.711
2007	2 683.362	2 706.67	2 729.973
2008	2 692.896	2 717.15	2 741.413
2009	2 714.474	2 740.89	2 767.307
2010	2 527.657	2 535.39	2 543.127

我们按照低、中、高三种经济增长速度（分别为 8%、9%、10%），通货膨胀率平均为 2%，得到下面的三种预测值。

也就是说，按照低、中、高三种经济增长速度，到"十一五"末，财政总支农支出将分别达到 2527 亿元、2535 亿元、2543 亿元，将比 2005 年年末的 2450.31 亿元多出 77.34 亿元、85.08 亿元、92.81 亿元。

同样按照最快的经济增长假定，农村基本建设支出在"十一五"的数值将分别达到 537.30 亿元、519.50 亿元、545.61 亿元、506.43 亿元、490.55 亿元。也就是说，农业支出包括农村基本建设支出和实际的要求相距还是较大，无论对总的 4 万亿元或是每年的 2000 多亿元来说，这个投入都是严重不足的，这种不利的趋势会持续下去。

五、政策建议

根据上面的计算结果，我们对加快农村基础设施建设提出如下的政策建议：

（1）切实推动农村税费改革的多种减负措施，减轻农民负担。2004 年以来，全国各地普遍实行了农业税减免，原定于 5 年内取消的农业税在 2006 年仅用了 3 年就已全部取消，而且大部分省市提前完成了取消任务，这是农村税费改革的重大成果。我们要坚持"多予、少取、放活"的方针，突出抓好农业税及附加全部取消、粮食直补、良种补贴和农民购置大型农机具补贴等扶农、优农、惠农政策的落实，加强日常农民负担的监督管理，建立防治农民税负反弹的约束保障机制，同时还要严格规范"一事一议"制度，防止某些地方利用这个来变相增加农民负担。

农民主要依靠自身投资投劳兴办水、电、路、医、学等，这些问题不解决，农民负担就不可能从根本上减轻，所以还要对农村税负减轻后的各项配套资金进行政策扶持。

（2）推动农村从业人员中非农从业人员比例。政府可以通过就业培训、财政帮扶资金或政府信用担保等多种手段来合理引导农村剩余劳动力向非农产业的转移，推动农村经济结构优化，以此来增强农村经济活力，从而使农村有能力进行基础设施投资建设。

（3）采取多种手段提高财政自给程度。我们知道，落后地区的财政自给程度往往很低，难以支持较大规模的农村固定资产投资。财政部门除了加大对落后地区的转移支付外，也可以建立相应的农村基础设施建设的专项资金等，解决落后地区财力不足的问题。要发展一个地方的经济，归根结底还是要靠当地的市场化力量，地理位置优越、制度完善的地方可能会发展得快一些。对于许多不发达地区，政府作用非常重要，政府要采取多种有效手段创造好的投资环境来推动当地经济发展，提高财政自给程度，只有这样，较大规模的农村基础设施建设才可以得以实现。

（4）继续加大对农业省份和落后地区的财政扶持手段。农业省份和落后地区更加需要基础设施，但是其自身财力有限，财政必须发挥应有的作用。财政可以设立农村基础设施的专项投入资金来具体支持农村基础设施建设，或是在财力性转移支付中增设农村基础设施专项，更多地考虑农业省份和落后地区的实际困难，增加其转移支付系数，推动落后地区改善农村基础设施建设。此外，财政可以利用预算内投资或是国债转贷资金向农村基础设施倾斜，以支持新农村基础设施建设。

（5）积极利用 BOT、TOT 等多种融资手段支持农村基础设施投入。BOT、TOT 是一种基础设施的筹资、建设和经营的模式。公用事业、基础设施项目建设还可更为积极地探索以 BOT、TOT 等方式调动民间资本和非政府资金，使政府"少花钱多办事"，并且在一定条件下"不花钱也办事"。

农村经济发展需要大量的基础设施投入，因此我们可考虑以向民间资本转让现存且具有可经营性的基础设施项目的产权和经营权为突破口，鼓励民间资本以TOT（转让-运营-移交）方式或者说以购买现货的形式投资基础设施建设，允许采用多种方式向国内外投资者转让公用基础设施资产权益和建设受益权，给予较长的转让期限，如 30 年。为保证投资者或受让方利益，政府为其提供收费价格批文质押、履约保险等必要的融资和经营条件。

附　录

一、Fay（2000，2003）的基础设施需求测算模型

他们试图回答下面的问题：未来对基础设施服务的需求到底有多大？无论是作为消费品抑或是生产品投入生产。

对基础设施建立模型，认为基础设施服务可以作为个人的消费，也可以进入生产过程。

（1）作为消费品，对应的基础设施服务需求方程为

$$I_j^c = f(Y_j; q_I)$$

消费者 j 对第 I 类基础设施服务的需求是其收入 Y_j 和基础设施服务价格 q_I 的函数。通过对每一个消费者的加总，我们可以得到总的基础设施服务的消费需求 I^c，进而可以得到人均基础设施服务：

$$\frac{I^c}{P} = \frac{1}{P}\sum_j I_j^c = F\left(\frac{Y}{P};q_I\right)$$

式中，$\frac{Y}{P}$ 为人均收入。

（2）作为要素进入生产过程，企业利润最大化行为的一阶条件如下：

$$\frac{\partial Y_i}{\partial I_i^P} = \frac{q_I}{w_i}$$

式中，Y_i 为企业第 i 类商品的产出；w_i 为其价格。

为了进一步研究，我们采用一种特殊形式的生产函数——CD 生产函数，那么一阶条件可以写为

$$K_i^\alpha L_i^\beta \phi I_i^{\phi-1} = \frac{q_I}{w_i}$$

式中，K 为物质资本（扣除基础设施）存量；L 为劳动或人力资本；I 为该企业生产商品 i 所消费的基础设施服务流。求解后可以得到企业 i 对基础设施服务的需求：

$$I_i^P = \left[\phi\frac{w_i}{q_I}K_i^\alpha L_i^\beta\right]^{\frac{1}{(1-\phi)}}$$

加总每一个企业，可以得到总的基础设施服务需求：

$$I^P = \sum_i I_i^P = \sum_i\left[\phi\frac{w_i}{q_I}K_i^\alpha L_i^\beta\right]^{\frac{1}{(1-\phi)}}$$

尽管缺乏企业的数据，但是我们可以用企业的总产出来代表对基础设施的总需求。不可能每个经济部门对某一类基础设施服务的需求弹性 ϕ 都一样，我们可以用产业构成来反映部门对基础社会服务需求弹性的差异。但然，随着技术变化，对基础设施的需求弹性也会变化。最后，基础设施服务的加权平均相对价格 $\frac{w_i}{q_I}$ 可以用基础设施的实际价格 $\frac{q_I}{w}$ 来刻画，其中 w 是物价水平，因此生产方程变为

$$I^P = F\left(Y,\frac{w}{q_I},Y_{\mathrm{AG}},Y_{\mathrm{ind}};A\right)$$

式中，Y_{AG}、Y_{ind}、A 分别为农业、工业部门的总产值占 GDP 的份额；A 为技术水平。

结合消费方程，我们可以得到基础设施需求的总方程：

$$\frac{I}{P} = F\left(\frac{Y}{P};\frac{q_I}{w};Y_{\mathrm{AG}};Y_{\mathrm{ind}};A\right)$$

二、农村基础设施提供调查（填写数据以 2006 年为准）

（一）基本情况

（1）该村年集体收入（万元）。

（2）该村总人口（人）、劳动人口/力（人）、总户数（户）、外出务工人员（人）。

（3）该村乡镇企业年产值（万元）。

（4）村办公（包括"两委"）人员数目（个）。

（5）该村是否实行村财乡管：①是；②否。

（6）该村是否是该县的贫困村：①是；②否。

（7）该村农民年人均纯收入（元）。

（8）该村第一、二、三次产业的产值分别是（万元）。

（9）该村是否是该县的示范村或重点村：①是；②否。

（二）基础设施建设

（1）农村基础设施建设的资金来源：总投入；其中，①乡以上上级资金；②乡或镇级；③村级；④群众集资；⑤财政奖补；⑥社会各界捐款；⑦其他（写出具体数值，以万元为单位）。

（2）农村基础设施建设印象：①很差；②差；③一般；④较好；⑤好（可以由乡镇或更高层级政府填写，或由调研人员填写，要注明何人填写）。

（3）农村基础设施分项目投入。

除了填写资金，单位为万元外，还要填写相应的括号内的内容。此外，下面项目包括新建和改扩建：①道路硬化（条，千米，平方米）；铺砌道路/整修道路（条，千米，平方米）；②下水道（条，米）；③深井（米）；④供暖（立方）；⑤粉刷墙体或国道（平方米）；⑥建广场（个，包括安装健身器材多少台）；⑦墙体画（幅）；⑧变压器（台），铺线路（米）；⑨自来水管道（米）；⑩厕所（户）；⑪沼气池（座）；⑫改圈（个）；⑬清理垃圾（立方米）；⑭路灯（盏）；⑮拆房子（间）；⑯装修办公室（平方米/间）；⑰安路牙砖（块，元/块）；⑱接入有线电视（户）；⑲农田水利建设；⑳通信网络；㉑其他。

（4）对农村基础设施中公共资金投入现状进行评价：

道路建设，①远远不够；②不够；③基本满足；④略有富余；⑤结余很多。

下水道，①远远不够；②不够；③基本满足；④略有富余；⑤结余很多。

深井，①远远不够；②不够；③基本满足；④略有富余；⑤结余很多。

供暖，①远远不够；②不够；③基本满足；④略有富余；⑤结余很多。

粉刷墙体或国道，①远远不够；②不够；③基本满足；④略有富余；⑤结余很多。

建广场，①远远不够；②不够；③基本满足；④略有富余；⑤结余很多。

墙体画，①远远不够；②不够；③基本满足；④略有富余；⑤结余很多。

变压器和铺电线路，①远远不够；②不够；③基本满足；④略有富余；⑤结余很多。

自来水管道，①远远不够；②不够；③基本满足；④略有富余；⑤结余很多。

厕所，①远远不够；②不够；③基本满足；④略有富余；⑤结余很多。

沼气池，①远远不够；②不够；③基本满足；④略有富余；⑤结余很多。

改圈，①远远不够；②不够；③基本满足；④略有富余；⑤结余很多。

清理垃圾，①远远不够；②不够；③基本满足；④略有富余；⑤结余很多。

路灯，①远远不够；②不够；③基本满足；④略有富余；⑤结余很多。

拆房子，①远远不够；②不够；③基本满足；④略有富余；⑤结余很多。

装修办公室，①远远不够；②不够；③基本满足；④略有富余；⑤结余很多。

安路牙砖，①远远不够；②不够；③基本满足；④略有富余；⑤结余很多。

接入有线电视，①远远不够；②不够；③基本满足；④略有富余；⑤结余很多。

农田水利建设，①远远不够；②不够；③基本满足；④略有富余；⑤结余很多。

通信网络，①远远不够；②不够；③基本满足；④略有富余；⑤结余很多。

其他，①远远不够；②不够；③基本满足；④略有富余；⑤结余很多。

如果调查村庄不存在某些项目，就不用填写相关项目，并注明"无"。

（5）对农村基础设施提供形式：

道路建设，①政府完全负责；②政府委托私人企业提供；③私人为主提供；④当地村庄和村民提供；⑤其他模式，请具体说出。

下水道，①政府完全负责；②政府委托私人企业提供；③私人为主提供；④当地村庄和村民提供；⑤其他模式，请具体说出。

深井，①政府完全负责；②政府委托私人企业提供；③私人为主提供；④当地村庄和村民提供；⑤其他模式，请具体说出。

供暖，①政府完全负责；②政府委托私人企业提供；③私人为主提供；④当地村庄和村民提供；⑤其他模式，请具体说出。

粉刷墙体或国道，①政府完全负责；②政府委托私人企业提供；③私人为主提供；④当地村庄和村民提供；⑤其他模式，请具体说出。

建广场，①政府完全负责；②政府委托私人企业提供；③私人为主提供；④当地村庄和村民提供；⑤其他模式，请具体说出。

墙体画，①政府完全负责；②政府委托私人企业提供；③私人为主提供；④当地村庄和村民提供；⑤其他模式，请具体说出。

变压器和铺设电线，①政府完全负责；②政府委托私人企业提供；③私人为主提供；④当地村庄和村民提供；⑤其他模式，请具体说出。

自来水管道，①政府完全负责；②政府委托私人企业提供；③私人为主提供；④当地村庄和村民提供；⑤其他模式，请具体说出。

厕所，①政府完全负责；②政府委托私人企业提供；③私人为主提供；④当地村庄和村民提供；⑤其他模式，请具体说出。

沼气池，①政府完全负责；②政府委托私人企业提供；③私人为主提供；④当地村庄和村民提供；⑤其他模式，请具体说出。

改圈，①政府完全负责；②政府委托私人企业提供；③私人为主提供；④当地村庄和村民提供；⑤其他模式，请具体说出。

清理垃圾，①政府完全负责；②政府委托私人企业提供；③私人为主提供；④当地村庄和村民提供；⑤其他模式，请具体说出。

路灯，①政府完全负责；②政府委托私人企业提供；③私人为主提供；④当地村庄和村民提供；⑤其他模式，请具体说出。

拆房子，①政府完全负责；②政府委托私人企业提供；③私人为主提供；④当地村庄和村民提供；⑤其他模式，请具体说出。

装修办公室，①政府完全负责；②政府委托私人企业提供；③私人为主提供；④当地村庄和村民提供；⑤其他模式，请具体说出。

安路牙砖，①政府完全负责；②政府委托私人企业提供；③私人为主提供；④当地村庄和村民提供；⑤其他模式，请具体说出。

接入有线电视，①政府完全负责；②政府委托私人企业提供；③私人为主提供；④当地村庄和村民提供；⑤其他模式，请具体说出。

农田水利建设，①政府完全负责；②政府委托私人企业提供；③私人为主提供；④当地村庄和村民提供；⑤其他模式，请具体说出。

通信网络，①政府完全负责；②政府委托私人企业提供；③私人为主提供；④当地村庄和村民提供；⑤其他模式，请具体说出。

其他，①政府完全负责；②政府委托私人企业提供；③私人为主提供；④当地村庄和村民提供；⑤其他模式，请具体说出。

（6）你最愿意政府提供的是：①道路；②下水道；③深井；④供暖；⑤粉刷墙体或国道；⑥建广场；⑦墙体画；⑧变压器和铺电线路；⑨自来水管道；⑩厕所；⑪沼气池；⑫改圈；⑬清理垃圾；⑭路灯；⑮拆房子；⑯装修办公室；⑰安路牙砖；⑱接入有线电视；⑲农田水利建设；⑳通信网络；㉑其他，请注明。

（7）按照新农村基础设施建设的优先顺序，请给下面这些项目的重要程度排序：①道路；②下水道；③深井；④供暖；⑤粉刷墙体或国道；⑥建广场；⑦墙体画；⑧变压器和铺电线路；⑨自来水管道；⑩厕所；⑪沼气池；⑫改圈；⑬清理垃圾；⑭路灯；⑮拆房子；⑯装修办公室；⑰安路牙砖；⑱接入有线电视；⑲农田水利建设；⑳通信网络；㉑其他，请注明。

（8）新农村基础设施资金监管主体是：①上级政府部门；②上级财政部门；

③村集体；④其他，请注明具体形式。

（9）给出具体的资金监管方式。

（10）对基础设施公共资金监管评价：①很不满意；②比较满意；③满意；④很满意。

（11）如果农村基础设施采用转移支付，你认为基层配套资金能否顺利实现：①完全不能；②部分可以；③完全可能。

（12）如果农村基础设施的公共资金提供不足，那么采取何种成本分担方式：①按人头；②按户；③按地；④人地综合；⑤按劳动力；⑥捐款；⑦按收入；⑧按老人、小孩数目；⑨其他。

（13）农户自己最愿意支付的基础设施服务排序，按照下面提供的选项选择：①道路；②下水道；③深井；④供暖；⑤粉刷墙体或国道；⑥建广场；⑦墙体画；⑧变压器和铺电线路；⑨自来水管道；⑩厕所；⑪沼气池；⑫改圈；⑬清理垃圾；⑭路灯；⑮拆房子；⑯装修办公室；⑰安路牙砖；⑱接入有线电视；⑲农田水利建设；⑳通信网络；㉑其他，请注明。

（三）农村基础设施的运营与维护

（1）路：①政府部门派人；②政府出资，当地群众负责维护；③企业；④其他，请注明。

（2）供水：①政府部门派人；②政府出资，当地群众负责维护；③企业；④其他，请注明。

（3）下水管道：①政府部门派人；②政府出资，当地群众负责维护；③企业；④其他，请注明。

（4）农田水利设施：①政府部门派人；②政府出资，当地群众负责维护；③企业；④其他，请注明。

（5）变压器和电线：①政府部门派人；②政府出资，当地群众负责维护；③企业；④其他，请注明。

（6）通信及网络：①政府部门派人；②政府出资，当地群众负责维护；③企业；④其他，请注明。

（7）暖气管道：①政府部门派人；②政府出资，当地群众负责维护；③企业；④其他，请注明。

（8）路灯：①政府部门派人；②政府出资，当地群众负责维护；③企业；④其他，请注明。

（9）广场：①政府部门派人；②政府出资，当地群众负责维护；③企业；④其他，请注明。

（10）厕所：①政府部门派人；②政府出资，当地群众负责维护；③企业；

④其他，请注明。

（11）垃圾：①政府部门派人；②政府出资，当地群众负责维护；③企业；④其他，请注明。

（四）现有基础设施存在的问题

（1）道路；

（2）水利建设；

（3）供电；

（4）供水；

（5）供暖；

（6）通信及网络。

（五）所在县、乡镇财政

（1）该县、乡镇财政供养人员数；该县、乡镇总人口数；该县财政一般预算收支，支农支出。

（2）该县是省管县还是市管县，如果是省管县，请转到下一个问题。

（3）省管县开始的年份，省管县开始之前和之后的县级财政收支状况：①不如以前；②基本不变；③有一些改善；④有显著改善。

（4）农村税费改革对县级财力的影响：①较大；②影响不大；③影响很大。

三、世界银行的基础设施服务提供方案

方案见附表1。

附表1

	方案A				方案B		方案C	方案D
	政府部门	国有企业			租赁合同	特许合同	私人（包括合作）所有与经营	使用者或社区提供（自助）
功能	传统的	公司化或商业化	有限务合同	有管理合同				
资产所有	国有	国有的（大多数产权）			国有（大多数产权）	私人（大多数产权）	私人（大多数产权）	私人或共有
部门投资计划，协调决策和规章	内部到政府	通过上级部委	上级部位或单位的公共机构		公共机构与私人经营者谈判	无或公共机构	无或公共机构	无或公共机构
资本融资（固定资产）	政府预算	补贴和公共贷款	主要依靠市场的融资		公共	私人经营者	私人	私人

续表

	方案A				方案B		方案C	方案D
经常性融资（流动资金）	政府预算	主要是补贴	主要是内部收入		私人经营者		私人（政府可能为公共服务付款）	私人
经营和维护	政府	国有企业	提供具体服务的私人经者	私人经营者	私人经营者		私人	私人
征集税收	政府	政府或国有企业	国有企业		私人经营者		私人	私人
其他特点								
管理自主权	政府		国有企业	私人经营者	私人经营者		私人	私人
商业风险承受者	政府		国有企业	主要是国有实体	私人经营者		私人	私人
私人方面消费的基础	不适用		根据提供的服务固定的收费	取决于服务与结果	取决于结果，减去经营者利用现有资产支付的费用		私人决定	私人决定
一般期限	无限		5年以下	3~5年	5~10年	10~30年	无限	无限

资料来源：世界银行：《1994年世界发展报告：为发展提供基础设施》，中国财政经济出版社，1994年。

参 考 文 献

奥斯特多姆等. 2000. 制度激励与可持续发展：基础设施政策透视. 陈幽泓译. 上海：上海三联书店

本书编书组. 2007.《中共中央国务院关于积极发展现代农业扎实推进社会主义新农村建设的若干意见》学习读本. 北京：人民出版社

国家统计局. 2007. 中国国内生产总值核算历史资料（1952~2004）. 北京：中国统计出版社

黄佩华，迪帕克等. 2003. 中国：国家发展与地方财政. 北京：中信出版社

孔祥智，李圣军，马九杰. 2006. 农户对公共产品需求的优先序及供给主体研究. 社会科学研究，（4）

匡远配，汪三贵. 2006. 中国农村公共产品供求理论综述. 兰州学刊，（3）

林毅夫. 2000. 加强农村基础设施建设启动农村市场. 农业经济问题，（7）

林毅夫. 2006-05-16. 新农村建设是一招活棋　核心是自然村. 三农中国，http：// www. san-nongzhongguo. net

世界银行. 1994. 1994 年世界发展报告: 为发展提供基础设施. 北京: 中国财政经济出版社

张军, 高远, 傅勇等. 2007. 中国为什么拥有良好的基础设施. 经济研究, (3)

Bond S. 2002. Dynamic panel data models: a guide to micro data methods and practice. CEM-
　　MAP WPS CWP09/02, Department of Economics, Institute for Fiscal Studies, London

Briceňo-Garmendia C, Estache A, Shafik N. 2004. Infrastructure services in developing coun-
　　tries: access quality, costs and policy reform. WPS3468

Estache A , Yepes T. 2004. Assessing Africa's investment needs. The World Bank

Estache A, Perelman S, Trujillo L. 2005. Infrastructure performance and reform in develo-
　　ping and transitional economies: evidence from a survey of productivity measures. WorldBank
　　WPS3514

Estache A. 2001. Privatiaztion and regulation of transport infrastructure in the 1990s. World
　　Bank Research Obsener Volume 16 Issue1

Evans G. 1992. Testing the validity of the goldthorpe class schema. European Socidogical Re-
　　view. 8 (3)

Fan S, Zhang L, Zhang X. 2002. Growth, inequality and poverty in rural China. The Role of
　　Public Investment, Research Report 125, International Food Policy Research Institute,
　　Washington D C

Fay M, Yepes T. 2003. Investing infrastructure: what is needed from 2000 to 2010.
　　WPS3102

Fay M. 2000. Financing the Future: Infrastructure Needs in Lation America 2000-05.
　　WDP2545

Kessides C. Institutional options for the provision of infrastructure. WDP212

Kessides C. The contributions of infrastructure to economic development. WDP213

Randolph S, Bogetic Z, Hefley D. 1996. Determinants of public expenditure on infrastruc-
　　ture. WPS1661

Rauch J E. 1995. Bureaucracy, infrastructure, and economic grouth: evidence from V. S ci-
　　ties during the progressive Era. AER, 85 (4)

第五节　农村基础设施建设与管理中需要注意的几个重要问题[①]

一、农村基础设施建设应充分考虑我国农村城市化的大背景

　　中央提出建设社会主义新农村的宏伟目标后, 农村投资进一步加大, 农村新建和撤并步伐加快。到 2020 年, 我国将从现在的城市人口占 40%、农村人口占 60%, 变成农村人口占 40%、城市人口占 60%, 比例正好反过来。在这个农村城市化过程中, 将有更多的村庄消失。若农村基础设施项目的建设没有考虑这种

---

　　① 课题主持人: 陈东平 (南京农业大学经济管理学院)。

变化趋势，必将造成资源浪费。

以下实例具有典型意义。

牛团仓村过去坐落在浙江省嵊州市北漳镇的深山里，去年刚刚由山上搬到山下。村支书方元昌介绍，这个村曾经由48个自然村组成，散落在各个山坳里。由于条件太差，这里自来水不通、路不通、有线电视不通。通电也是因为村里有个小水电站。村民买了电视机，勉强能模糊地看到一两个台，只好看碟片。市里曾考虑给村里通有线电视，但一测算，花几百万元也拿不下来。最后，市里投入30多万元，为村里建了一个卫星接收站，村民终于能看到十几个台了。然而，去年这个村实施移民搬迁，村子整体搬到山下，村民生活条件得到彻底改变。村里有线电视全部接到户里，过去的卫星接收站废弃了，几十万的投资白费了。

课题组调查中发现，几十万元的卫星接收站刚安好村庄就搬迁了，这种规划不实、不切实际、急功近利、搞"形象工程"等现象，不是个别省市的个别情况。

我们在调查中发现，最为突出的情况是在20世纪90年代末强制"普九"大潮下建起来的村里的中、小学校舍大多处于关闭状态。原因有三：一是并乡并村后若干中心校吸走了师生；二为打工家长带走了子女；三是出身人口峰期已过，造成生源不足等。究其根本原因仍然是几年前的行业建设规划没有置于当地的整个社会发展大规划下来安排。

为此，提出如下政策建议：

（1）以"受益人口、发挥效用的年限"来识别农村基础设施建设项目成败。基础设施的显著特征是受益人口多、发挥效用的年限长。因此，要将农村基础设施建设项目置于中国城市化飞速发展的大背景下来统筹安排，以避免更大的浪费。

今后几十年可能是中国城市化最快的时期，因而也是社区变迁最快的时期，农村基础设施建设项目是否符合长期最大利益（包括生产和生活项目之间的关系，也包括社区未来几十年的发展）是该注意的问题。再好的项目，不能发挥效用即是最大的浪费。

（2）行业规划要服从地域规划，行业项目选址要让县有更多的发言权。要避免上述这种农村投资"打水漂"的浪费现象，各部门的投资选择上就不可缺乏统筹，不可自行其是，要将行业任务统一在当地社会政治、经济、文化、社会建设的大盘子里一并考虑。

电力、交通、教育、文化等若干行业都有"村村通"工程规划。其编制依据是现存的村，然而在一二十年之后，这些村庄是否还在以及是否还在原来的位置，目前最具有权威的信息只来源于县里的规划。因此，各地要地域大规划先行，可将各行业规划列为与之总思路相一致的子规划。

建议：将行业项目选址的决定权放到县，以避免若干"村村通"项目的浪费。在已具备条件的地方，由省级财政统筹，将各行的专项资金整合"打包"下达，各资金不改变原用途（各计其功），而选址定规模时让县有更多的发言权。

二、整合农村组织资源，为农村项目有效运行提供组织保障

确保农村基础设施建设中的财政资金使用安全、有效，与政府和农民这两个主体的积极性有关。当政府的积极性（意向强烈、经费落实）已不是问题时，如何确保项目得到农民的响应与支持，就成了项目是否能成功的关键。而农民的响应程度与响应方式与农民以何种方式被动员、被组织有关。目前在农村基础设施项目建设中可发挥组织农民作用的有三类组织：村民自治组织、NGO 组织和专业合作组织，发挥这三类组织的优势是解决农村基础设施建设中出现跑、冒、滴、漏、建用脱节的有效手段，是实现农村基础设施建设既快又好发展的有力保障。

本节浓缩介绍我们的三个判断与三项建议。

（一）判断一：村民自治组织的参与程度是影响农村基础设施建设效果的重要因素

我们的研究表明：凡"公益性、基础性、效益性"结合得好、受益主体清楚而广阔的项目，其推广难度就小；能有针对性地解决当地民生的一两个"瓶颈性"具体问题的项目，群众的拥护程度就高；凡直接提升当地主导产业生产能力的项目，就能得到官方与民间的双重重视等。众多成功经验表明，村民自治组织进行民情收集、民意代表、民心表达是保证在农村基础设施建设成效的重要因素。

而我们也从若干不成功的或有缺憾的项目中，解析出一个共同特征，即当地的"制度内组织"的作用没有得到很好发挥。其表现形式或为当地的"制度内组织"缺失，或被排斥在外，或因相互不信任而造成隔阂而影响效率，有些项目设计理念一开始就想避开当地的"制度内组织"另搞一套，这使得很多基础设施建设出现建用脱节、跑、冒、滴、漏现象，造成财政资金的巨大浪费。

政策建议一：要重视对现存制度内组织资源的利用与保护。

在今后相当长的时期内，依照现行组织法而存在的村级组织有其他组织无法比拟、无法取代的作用。目前，较多的乡村组织自身运转经费困难，使之在农村基础设施的建设及管护方面缺少能力与积极性。上级政府应该爱护与珍视这份资

源，在基础设施建设中，架空村组织、绕过村组织的若干动向及其可能的危害，应该引起关注。

（二）判断二：NGO 在协调及协助农村基础设施建设方面有成功经验

农村基础设施建设中一直存在一个长期困扰项目实施部门的问题，那就是农户动员工作难。课题组在调研中发现，NGO 在农户投资投劳参与社区基础设施建设方面的运作原理有借鉴作用。

1. 从一个实例揭示的 NGO 运作原理

从图 12 中可见，与通常的基础设施项目相比，本项目增加了外部支持机构：蜀光社区（一个农村发展 NGO），同时增加了由蜀光社区指导成立的村民项目管理小组。项目借助蜀光的技术支持，建立了农民的自我管理意识和能力。同时，蜀光的另一个重要作用是协调员，他们在不同的角色群体之间寻找出具有建设性的方法来化解冲突，促进社区对话，并就发展战略达成社区共识，激发社区农户及机构参与发展的热情。

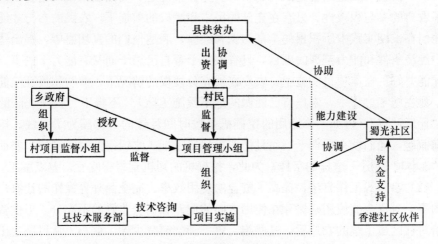

图 12　NGO 项目实施运作原理示意图

2. 项目成效

头卡村是小金县的扶贫难户，群众合作性差，矛盾尖锐，以往工作政府部门是能绕则绕、能躲就躲。2005 年，抱着实验的想法，县扶贫办在头卡村新村建设项目中引入了参与式方法，相应地在原来的工作架构中增加了一个地方农村发展 NGO 提供社区参与式方法技术指导和引导。

项目实施效果参见表 26。

表 26 项目实施效果对照表[①]

内 容	头卡村	对照村
基本情况	耕地面积 1 287 亩，150 户，723 人	耕地面积 1200 亩左右，120 户左右，600 人左右
修路	5 米宽，5.2 千米	3.5 米宽，8 千米
铺水管	到每户	到每户
太阳灶[②]	138＋2	120 户左右
电	户户通	户户通
村卫生室	重建 20 平方米	无
河堤	修整	无
桥	1 座	无
村委	234 平方米	40 平方米

注：① 新村扶贫项目在新桥乡有两个点，各投入 50 万元（外界介入头卡项目花费工作经费 5 万元）；② 因为 12 户长期在外居住，新村扶贫项目没有参与，按规定，没有给他们安太阳灶，另外两个太阳灶分别给了村学校和中心学校（中心学校以废弃篮球架交换）。

分析两村效果的差异，我们发现原因有以下四点：

（1）授权（既定项目范围内的项目实施方案确定、资金使用权）给农户，调动了农户的参与积极性。只有在充分的民主和赋权的前提下，农民的参与才能发挥他们在长期实践中所积累的丰富知识和经验，表达他们的真切愿望，提出适合农户经济条件和能力范围的项目，只有农民干着自己想干而又有能力干的事，事情才能办好。在本项目实施中，农户在被充分授权的情况下，参与积极性空前高涨。如在施工过程中，农户自己能做的绝不找施工队，"不得不"找施工队的也要"斤斤计较"；再如，修路用的挖掘机是按时间算钱的，村民为了省钱，挖掘机前面挖，他们就在后面干，而且把司机师傅吸烟、吃饭等的时间刨掉，账面上有"3 小时 12 分"这样的字样，为此，挖掘机的司机觉得很吃亏，差点罢工。

（2）参与式工作方法，提高了资金的使用效率。完全由外界操作的让农户受益的事，对资金的使用必然存在使用方向的偏差和资金监管的不充分。当把资金交给对社区最了解的农户后，这些跑、冒、滴、漏减少到了最小。从村民定出来的近乎苛刻的资金使用规范可以看出他们的"小气"：送烟不准超过 5 元，出差吃饭不准超过 5 元，等等。再如，项目设计中，老百姓原设定是 90 余根电线杆，他们认为，反正是国家给的不要钱，但是当被告知节约的钱都是他们自己的后，他们自己设计了 40 余根电线杆的线路，而且也通过了电力部门的测试。

（3）参与式理念下外界的指导与协助是项目顺利实施的重要保障。参与式理念中强调农民的参与是参与式的核心，农民是参与的主体。但是，外界支持方并不是就此撒手不管。农户由于知识水平和专业技能限制，在项目宣传、农户管理小组的产生、项目设计、资金管理，甚至材料选择等方面都需要外界专业人士的指导和协助。

（4）账目公开，做到了资金使用的透明，减少了败德的可能。关于监督中的账目公开，工作人员曾问过一个老太太，老太太回答说，财务公开了，但她没去看，因为她也不识字，但是她认为管理小组敢公开就不会有问题。

政策建议二：要重视 NGO（非政府组织）在农村项目中的经验。

在参与式农村发展中，国内 NGO 已经有比较成熟的方法和成功的案例，要重视整理与总结一些已有多年农村项目运作历史的 NGO（非政府组织）在农村项目中的经验，特别是其中的民众动员方式、民意搜集机制、农民参与管理步骤与程序等。

建议筛选其成功范例，加之点评，并将其介绍到农村项目的一线管理部门。对有多项资金参与的农村项目，非政府组织由于其超脱地位在其中可以起到很好的"桥梁"作用。

"志愿者群体"在项目建设及有效运行中的经验应予以总结推广。许多 NGO 的成功来源于既有专业背景又有奉献精神的人。此群体学有专业所长，他们可能是政府实施"农村基础实施"项目的短期内能募集到的有生力量。

有关专业的专家在政府实施"农村基础实施"项目中也是不可或缺的有生力量。他们可被政府或农民聘为"项目指导"，他们还可通过训练更多的"志愿者"得以发挥更大的作用。

（三）判断三：农村专业合作组织在农村基础设施建设中有独特作用

1. 一个案例：石碾李子协会有效动员农民把路修成了

在重庆万州分水镇石碾村，村民们对修建一条通往镇上的村级公路渴望已久，无奈之下，有人半是调侃半是感叹地说"哪个来把路面硬化了，我喊他爷爷"。

石碾村盛产李子，由于山高坡陡，每年夏天李子成熟采收后，都需要请劳力挑到 6.5 千米外的分水场（市场），平均每户要支出近千元。由于资金匮乏以及需要占用责任田，历经几届村委会都无法协调解决通路问题。

转机发生在 2002 年 9 月。万州第一家农民合作组织，分水镇石碾村李子协会挂牌成立。李子协会首次展示自己的动员能力，经会员大会讨论决定，人均出资 320 元，筹资 9.6 万元，每人投劳 15 个义务工，很快将公路修通。开了这个好头，协会随后从政府引资 13 万元，进一步整治公路，并修建了 20 口抗旱池。

现任理事长张显超介绍，公路建成当年，就为会员节省运力支出近 9 万元，减少烂果损失 10 万多斤。而这条"会员"公路的"溢出"效应，自然也惠及非会员村民，以经济功能为主导的李子协会担起了村内的部分公共职能。首届理事长林先全说，"村里有个大小事，以往找村委，现在也找到合作社，干了很多村委干的事情"。

2. 石碾李子协会在修路案例中扮演了"第一行动集团"作用

修路的需求一直存在，但"搭便车者"的存在使之迟迟得不到解决。虽然，修路的潜在"利润"一直存在，但最先响应的人可能会承担更高的成本，于是潜在积极群体变成"消极者"。在同样受益的情况下，理性"经济人"不会出头组织修路。

李子协会是当地专营特产的生产经营组织，不仅其社员由社区精英组成，更重要的是因为李子运输的需要使他们对道路的需求更急迫于一般农户，他们之所以成为修路的积极拥护者、参与者，其根本原因是他们是修路项目的最大受益群体。"第一行动集团"的存在使得协会成为促成修路的催化剂和组织载体。

政策建议三：针对不同类别的农村公共品，寻找"第一类受益群体"，动员使之成为农村公共产品与公共服务提供的领头人与维护者，能达到事半功倍的效果。

在农村公共产品与公共服务提供中有三种人可以成为骨干：一是项目的法定责任群体的主要负责人；二为有奉献为民精神的人；三是可从项目中获得直接利益或较多利益的群体（公共经济学称为"第一行动集团"）。三个人的集合是"责任-奉献-利益"三股力量的集合，其有巨大的能量内涵。要筛选与识别并发挥其在农村公共产品与公共服务提供中的特殊作用。

三、改"要地方配套"为"给地方配套"

随着农村税费改革的深入推进，作为农业基础设施建设投入主渠道的"两工"已完全取消，这意味着农村基础设施建设的投入渠道、组织形式、管护方式等都已发生根本变化。一方面是以前投入主渠道的不复存在，另一方面是适应提高农业综合生产能力需求的新的投融资机制尚未建立，农村基础设施建设面临困境。

以江苏省射阳县为例。该县常年疏浚大中沟河道200条以上，土方1500万立方米左右，新建、维修各类建筑物400座左右，投入总额常年都在5000万元左右。税费改革前，这些资金的80%以上都是来源于农村劳动积累工和义务工。而"两工"取消后，全县"一事一议"筹资筹劳即使全部按照上限筹集，最多也只有3700万元，如果将其中的40%用于农业基础设施建设，只有1480万元，即使全部用来搞土方，也只有600万方左右，疏浚的速度还赶不上淤积的速度。

"几个拿一点"一直是农村公益项目筹资的主思路。特别是整个20世纪90年代，"人民事业人民办"一度成为主旋律，层层配套成为主要方法。其结果不是农民成为负担的最终承担者，就是乡、村两级组织成为巨额债务的承担者。这也是农村税费改革推进的重要起因之一。

税费改革后，农村大型基础设施主要由国家投资，中小型设施则代之以

"一事一议"筹资筹劳，这种筹资方式缺乏强制性和约束力，具有局限性和不稳定性，难以真正形成稳定长效的投入机制。"两工"取消后，基础设施项目建设中农村配套能力大大减弱。同时，按照有关规定，"一事一议"所筹资金全部留村使用，县、乡无权统筹，致使一些社会价值大、受益面较大的项目不能实施。

在 2006 年 8 月，我们对苏北 5 市 50 个村庄的"一事一议"制度的运行效率进行了调查，发现"参加议事的户数达到要求、商议并有决定、资金能筹集到账"的村不到 50%。

根据我们的调查，此情况在面上有普遍性。为此提出如下政策建议。

1. 调整农村基础设施建设归口范围

将农村大、中型设施建设改为皆由高级别政府立项实施，不再要求地方配套，以解决由于地方配套能力不足而可能引起的农民负担反弹、村级巨额负债或者农村基础设施建设滞后的问题。

2. 发挥"一事一议"优势，政府为"议定"基础设施提供配套资金

"一事一议"制度目前已成为政府意图与农民意愿联系的唯一可用的纽带，是目前仅存的既有政府提倡，还能被民间接受的可以用来动员农民参与农村公益建设的手段。尽管"一事一议"组织实施困难，即使组织起来，所能筹集的资金和劳动有限，干不了什么大事情。但是，我们不能只将"一事一议"看成是一个"筹资活动"，还应看到此"议"的过程本身还是一个"筹心活动"。

我们的研究表明，受益群体直接参与公益品建设及管护，能大大降低可能存在的隐患与困难。特别是在项目前期，若能得到农民的群体响应，那么对项目有效实施及之后的有效运行非常重要。"一事一议"制度是农民参与农村基础设施建设的有效途径。

为了克服当前农村基础设施建设中存在的地方配套资金不足、缺乏受益群体参与可能造成的隐患与困难，发挥受益群体的积极性，建议调整基础设施建设要求地方配套的思路与做法。对于政府鼓励的公益项目，农民通过"一事一议"规程议决，政府以提供补助或奖励等方式提供配套资金，发挥财政资金的"引导职能"。

四、支农资金"打包"整合后"黏滞现象"降低，"聚合效应"提高

从事财政学研究与从事财政实务工作的人都知道，财政资金使用过程中有"聚合效应"与"黏滞现象"。前者指多渠道、多用途资金在使用过程中由于相互支撑、相互配合而产生了"1＋1＞2"的效应；后者更是形象地揭示了财政行业

中普遍存在的事实："资金停留于获得的地方"。

"黏滞现象"倒不是说这部分资金已经出了问题，而是指资金在直接用于项目之前，有较大的数额、较长的时间滞留在"获得的地方"。各级财政财务机构皆有将"别人的钱"滞留在自己的账上越多越好、越长越好的倾向。

财政资金使用过程中的"黏滞"现象，一方面为相关人员挪用财政资金的败德行为创造了条件；另一方面延缓了相关公共品的建设进度，并衍生出"年底集中花钱"，违反财政资金使用纪律的违规行为。

项目少，施工单位多，竞争激烈，迫使一些工程队愿意接受先垫资进场，完工后再结账，使得项目资金滞留在原地成为可能。拨付的多环节加剧了此种情况。

"聚合效应"上升，"黏滞现象"下降，一直是财政理论与实务工作者追求的目标，自然成为衡量资金拨付方式改进是否真的显出成效的标识。

从 2005 年开始，江苏省组织了财政支农资金的整合试点工作。试点县全部安排在农业综合开发项目区，以农业综合开发资金为主，其他支农资金为补充。以项目区为平台，按照"统一规划、统筹安排、渠道不乱、用途不变、优势互补、各司其职、各记其功"的原则，将农业、林业、水利等部门争取的资金尽量向项目区倾斜。

本课题核心成员参与了方案策划及实施后的跟踪观察。新沂市（县级市）是首批 5 个试点县之一，也是本课题的跟踪观察点。

该市自 2005 年以来，共实施支农资金整合项目 23 项，使用省级财政支农"打包"资金 6124.9 万元。其中与国家农业综合开发土地治理项目、世行三期项目以及省丘陵山区开发项目等三类开发项目，结合投入的整合资金项目有 10 项，有效地改善了项目区生产和农民生活条件，进一步提高了农业产业化水平。项目区在以农业综合开发投入为主体的情况下，还整合了农村小型公益农桥资金、通达工程建设资金、农业三项工程资金、农民专业合作经济组织资金等多项支农资金。

（一）"打包"之前，财政支农资金管理中的诸多弊端

"打包"之前的资金流程及两个效应示意图见图 13。

管理部门多，投入分散。农业项目分部门管理，涉及财政、农发、发改委、科技、水利、林业、国土、农业、交通、民政、畜牧、渔业等 10 多个农口部门和涉农单位，各个渠道的支农投资，最终要落实到县去组织实施；致使条块分割、各自为政。由于支农资金来源分散，不利于监督管理，若干涉农主管部门直接拨入资金，脱离财政部门的监管，资金使用失控。受旧体制基数的惯性影响和政府职能部门划分过细等原因，部分支农项目的申报、审批程序不规范，资金安

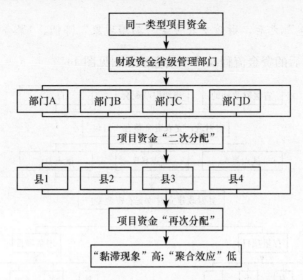

图 13 "打包"之前的资金流程及两个效应示意图

排随意性大，而各地要求解决的资金矛盾突出，因此，"撒胡椒面"的现象较为普遍。

部门职能交叉，重复投入。财政性支农资金分散在各个部门管理，同一个部门内部又有多个处室分割管理；同一类型项目资金，往往切块安排，责任不清，造成投资项目的交叉重复。即使同一个项目，也由不同部门负责，如农村土地复垦整理项目，国土部门可以申报，发改委也可以申报，农业部也有立项。不同渠道的支农资金在资金使用、项目布局、建设内容等方面不同程度地存在交叉重复，如农田水利建设项目在农业开发和水利两个部门存在重复，水土保持项目在水利、林业两个部门均有安排。

管理方式混乱，资金拨付渠道不统一。财政支农资金来源分散，计划下达有的按行业部门下达，透明度不高，不利于监督管理。有的甚至脱离了财政预算监督，存在挤占挪用、虚报冒领、套取、骗取项目资金及损失浪费等问题。在资金拨付上，不同来源的资金拨付渠道不一。财政的钱要逐级拨付，资金到位相对缓慢，影响了项目的实施进度；行业部门的钱按条拨付，有些资金在部门内部运转，造成资金沉淀，导致资金不能及时到位。

支农投资中间损耗大，运行成本高。部门条块分割，中间环节多，与基层需要严重脱节，各级政府部门过多的中间环节使得资金滞留、截留的可能性加大，不能直接到项目、到农民。部门对财政资金普遍拥有"二次分配"权，缺少监督，各自为战，使得上级下达的资金在使用方向上与地方的实际需要脱节，真正能够自主用于解决地方急需问题的资金不多，造成管钱的难监管、管项目的忙分钱、办事的事与愿违。

（二）"打包"之后，财政支农资金"黏滞现象"降低，"聚合效应"提高

"打包"之后的资金流程及两个效应示意图见图 14。

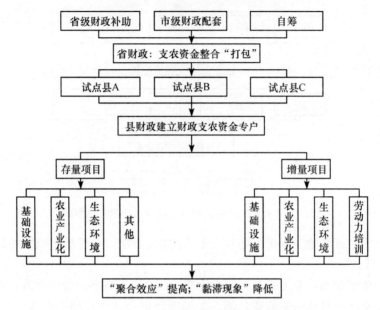

图 14 "打包"之后的资金流程及两个效应示意图

支农资金"打包"整合改革，作为一项机制的创新，实现了过去由上级下达项目资金、基层被动接受，向市县根据当地农村经济社会发展的全局和实际需要自主申报项目的转变。从改革实践来看，已经体现和反映出了初步成效。

一是资金使用的集中度明显提高。实行"打包"整合改革后，改变了以往多部门多批次、"天女散花"式的资金分配方式，在项目的安排上突出重点，集中落实了一大批"为民办实事"的重点项目，解决了一些长期以来想解决而难以解决的问题。在一项目区内集中安排若干项目，项目间有共同的建设内容，相互支撑，不仅节省总费用，还促进功能互补。

二是项目申报的科学性明显提高。现在申报项目主体由部门转变为市县政府为主体，更加注重项目的全局性、合理性和各项目之间的配合。"漫天喊价的项目"不见了，因为余下的钱还在县里用。

三是资金使用的时效性和安全性明显提高。"打包"资金由省财政直接下达市县财政，减少了资金争取、拨付过程中的中间环节，缩短资金运行路线，县财政与项目直接对接，降低了资金时滞的可能，确保了资金专款专用和资金使用的时效性，既防止了资金被挪用的现象，又有利于加强党风廉政建设。

　　四是资金分配的透明度明显提高。在实行"打包"整合改革以前，县政府及县有关部门的工作重点是"跑项目、争资金"，不知道"能要来多少"，而实行"打包"整合改革以后，年初就知道一年之中的农业投入情况。其有两个正面的效果：一是由于透明，降低了"设租"、"寻租"的可能；二是由于早知道，工作可以提前有计划地安排。

　　五是促进了基层工作思路和方式的转变。过去，钱和项目在上级手中，工作重点是要到钱；实行"打包"整合以后，钱和项目在手中，管好钱、落实好项目是重点。

　　建议：研究与总结江苏新沂等地的经验，扩大财政资金整合"打包"的试点范围，让更多的财政资金在农村基础设施建设中降低"黏滞现象"、提高"聚合效应"。